데카메론

KB251735

데카메론 _상

Decameron

조반니 보카치오 지음   김운찬 옮김

DECAMERON
by GIOVANNI BOCCACCIO(1349~1353)

일러두기

1. 외래어 표기는 국립 국어원의 외래어 표기법을 기준으로 하되 일부는 관용에 따랐다.
2. 등장인물의 이름은 이탈리아어 이름으로 표기하고, 지명은 해당 나라 언어의 이름으로 표기하였지만, 일부는 관용에 따랐다.
3. 『성경』에 나오는 고유 명사 표기나 번역은 〈한국 천주교 주교회의〉의 새 번역 『성경』(2005)을 기준으로 하였고, 교황이나 성인의 이름은 학계의 라틴어 표기 방식을 기준으로 하였지만, 일부는 관용에 따랐다.

이 책은 실로 꿰매어 제본하는 정통적인 사철 방식으로 만들어졌습니다.
사철 방식으로 제본된 책은 오랫동안 보관해도 손상되지 않습니다.

서문

〈갈레오토[1] 군주〉라는 부제가 붙은 『데카메론』이라는 책이 시작된다.
여기에는 일곱 여인과 세 청년이 열흘 동안 서술하는
이야기 100편이 들어 있다.

괴로운 사람들에게 연민을 갖는 것은 인간적인 일입니다. 그것은 모든 사람에게 그렇지만, 특히 위로가 필요하여 누군가로부터 위로받은 적이 있는 사람들에게 좋지요. 그들 중에 혹시 위로가 필요했거나 소중했거나 거기에서 즐거움을 얻은 사람이 있다면, 제가 바로 그런 사람 중 하나입니다. 저는

---

1 갈레오토Galeotto(프랑스어와 영어 이름은 Galehaut, Galahaut, Galhault 등)는 아서 왕의 전설에 나오는 대표적인 기사로 13세기 초 프랑스 고어(古語)로 쓴 기사 문학 작품에서 처음 등장하는데, 〈머나먼 섬의 군주le sire des Îles Lointaines〉라고 불렸다. 그는 특히 친구 란칠로토Lancillotto(프랑스어와 영어 이름은 Lancelot)와 지네브라Ginevra(영어 이름은 Guinevere) 왕비 사이의 사랑에서 중개자 역할을 하였다. 여기에서 분명하게 밝히듯이 『데카메론』은 사랑 때문에 괴로운 사람들에게 위로를 주는 책이라는 의미에서 그런 부제를 붙였다. 그는 단테의 『신곡』 「지옥」 5곡에서도 사랑의 중개자 역할을 하는 것으로 나온다. 이하 모든 주는 옮긴이의 주이다.

젊은 시절 초기부터 지금까지, 이야기하자면, 낮은 제 신분에는 어울리지 않아 보일 만큼 고결하고 고귀한 사랑[2]에 지나치게 불붙었기 때문에, 비록 그 소식을 아는 신중한 사람들로부터 제가 칭찬받고 좋게 평가되었어도, 그 사랑은 저에게 견디기 힘든 큰 고통이었습니다. 물론 사랑받은 여인의 잔인함 때문이 아니라, 억제하기 어려운 욕망으로 마음속에 품은 넘치는 열정 때문이었으니, 그 욕망은 어떤 합리적인 수단으로도 저를 만족하게 놔두지 않았고, 필요 이상으로 자주 저에게 큰 고통을 느끼게 하였습니다.

그런 고통 속에서 몇몇 친구들의 즐거운 이야기와 훌륭한 위로는 저에게 시원함을 주었으니, 그 덕분에 저는 죽지 않았다고 확고하게 믿고 있습니다. 하지만 무한하시며 불변의 법칙으로 세상의 모든 일에 끝이 있도록 정하신 그분[3]께서 원하시는 대로, 다른 무엇보다 뜨겁게 타오르고, 아무리 강한 제안이나 충고, 거기에서 수반될 수 있는 위험이나 명백한 부끄러움도 깨뜨리거나 굽힐 수 없었던 저의 사랑은 시간이 흐르면서 자기 나름대로 줄어들었고, 사랑이 자신의 아주 어두운 바다로 지나치게 항해하지 않는 사람에게 으레 제공

2 보카치오의 피암메타Fiammetta에 대한 사랑을 가리킨다. 피암메타는 이 『데카메론』은 물론이고 보카치오의 거의 모든 작품에 나온다. 보카치오는 어느 봄날 나폴리의 성당에서 그녀를 처음 보고 사랑에 빠졌다고 이야기하지만, 단테의 베아트리체처럼 순수한 문학적 창조물로 볼 수도 있다. 신빙성은 별로 없으나 전통적으로 그녀는 나폴리 왕 로베르토 단조Roberto d'Angiò (1276~1343)의 사생아 마리아 다퀴노Maria d'Aquino(?~1382)와 동일시되었다.
3 하느님을 가리킨다.

하는 즐거움을 지금 제 마음속에 남겨 주었습니다. 그리하여 고통스럽던 곳에서 모든 괴로움이 사라지고 즐거움만 남아 있는 것을 느끼고 있습니다.

그러나 비록 고통은 멈추었어도, 저에게 호의를 베풀어 저의 고통을 신중하게 배려한 사람들로부터 받은 혜택의 기억이 사라진 것은 아니며, 그것은 죽을 때까지 절대 사라지지 않을 것이라고 믿습니다. 그리고 제가 믿는 바에 의하면, 고마움은 덕성 중에서 가장 추천할 만한 것이고 그 반대는 비난받아 마땅한 것이기 때문에, 배은망덕하게 보이지 않기 위하여, 이제 저는 자유롭다고 말할 수 있으므로, 제가 받은 것에 대한 보답으로 저에게 가능한 작은 것에서, 저를 도와준 사람 중에서 자신의 지혜나 좋은 운명으로 다행히 그것이 불필요한 사람들에게는 아니더라도, 최소한 필요한 사람들에게 약간의 위로를 주고 싶다고 생각하게 되었습니다.

그리고 저의 도움 또는 위로라고 말하고 싶은 것이, 필요한 사람들에게 아주 작을 수 있고 또 실제로 그렇다고 하더라도, 더 많이 필요해 보이는 곳에 제공해야 한다고 생각하는데, 거기에서 더 유익할 것이기 때문이며, 거기에서 더 사랑받을 것이기 때문입니다. 또한 그것은 비록 작더라도 남자들보다는 우아한 여인들에게 제공되어야 한다는 것을 누가 부정하겠습니까? 여인들은 걱정하고 부끄러워하면서 섬세한 가슴속에 사랑의 불꽃을 감추고 있는데, 그 불꽃이 겉보기보다 커다란 힘을 갖고 있음은 직접 체험했거나 체험하고 있는 사람들이 잘 알지요. 게다가 아버지와 어머니, 형제, 남편이 원하고 좋아하고 명령하는 것에 얽매여 대부분 시간을 자기 방의 작은 공간 안에 갇혀서 보내고, 거의 할 일 없이 앉아 언제나 즐거울 수는 없는 다양한 생각을, 원하면서 또 동시에 원하지 않으면서, 혼자 되새기고 있습니다. 그리고 그런 생각에서 불타는 욕망에 이끌려 그녀들의 마음속에 울적함이 나타나고, 만약 새로운 이야기로 그것을 없애지 않으면, 필연적으로 큰 고통과 함께 지속되게 되지요. 두말할 필요 없이 그녀들은 남자들보다 훨씬 약해서 견디기 어려운데, 우리가 명백하게 볼 수 있듯이 사랑에 빠진 남자들에게는 그런 일이 일어나지 않습니다.

남자들은 어떤 울적함이나 무거운 생각이 자기를 괴롭혀도 그것을 극복하거나 가볍게 만들 방법들이 많고, 따라서 원한다면 주위를 돌아다니고, 많은 것을 보고 듣고, 매사냥을 하고, 낚시하고, 사냥하고, 말을 타고, 도박하고, 장사하는 등의 방법들이 모두, 전체적으로나 부분적으로 정신을 차리게 하고 최소한 잠깐 동안 괴로운 생각에서 벗어나게 해주니, 그런 다음에 이런저런 방법으로 위로를 얻거나, 고통이 줄어들게 되지요.

그러므로 우리가 섬세한 여인들에게서 볼 수 있듯이, 힘이 약한 곳에서 더 야박한 행운[4]의 잘못에 최소한 부분적으로 대비할 수 있도록, 저는 사랑에 빠진 여인들에게(다른 여인들[5]에게는 바늘, 실패, 물렛가락으로 충분할 테니까요) 도움

---

4 원문은 〈fortuna〉로, 맥락에 따라 〈운명〉으로 옮길 수도 있다.
5 사랑에 빠지지 않은 여인들을 가리킨다.

과 피난처가 될 만한 100편의 이야기, 또는 우화, 또는 비유, 또는 민담[6]이라고 부를 수 있는 것을 들려주려고 합니다. 그것들은, 뒤에서 명백하게 밝혀지겠지만, 지나간 죽음의 전염병 시기[7]에 일곱 여인과 세 청년으로 이루어진 정숙한 모임에서 열흘 동안 이야기된 것입니다. 그리고 그 여인들이 즐거움을 위하여 부른 노래 몇 편도 들려줄 것입니다.

그 이야기들에서 옛날이나 근래에 일어난 즐겁거나 쓰라린 사랑 이야기들과 다른 모험적인 사건들을 보게 될 것인데, 앞에서 말한 여인들이 읽는다면, 그 속의 재미있는 일들에서 즐거움과 유익한 충고를 동시에 얻을 수 있을 것입니다. 피해야 할 것, 그리고 따라야 할 것을 알 수 있을 것이기 때문인데, 그것은 괴로움을 극복하지 않으면 가능하지 않다고 생각합니다. 하느님께서 바라시는 대로 그런 일이 일어난다면, 저를 자신의 속박에서 풀어 줌으로써 여인들의 즐거움을 위해 봉사할 수 있도록 허용해 준 아모르[8]에게 감사드리기를 바랍니다.

---

6 원문은 〈istoria〉인데, 일반적으로 〈역사〉 또는 〈이야기〉를 뜻한다.

7 뒤에서 자세하게 설명하듯이 1348년부터 피렌체와 이탈리아에 흑사병이 퍼졌을 때를 가리킨다. 당시 유럽 전역에 퍼진 흑사병으로 엄청나게 많은 사람이 죽었다.

8 원문은 대문자로 시작하는 〈Amore〉, 따라서 의인화한 표현으로 볼 수 있으므로 로마 신화에서 말하는 사랑의 신 아모르로 옮긴다. 이하 다른 곳에서도 마찬가지이다.

첫째 날

『데카메론』의 첫째 날이 시작된다.
여기에서는 뒤이어 밝혀지는 사람들이
어떤 이유로 함께 모여 이야기하게 되었는지
작가가 설명한 다음, 팜피네아의 통솔 아래 각자가
가장 좋아하는 것에 대해 이야기한다.

우아한 여인들이여, 여러분이 모두 천성적으로 얼마나 자비로운지 생각하면, 이 작품은 여러분 판단에 무겁고 괴로운 서두로 시작한다는 것을 저는 잘 알고 있습니다. 지나간 죽음의 흑사병을 고통스럽게 회상하기 때문이지요. 그 흑사병을 보았거나 다른 방법으로 알게 된 모두에게 첫머리에 그것을 회상하는 것은 정말 괴롭고 슬픈 일입니다. 하지만 그렇다고 해서 여러분이 언제나 한숨과 눈물 속에 계속 읽어야 할까 봐 두려워하지 않기를 바랍니다. 여러분에게 그런 끔찍한 시작은, 거칠고 가파른 산을 걸어가는 사람들에게 산 너머에 아주 아름답고 즐거운 들판이 있어서, 올라가고 내려가는 어려움이 큰 만큼 더 즐거운 것과 다르지 않습니다. 그리고 즐거움의 끝에 고통이 자리하고 있듯이, 괴로움은 다가오는 즐거움으로 끝나게 됩니다.

그 짧은 괴로움에 이어(적은 글자 안에 담겨 있으므로 짧다고 말합니다) 곧바로 제가 앞에서 여러분에게 약속한 즐거움과 달콤함이 뒤따를 것인데, 미리 말하지 않으면 서두에서는 아마 예상할 수 없을 것입니다. 그리고 만약 그렇게 거친 길이 아닌 다른 곳을 통해 여러분을 제가 원하는 곳으로 안내할 수 있다면, 기꺼이 그렇게 했을 것입니다. 하지만 그런 회상이 없으면 뒤에서 읽게 될 일들이 왜 일어난 것인지 증명될 수 없으므로, 거의 필연적으로 그것을 쓰지 않을 수 없습니다.

그러니까 말하자면 하느님의 아드님의 유익한[1] 육화(肉化)가 일어난 해가 1348이라는 숫자에 이르렀을 때,[2] 이탈리아의 다른 모든 고귀한 도시보다 탁월한 도시 피렌체에 죽음의 전염병이 닥쳐왔는데, 그것은, 천체들[3]의 작용 때문인지 아니면 우리의 사악한 행동들 때문인지, 우리를 바로잡기 위한 하느님의 정의로운 분노로부터 인간들에게 보내졌으니, 몇 년 전 동방의 지역에서 시작되어 엄청나게 많은 사람의 생명을 빼앗은 다음, 한 장소에 머무르지 않고 다른 장소로 전파되면서 불행하게도 서방을 향하여 퍼져 나갔습니다. 그리고 그 전염병에는 인간의 어떤 지혜나 조치도 소용없었기에, 그런 임무를 맡은 사람들이 도시에서 수많은 더러운 것을 청소하고, 모든 환자가 도시에 들어가는 것을 금지하고, 건강함을 유지하기 위하여 많은 조치[4]를 해도 소용없었고,

1 원죄로부터 인간들의 구원이 시작되었기 때문에 유익하다고 말한다.
2 중세 이탈리아에서는 한 해가 시작되는 첫날을 지방마다 다르게 정했다. 예수 그리스도가 탄생한 12월 25일로 하거나, 아니면 그리스도의 육화가 일어난 날, 즉 3월 25일로 했는데, 피렌체에서는 후자를 따랐다.
3 원문은 〈corpi superiori〉, 직역하면 〈위에 있는 물체들〉이다.
4 원문은 〈consiglio〉, 즉 〈충고〉이다.

단지 한 번이 아니라 여러 번 조직된 행렬이나 다른 방법으로 경건한 사람들이 하느님께 겸손한 탄원을 바쳐도 소용없었으며, 그해 봄이 시작될 무렵 놀라운 방식으로 고통스러운 결과들이 나타나기 시작하였습니다.

그리고 동방에서는 누구든지 코에서 피가 나오는 사람에게 불가피한 죽음의 표식이 되었던 것과는 다르게, 그 전염병의 초기에 남녀에게 똑같이 사타구니나 겨드랑이에 멍울들이 생겼고, 그중에서 어떤 것은 사과만큼, 어떤 것은 달걀만큼 커졌으며, 일부는 크고 일부는 작았는데, 속인들은 그것을 〈가래톳〉이라 불렀지요. 또 그런 가래톳은 앞에서 말한 신체 부위에서 시작하여 짧은 시간에 온몸에서 무차별적으로 나타났습니다. 그다음에 전염병의 증상은 검거나 시퍼런 반점으로 변하기 시작하였고, 그 반점은 많은 사람에게 팔과 허벅지, 신체의 모든 부위에 나타났으며, 누구에게는 크고 드물게, 또 누구에게는 작고 빽빽하게 나타났습니다. 그리고 먼저 가래톳이 미래의 죽음에 대한 확실한 징후였듯이 반점이 나타나는 사람에게도 모두 마찬가지였습니다. 그 전염병의 치료에는 의사의 조치나 약의 효능이 전혀 소용없거나 효과가 없는 것처럼 보였습니다. 아니, 질병의 성질이 허용하지 않는지, 아니면 의사들의 무지 때문인지, 많은 학자 외에 남자건 여자건 약에 대한 지식을 전혀 갖추지 못한 의사들은 숫자만 엄청나게 많아졌지 병의 원인을 몰랐고, 결과적으로 합당한 조치를 하지 못하였으니, 낫는 사람이 거의 없었을 뿐 아니라, 위에서 말한 증상들이 나타난 지 사흘 안에 거의 모든 사람이 죽었습니다. 누구는 더 빠르고 누구는 더 늦었으며, 대부분 열도 없었고 다른 증상도 없었지요.

그 병은 아주 강력해서 함께 교류하는 것만으로 환자에게서 건강한 사람들로 전염되었으니, 불이 그 주변의 마른 것이나 기름이 칠해진 것들로 옮겨 가는 것과 다르지 않았습니다. 그리고 불행은 더욱 심해졌어요. 환자들과 말하거나 함께하는 것이 건강한 사람에게 병을 옮기거나 함께 죽는 원인이 되었을 뿐만 아니라, 환자들이 만지거나 사용한 옷이나 물건을 건드린 사람에게 그 전염병을 전달하는 것 같았으니까요. 제가 앞으로 말해야 하는 것을 들으면 놀랄 것입니다. 그것은 만약 저와 많은 사람의 눈이 직접 보지 않았다면, 아무리 믿을 만한 사람에게서 들었다고 해도, 글로 쓰는 것은 물론이고 감히 믿을 수도 없을 것입니다. 그래서 말하자면, 앞에서 말한 전염병의 성질은 한 사람에게서 다른 사람에게 옮겨 가는 힘이 아주 강해서 사람에게서 사람뿐만 아니라, 눈에 보일 만큼 훨씬 자주 있었던 일로, 인류가 아닌 다른 종의 동물이 병든 환자나 아니면 그 병으로 죽은 사람의 물건을 접촉해도 병에 전염되었고 아주 짧은 시간 안에 죽었습니다. 그래서 조금 전에 말한 대로, 저의 눈은 다른 기회 중에서 이런 것을 경험하기도 했습니다. 그 전염병으로 죽은 어느 불쌍한 사람의 누더기가 길가에 버려져 있었는데, 돼지 두 마리가 옆에 와서 자신들의 습성대로 먼저 주둥이로, 그리고 이어서 이빨로 그것을 물어 뺨에 닿게 흔들었더니, 잠시 후에 마치 독약을 먹은 것처럼 몇 번 몸을 비틀더니 두 마리 모두 죽었고, 땅바닥에 그 잘못 건드린 누더기 위로 쓰러졌습니다.

그런 것들, 그리고 그와 비슷하거나 더 심한 다른 많은 것으로 인해 살아남은 사람들에게는 다양한 두려움과 추측이 나타났지요. 거의 모든 사람이 매우 야만적인 하나의 목표를 지향했으니, 그것은 바로 환자들과 그들의 물건을 피하고 멀리하는 것이었고, 그럼으로써 각자 자기 자신에게 건강함을 확보할 수 있다고 믿었습니다. 그리고 어떤 사람들은 소박하게 살고 모든 지나친 것을 조심하는 것이 그런 재난을 막는 데 많은 도움이 된다고 생각하였고, 그래서 그들은 무리를 이루어 다른 모든 것에서 떨어져 살았으며, 환자가 없고 잘 살 수 있는 집에 모여 고립된 채 맛있는 음식과 최고급 포도주를 절도 있게 즐기고 지나친 것을 모두 피하면서, 죽음이나 환자에 대해 다른 사람이 말하게 놔두지 않고 외부의 소식을 들으려고 하지도 않으면서, 자신들이 할 수 있는 만큼의 즐거움이나 음악과 함께 살았습니다.

어떤 사람들은 그와 반대되는 견해로, 풍족하게 마시고 즐기고 노래하면서 즐겁게 주위를 돌아다니고, 가능한 모든 것으로 욕망을 충족시키고, 일어나는 일에 대해 웃고 조롱하는 것이 그런 불행에 대해 가장 확실한 약이라고 주장하였으며, 그렇게 말할 뿐 아니라 가능한 한 그렇게 실천했으니, 낮이나 밤이나 때로는 이 술집, 때로는 저 술집으로 가서 무절제하고 무분별하게 마셨고, 거기에서 더 나아가 단순히 자신에게 즐거움이나 쾌락을 줄 것이 있다는 느낌에 다른 사람의 집으로 쳐들어가기도 했습니다. 그들은 쉽게 그렇게 할 수 있었으니, 모든 사람이 마치 그 이상 살 필요가 없는 것처럼, 자기 자신과 마찬가지로 자기 물건들을 방치하였기 때문이지요. 그리하여 집들은 대부분 공동의 것이 되었고, 우연히 거기에 들어간 이방인도 원래 주인이 그랬던 것처럼 사용했으며, 그런 모든 짐승 같은 의도에도 불구하고 그들은 가능한 한 언제나 환자들을 피했습니다. 그리고 우리 도시의 그런 고통과 불행 속에서 인간의 법률과 마찬가지로 신성한 법률의 존경할 만한 권위는 거의 모두 땅에 떨어지고 무너졌는데, 그 법률의 관리자들과 집행자들이 다른 사람들과 마찬가지로 모두 죽었거나 병에 걸려서 남은 인력이 거의 없어 어떤 임무도 수행할 수 없었기 때문이며, 그래서 모든 사람이 원하는 대로 모든 것을 할 수 있었습니다.

다른 많은 사람은 위에서 말한 두 가지 사이 중간의 길을 선택하였고, 따라서 첫 번째 사람들처럼 음식을 절제하지도 않고, 두 번째 사람들처럼 술을 마시거나 다른 방탕함에 빠지지도 않으면서, 욕망에 따라 충분하게 먹고 마셨으며, 집 안에 갇혀 있지 않고 주위를 돌아다니기도 했는데, 손에 누구는 꽃, 누구는 향기 나는 풀, 또 누구는 다양한 종류의 향신료를 들고 다녔고, 종종 그것을 자기 코에 갖다 댔으니, 그런 냄새들로 두뇌를 깨끗이 하는 것이 최고라고 생각했던 것입니다. 대기가 온통 죽은 시체와 전염병과 약의 악취에 젖어 역겨웠기 때문이지요.

어떤 사람들은 우연히 그렇게 확신하게 되었겠지만, 더 야만적인 마음을 갖고 있었으니, 그 전염병에 대해서는 달아나는 것보다 더 좋고 훌륭한 약은 전혀 없다고 말하였고, 그런 생각에 이끌려 자기 자신 외에는 아무것도 고려하지 않고 상당히 많은 남녀가 자기 도시와 자기 집, 자기 토지, 자기 가족, 자기 물건을 버리고 떠나 다른 곳이나 아니면 최소한 자신들의 시골 지역을 찾았지요. 마치 인간들의 사악함을 처벌하기 위한 하느님의 분노가 그 전염병과 함께 그들이 있는 곳에서는 진행되지 않고, 단지 그들 도시의 성벽 안에 있는 사람들만 처벌하는 것처럼, 아니면 도시 안에 아무도 남아 있지 않아야 하고 도시의 마지막 시간이 닥쳐왔다고 생각하는 것처럼 말입니다.

그리고 그렇게 다양한 견해를 가진 사람들이 모두 죽지는 않았지만, 그렇다고 해서 모두 살아남지도 못하였고, 오히려 각자의 견해를 가진 많은 사람이 모든 장소에서 전염병에 걸렸고, 건강한 사람들에게 본보기가 되었었던 그들 자신이 사방에서 거의 버림받은 채 죽어 갔습니다. 그리하여 한 시민이 다른 시민을 혐오하였고, 거의 모든 이웃이 다른 사람을 돌보지 않았고, 친척들은 서로 아주 드물게 방문하거나 전혀 그러지 않고 멀리에서 바라보았습니다. 그 재난은 얼마나 큰 두려움으로 남자들과 여자들의 가슴속으로 들어갔는지, 형이 동생을 버리고, 아저씨가 조카를, 누이가 남동생을, 종종 아내가 자기 남편을 버렸으며, 거의 믿을 수 없을 만큼 심각한 경우로, 아버지와 어머니가 자식들을, 마치 자기 자식이 아닌 것처럼 살피거나 돌보는 것을 회피하였습니다. 바로 그런 이유로 남자든 여자든 병에 걸린 무수하게 많은 사람에게, 아주 적은 숫자에 불과한 친구들의 자비, 아니면 엄청나게 많은 급료에 이끌려 봉사하는 하인의 탐욕 이외에 다른 어떤 도움도 남아 있지 않았습니다. 게다가 엄청난 급료에도 불구하고 하인이 되려는 사람은 많지 않았는데, 그마저도 아주 무능한 남자나 여자였고, 대부분 그런 봉사에 익숙하지 않았기에, 환자가 요구하는 것을 건네주거나 아니면 죽을 때 지켜보는 것 외에 다른 일은 거의 하지 않았고, 그런 봉사를 하는 과정에서 종종 자신도 감염되어 죽었습니다.

그렇게 환자들이 이웃, 친척, 친구로부터 버림받고 또 하인이 부족한 상황에서 전에는 거의 들어 보지 못했던 풍습이 퍼졌으니, 아무리 아름답거나 우아하거나 고귀한 여인이라 할지라도 병에 걸리면, 젊든 아니든 상관없이 남자가 자신을 돌보아도 신경 쓰지 않았고, 아무런 부끄러움 없이 남자에게 자기 몸의 모든 부분을 보여 주었습니다. 그렇지 않다면 여자에게나 그랬을 텐데, 단지 병 때문에 필요하다는 이유로 말입니다. 그것은 아마 나중에 병에서 나은 여인들에게서 정숙함이 줄어든 이유가 되었을 수 있습니다. 게다가 그런 상황에서는 혹시라도 도움을 받았다면 살았을 수도 있는 많은 사람이 죽게 되었고, 그리하여 환자들은 적절한 돌봄의 부족과 전염병의 맹렬함으로 인하여 밤이나 낮이나 도시에서 얼마나 많이 죽었는지, 보는 것은 말할 것도 없고 듣기만 해도 놀랄 정도였습니다.

그 때문에 거의 필연적으로 시민들의 예전 풍습과는 반대되는 일들이 살아남은 사람들 사이에서 나타났지요. 오늘날에도 우리가 이따금 볼 수 있듯이, 전에는 친척들이나 이웃 여인들이 죽은 자의 집에 모여 죽은 자와 가까운 여인들과 함께 울었습니다. 그뿐만 아니라 죽은 자의 집 앞에는 친척들과 함께 이웃들과 다른 시민들이 많이 모였고, 죽은 자의 신분에 따라 성직자가 왔으며, 죽은 자는 자신과 비슷한 사람들의 어깨 위에 올려진 채, 촛불과 노래의 장례 행렬과 함께 죽기 전에 자신이 선택한 성당으로 옮겨졌었지요. 그런데 흑사병의 맹렬함이 고조되기 시작한 뒤 그런 것이 완전히 또는 대부분 중단되었고, 그 대신 새로운 것이 나타났습니다. 그래서 사람들은 주위에 많은 여인이 없는 상태에서 죽었을 뿐만 아니라, 증인[5]도 없이 이승의 삶에서 떠난 사람이 아주 많았습니다. 그리고 자기 친척들의 자애로운 울음과 쓰라린 눈물을 받은 사람은 극소수였고, 그뿐만 아니라, 종종 그런 여인들 대신 사람들이 무리를 지어 웃음과 농담을 주고받거나 잔치를 벌이곤 했으며, 여인들은 대부분 자신의 안전을 위해 여성적인 연민을 내려놓고 최대한 그런 풍습을 따랐습니다.

그리고 시체가 성당까지 운반될 때 이웃 사람이 열 명이나 열두 명 이상 따라가는 경우는 드물었고, 시체는 존경받고 탁월한 시민들이 어깨로 운반하는 것이 아니라, 〈베키노〉[6]라

5 임종을 지켜보는 사람을 가리킨다.
6 becchino. 이 문장에서 사용되는 다른 용어 〈beccamorti〉와 마찬가지로 〈시체 매장인〉을 의미한다.

일컬어지는 하층민 출신 시체 매장인들이 운반하였으니, 돈을 받고 그런 일을 하는 그들은 관을 어깨에 메고 서두르는 걸음으로, 대부분 죽기 전에 미리 정해 둔 성당이 아니라 가까운 성당으로 운반하였는데, 소수의 촛불과 함께 네 명이나 여섯 명의 성직자를 따라갔으며, 때로는 성직자가 전혀 없기도 했습니다. 또한 성직자들은 위에서 말한 시체 매장인들의 도움과 함께 너무 길거나 엄숙한 의식으로 고생하지 않고, 비어 있는 구덩이를 발견하는 대로 아무 데나 신속하게 묻었습니다.

하층민이나 아마 대부분의 중간 계층에서는 훨씬 더 비참한 상황을 흔히 볼 수 있었습니다. 그러니까 그들은, 희망 때문인지 아니면 가난 때문인지, 대개 자기 집에 머무르거나 인근 지역에 있으면서 날마다 수천 명씩 감염되었고, 어떤 도움이나 보살핌도 받지 못했기 때문에, 거의 살아남지 못하고 모두 죽었습니다. 그리고 낮이든 밤이든 길거리에서 죽는 경우도 많았고, 많은 사람이 집에서 죽으면서 다른 무엇보다도 먼저 부패한 시체의 악취로써 이웃 사람들에게 자신의 죽음을 알렸으니, 이렇게나 저렇게 죽는 사람들이 사방에 가득했습니다. 이웃 사람들은 대부분 똑같은 방법으로 대처했는데, 죽은 자들에 대한 연민보다 시체의 부패가 자신에게 해롭지 않을까 하는 두려움에서 나온 것이었습니다. 그들은 자신이 직접 하거나 시체 운반인들이 있으면 그들의 도움과 함께 죽은 자의 시체를 집에서 끌어내 문 앞에 놓아두었으니, 특히 아침에는 주변에서 누가 죽었는지 무수하게 많이 볼 수 있었습니다. 그런 다음 관을 가져오게 했는데, 관이 부족하여 일부는 아무런 널빤지 위에 올려놓기도 했습니다. 하나의 관에 둘이나 셋을 함께 운반하기도 했는데, 한두 번이 아니라, 아내와 남편, 또는 형제 두세 명, 아버지와 아들, 또는 비슷한 친척들을 함께 운반한 관이 헤아릴 수 없을 정도였습니다.

그리고 누군가를 위하여 신부 두 명이 십자가를 들고 가고 있으면, 운반인들이 운반하는 관들 서너 개가 그 뒤를 따라갔으며, 신부들이 한 사람을 묻으려고 생각하던 곳에 여섯이나 여덟, 때로는 더 많은 사람을 묻는 일이 무수하게 많이 일어났습니다. 그러므로 그들은 어떤 눈물이나 촛불, 또는 동반자들로부터 존중받지 못했을 뿐만 아니라 그런 일이 많은 사람에게 일어났기 때문에, 지금 염소에게 그러듯이 죽은 사람에게 신경도 쓰지 않았지요. 그리하여 순조로운 상황에서는 사소하고 드문 피해에 대해 현명한 사람들이 참지 않았을 텐데, 그 엄청난 재난에서는 보통 사람들도 그런 것에 신경 쓰지 않고 무관심해지는 일이 명백하게 나타났습니다. 위에서 묘사한 엄청나게 많은 시체가 모든 성당에 날마다 또 거의 모든 시간에 운반되었는데, 특히 옛날 풍습에 따라 각자에게 고유의 무덤을 제공하고 싶어도 매장을 위한 신성한 땅이 충분하지 않고 사방이 가득 찼기 때문에, 성당의 묘지에 아주 커다란 구덩이를 팠고, 그 안에다 운반된 시체들을 수백 구씩 넣었지요. 그리고 배에 물건들을 차곡차곡 겹쳐서 쌓듯이, 약간의 흙으로 덮을 정도로 구덩이 꼭대기에 도달할 때까지 가득 채웠습니다.

우리 도시에 일어난 과거의 비참한 일들을 세부적인 부분까지 더 찾아보지 않도록, 그렇게 불행한 시절이 도시에 엄습하는 동안 주변 시골에서도 불행이 전혀 줄어들지 않았다는 것을 말하고 싶습니다. 작은 규모이지만 도시처럼 성벽에 둘러싸인 지역은 말하지 않더라도, 흩어진 마을과 들판에서 가난하고 불쌍한 농부들과 그 가족이, 의사의 노고나 하인의 도움도 전혀 없이 길이나 자기 밭이나 집에서, 밤이나 낮이나 구별 없이, 인간이 아니라 짐승처럼 죽었습니다. 그래서 그들은 도시의 시민들처럼 풍습에서 느슨해졌고, 자기 일이나 물건을 전혀 돌보지 않았습니다. 아니, 모든 사람이 마치 바로 그날 죽기를 기다리는 것처럼, 가축과 밭과 자신의 과거 노고들의 결실을 도와주려고 하지 않고, 눈앞에 있는 것을 소비하는 데 온갖 심혈을 기울였습니다. 그리하여 황소, 당나귀, 양, 염소, 돼지, 닭, 심지어 인간에게 아주 충실한 개까지 자기 집에서 쫓겨났으며, 곡식을 베지도 않고 수확하지도 않은 채 그대로 방치한 들판으로 마음대로 돌아다녔는데, 많은 가축이, 마치 이성이 있는 것처럼, 낮 동안 잘 먹은 뒤에 밤이 되면 목자의 안내도 없이 배부른 상태로 자기 집으로 돌아갔지요.

더 말할 수 있지만, 시골은 놔두고 도시로 돌아오자면, 하늘의 잔인함, 그리고 아마 부분적으로는 인간들의 잔인함이 그렇게 컸는지, 3월과 다가오는 7월 사이에 전염병이 아주 강력한 데다 건강한 사람들이 갖고 있던 두려움으로 인하여 돌보지 못하고 방치된 사람이 많았기 때문인지, 피렌체의 도시 성벽 안에서 10만 명 이상의 사람들이 생명을 빼앗겼다고 확실하게 믿는데, 죽음의 재난이 아니었다면 성벽 안에 그렇게나 많은 사람이 있을 줄 누가 알았을까요? 오, 얼마나 많은 커다란 저택, 아름다운 집, 고귀한 주택이 예전에는 가족들, 귀족들, 여인들로 가득했는데 이제 아주 어린 아기조차 보이지 않는지요! 오, 얼마나 많은 기억할 만한 혈통, 방대한 유산, 유명한 재산이 합법적 후계자 없이 남아 있는지요! 얼마나 많은 가치 있는 사람들, 얼마나 많은 아름다운 여인들, 얼마나 많은 우아한 청년들이, 다른 사람들은 말할 것도 없고, 갈레노스, 히포크라테스, 또는 아스클레피오스[7]도 아주 건강하다고 평가하였을 그들이, 아침에 자기 친척들, 동료들, 친구들과 함께 식사하고 바로 그날 밤 다른 세상에서 이미 죽은 자기 조상들과 식사하게 되었는지요!

그 많은 불행 사이로 너무 들어가는 것은 저 자신에게도 괴롭습니다. 따라서 이제 제가 간략하게 넘어갈 수 있는 부분을 놔두고 싶어 이야기하자면, 그런 상황에서 우리 도시에 주민들이 거의 텅 비었을 무렵, 제가 믿을 만한 사람에게서 나중에 들은 바에 의하면, 거룩한 산타 마리아 노벨라[8] 성당

---

7 갈레노스는 기원후 2세기에 활동한 그리스 출신 철학자이자 의사, 히포크라테스(기원전 460?~370?)는 의학의 아버지로 일컬어지는 고대 그리스의 의사, 아스클레피오스(라틴어 이름은 아이스쿨라피우스Aesculapius)는 그리스 신화에서 의학과 치료의 신이다.
8 Santa Maria Novella. 도미니쿠스회 수도회에서 세운 피렌체의 성당으로 1279년 짓기 시작하여 1420년에 완성되었다.

에서 어느 화요일 아침 신성한 미사가 끝나고 다른 사람이 거의 없었을 때, 그 시절에 어울리는 상복 차림의 젊은 여인 일곱 명이 남아 있었는데, 모두 친구이거나 이웃이거나 친척으로 서로 연결되어 있었고, 그중에서 누구도 스물여덟 살을 넘지 않았고 열여덟 살보다 어리지 않았으며, 모두 현명하고, 귀족 집안 출신이고, 아름다운 모습에 예절 바르고, 우아하고, 진솔하였습니다. 그녀들의 이름을 저는 그대로 말하고 싶지만, 정당한 이유가 말하는 것을 가로막으니,[9] 그 이유는 이렇습니다. 그러니까 그녀들이 이야기한 것들과 들은 것들로 인해, 앞으로 그녀들 중 누군가가 부끄러움을 느끼게 되는 것을 저는 원하지 않기 때문입니다. 쾌락에 대한 법도들이 오늘날에는 상당히 제한되어 있지만, 당시에는 위에서 이야기한 이유로 인하여 그녀들의 나이뿐만 아니라 훨씬 더 성숙한 나이의 여인에게도 매우 관대하였으니까요. 그리고 칭찬받을 만한 모든 삶을 물어뜯으려는 질투심 많은 사람들에게 그 고귀한 여인들의 정숙함을 어떻게든 떨어뜨리는 빌미를 주고 싶지 않기 때문입니다.

그래서 각 여인이 말하는 것을 나중에 혼동하지 않고 이해할 수 있도록, 저는 각자의 품성에 전체적으로나 부분적으로 어울리는 이름을 붙이고자 합니다. 그녀들 중 첫째로 가장 나이가 많은 여인은 팜피네아, 둘째는 피암메타, 셋째는 필

---

9 원문의 통사 구조 그대로 직역하자면, 〈정당한 이유가 제가 말하는 것을 가로막지 않는다면, 저는 그녀들의 이름을 원래의 형태로 이야기할 것입니다〉 정도가 된다.

로메나, 넷째는 에밀리아, 그리고 다섯째는 라우레타, 여섯째는 네이필레, 마지막 일곱째는 나름의 이유로 엘리사[10]라고 부를 것입니다. 그녀들은 어떤 의도에 이끌린 것이 아니라 우연히 성당의 한쪽에 모이게 되었고, 둥글게 앉아 주님의 말씀을 한쪽에 놔두고 많은 한숨과 함께 당시 상황에 대해 여러 가지 많은 것을 이야기하기 시작했습니다. 얼마 후 다른 여인들이 침묵하자 팜피네아가 이렇게 말하기 시작하였습니다.

「사랑하는 여인들이여, 저와 마찬가지로 여러분은 자기 권리를 정직하게 사용하는 사람을 아무도 모욕하지 않는다는 말을 자주 들었을 것입니다. 자신의 생명을 가능한 한 지원하고 유지하고 보호하는 것은 지상에 태어나는 모든 사람의 자연적인 권리입니다. 그것이 허용되기 때문에 때로는 생명을 지키기 위하여 사람들을 죽여도 아무런 죄가 되지 않는 때도 있지요. 그리고 만약 법이 그것을 허용한다면, 모든 사람이 잘 사는 것이 그런 법의 보호 아래 있다면, 다른 사람에게 피해를 주지 않고, 우리의 생명을 유지하기 위하여 우리에게 가능한 대책을 마련하는 것은, 우리나 다른 누구에게도 얼마나 합당한가요!

오늘 아침의 우리 행동과 더 나아가 이미 지나간 날들의

10 피암메타(「서문」의 주석 2 참조)를 비롯하여 여기에 나오는 이름들에 대하여 학자들은 여러 가지로 해석했다. 예를 들어 엘리사Elissa는 고대 카르타고의 여왕으로, 표류해 온 아이네아스를 사랑하였지만 버림받은 디도의 이름이었는데, 이 일곱째 여인을 엘리사로 부른 이유는 나중에 자신의 불행한 사랑에 대하여 탄식하는 그녀의 노래에서 설명된다.

행동을 살펴보고, 또 우리가 이야기한 것들이 무엇이었는지 생각할 때마다, 저는 우리 각자가 자기 자신에 대해 두려워하고 있음을 느끼고, 여러분도 마찬가지로 이를 느낄 수 있을 것입니다. 그것에 대해 저는 놀라지 않지만, 우리 모두 여성으로서의 감정을 가졌는데도, 두려워하는 것에 대하여 우리는 아무런 합당한 대책도 취하고 있지 않다는 것에 많이 놀랍니다. 제 생각에 우리가 여기에서 살아가는 이유는 다름 아니라, 얼마나 많은 시체가 여기에서 묘지로 운반되었는지 보고, 아니면 이제 거의 없는 이 도시의 신부들이 정해진 시간에 노래하는 미사를 듣고, 아니면 여기에 나오는 모두에게, 우리의 비참함이 어떤 것이고 얼마나 많은지를 우리의 상복 안에서 보여 주는 증인이 되는 것이며, 그러고 싶고 또 그래야 하는 것처럼 보입니다.

그리고 여기에서 나가면 우리는 시체들이나 환자들이 사방에서 운반되는 것을 보거나, 아니면 자신의 범죄 때문에 공공 법률 당국에 의해 추방을 선고받은 사람들이, 법률의 집행자들이 죽거나 병들었다는 말을 듣고 마치 법률을 희롱하듯이, 불쾌한 충동에 따라 사방으로 돌아다니는 것을 보거나, 아니면 시체 매장인이라 부르는, 우리의 피로 살찐 우리 도시의 쓰레기가 우리를 괴롭히며 사방으로 말을 타고 달리거나 뛰어다니고, 저속한 노래로 우리의 고통을 조롱하는 것을 보게 됩니다. 그리고 「이런 사람이 죽었어요」, 「저런 사람이 죽어가고 있어요」 이외에 다른 말은 듣지 못하고, 그렇게 말하는 사람이 있으면, 우리는 온통 고통스러운 울음을 듣지요.

그리고 우리 집으로 돌아가면, 여러분에게도 저와 똑같은 일이 일어나는지 모르겠지만, 많았던 가족[11] 가운데 제 하녀 외에는 이제 아무도 없으므로, 무서워지고 모든 머리칼이 곤두서는 것을 느끼고, 그 집에서 어디로 가고 어디에 머무르든, 이미 죽은 사람들의 유령을 보는 것 같은데, 제가 평소에 보던 얼굴이 아니라, 어디에서 그렇게 왔는지 모르겠지만 끔찍한 모습으로 저를 놀라게 하지요. 그래서 이곳이나 밖이나 집에서 저는 아픈 것 같은데, 우리처럼 재산도 있고 갈 수 있는 소유지를 가진 사람 중에서 우리 외에 아무도 남아 있지 않은 것 같아서 더더욱 그렇답니다.

그리고 일부 남은 사람이 있어도, 그들은 정숙한 것과 정숙하지 않은 것을 전혀 구별하지 않고, 단지 욕망이 이끄는 대로 개별적으로나 무리를 이루어, 낮이든 밤이든 더 많은 쾌락을 주는 일을 하고 있다고 저는 여러 번 들었고 또 보았습니다. 그리고 세속인들[12]뿐만 아니라 수도원에 있는 사람들까지, 다른 사람들에게 부정되지 않은 것은 자신들에게도 적합하다고 믿게 되면서, 복종의 율법을 깨뜨리고 육체적 쾌락에 몰두하고, 그럼으로써 살아남는다고 생각하여 음란해지고 방탕해졌습니다. 만약 명백하게 보이는 것과 같다면, 우리는 여기에서 무엇을 하고 있습니까? 무엇을 기다리고 있나요? 무엇을 꿈꾸나요? 왜 우리는 우리의 건강에 대하여 나

---

11 원문은 〈famiglia〉로, 친척들이나 하인들도 포함한다.
12 원문은 〈solute persone〉, 즉 〈(종교적 속박에서) 자유로운 사람들〉이다.

머지 모든 시민보다 태만하고 느리지요? 우리가 다른 여자들보다 가치가 없다고 생각하는가요? 아니면 다른 사람의 생명보다 우리의 생명이 더 강한 사슬로 우리 몸에 묶여 있고, 따라서 우리 생명을 해칠 수 있는 것에 전혀 신경 쓰지 않아야 한다고 믿는 것입니까? 우리가 잘못 생각하고, 우리가 속고 있는 겁니다. 만약 그렇게 믿는다면 정말 어리석기 때문이지요. 이 잔인한 전염병에 굴복한 청년들과 여인들이 얼마나 많고, 누구였는지 기억한다면 우리는 명백한 증거를 볼 수 있습니다.

그러므로 태만함이나 오만함으로 인하여 우리가 원한다면 어떻게든 피할 수 있는 것에 떨어지지 않도록, 여러분도 저와 같이 생각할지 모르겠지만,[13] 지금 이 상태의 우리는, 우리보다 앞서 많은 사람이 했고 또 지금도 하고 있듯이, 이 도시에서 나가는 것이 가장 현명하다고 생각해요. 그리고 죽음을 피하듯이 다른 사람의 정숙하지 않은 예들을 피하면서, 우리 각자가 많이 가진 시골의 소유지로 가서 정숙하게 머물고, 거기에서 어떤 행동에서도 이성의 한계를 넘어서지 않고 우리가 할 수 있는 만큼 잔치와 기쁨, 즐거움을 얻는 것입니다.

거기에서는 새들의 노래가 들리고, 푸르른 언덕과 들판이 보이고, 곡식이 가득한 밭들이 바다처럼 물결치고, 수많은

13 원문은 〈non so se a voi quello se ne parrà che a me ne parrebbe〉인데, 직역하면 〈저에게 여겨질 것이 여러분에게 그대로 여겨질지 모르겠지만〉 정도가 된다.

종류의 나무들이 있고, 하늘은 더 활짝 펼쳐져 있으면서, 비록 우리에게 화를 내고 있지만, 그렇다고 해서 영원한 아름다움을 거부하지 않고 있으니, 우리 도시의 텅 빈 성벽보다 훨씬 더 아름답지요. 그 외에도 거기에서는 공기가 훨씬 더 신선하고, 삶에 필요한 것들이 들판에 훨씬 더 많고, 고통은 훨씬 적지요. 따라서 거기에서는, 비록 이곳 시민들과 마찬가지로 농부들이 죽지만, 도시보다 집과 주민이 적은 만큼 괴로움도 훨씬 적습니다.

더구나 여기에서는, 제가 제대로 보고 있다면, 우리는 아무도 버리지 않지만, 오히려 우리 자신이 버림받았다고 진실로 말할 수 있지요. 우리 가족이 죽거나 아니면 죽음에서 달아남으로써, 마치 가족이 아닌 것처럼 우리를 많은 고통 속에 외롭게 남겨 두었으니까요. 그러므로 이런 충고를 따르는 것에 어떤 비난도 있을 수 없고, 반면에 따르지 않으면 고통과 괴로움, 그리고 아마 죽음도 닥쳐올 수 있습니다. 그러므로 여러분이 원할 때, 우리 하녀들이 필요한 물건을 가지고 따라오게 하고, 오늘은 이곳에서, 내일은 저곳에서, 이 시절이 제공할 수 있는 기쁨과 즐거움을 얻는 것이 우리에게 가장 좋은 일이라고 믿어요. 그리고 그런 식으로 살면서, 만약 죽음이 먼저 우리를 따라잡지 않는다면, 하늘이 어떤 목적을 간직하고 있는지 우리는 보게 될 것입니다. 하늘은 다른 여자들 대부분에게 정숙하지 않은 삶을 허용하는 것 이상으로 우리가 정숙하게 떠나는 것을 금지하지 않는다는 사실을 여러분은 기억하세요.」

다른 여인들은 팜피네아의 말을 듣고 그녀의 제안을 칭찬 하였을 뿐만 아니라 그 제안을 따르고 싶은 욕망에, 특히 방 법에 대해 서로 벌써 논의하기 시작하였고, 그런 다음 바로 앉은 자리에서 일어나 길을 떠나려고 할 정도였습니다. 하지 만 매우 신중한 필로메나가 말했습니다.

「여인들이여, 팜피네아는 생각하는 것을 아주 훌륭하게 말 했지만, 그렇다고 해서 여러분이 지금 원하듯이 바로 그렇게 달려가지는 않아야 해요. 우리는 모두 여자라는 것을 기억하 세요. 그리고 여자들은 함께 모여 있어도, 남자의 보살핌이 없으면 자신을 통제하지 못한다는 것을 모를 정도로 어린 여 자는 우리 중에 아무도 없어요. 우리는 변덕스럽고, 까다롭 고, 의심 많고, 유치하고, 겁이 많아요. 그러므로 우리 외에 어떤 안내자도 없다면, 불필요하게 우리의 불명예와 함께 이 모임이 너무 빨리 무너지지 않을까 저는 강하게 의심해요. 그러니까 시작하기 전에 준비하는 것이 좋아요.」

그러자 엘리사가 말했습니다.

「정말로 남자들은 여자들의 머리예요. 그들의 명령이 없으 면, 우리의 어떤 활동도 칭찬할 만한 목표에 성공하는 경우 가 드물어요. 하지만 우리는 어떻게 그런 남자들을 구할 수 있을까요? 우리 모두 알다시피, 남자들은 대부분 죽었고, 살 아남은 남자들은, 누구는 여기에서, 누구는 저기에서 다양한 무리를 이루어 어디 있는지 모르는 곳에서 우리가 피하고 싶 은 것을 피하고 있는데, 모르는 남자들을 구하는 것은 좋지 않을 거예요. 그러므로 우리의 건강을 추구하고 싶다면, 우리가 즐거움과 휴식을 위하여 가는 곳에서 불쾌한 일이나 추문이 발생하지 않도록 적합하게 조직할 방법을 찾을 필요가 있어요.」

여인들 사이에서 그렇게 이야기하고 있는 동안 때마침 성당 안으로 세 청년이 들어왔습니다. 그들 중에서 가장 젊은 사람은 아직 스물다섯 살이 되지 않았고, 당시의 역경, 친구나 가족의 상실, 자기 자신에 대한 두려움도 그들에게서 사랑의 불꽃을 꺼뜨리거나 식힐 수 없었습니다. 그들 중 하나의 이름은 판필로[14]였고, 둘째는 필로스트라토, 셋째는 디오네오[15]였으며, 모두 예절 바르고 호감을 주었지요. 그들은 그 혼란스러운 상황에서 자기가 사랑하는 여인을 보는 데에서 최고의 위안을 찾았는데, 우연하게도 그 세 여인은 모두 앞에서 말한 일곱 여인 중에 있었고,[16] 다른 여인은 그들 중 일부와 친척 관계로 연결되어 있었지요. 여인들이 눈에 띄자마자 청년들은 그녀들에게로 갔고, 그러자 팜피네아가 미소를 지으면서 말을 꺼냈습니다.

「우리가 시작하려는 일에 행운이 우호적인지, 신중하고 덕성 있는 청년들을 우리 앞에 보내 주었네요. 저분들이 그런 임무를 맡는 것을 우리가 싫어하지 않는다면, 저분들은 기꺼이 우리의 안내자이며 봉사자가 될 거예요.」

14 Panfilo. 일부 판본에는 〈팜필로Pamfilo〉로 되어 있다.
15 이 청년들의 이름에 대해서도 다양한 해석들이 있다.
16 하지만 누가 누구의 연인인지에 대해서는 작품에서 명시적으로 밝혀지지 않는다.

그러자 네이필레가 청년 중 하나의 사랑을 받고 있었으므로 부끄러움에 얼굴이 온통 빨개지면서 말했습니다.

「팜피네아, 제발 말조심하세요. 저분들 중 누구에 대해서도 완전히 좋은 말밖에 할 수 없다는 것을 저는 아주 분명하게 알고 있고, 저분들은 이보다 훨씬 중요한 일도 할 수 있다고 믿어요. 그리고 저분들은, 우리가 아니라 우리보다 더 아름답고 고귀한 여인들에게 훌륭하고 정숙한 동반자가 되어야 한다고 믿어요. 그러니 지극히 명백한 일로, 저분들이 여기에 있는 누군가를 사랑하고 있으므로, 우리가 저분들과 함께 간다면, 우리나 저분들의 잘못이 없는데도, 어떤 불명예나 비난이 나오지 않을까 두려워요.」

그러자 필로메나가 말했지요.

「그것은 조금도 중요하지 않아요. 내가 정숙하게 살고, 어떤 것에서도 양심의 가책을 느끼지 않는다면,[17] 누군가가 마음대로 반대되는 말을 하더라도, 하느님과 진실이 나를 보호해 줄 거예요.[18] 그러므로 저분들이 함께 갈 준비가 되어 있다면, 팜피네아가 말한 대로, 우리가 가는 것에 행운이 우호적이라고 말할 수 있을 겁니다.」

필로메나가 그렇게 말하는 것을 듣고, 다른 여인들은 조용해졌고, 모두 같이 동의하며 말했어요. 청년들을 불러 자신

---

17 원문은 〈né mi morda (…) la coscienza〉, 즉 〈양심이 나를 깨물지 않는다면〉이다.

18 원문은 〈l'armi per me prenderanno〉, 즉 〈나를 위해 무기를 들 거예요〉이다.

들의 의도를 말해 주고, 그들이 함께 가면 좋겠다고 부탁하자고 말입니다. 그래서 더 말하지 않고, 청년 중 하나와 친척 관계인 팜피네아가 일어났고, 멈추어 서서 자신들을 바라보고 있던 청년들에게로 갔습니다. 그리고 밝은 얼굴로 인사한 다음 그들에게 자신들의 의도를 밝혔고, 자신들 모두를 위하여 순수하고 자애로운 마음으로 동반자가 되어 달라고 부탁하였습니다. 청년들은 처음에는 농담한다고 믿었지만, 그녀가 진심으로 말하고 있다는 것을 깨닫고, 자신들은 준비되어 있다고 즐겁게 대답하였지요. 그리고 그 일에 조금도 지체하지 않았고, 그리하여 거기에서 떠나기 전에 출발에 필요한 것에 대하여 조치하게 하였습니다.

필요한 모든 것을 체계적으로 준비한 다음 그들이 가려고 의도한 곳으로 짐들을 먼저 보냈고, 다음 날 아침, 그러니까 수요일 날이 밝아 올 무렵, 여인들은 하녀 몇 명과 함께, 세 청년은 각자 자기 하인과 함께 도시에서 나가 길에 올랐고, 도시에서 2마일도 가지 않아 미리 정해 둔 장소에 이르렀습니다.

그곳은 나지막한 언덕 위에 있었는데, 사방이 길에서 어느 정도 떨어져 있었고, 다양한 떨기나무들과 큰키나무들은 모두 녹색 잎으로 가득하여 바라보기에 좋았고, 언덕 꼭대기에는 가운데에 아름답고 커다란 안뜰이 있는 저택이 있었습니다. 저택의 복도와 홀과 방은 모두 그 자체로 매우 아름답고, 바라보면 즐거운 그림들로 장식되어 있었으며, 주위에는 풀밭과 놀라운 정원, 시원한 물이 솟는 샘이 있었고, 귀한 포도주들이 가득한 지하 저장소도 있었으니, 절제 있고 정숙한 여인보다 세련된 애주가에게 더 적합한 곳이었지요. 저택은 깨끗하게 청소되어 있었고, 침실에는 침대가 정돈되어 있었으며, 그 계절에 구할 수 있는 온갖 종류의 꽃들과 갈대들로 가득하였으니, 거기에 도착한 사람들은 적잖게 즐거웠습니다. 도착하여 곧바로 자리에 앉았고, 특히 재치 있고 유쾌한 청년 디오네오가 말했습니다.

「여인들이여, 우리의 배려보다는 여러분의 지혜가 우리를 이곳으로 안내하였습니다. 여러분이 어떤 생각으로 무엇을 하려는지 모르지만, 저는 조금 전 여러분과 함께 도시 밖으로 나올 때 제 생각을 성벽 안에다 남겨 두었습니다. 그러니까 여러분은 저와 함께 즐겁게 놀고 웃고 노래하도록 준비하든지(물론 여러분의 품위에 알맞게 해야지요), 아니면 제가 제 생각으로 되돌아가고 괴로운 도시에서 살도록 여러분이 허락해 주기를 바랍니다.」

그 말에 팜피네아가 마찬가지로 자신의 모든 생각을 쫓아낸 것처럼 즐겁게 대답하였습니다.

「디오네오, 아주 훌륭하게 말하는군요. 즐겁게 살고 싶은 것 외에 다른 이유로 우리가 슬픔에서 달아난 것은 아니에요. 하지만 규칙이 없는 것은 오래 지속될 수 없으므로 저는 이 아름다운 모임이 이루어지도록 말한 사람으로서, 우리 즐거움이 지속되려면, 필수적으로 우리 중에 통솔자가 있어야 한다고 생각합니다. 우리는 그 통솔자에게 연장자처럼 복종하고 존중하고, 통솔자는 우리가 즐겁게 살도록 배려해야 한다는 것이지요. 그리고 각자가 모두 통솔의 즐거움과 함께 배려의 무게를 느끼고, 따라서 결과적으로 때로는 이쪽으로, 때로는 저쪽으로 이끌려 그 무게를 느끼지 못하는 사람이 어떤 질투심도 갖지 않도록, 각자에게 하루 동안 그런 무게와 영광을 부여하자고 제안합니다. 또 첫 번째 통솔자는 우리 모두의 투표에서 선출되고, 그 뒤를 이을 사람은, 저녁 기도[19] 시간이 될 때, 바로 그날 통솔권을 가진 사람이 원하는 청년이나 여인이 되는 것이지요. 그리고 통솔권이 지속되는 시간 동안, 그 사람은 자기 의지에 따라 우리가 살아야 하는 방식과 장소에 대해 명령하고 배려해야 합니다.」

그 말은 모두의 마음에 들었고, 그들은 한목소리로 그녀를 첫날의 여왕으로 선출했습니다. 그러자 필로메나는 곧바로 월계수로 달려갔는데, 월계수 가지가 영광에 얼마나 어울리는지, 정당하게 월계관을 쓴 사람에게 얼마나 어울리는 영광을 주는지에 대한 이야기를 여러 번 들었기 때문이지요. 그리고 월계수에서 가지 몇 개를 꺾어 영광스럽고 아름다운 관을 만들어 팜피네아의 머리에 씌워 주었습니다. 그 월계관은 나중에 그들의 모임이 지속되는 동안 다른 모든 사람에게 실질적인 통솔과 지도의 명백한 징표가 되었습니다.

여왕이 된 팜피네아는 세 청년의 하인들과 여인들의 하녀 네 명을 앞에 부른 다음 모두 침묵하라고 명령하였고, 모두

---

19 라틴어로는 〈vesperae〉. 당시의 성무일도(聖務日禱, 라틴어로는 officium)에 따른 기도 시간으로 보통 저녁 무렵에 해당한다. 대부분 〈만종(晚鐘)〉 또는 〈만과경(晚課經)〉으로 옮기고 있지만, 우리말로 풀어 옮기는 것이 바람직하다고 생각한다.

침묵하자 말했습니다.

「우리 모임이 앞으로 진행되면서 질서 있고 즐겁게 더 나아지고, 아무런 부끄러움 없이 살아가고, 가능한 한 오래 지속되도록, 제가 먼저 모범을 보이겠습니다. 우선 저는 디오네오의 하인 파르메노[20]를 집사로 삼아, 우리 하인들 모두에 대한 관리와 배려, 거실 봉사에 속하는 것을 그에게 맡깁니다. 판필로의 하인 시리스코는 우리의 지출과 재정 담당자가 되고, 파르메노의 명령을 따르세요. 틴다로는 필로스트라토와 다른 두 분에게 봉사하고, 다른 하인들이 자기 일에 매달려 봉사할 수 없으면 그분들의 침실을 담당하세요. 내 하녀 미시아, 필로메나의 하녀 리치스카는 계속 부엌에 있으면서 파르메노가 지시하는 음식을 열심히 준비하도록 해요. 라우레타의 하녀 키메라, 피암메타의 하녀 스트라틸리아는 여인들의 침실을 관리하고, 우리가 머무는 곳의 청소를 맡아요. 그리고 우리의 호의를 아무리 소중하게 생각하더라도, 일반적으로 모두가 조심할 것을 우리는 원하고 명령하니, 어디를 가든, 어디에서 오든, 무엇을 보거나 듣든, 즐겁지 않은 이야기는 밖에서 우리에게 가져오지 말아요.」

간략하게 내린 그런 명령은 모두의 칭찬을 받았고, 그녀는 즐겁게 일어나서 말했습니다.

「여기에는 정원도 있고, 풀밭도 있고, 다른 즐거운 장소들이 있어요. 각자 좋아하는 곳으로 즐겁게 돌아다니세요. 그

20 파르메노와 다른 하인들의 이름은 로마 시대의 작가 플라우투스와 테렌티우스의 작품에서 따온 것으로 해석된다.

리고 셋째 시간[21]이 울리면, 시원하게 식사할 수 있도록 모두 이곳으로 모이세요.」

그렇게 즐거운 모임은 새로운 여왕의 허락을 받았으니, 청년들은 아름다운 여인들과 함께 느린 걸음으로 정원으로 들어갔고, 재미있는 것들에 대해 이야기하거나, 다양한 나뭇가지로 아름다운 화환을 만들거나, 사랑스러운 노래를 불렀습니다. 그리고 여왕이 허용한 시간 동안 정원에서 머무른 다음 저택으로 돌아왔고, 파르메노가 성실하게 자신의 임무를 시작했다는 것을 발견했습니다. 그래서 1층의 홀로 들어가자, 새하얀 식탁보에 은으로 만든 것처럼 보이는 잔들과 함께 식탁 몇 개가 준비된 것을 발견하였는데, 모든 것이 금작화(金雀花)[22]로 장식되어 있었지요. 그리고 여왕이 바라는 대로 물로 손을 씻고,[23] 파르메노가 정해 놓은 자리로 모두 가서 앉았습니다. 이어서 섬세하게 준비된 음식들이 나왔고, 세련된 포도주들이 준비되었으며, 하인 세 명이 조용하게 식탁 시중을 들었습니다. 그런 것이 멋지게 잘 준비되었기 때문에, 모두 기분이 좋았고 유쾌한 이야기와 함께 즐겁게 먹었습니다. 그런 다음 식탁들을 치웠고,[24] 청년들과 마찬가지

21 성무일도에 따른 시간 구분으로 대략 오전 9시에 해당한다.

22 이탈리아어 이름은 〈ginestra〉인데, 콩과에 속하는 여러 종의 떨기나무들을 포괄적으로 가리킨다. 여기에 속하는 종들 일부에 대한 우리나라의 공식 이름은 〈골담초(骨擔草)〉로, 예를 들어 〈Cytisus scoparius〉는 〈양골담초〉로 번역된다.

23 중세에 이미 포크가 있었으나 보편적으로 사용되지 않았고 손으로 음식물을 집어 먹는 것이 자연스러운 일이었다. 따라서 식사하기 전에 손을 씻었고 식사 중에 손을 헹구기도 하였다.

로 모든 여인이 춤[25]을 출 줄 알았고, 그들 중 일부는 훌륭하게 악기를 연주하고 노래를 부를 줄 알았기 때문에, 여왕은 악기를 가져오라고 명령했지요. 여왕의 명령에 따라 디오네오는 류트를 들고, 피암메타는 비올라를 들고 부드럽게 춤곡을 연주하기 시작했습니다. 하인들을 식사하라고 보낸 다음, 여왕이 다른 여인들, 그리고 두 청년과 함께 느린 걸음으로 춤을 추면서 모두 춤추기 시작했고, 춤이 끝나자 아름답고 즐거운 노래를 부르기 시작했습니다. 그런 식으로 여왕이 낮잠을 자러 갈 시간이라고 생각할 때까지 지냈고, 모두에게 허락되자 세 청년은 여인들의 침실들과 분리된 자기 침실로 갔는데, 침실은 홀과 마찬가지로 꽃들로 가득하고 잘 정리된 침대를 갖추고 있었습니다. 여인들도 마찬가지로 자기 침실로 가서 옷을 벗고 쉬었지요.

얼마 지나지 않아 아홉째 시간[26]이 울리자 여왕은 일어났고, 너무 많은 낮잠은 해롭다고 말하면서 여인들과 청년들을 모두 깨웠습니다. 그리고 풀밭으로 들어갔는데, 녹색 풀이 매우 커서 햇살이 전혀 침투하지 못했습니다. 풀밭에서 부드러운 산들바람을 느끼면서 여왕이 원하는 대로 모두 녹색 풀 위에 둥글게 앉았지요. 그러자 여왕이 말했습니다.

「여러분이 보다시피 해가 높이 떠 있고, 더위는 심하고, 올

24 보카치오 시대에 식탁은 받침대 위에 단순한 널빤지를 올려놓은 것으로, 사용하지 않을 때는 한쪽으로 치워 놓았다고 한다.
25 원문은 〈carolare(명사는 carola)〉로, 여러 사람이 손을 잡고 둥글게 돌면서 추는 춤을 가리킨다.
26 대략 오후 3시에 해당한다.

리브나무 위의 매미 소리만 들리니, 지금 다른 장소로 가는 것은 분명히 어리석은 일일 것입니다. 여기는 아름답고 시원하며, 보다시피 놀이판[27]과 체스 판이 있으니, 각자 자기 마음이 가는 대로 즐거움을 얻을 수 있습니다. 하지만 여기에서 제 의견을 따른다면, 놀이에서는 양쪽 중에서 한쪽 편[28]의 마음이 상대편의 많은 즐거움에도 불구하고 혼란해지므로, 놀이를 하지 말고 이야기를 하면서 하루의 이 더운 시간을 보낼 수 있을 거예요. 한 사람이 이야기하는 동안 듣는 모임 전체에게 즐거움을 줄 수 있을 테니까요. 여러분이 각자 자기 이야기를 끝내면, 해도 기울고 더위도 줄어들 것이며, 우리는 좋아하는 대로 즐거운 곳으로 갈 수 있을 것입니다. 제가 말하는 것이 여러분에게 좋다면 그렇게 하고, 저는 여러분이 좋아하는 대로 따를 것이므로, 만약 좋지 않다면, 저녁 시간까지 각자 자신이 좋아하는 것을 하도록 합시다.」

여인들과 청년들은 모두 이 말에 동의했습니다. 그러자 여왕이 말했지요.

「그렇다면, 여러분이 좋다면, 이 첫째 날에는 각자 자신이 좋아하는 주제에 대해 자유롭게 이야기하기를 바랍니다.」

그리고 오른쪽에 앉아 있던 판필로에게, 자기 이야기 중 하나로 시작하라고 즐겁게 말했습니다. 그러자 명령받은 판필로는 곧바로 모두가 듣고 있는 가운데 이렇게 시작했습니다.

27 주사위나 장기 놀이를 위한 놀이판이다.
28 놀이에서 지는 편을 가리킨다.

첫째 이야기

체파렐로 씨[29]는 거짓 고해로 거룩한 신부를 속이고 죽는다.
그래서 살았을 때 사악한 사람이었는데, 죽은 뒤에
성인으로 평가되고 차펠레토 성인으로 불린다.

[사랑하는 여인들이여,[30] 인간이 하는 모든 것은, 만물의 창조주이신 하느님의 거룩하고 존경할 이름에서 시작하는 것이 합당할 일입니다. 그러므로 우리 중 첫 번째로 이야기해야 하는 저는 그분의 경이로운 일 중 하나로 시작하고 싶습니다. 그 이야기를 듣고 나서, 그분에 대한 우리의 희망이 변할 수 없는 것으로 확고해지고, 그분의 이름이 언제나 우리의 찬양을 받도록 말입니다.

세상의 일들은 모두 잠정적이고 소멸하기 마련인 것처럼 그 자체로 안팎에 권태와 괴로움, 노고가 가득하고 무수한 위험에 종속된다는 것은 분명한 일입니다. 우리는 그 안에 뒤섞여 살아가고 그 일부이기 때문에, 하느님의 특별한 은총이 우

---

29 원문은 〈세르ser〉로, 사제나 공증인의 이름 앞에 붙이는 경칭이었으나 13세기 말부터 다른 존경받을 만한 사람들에게도 사용되었다.

30 여기에서 이야기하는 사람은 판필로이다. 널리 알려져 있듯이 『데카메론』은 액자 구조, 즉 이야기 속의 이야기로 되어 있고, 따라서 정확함을 위하여 등장인물 열 명의 이야기를 대괄호 안에 넣는다. 물론 대괄호를 생략할 수도 있지만, 그렇게 하면 각각의 이야기 안에서 나오는 등장인물들의 대화가 직접 화법으로 언급되므로 서로 혼동될 수도 있다. 특히 각 이야기의 시작과 끝부분에서 말하는 주체가 누구인지 명확하게 구별할 필요가 있다.

리에게 힘과 배려를 주시지 않는다면, 그런 위험을 어떤 실수 없이 견디거나 우리 자신을 보호할 수 없을 것입니다. 그 은 총은 우리의 공덕으로 우리에게 또 우리 안에 내려오는 것이 아니라, 그분 자신의 너그러움에서 나오고, 우리와 마찬가지 로 인간이었는데, 살아 있었을 때 그분의 의지를 잘 따름으로 써 지금 그분과 함께 영원히 축복받고 있는 사람들[31]의 기도 에서 내려오는 것이라고 믿어야 합니다. 우리 자신은, 아마 그런 하느님[32]께 감히 우리의 기도를 드리지 못하기 때문에, 우리의 연약함을 경험으로 알고 있는 수호성인들[33]에게 그러 하듯이, 그들[34]에게 우리가 적합하다고 생각하는 것들에 대 해 기도를 드리지요.

그래서 우리는 우리에 대한 너그러운 자비로 충만한 그분 안에서 판단하는데, 사람 눈의 예리함으로는 절대로 하느님 마음의 비밀 안으로 뚫고 들어갈 수 없으므로, 때로는 잘못 된 견해에 속아, 영원한 형벌로 하느님으로부터 쫓겨난 자를 높으신 하느님 앞에서 수호성인으로 만드는 일이 일어날 수 도 있습니다. 그런데도 모든 것을 아시는 그분은, 기도하는 사람의 무지나 기도 대상자[35]의 형벌보다 기도하는 사람의

31 살았을 때의 선행으로 죽은 뒤 천국에 간 축복받은 영혼들을 가리킨다.
32 원문은 〈giudice〉, 즉 〈심판자〉이다.
33 원문 〈procuratore〉, 즉 〈대리인〉 또는 〈변호인〉이다.
34 위에서 말한 축복받은 영혼들을 가리킨다.
35 원문은 〈pregato〉로, 〈pregare(기도하다)〉 동사의 과거 분사이다. 이 문장에서는 앞에 나오는 용어 〈pregatore〉, 즉 〈기도하는 사람〉과 대비를 이 루어, 〈기도의 대상이 되는 사람〉을 가리킨다. 간략하게 요약하자면, 〈기도하 는 사람〉이 거짓말에 속아 착한 사람으로 간주하는 나쁜 사람이다.

순수함에 이끌리시어, 마치 그 기도 대상자가 당신의 가슴속
에 있는 것처럼, 그를 위해 기도하는 사람의 기도를 들어주
십니다. 그것은 제가 지금 하려는 이야기에서 명백하게 나타
날 것인데, 분명히 저는 하느님의 판단이 아니라 사람들의
판단에 따라 말합니다.

그러니까 이런 이야기가 있습니다. 매우 부자인 상인으로
프랑스에서 기사가 된 무쉬아토 프란체시[36]가 있었는데, 그
는 교황 보니파키우스[37]의 요청과 독려에 따라 움직인 프랑
스 왕의 동생 카를로 센차테라[38] 씨[39]와 함께 토스카나[40]에 오

36 Musciatto Franzesi(13세기 중엽~1307?). 실존 인물로 원래 피렌체
출신이지만 프랑스에서 큰 부자가 된 상인으로 기사 작위를 받았으며, 〈미남
왕〉 필리프 4세(재위 1285~1314)의 고문이 되었다. 뒤이어 말하는 발루아
의 샤를을 따라 그는 1301년 토스카나에 갔다.

37 교황 보니파키우스Bonifacius 8세(재위 1294~1303)는 피렌체의 정
치적 혼란을 중재한다는 명목으로 필리프 4세에게 요청하여 발루아의 샤를
이 군대를 이끌고 토스카나로 오게 했다. 이탈리아는 13세기 초반부터 〈궬피
Guelfi〉와 〈기벨리니Ghibellini〉 두 당파로 분열된 정치 싸움에 시달렸는데,
교황과 신성 로마 제국 황제 사이의 갈등에서 비롯된 분열이었고, 일반적으
로 궬피는 교황파, 기벨리니는 황제파로 알려져 있다. 피렌체에서는 궬피가
정권을 잡았지만, 다시 그 내부에서 〈백당(白黨)Bianchi〉과 〈흑당(黑黨)
Neri〉으로 분열되었고, 당시에는 백당이 지배하고 있었으며, 보니파키우스
8세는 흑당을 지원하기 위해 군대 파견을 요청한 것이다.

38 Carlo Senzaterra. 〈영토 없는 카를로〉라는 뜻으로, 〈미남왕〉 필리프
4세의 동생 발루아의 샤를Charles de Valois(1270~1325)의 별명이다.

39 원문은 〈메세르messer〉로, 주로 판사나 공증인의 이름 앞에 붙이는 경
칭이었지만 나중에는 다른 존경받을 만한 사람에게도 널리 사용되었다. 프랑
스어 〈monsieur〉에 해당하며, 앞의 〈세르ser〉와 마찬가지로 〈씨〉로 옮긴다.

40 Toscana. 피렌체를 중심으로 하는 이탈리아 중북부의 지방이다. 현재
이탈리아의 행정 구역으로는 〈regione〉로 우리나라의 도(道) 정도에 해당
한다.

게 되었지요. 그런데 그런 상인들이 자주 그러하듯이, 자기 일이 여기저기에 복잡하게 많이 뒤엉켜 있는데 곧바로 쉽게 해결할 수 없다는 것을 깨닫고 그 일을 여러 사람에게 맡기려고 생각하였고, 모든 일에 대비책을 찾았습니다. 다만 한 가지 의혹이 남았는데, 몇몇 부르고뉴 사람에게 빌려준 돈을 받아 낼 만큼 유능한 사람으로 누구를 남겨 둘까 하는 것이었습니다. 의혹의 원인은 부르고뉴 사람들이 싸움 잘하고 성질이 나쁘고 성실하지 않다는 말을 들었기 때문이지요. 그래서 그는 어느 정도 믿을 수 있고, 그들의 사악함에 대항할 수 있을 만큼 사악한 사람이 누구일까 기억 속에서 찾아보았습니다. 그리고 그렇게 검토하며 오랫동안 생각하자, 파리의 자기 집에 오래 머물렀던 체파렐로 다 프라토[41] 씨가 기억났지요. 그는 자그맣고 탄탄한 사람이었는데, 프랑스 사람들은 체파렐로가 무슨 뜻인지 모르고 〈모자〉, 말하자면 그들의 속어에 의하면 〈화관〉을 뜻한다고 생각했고, 따라서 그는 조그마한 사람이었기에, 우리가 말하듯이, 차펠로가 아니라 차펠레토라고 불렀지요.[42] 그래서 사방에 차펠레토라고 알려졌

41. Cepparello da Prato. 그 역시 실존 인물을 토대로 한 것으로 알려져 있다. 프라토는 피렌체 북서쪽에 가까운 도시이다.

42 이 문장은 약간 모호한데, 아마 보카치오가 착각하여 잘못 쓴 것이라고 해석되기도 한다. 특히 〈cappello〉는 〈모자〉를 뜻하는데, 프랑스 속어로 〈화관〉을 의미한다고 말하는 부분이 그렇다. 〈화관〉을 의미하는 프랑스어는 〈chaplet〉이다. 어쨌든 개략적으로 추정하자면, 프랑스 사람들이 그 이름이 〈화관〉을 의미하는 것으로 오해하여, 〈chaplet〉와 비슷한 발음의 차펠로Ciappello에다 이탈리아어의 축소형 어미를 붙여 차펠레토Ciappelletto라고 불렀다는 뜻이다. 체파렐로Cepparello는 원래 체포ceppo(나무토막)의 축소형이다.

고, 반면에 체파렐로라고 아는 사람들은 적었습니다.

차펠레토 씨는 이 세상에 이렇게 알려졌습니다. 그는 공중인이었는데, 자기 문서 중 하나라도 거짓이 아닌 것으로 발견되면 매우 부끄러워했고, 그런 거짓 문서를 요청받는 대로 많이 만들었으며, 다른 것보다 많은 보수를 받으면 더 기꺼이 만들었지요. 요구받든 요구받지 않든, 아주 즐겁게 거짓 증언을 했고, 그 당시 프랑스에서는 선서를 매우 중요하게 신뢰했는데, 아무리 자신의 믿음을 걸고 진실을 말하겠다고 선서하라고 요구받아도, 신경 쓰지 않고 거짓으로 선서하며 많은 소송에서 사악하게 이겼지요. 친구나 친척, 다른 어떤 사람에게도 악행과 부정과 추문을 저지르는 데 몰두했고, 거기에서 엄청난 즐거움을 느꼈으며, 거기에서 커다란 불행이 나올수록 더 즐거워했습니다. 살인이나 다른 어떤 악행을 요청받아도 절대 거부하지 않고 기꺼이 받아들였고, 기꺼이 여러 번이나 자기 손으로 사람을 죽이고 해치기도 했습니다. 하느님과 성인들에 대하여 욕하는 것은 아주 빈번했고, 모든 사소한 것에도 다른 누구보다 심하게 화를 냈습니다. 성당에는 전혀 가지 않았고, 성당의 성사를 천하게 여겨 역겨운 말로 조롱했으며, 그와 반대로 술집이나 다른 정숙하지 못한 곳들에는 기꺼이 자주 갔습니다. 여자들에 대해서는 개가 막대기를 좋아하듯이 좋아했고, 반대의 성도 다른 어떤 사악한 남자보다 더 즐겼지요.[43] 경건한 사람이 공물을 바치는 것과

---

43 말하자면 동성애도 즐겼다는 뜻이다.

똑같은 마음으로 훔치고 강탈했습니다. 때로는 역겹게 괴로움을 줄 정도로 엄청난 탐식가이며 술꾼이었고, 대단한 속임수 주사위 도박꾼이며 노름꾼이었습니다.

그런데 제가 왜 이렇게 많은 말을 늘어놓고 있지요? 그는 아마 이 세상에 전례가 없을 만큼 사악한 사람이었습니다. 그의 사악함은 오랫동안 무쉬아토 씨의 부와 권세를 뒷받침했고, 그로 인해 그가 자주 모욕했던 사람들이나, 언제나 모욕했던 법원으로부터 보호받았습니다. 그러니까 그런 자기 생활을 잘 알고 있는 차펠레토가 무쉬아토 씨의 머릿속에 떠올랐던 것입니다. 무쉬아토 씨는 그가 부르고뉴 사람들의 사악함에 필요하다고 생각했고, 그래서 그를 불러오게 하여 이렇게 말했지요.

「차펠레토 씨, 당신이 알다시피, 나는 여기에서 완전히 떠나야 하는데, 다른 무엇보다 속임수로 가득한 부르고뉴 사람들과 해야 할 일이 있고, 그들에게서 내 것을 받아 내는 데에 당신보다 더 적합한 사람을 찾을 수 없소. 더구나 당신은 지금 다른 일이 없으니, 그 일을 맡아 주시오. 나는 당신이 법원의 호의를 받게 하고, 당신이 받아 내는 것 중 일부를 공평하게 당신에게 선물하려고 하오.」

차펠레토 씨는 당시 할 일이 없었고, 세상의 상황이 좋지 않은 데다 자신이 그의 뒷받침과 후원을 오래 받았다는 것을 알고 있었기에, 전혀 망설이지 않고 거의 필연적으로 강요된 듯이 결정했고, 기꺼이 하고 싶다고 말했습니다. 그리하여 함께 합의한 뒤 차펠레토 씨는 위임장과 왕의 추천서를 받았으며, 무쉬아토 씨가 떠난 다음 부르고뉴로 갔는데, 거기에서는 아무도 그를 알아보지 못했습니다. 거기에서 그는 자기본성과 달리 공손하고 친절하게 자기가 하려던 일을 하고 돈을 받아 내려고 시도하였으니, 화내는 일을 마지막으로 미룬 것 같았습니다.

그렇게 하면서 피렌체 출신 두 형제의 집에 머물렀는데, 거기에서 돈놀이 일을 하고 있던 형제는 무쉬아토 씨에 대한 호의로 차펠레토 씨를 무척 공경하였지요. 그런데 차펠레토 씨가 갑자기 병들게 되었습니다. 그래서 두 형제는 곧바로 의사들과 간호사들을 불렀고, 그가 건강을 되찾는 데 필요한 모든 것을 하고 그를 돌보도록 했습니다. 하지만 모든 노력이 소용없었으니, 의사들의 말에 의하면, 그 착한 사람은 이미 늙었고 무분별하게 살았기 때문에, 죽을병에 걸린 사람처럼 날마다 악화하고 있다는 것이었습니다. 그래서 형제는 매우 괴로웠고, 어느 날 차펠레토 씨가 병들어 누워 있는 방과 아주 가까운 곳에서 자기들끼리 이야기하기 시작했습니다. 한 사람이 다른 사람에게 이렇게 말했지요.

「저 사람을 우리가 어떻게 해야 할까? 저 사람 일 때문에 우리는 아주 곤란한 상황에 있어. 저렇게 병든 그를 우리 집에서 내보낸다면 큰 비난을 받을 것이고, 우리가 별로 현명하지 않다는 명백한 증거가 될 거야. 처음에는 그를 받아들여 간호하고 치료해 보고는 죽을병에 걸리니, 우리에게 불쾌한 일을 전혀 할 수도 없는 그를 그렇게 곧바로 우리 집에서 내보내는 것을 사람들이 볼 테니까 말이야.

다른 한편으로 저 사람은 아주 사악한 사람이어서 고해도 하지 않고, 성당의 어떤 성사도 받으려고 하지 않을 거야. 만약 고해하지 않고 죽으면, 어느 성당도 그의 시체를 받으려고 하지 않을 것이고, 오히려 개처럼 구덩이에 던져질 것이야. 만약 고해한다고 해도 그의 죄가 너무 크고 끔찍해서 똑같은 일이 일어날 거야. 어떤 신부나 수도자도 그의 죄를 용서하고 싶지 않고 용서할 수도 없을 테니까 말이야. 그리고 만약 그런 일이 일어나면, 이 고장 사람들은 우리 직업을 매우 나쁘게 생각하고 온종일 악담을 퍼붓는데, 우리를 약탈하고 싶어서 소란스럽게 일어나 소리칠 거야. 〈성당에서도 받아들이려고 하지 않는 이 롬바르디아[44] 개들을 우리는 더 이상 견딜 수 없어!〉 그리고 우리 집으로 달려올 것이고, 우리 물건을 훔칠 뿐만 아니라, 우리 목숨까지 빼앗을지도 몰라. 그러니 저 사람이 죽으면, 어떤 경우든 우리는 곤란해져.」

앞에서 말했듯이, 그들이 그렇게 이야기하는 곳에 가까이 누워 있던 차펠레토 씨는, 병든 사람들이 자주 그렇듯이 예민한 귀를 갖고 있었기에, 그들이 자신에 대해 말하는 것을 들었지요. 그래서 그들을 불러 이렇게 말했습니다.

「저는 당신들이 저의 어떤 것에 대해서도 걱정하지 않고, 저 때문에 피해를 보게 될지 조금도 두려워하지 않기를 원합

---

44 롬바르디아Lombardia는 이탈리아 북부 밀라노를 중심으로 하는 지방으로 그곳에 정착하였던 롬바르드족의 이름을 따서 그렇게 불렸다. 하지만 여기에서는 이탈리아 북부를 포괄적으로 가리키는 이름으로 사용되고, 따라서 이탈리아 사람들을 가리킨다. 특히 교회가 금지한 일인데도 이자를 받고 돈을 빌려주는 이탈리아 사람들을 프랑스에서 그렇게 불렀다고 한다.

니다. 당신들이 저에 대해 이야기하는 것을 들었어요. 만약 당신들 생각대로 진행된다면, 당신들이 말하는 그런 일이 분명히 일어나겠지요. 하지만 일은 다르게 진행될 것입니다. 저는 살면서 하느님을 많이 모욕했고, 죽어 가는 지금 그 이상도 그 이하도 아닌, 한 가지만 더 할 겁니다. 그러니까 가능하다면, 당신들이 찾을 수 있는 가장 거룩하고 훌륭한 수도자가 저에게 오도록 해주고, 제가 알아서 하게 맡겨 주세요. 당신들이 만족할 만큼 잘되도록 당신들의 일과 제 일을 확실하게 처리할 테니까요.」

두 형제는 그 말에 많은 희망을 두지 않았지만, 그래도 어느 수도원으로 갔고, 자신들의 집에 병들어 누워 있는 이탈리아인의 고해를 들어 줄 거룩하고 현명한 사람을 요청했습니다. 그리고 훌륭한 삶을 살아온 나이 많고 경건한 수도자이며 성경에 박식한 대가로 모든 주민이 특별하게 높이 공경하는 매우 존경스러운 분을 소개받아 모시고 갔지요.

수도자는 차펠레토 씨가 누워 있는 방에 도착하여 그 옆에 앉았고, 먼저 자비롭게 그를 위로하기 시작했고, 이어서 그에게 마지막으로 고해한 지 얼마나 많은 시간이 지났는지 질문했습니다. 그러자 전혀 고해한 적이 없는 차펠레토 씨는 대답했지요.

「신부님, 제 습관은 매주 최소 한 번 고해하는 것이고, 종종 더 많이 고해하기도 합니다. 사실 저는 병들었기 때문에 고해하지 않은 지 거의 여드레가 되었는데, 그만큼 병은 저에게 고통을 주었습니다.」

그러자 수도자는 말했습니다.

「내 아들아, 잘했다. 앞으로도 그렇게 하도록 하여라. 그렇게 자주 고해한다니, 내가 듣거나 질문하는 데 별로 어려움이 없을 것 같구나.」

차펠레토 씨는 말했지요.

「신부님, 그렇게 말하지 마십시오. 저는 태어난 날부터 고해한 날까지 언제나 제가 기억하는 모든 죄를 전부 고해할 수 있을 정도로 자주 고해하지 않았습니다. 그러므로 훌륭하신 신부님, 바라옵건대, 제가 고해를 전혀 하지 않은 것처럼, 모든 것에 대해 세세하게 질문해 주십시오. 그리고 제가 병들었다고 배려하지 마세요. 저는 제 육신을 편안하게 함으로써 구세주께서 당신의 소중한 피로 구원해 주신 제 영혼이 파멸될 수 있는 일을 하는 것보다, 이 육신을 불편하게 하는 것을 훨씬 더 원하기 때문입니다.」

그 말은 거룩한 수도자를 매우 기쁘게 했고, 잘 준비된 마음에 대한 증거처럼 보였습니다. 그래서 차펠레토 씨에게 그런 습관에 대해 많이 칭찬한 다음, 혹시 어떤 여자와 음욕의 죄를 지었는지 질문했습니다. 그에 대해 차펠레토 씨는 한숨을 쉬며 대답했습니다.

「신부님, 그 부분에 대해서는 사실대로 말하기가 부끄럽습니다. 허영의 죄를 짓지 않을까 두렵기 때문입니다.」

그러자 거룩한 수도자는 말했지요.

「안심하고 말하여라. 진실을 말하면, 고해나 다른 것에서도 절대 죄가 되지 않으니까.」

그러자 차펠레토 씨가 말했습니다.

「그것에 대해 신부님께서 저를 안심시켜 주시니까 말하겠습니다. 저는 어머니의 몸에서 나왔을 때와 똑같이 동정입니다.」

수도자는 말했습니다.

「오, 너는 하느님의 축복을 받기를! 얼마나 잘했는지! 그렇게 함으로써 너는 더 많은 공덕을 쌓았도다. 원했다면 너는 규칙들을 지켜야 하는 다른 사람들이나 우리보다, 그와 반대로 할 수 있는 더 많은 자유를 갖고 있었으니까 말이다.」

그렇게 말한 다음, 혹시 탐식의 죄에서 하느님을 불쾌하게 하지 않았는지 질문했습니다. 거기에 대해 차펠레토 씨는 크게 한숨을 쉬면서, 그렇다고, 여러 번 그랬다고 대답했지요. 자신에게는 경건한 사람들이 해마다 하는 사순절의 단식 외에, 매주 최소한 사흘 동안 빵과 물을 단식하는 것이 습관이었는데도 불구하고, 특히 기도하거나 순례를 가면서 노고를 겪었을 때는, 마치 대단한 술꾼들이 포도주를 마시는 것과 똑같은 즐거움과 욕망으로 물을 마셨으며, 마치 여자들이 들판에 갈 때 만드는 그런 소박한 야채 샐러드를 먹고 싶은 적이 여러 번 있었으며, 때로는 먹는 것이, 경건한 단식이 가져오는 것보다 더 많은 즐거움을 주는 것처럼 보였다고 했지요. 그러자 수도자는 말했습니다.

「내 아들아, 그런 죄는 자연스러운 것이고 아주 가볍단다. 그러니 네가 필요 이상으로 양심의 가책을 느끼지 않기를 바란다. 오래 단식한 다음에는 먹는 것이 좋아 보이고, 노고 뒤에 마시는 것이 좋아 보이는 것은, 아무리 거룩해도 모든 사람에게 일어나는 일이다.」

차펠레토 씨는 말했습니다.

「오! 신부님, 저를 위로하기 위해 그렇게 말하지 마십시오. 아시겠지만, 하느님께 봉사하기 위해 하는 일들은 모두 순수하게 어떤 영혼의 오점[45]도 없이 이루어져야 한다는 것을 저는 알고 있습니다. 누구든지 그와 다르게 하면 죄를 짓게 되지요.」

수도자는 매우 만족하여 말했습니다.

「네가 그렇게 믿는다니 기쁘고, 거기에 대한 너의 순수하고 착한 양심이 아주 좋구나. 하지만 말해 보아라. 너는 필요한 것 이상으로 원하거나, 네가 갖지 않아야 하는 것을 가짐으로써 탐욕의 죄를 지었느냐?」

거기에 대해 차펠레토 씨는 이렇게 말했지요.

「신부님, 왜 제가 이 돈놀이꾼들의 집에 있는지 의심하지 않으시면 좋겠습니다. 저는 돈놀이와 아무 상관도 없고, 오히려 그들에게 경고하고 처벌하고 그런 역겨운 벌이를 그만두게 하려고 여기에 왔으며, 만약 하느님께서 이렇게 저에게 병을 주시지 않았다면,[46] 그렇게 되었을 것이라고 믿습니다. 그런데 신부님은 아셔야 합니다. 아버지는 저를 부자로 남겨 주셨고, 아버지가 돌아가셨을 때, 그 재산을 저는 대부분 자

---

45 원문에는 〈ruggine〉, 즉 〈녹(綠)〉으로 되어 있다.
46 원문은 〈non m'avesse così visitato〉, 말하자면 〈이렇게 저를 방문하시지 않았다면〉이다.

선을 위하여[47] 기부했습니다. 그런 다음 제 생활을 유지하고 그리스도의 가난한 자들을 도와주기 위해 조그마한 장사를 했고, 거기에서 언제나 하느님의 가난한 자들과 함께 제가 벌고 싶었던 것을 벌었고, 언제나 절반으로 나누어 절반은 저에게 필요한 것에 썼고, 나머지 절반은 그들에게 주었답니다. 그리고 그런 것에서 창조주께서는 저를 아주 잘 도와주셨고, 그래서 제 일은 언제나 점점 더 잘 되었지요.」

수도자가 말했습니다.

「잘했구나. 그런데 너는 자주 화를 냈느냐?」

차펠레토 씨는 말했습니다.

「오! 그것을 말씀드리자면, 저는 자주 화를 냈습니다. 날마다 사람들이 더러운 짓들을 하고, 하느님의 계율을 지키지 않고, 하느님의 심판을 두려워하지 않는 것을 보면서 누가 화를 참을 수 있겠습니까? 청년들이 헛된 것을 뒤쫓는 걸 보면서, 맹세하고 맹세를 어기는 것을 들으면서, 술집에 가고, 성당에는 가지 않고, 하느님의 길보다 세속의 길을 더 따르는 것을 보면서, 저는 살아 있는 것보다 차라리 죽고 싶은 날이 여러 번 있었습니다.」

그러자 수도자는 말했습니다.

「내 아들아, 그것은 좋은 분노이고, 나로서는 너에게 보속(補贖)을 부과할 수 없구나. 하지만 혹시라도 분노가 너에게 살인을 하거나, 사람들에게 저속한 말을 하거나, 아니면 다

---

47 원문은 ⟨per Dio⟩, 즉 ⟨하느님을 위하여⟩이다.

른 어떤 모욕을 하도록 이끈 적이 있느냐?」

그 말에 차펠레토 씨는 대답했습니다.

「세상에! 신부님, 저에게는 하느님의 사람처럼 보이는 신부님, 어떻게 그런 말을 하십니까? 신부님이 말씀하시는 것 중 어느 하나라도 하고 싶은 생각을 제가 했다면, 하느님께서 저를 그렇게 오랫동안 용인하셨을 것이라고 제가 믿는다고 생각하십니까? 그런 것은 악당이나 사악한 사람들이 할 짓이고, 혹시 그런 사람을 볼 때마다 저는 언제나 〈세상에, 하느님께서 그대를 바로잡아 주시기를〉 하고 말했지요.」

그러자 수도자가 말했습니다.

「내 아들아, 너는 하느님의 축복을 받을 것이다. 그렇다면 말해 보아라. 혹시 너는 누군가에게 거짓 증언을 하거나, 다른 사람에 대해 나쁘게 말하거나, 아니면 소유한 사람이 원하지 않는데 다른 사람의 물건을 빼앗은 적이 있느냐?」

차펠레토 씨는 대답했습니다.

「그렇습니다, 신부님. 분명히 저는 다른 사람에 대해 나쁘게 말했습니다. 전에 저의 이웃 한 사람이 정말 부당하게도 아내를 때리는 것만 일삼았기 때문입니다. 그래서 한 번 아내의 친척들에게 그에 대해 나쁜 말을 했습니다. 그 사람이 술을 너무 마실 때마다 하느님께서만 아시듯이 학대한 불쌍한 여인에게 저는 큰 연민을 느꼈으니까요.」

그러자 수도자가 말했습니다.

「좋다. 이제 말해 보아라. 너는 상인이었으니까, 상인들이 그러는 것처럼, 혹시 사람을 속였느냐?」

차펠레토 씨는 말했습니다.

「물론입니다, 신부님, 그랬습니다. 하지만 그 사람이 누구였는지 저는 모릅니다. 다만 그는 제가 그에게 판 옷감에 대해 저에게 줘야 했던 돈을 주었고, 저는 그 돈을 세어 보지 않고 상자 안에 넣어 두었는데, 한 달 이상 지난 뒤에야 받아야하는 돈보다 4피촐로[48]가 더 많다는 것을 발견했습니다. 그런데 그 사람을 다시 보지 못했기에 그에게 돌려주기 위해 1년 이상 간직하고 있다가 하느님의 사랑을 위하여 기부했습니다.」

수도자는 말했습니다.

「그것은 사소한 것이고, 네가 그렇게 한 것은 잘한 일이다.」

그리고 거룩한 수도자는 그 외에도 다른 많은 것에 대해 질문했고, 그에 대한 모든 대답은 그런 식이었지요. 그래서 이제 그를 사면하려고 준비하고 있는데, 차펠레토 씨가 말했습니다.

「신부님, 제가 아직 말하지 않은 몇 가지 죄가 더 있습니다.」

수도자가 무엇이냐고 묻자 그는 대답했습니다.

「어느 토요일 아홉째 시간[49]이 지난 다음에, 제 하인에게 집을 청소하라고 시켰고, 그래서 거룩한 일요일에 지켜야 하

---

48 피촐로picciolo는 화폐 단위로 콰트리노quattrino의 4분의 1에 해당한다.
49 오후 3시가 넘었다는 뜻인데, 당시에는 토요일 아홉째 시간이 지나면 일요일이 시작된다고 생각했다.

는 존경심을 갖지 않았던 것을 기억합니다.」

수도자는 말했습니다.

「오! 내 아들아, 그것은 가벼운 일이다.」

그러자 차펠레토 씨는 말했습니다.

「아닙니다. 가벼운 일이라고 말하지 마십시오. 일요일은 너무나 존경해야 하는 날이기 때문입니다. 바로 그날 우리 주님께서 죽음에서 삶으로 부활하셨으니까요.」

그러자 수도자는 말했습니다.

「또 다른 것을 했느냐?」

차펠레토 씨는 대답했습니다.

「그렇습니다, 신부님. 저는 무의식중에 한 번 하느님의 성당 안에서 침을 뱉었습니다.」

수도자는 웃기 시작하더니 말했습니다.

「내 아들아, 그것은 걱정할 일이 아니다. 성직자인 우리는 날마다 침을 뱉는단다.」

그러자 차펠레토 씨가 말했지요.

「그렇다면 정말로 무례한 일을 하시는군요. 하느님께 제물을 바치는 거룩한 성전만큼 깨끗하게 유지해야 할 것은 전혀 없으니까요.」

그렇게 짧은 시간에 그런 것들에 대해 많이 말했고, 마지막으로 한숨을 쉬었고 이어서 크게 울기 시작했습니다. 원할 때 너무나도 잘 울 줄 아는 사람답게 말입니다. 그러자 수도자가 말했습니다.

「내 아들아, 무슨 일이냐?」

차펠레토 씨는 대답했습니다.

「세상에! 신부님, 제가 전혀 고백하지 않은 죄가 하나 남아 있는데, 그것을 말해야 하는 것이 정말로 부끄럽습니다. 그것을 기억할 때마다, 저는 신부님이 보시다시피 울어요. 하느님께서는 그 죄에 대해 절대로 저를 불쌍히 여기시지 않으리라는 것이 너무나도 분명해 보입니다.」

그러자 거룩한 수도자는 말했습니다.

「힘내라, 아들아. 네가 말하는 것이 무엇이냐? 모든 사람이 지었던 모든 죄와, 세상이 끝날 때까지 모든 사람이 짓게 될 모든 죄가 단 한 사람 안에 모두 있다고 하더라도, 만약 그 사람이, 내가 지금 너에게서 보는 것처럼 참회하고 괴로워하면서 고해한다면, 하느님의 너그러움과 연민은 기꺼이 용서해 주실 만큼 크단다. 그러니까 안심하고 말해라.」

그러자 차펠레토 씨는 계속 크게 울면서 말했습니다.

「세상에! 신부님, 저의 죄는 너무나도 큰 죄이고, 만약 신부님의 기도가 없으면, 거기에 대해 하느님의 용서를 받을 수 있을지 믿기 어려울 정도입니다.」

그 말에 수도자는 말했지요.

「안심하고, 말해라. 내가 하느님께 너를 위하여 기도하겠다고 약속할 테니까.」

그런데도 차펠레토 씨는 계속 울며 말하지 않았고, 수도자는 계속 말하라고 격려했습니다. 그렇게 차펠레토 씨는 울면서 상당한 시간 동안 수도자를 붙잡아 둔 다음, 크게 한숨을 내쉬더니 말했습니다.

「신부님, 저를 위하여 하느님께 기도해 주신다고 신부님이 약속하시니 말씀드리겠습니다. 제가 어렸을 때 한 번 엄마에게 욕을 했습니다.」

그렇게 말하고 다시 크게 울기 시작했습니다. 수도자가 말했지요.

「오, 내 아들아, 그것이 그렇게 커다란 죄라고 생각하느냐? 오! 사람들은 온종일 하느님께 욕을 하는데도, 하느님께서는 욕한 것을 후회하는 사람을 기꺼이 용서해 주신단다. 그런데 너에게는 그것에 대해 용서하시지 않으리라고 생각하느냐? 울지 말고 안심하여라. 설령 네가 그분을 십자가에 매단 사람 중 하나였다고 하더라도, 내가 보듯이 이렇게 참회하고 있으니, 분명히 너를 용서하실 테니까.」

그러자 차펠레토 씨는 말했습니다.

「세상에! 신부님, 무슨 말씀을 하시는 겁니까? 부드러운 저의 어머니는 밤이나 낮이나 아홉 달 동안 저를 당신 몸 안에 갖고 다니셨고, 백 번도 넘게 저를 안고 다니셨습니다! 그런 어머니를 욕하다니 정말 나쁜 짓을 했고, 그것은 너무나도 큰 죄입니다. 그러니 신부님께서 저를 위하여 하느님께 기도해 주지 않는다면, 그 죄는 절대 용서받지 못할 것입니다.」

수도자는 차펠레토 씨에게 더 할 말이 없는 것을 보고, 그가 아주 성스러운 사람이라고 생각하였기에, 그를 사면해 주었고 축복을 내려 주었습니다. 그렇게 차펠레토 씨가 한 말들이 완전히 사실이라고 믿었기 때문이지요. 죽기 직전에 있는 사람이 고해하면서 그렇게 말하는 것을 보고 누가 믿지 않겠습니까? 그리고 그 모든 것이 끝난 다음 이렇게 말했습니다.

「차펠레토 씨, 하느님의 도움으로 당신[50]은 바로 건강해질 것이오. 하지만 하느님께서 당신의 축복받고 잘 준비된 영혼을 곁으로 부르시는 일이 일어난다면, 당신은 당신의 몸이 우리 수도원[51]에 묻히는 것을 원하나요?」

그 말에 차펠레토 씨는 대답했습니다.

「신부님, 그렇습니다. 아니, 저는 다른 곳에 있고 싶지 않습니다. 신부님이 저를 위하여 하느님께 기도해 주신다고 약속하셨으니까요. 그리고 저는 언제나 신부님의 수도회에 특별한 존경심을 갖고 있었습니다. 그래서 부탁하오니, 신부님이 수도원에 돌아가시면, 신부님이 아침에 제단 위에서 축성하신 그 진실한 그리스도의 성체를 저에게 보내 주십시오. 그래서 비록 제가 합당하지 않을지라도, 신부님의 허락과 함께 성체를 배령하고 싶고, 이어서 거룩한 마지막 기름 부음[52]을 받고 싶습니다. 제가 죄인으로 살았더라도, 최소한 그리스도인으로 죽을 수 있도록 말입니다.」

거룩한 수도자는 그가 잘 말하였기에 무척 기쁘다고 말했고, 곧바로 성체를 가져오게 하겠다고 말했고, 그렇게 되었습니다.

---

50 앞에서 수도자는 차펠레토를 낮춤말에 가까운 〈tu〉로 부르면서 말하였는데, 이 사면을 내리는 문장에서는 높임말에 해당하는 〈voi〉로 부르면서 말한다.

51 원문은 〈luogo〉, 즉 〈장소〉이다.

52 한자어 〈도유(塗油)〉로 옮기기도 한다.

두 형제는 차펠레토 씨가 자신들을 속이지 않을까 걱정하여 차펠레토 씨가 누워 있는 방을 한쪽에서 나누고 있는 나무판 가까이에 있었으므로 차펠레토 씨가 수도자에게 말하는 것을 잘 듣고 이해했습니다. 그가 했다고 고백하는 것을 들으면서 때로는 크게 웃고 싶었고, 거의 웃음이 터질 지경이었으며, 이따금 자기들끼리 이렇게 말했지요.

「저 사람은 도대체 어떤 사람이야? 노년도, 병도, 분명히 임박한 죽음에 대한 두려움도, 지금부터 잠시 후에 받아야 하는 심판을 앞두고 있으면서 하느님에 대한 두려움도 그를 자기 사악함에서 벗어나게 하지 못하고, 자기가 살았던 대로 죽고 싶게 하지 못하다니.」

하지만 어쨌든 그렇게 말한 것을 듣고, 더구나 그가 성당에 받아들여져 묻히게 될 것에 대해 전혀 신경 쓰지 않았습니다. 차펠레토 씨는 잠시 후 성체를 배령했고, 대책 없이 악화해 마지막 기름 부음을 받았으며, 저녁 기도 시간이 지나고 잠시 후, 멋진 고해를 한 바로 그날 죽었습니다. 그리고 두 형제는 그가 영광스럽게 묻히도록 그의 돈으로 준비하였으니, 수도원에 사람을 보내 수도자들이 저녁에 와서 관례에 따라 밤샘을 하게 하고, 아침에 시체 운반을 위해 필요한 모든 것을 준비했습니다.

그의 고해를 들은 거룩한 수도자는, 그가 죽었다는 말을 듣고 수도원장과 함께 협의했고, 총회 소집 종을 울렸고, 총회에 모인 수도자들에게 그의 고해를 통해 알게 된 바에 의하면 차펠레토 씨는 거룩한 사람이었다고 설명했습니다. 그리고 그를 통하여 하느님께서 많은 기적을 보여 주실 것이라는 희망에, 그의 시체를 커다란 존경심과 경건함으로 받아들여야 한다고 설득했습니다. 거기에 대해 수도원장과 다른 수도자들은 그대로 믿고 동의했습니다. 그래서 저녁에 모두 차펠레토 씨의 시체가 누워 있는 곳으로 갔고, 그를 위하여 엄숙하고 경건한 밤샘을 했고, 아침에는 모두 사제복을 입고, 손에는 성경을 들고, 십자가를 앞세우고, 시체를 위하여 노래하면서 갔으며, 매우 엄숙한 의례와 함께 성당으로 운반하였는데, 남자든 여자든 도시의 거의 모든 사람이 뒤따랐습니다. 시체를 성당 안에 안치한 다음 그의 고해를 들은 거룩한 수도자는 설교단으로 올라갔고, 그에 대해, 그의 생활, 그의 단식, 그의 순결함, 그의 소박함과 순수함과 거룩함에 대해 경이로운 것들을 설교하기 시작했고, 다른 무엇보다 차펠레토 씨가 자신의 가장 큰 죄라고 울면서 자신에게 고해한 것에 대해 이야기하면서, 그것은 곧바로 자기 머릿속에, 하느님께서 분명히 그를 용서해 주실 것이라는 확신을 심어 주었다고 말했고, 거기에서 듣고 있는 사람들을 향해 꾸짖으면서 이렇게 말했습니다.

「그런데 하느님의 저주를 받은 여러분은, 지푸라기 하나만 발에 걸려도 언제나 하느님과 성모님과 천국의 성인들을 욕하는구나!」

그리고 그 외에도 차펠레토 씨의 충실함과 순수함에 대해 다른 많은 것을 말했고, 그 지역 사람들에게 완전히 신뢰받고 있는 그 수도자의 말과 함께 짧은 시간에 그는 거기 있던 모든 사람의 경건함과 머릿속에 심어졌으니, 미사가 끝난 뒤, 세상에서 가장 혼잡하게 모든 사람이 그의 발이나 손에 입을 맞추러 갔고, 입혀 있던 모든 옷이 찢어졌으며, 그 조각을 조금이라도 가진 사람은 축복받았다고 생각하였고, 모든 사람이 방문하고 볼 수 있도록 그렇게 온종일 안치되어 있어야 했습니다.

그런 다음 그날 밤 대리석 관에 담겨 어느 경당(經堂) 안에 명예롭게 묻혔고, 곧이어 다음 날 사람들은 그곳에 가서 촛불을 켜고 경배하기 시작했고, 이어서 서원을 하고 서원에 따라 만든 밀랍 성상을 걸기 시작했습니다. 그리고 그의 거룩함에 대한 명성과 경배가 얼마나 커졌는지, 어떤 역경이 있을 때 그가 아닌 다른 성인에게 서원하는 사람은 거의 아무도 없었으며, 그를 차펠레토 성인이라고 불렀으며, 하느님께서는 그를 통하여 많은 기적을 보여 주셨으며, 경건하게 그에게 기도하는 사람에게 언제나 기적을 보여 주신다고 주장했습니다.

그러니까 차펠레토 다 프라토 씨는 여러분이 들은 것처럼 그렇게 살았고 죽었으며, 성인이 되었습니다. 그가 하느님이 계시는 곳에서 축복받을 수 있다는 것을 저는 부정하고 싶지 않습니다. 그의 삶이 사악하고 파렴치했을지라도, 극단적인 순간에 그는 참회했고, 뜻밖에도 하느님께서는 그를 불쌍히 여기시어 당신의 왕국에 받아들이셨던 것입니다. 하지만 그곳은 우리에게 감추어져 있으므로, 저는 겉으로 보이는 것에 따라 추론하고 싶고, 그래서 그 사람은 천국보다는 지옥[53]에서 악마의 손에 있어야 한다고 말하고 싶습니다.

만약 그렇다면 우리에 대한 하느님의 자비는 아주 클 수 있고, 우리의 실수가 아니라 믿음의 순수함을 바라보시고, 따라서 우리가 당신의 적을 당신의 친구로 믿고 우리의 중개자로 만들어도, 마치 우리가 당신 은총의 중개자로서 정말로 거룩한 성인에게 의지하는 것처럼 우리의 기도를 들어주십니다. 그러므로 그분의 은총으로 우리가 이런 역경 속에서 또 이렇게 즐거운 모임 안에서 안전하고 건강하게 남아 있도록, 우리가 이야기하기 시작한 그분의 이름을 찬양하고, 그분을 공경하면서, 우리가 필요할 경우 우리의 기도를 들어주실 것으로 확신하고 우리를 그분께 맡기도록 합시다.]

그리고 여기에서 판필로는 침묵했습니다.

둘째 이야기

유대인 아브라함은, 잔노토 디 치비니의 권유에 따라,
로마의 교황청으로 가고, 성직자들의 악행을 본 다음
파리로 돌아가 그리스도인이 된다.

판필로의 이야기는 이따금 웃게 했고 여인들의 칭찬을 많이 받았습니다. 열심히 듣고 있던 이야기가 끝에 이르자, 여

---

53 원문은 〈perdizione〉, 즉 〈파멸〉이다.

왕은 판필로 옆에 앉아 있던 네이필레에게 이미 시작된 즐거움의 순서에 따라 이야기를 하나 하라고 명령했습니다. 예의 바른 품성 못지않게 아름다움까지 갖춘 네이필레는 기꺼이 하겠다고 즐겁게 대답했고, 이렇게 시작했습니다.

[판필로는 자기 이야기에서, 하느님의 너그러움은 우리가 볼 수 없는 것에서 하는 실수는 보시지 않는다는 것을 증명했습니다. 저는 제 이야기에서, 그런 하느님의 너그러움을 말과 행동으로 진정하게 증명해야 함에도, 정반대로 행동하는 사람들의 결점을 하느님께서는 인내심 있게 용인하면서, 우리가 믿고 있는 것을 더욱 확고한 정신으로 뒤따르도록, 그 자체에 대한 오류 없는 진리를 증명하신다는 것을 보여 주고 싶습니다.

우아한 여인들이여, 제가 전에 들은 이야기에 의하면, 파리에 큰 상인이며 착한 사람이 하나 있었는데, 잔노토 디 치비니[54]라 불리는 그는 아주 충실하고 올바르며 대규모 직물 거래 사업을 했습니다. 그리고 아브라함이라는 큰 부자 유대인과 특별한 우정을 맺고 있었는데, 그도 마찬가지로 상인이었고 매우 올바르고 충실한 사람이었습니다. 그의 올바름과 충실함을 보며 잔노토는 그렇게 훌륭하고 현명하고 착한 영혼이 믿음의 결점 때문에 지옥[55]으로 가는 것에 대해 대단히 애석하게 생각하기 시작했습니다. 그래서 그가 유대교 믿음

54 Giannotto di Civigni. 이 등장인물은 실존 인물을 토대로 했는지 알려지지 않았다. 치비니는 프랑스의 지명에서 나온 것 같지만 확실하지 않다.
55 여기에도 원문은 〈perdizione〉, 즉 〈파멸〉이다.

의 오류를 버리고 그리스도교의 진리로 향하도록 그에게 친절하게 부탁하기 시작했습니다. 그가 볼 수 있듯이 그리스도교는 거룩하고 훌륭한 것으로 언제나 번창하고 늘어나는데, 반대로 그의 종교는 줄어들고 없어진다는 것을 알아볼 수 있었으니까요.

아브라함은 아무것도 유대교보다 훌륭하거나 거룩하지 않다 믿었고, 자신은 유대교 안에서 태어났고, 그 안에서 살다가 죽고 싶으며, 자신을 거기에서 벗어나게 할 것은 전혀 없을 것이라고 대답했습니다. 그런데도 잔노토는 그만두지 않고 며칠이 지난 뒤 그에게 비슷한 말을 했고, 상인들이 대부분 잘할 줄 알듯이, 어떤 이유로 우리의 종교가 유대교보다 더 나은지 개략적으로 설명했습니다.

그리고 아브라함은 유대 율법의 대가였는데도 불구하고, 잔노토와의 커다란 우정이 그를 움직였는지, 아니면 혹시 성령이 보통 사람의 혀 위에 내려와서 하게 한 말이 그랬는지, 잔노토의 설득이 그의 마음에 큰 즐거움을 주기 시작했습니다. 하지만 그래도 자신의 믿음에 완고하여 바꾸려고 하지 않았어요. 그가 완고하게 보이는 만큼 잔노토는 설득하려는 것을 멈추지 않았고, 결국 그런 지속적인 요구에 굴복하여 유대인은 이렇게 말했습니다.

「그래, 잔노토, 내가 그리스도인이 되는 것을 자네는 원하는군. 그렇다면 나는 그렇게 할 준비가 되어 있는데, 다만 먼저 로마로 가서, 거기에서 자네가 땅에 있는 하느님의 대리인[56]이라고 말하는 사람을 보고, 그의 행동과 태도를 살펴보고, 그의 형제 추기경들에 대해서도 마찬가지로 하고 싶네. 그리고 만약 자네의 말을 통해서나 그들의 품행을 통해, 자네가 나에게 증명하려고 노력했듯이, 내가 자네들의 믿음이 내 믿음보다 더 낫다는 것을 이해할 수 있도록 그들이 나에게 보인다면, 자네에게 말한 것[57]을 하겠네. 반면에 만약 그렇지 않다면 나는 지금과 마찬가지로 유대인으로 남겠네.」

잔노토는 그 말을 들었을 때 속으로 엄청나게 괴로웠고 혼자 말했지요.

「내가 그를 개종시키겠다고 믿으면서 가장 훌륭하게 사용한 것 같은 노고가 헛된 것이 되었군. 만약 그가 로마 교황청[58]으로 가서 성직자들의 더럽고 추악한 생활을 본다면, 유대인에서 그리스도인이 되는 것은 고사하고, 혹시 이미 그리스도인이라도 틀림없이 다시 유대인으로 돌아갈 테니까.」

그래서 아브라함을 향해 말했습니다.

「세상에! 내 친구여, 왜 자네는 여기에서 로마로 간다는 비용도 많이 드는 그런 노고 속으로 들어가려고 하는가? 자네 같은 부자에게는 바다나 땅에 분명히 위험들이 가득할 것이야. 여기에서는 세례를 줄 사람을 찾을 수 없다고 생각하는가? 혹시 자네는 내가 설명하는 믿음에 대해 어떤 의심을 하고 있는가? 자네가 원하거나 질문할 것에 대하여 설명해 줄

56 교황을 가리킨다.
57 말하자면 그리스도교로 개종하는 것을 말한다.
58 원문은 〈corte〉, 즉 〈궁전〉이다.

수 있는 최고의 스승들과 아주 현명한 사람들이 바로 여기에 있어.[59] 그러니까 내 생각에 그곳에 자네가 가는 것은 과잉이야. 거기에 있는 고위 성직자들은 자네가 여기에서 볼 수 있는 성직자들과 똑같고, 단지 최고 목자에게 가까이 있는 만큼만 더 낫다고 생각한다네. 그러므로 내 생각에 의하면, 그런 노고는 다른 순례[60]를 위해 다음으로 미루도록 하게. 그때에는 내가 함께 따라갈 수도 있네.」

그 말에 아브라함은 대답했어요.

「잔노토, 자네가 나에게 이야기하는 대로 그럴 것이라고 믿네. 하지만 많은 말을 한마디로 요약하자면, 자네가 나에게 그렇게 부탁한 것을 해주기를 원한다면, 나는 그곳에 갈 준비가 완전히 되어 있고, 만약 그러지 않으면 절대 아무것도 하지 않을 것이네.」

잔노토는 그의 의지를 보고 말했습니다.

「그렇다면 좋은 행운과 함께 가기를 바라네!」

만약 그가 로마 교황청을 본다면 절대 그리스도인이 되지 않으리라고 생각했지만, 그래도 잃을 것이 없었으므로[61] 그냥 놔두었습니다. 아브라함은 말에 올라타고 가능한 한 빨리 로마 교황청으로 갔고, 거기에 도착하여 아는 유대인들로부터 영광스러운 환대를 받았습니다.

59 당시 파리 대학교는 신학 연구로 유명하였다.

60 원문은 perdono, 즉 〈용서〉이다. 순례를 통하여 사면을 얻을 수 있기 때문이다.

61 아브라함이 로마에 가지 않더라도 그리스도인으로 개종하지 않을 것이기 때문이다.

그리고 거기 머무르면서 왜 그곳에 갔는지 누구에게도 말하지 않고, 신중하게 교황과 추기경들과 다른 성직자들과 모든 교황청 사람의 행동을 살펴보기 시작했습니다. 그는 아주 신중한 사람이었으므로 자신이 깨달은 것과 다른 사람에게서 알게 된 것을 통해, 높은 사람부터 낮은 사람에 이르기까지 전체적으로 모두 음탕하게 음욕의 죄를 짓고 있는 것을 발견했는데, 단지 자연적인 음욕뿐만 아니라 남색에서도 양심의 가책이나 부끄러움의 어떤 억제도 없었으니, 창녀들이나 미소년들의 능력이 모든 큰일의 탄원에서 적잖은 힘을 발휘할 정도였습니다.

그 외에도 일반적으로 모두가 탐식가, 술꾼, 주정뱅이였고, 야만적인 동물처럼 음욕에 뒤이어 다른 무엇보다 배의 노예들이라는 것을 분명하게 알았습니다. 그리고 더 깊이 살펴보자 모두가 돈에 탐욕스럽고 욕심이 많다는 것을 보았으니, 사람의 피처럼 심지어 그리스도의 피나, 제물에 속하든 아니면 성직에 속하든 상관없이 신성한 것을 돈으로 사고팔았으며, 파리의 직물이나 다른 물건 거래보다 더 많은 거래가 있었고, 더 많은 중개인이 있었으며, 그 명백한 성직 매매를 〈알선〉이라 부르고, 탐욕을 〈생계유지〉라 불렀지요. 그 용어들의 의미는 놔두고라도, 하느님께서 사악한 영혼들의 의도를 모르고 계시며 사람들처럼 사물의 이름에 속으시는 것처럼 보였습니다.

그것들은 침묵해야 할 다른 많은 것과 함께 아브라함에게 정말로 불쾌했어요. 검소하고 절제 있는 사람이었던 그는 충분하게 본 것 같았고, 그래서 파리로 돌아가려고 생각했고, 그렇게 했습니다. 그러자 잔노토는 그가 돌아왔다는 것을 알고, 그가 그리스도인이 되는 것에는 전혀 희망을 두지 않고 그를 만나 즐거워했습니다. 그리고 며칠 쉰 다음 잔노토는 거룩한 아버지[62]와 추기경들과 다른 성직자들이 그에게 어떻게 보였는지 물었습니다. 그러자 유대인은 곧바로 대답했습니다.

「나쁘게 보이더군. 하느님께서 모두를 처벌하셔야 할 것이야. 자네에게 이렇게 말하겠네. 만약 내가 잘 관찰했다면, 거기에서 어느 성직자에게서도 거룩함이나 경건함, 훌륭한 행동, 생활이나 다른 것의 모범을 보지 못했고, 음욕과 탐욕, 탐식, 기만, 질투, 오만함, 그와 비슷한 다른 더 나쁜 것들을 본 것 같은데, 만약 더 나빠질 수 있다면, 그 사람들 덕분에 본 것 같으니, 그곳은 신성한 활동이 아니라 악마적인 활동의 용광로라고 차라리 생각하고 싶네.

그리고 내가 판단하는 바에 의하면, 자네들의 목자와 결과적으로 다른 모든 성직자는 온갖 노력, 온갖 재능, 온갖 기술을 동원하여, 자신이 그리스도교의 토대와 받침대가 되어야 하는데도, 그 종교를 세상에서 쫓아내고 소멸시키려고 노력하는 것 같네. 따라서 내가 보는 바에 의하면, 그들이 노력하는 일은 일어나지 않고,[63] 자네들의 종교는 더 빛나고 더 분명해질 것이니, 성령이 다른 어떤 종교보다 더 진실하고 거

62 교황을 가리킨다.
63 말하자면 그리스도교는 사라지지 않고.

룩한 그 종교의 토대와 뒷받침이라는 것을 나는 합당하게 알아볼 수 있을 것 같네. 그래서 나는 자네의 독려에도 단호하고 완고하게 그리스도인이 되고 싶지 않았는데, 지금 완전히 솔직하게 자네에게 말하자면, 어떤 일이 있어도 그리스도인이 되는 것을 포기하지 않을 것이네. 그러므로 성당으로 가세. 그리고 거룩한 자네들 믿음의 합당한 관례에 따라 세례를 받게 해주게.」

그와 정반대 결론을 예상했던 잔노토는 그런 말을 듣자 누구보다 행복했습니다. 그리고 그와 함께 파리의 노트르담 성당으로 갔고, 그곳 성직자들에게 요청하여 아브라함에게 세례를 주게 했습니다. 성직자들은 그의 요청을 듣고 곧바로 그렇게 했습니다. 잔노토는 거룩한 샘물에서 그를 들어 올렸고,[64] 요한이라는 세례명을 주었고, 이어서 아주 유능한 사람들에게서 우리 믿음에 대해 완벽하게 가르침을 받게 했고, 그는 그것을 곧바로 배웠습니다. 그리고 선량하고 훌륭한 사람으로 거룩한 생활을 했습니다.]

셋째 이야기

유대인 멜키세덱은 세 개의 반지 이야기로

---

64 세례를 주는 욕조(〈거룩한 샘물〉)에서 아브라함을 들어 올렸다는 것인데, 그의 대부가 되었다는 뜻이다.

살라딘이 자신에게 준비한 커다란 위험을 피한다.

　네이필레의 이야기가 모두의 칭찬을 받으면서 끝난 다음, 여왕이 원하는 대로 필로메나는 이렇게 말하기 시작했습니다.

　[네이필레의 이야기는 예전에 어느 유대인에게 일어난 위험한 사건을 기억나게 하네요. 하느님과 우리 믿음의 진리에 대해서는 이미 충분하게 잘 설명되었으므로, 사람들의 행동과 사건으로 내려가는 것도 금지되지 않아야 할 것이며, 제가 하려는 이야기를 듣고 나면, 여러분에게 주어질 수 있는 질문에 대한 대답에서 아마 더 신중해질 것입니다.

　사랑스러운 여인들이여, 종종 어리석음이 사람을 행복한 상태에서 끌어내 커다란 비참함에 빠뜨리는 것처럼, 지혜는 현명한 사람을 커다란 위험에서 끌어내 크고 안전한 편안함 속에 둔다는 것을 알아야 합니다. 그리고 실제로 어리석음이 사람을 좋은 상태에서 비참함에 빠뜨린다는 것은 많은 사례에서 볼 수 있고, 날마다 수많은 사례가 명백하게 나타나고 있으므로, 지금 우리가 이야기하려고 생각할 필요는 없을 것입니다. 하지만 지혜가 위로의 원인이라는 것은, 앞에서 제가 말한 대로 이야기를 통해 간략하게 보여 드리겠습니다.

　살라딘[65]은 자신이 가진 대단한 역량으로 단지 평범한 사

---

　65 Saladin(1137~1193). 1174년부터 이집트와 시리아를 지배하던 술탄이었는데, 너그럽고 신중하고 유능한 통치자로 그리스도인들에게도 널리 알려져 있었다.

람에서 바빌로니아[66]의 술탄이 되었을 뿐만 아니라, 사라센인[67]과 그리스도인 왕들에게서 많은 승리를 거두었는데, 여러 전쟁과 엄청난 화려함에 자기 재물을 모두 소비했습니다. 그리고 자신에게 닥친 어떤 사건에서 상당히 많은 양의 돈이 필요했는데, 자신에게 필요한 만큼 어디에서 그렇게 빨리 구할 수 있을지 몰랐을 때 부자 유대인 한 명이 생각났습니다. 알렉산드리아에서 높은 이자로 돈을 빌려주는 멜키세덱이라는 사람이었지요. 그리고 원할 때 그가 자신에게 봉사하게 만들려고 생각하였지만, 탐욕스러워서 절대 자신의 의지로 그렇게 하지는 않을 것이고, 그에게 무력을 사용하고 싶지도 않았습니다. 필요가 그를 압박하였으므로 그 유대인이 자신에게 봉사하게 할 방법을 찾는 데 완전히 몰입하였고, 그럴듯한 이유로 위장된[68] 무력을 가하려고 생각했습니다. 그래서 그를 부르게 했고, 친절하게 맞이하여 자기 옆에 앉히고 말했습니다.

「훌륭한 사람이여, 그대가 매우 현명하고 하느님의 일들에 심오하다는 말을 여러 사람에게 들었소. 그러므로 유대교, 이슬람교,[69] 그리스도교, 이 세 가지 율법 중에서 무엇이 진

66 여기에서는 이집트를 가리키며, 보다 일반적으로는 동방의 모든 이슬람 신자들을 가리킨다.

67 서기 2세기부터 로마인들은 시리아 초원의 유목민을 가리켜 사라케니Saraceni라고 불렀는데, 그리스어 ⟨Σαρακηνός⟩에서 유래하였다. 일반적으로 아랍 지역의 여러 민족을 가리키다가 7세기 이슬람교가 성립한 다음부터는 이슬람교도를 통칭하는 용어로 사용되었다.

68 원문은 ⟨da alcuna ragion colorata⟩, 즉 ⟨어떤 이유로 채색된⟩이다.

69 원문은 ⟨la saracina⟩, 즉 ⟨사라센 (율법)⟩이다.

정한 것이라고 그대는 평가하는지 그대에게서 듣고 싶소.」

매우 현명한 사람이었던 그 유대인은, 살라딘이 자신에게 어떤 비난을 제기하기 위하여 말의 함정에 빠뜨리려고[70] 한다는 것을 너무나도 잘 알았습니다. 그리고 살라딘이 자기 의도를 달성하지 못하도록 그 세 가지 중에서 어느 하나를 더 칭찬할 수 없다고 생각했습니다. 그래서 함정에 빠지지 않을 대답이 필요하다고 생각했기에 지혜를 집중했고, 곧바로 말해야 할 것이 떠올라 이렇게 말했습니다.

「폐하, 폐하께서 저에게 하시는 질문은 멋집니다. 제가 느끼는 것을 말씀드리고 싶은데, 짧은 이야기 하나를 먼저 해야 할 것 같으니 들어 보시기를 바랍니다. 제가 틀리지 않는다면, 여러 번 들은 것으로 기억합니다. 옛날에 훌륭하고 부자인 사람이 있었는데, 그가 보물로 가진 가장 소중한 것 중에 아주 아름답고 귀한 반지가 하나 있었습니다.[71] 그 가치와 아름다움으로 인하여 거기에 영광을 부여하고 자기 후손들에게 영원히 남겨 두고 싶어서, 그는 아들 중에서 자기가 남겨 주는 대로 그 반지를 받는 아들이 후계자가 되고, 집안의 가장으로 모두에게 존경과 경의를 받아야 한다고 명령했습니다.

그에게서 이를 물려받은 사람은 자기 후손들에게 비슷한 명령을 내렸고, 자기 선대가 했던 것처럼 했습니다. 그리고 곧이어 그 반지는 손에서 손으로 많은 후계자에게 건네졌고,

---

70 원문은 〈pigliarlo nelle parole〉, 즉 〈말 안에서 잡으려고〉이다.
71 원문에서 이 문장은 주어와 술어가 어울리지 않는 소위 〈파격(破格) 구문〉이다.

마지막으로 한 사람의 손에 들어갔는데, 그에게는 멋지고 역량 있고 아버지에게 잘 복종하는 아들 세 명이 있었고, 따라서 그는 세 아들을 모두 똑같이 사랑했습니다. 젊은 아들들은 반지의 관례를 알고 있었고, 각자 형제 중에서 가장 영광스러운 자가 되려고 열망하였기에, 각자 나름대로 최선을 다해 아버지에게 부탁했지요. 이미 늙은 아버지가 죽으면서 자신에게 반지를 남기도록 말입니다.

그들을 똑같이 사랑한 그 훌륭한 사람은 누구에게 남겨 줄지 선택할 수 없었고, 그래서 각자에게 약속하여 세 아들 모두를 만족시켜 주려고 생각하였지요. 그리고 비밀리에 어느 훌륭한 장인에게 다른 반지 두 개를 만들게 하였는데, 그 두 개는 원본과 아주 비슷하여, 그것들을 만들게 한 그 자신도 어느 것이 진짜인지 알아보기 어려울 정도였습니다. 죽을 때가 되자 그는 비밀리에 아들들 각자에게 각자의 반지를 주었습니다.

아버지가 죽은 뒤 아들들은 각자 유산과 영광을 차지하고 싶었기에, 서로 다른 형제를 부정하면서 합당한 권리로 그렇게 해야 한다는 증거로 자기 반지를 꺼냈습니다. 그런데 어떤 것이 진짜인지 알아볼 수 없을 정도로 반지들이 서로 비슷하다는 것을 발견했고, 그래서 그들 중 누가 아버지의 진정한 후계자인지가 해결되지 않은 문제로 남았는데, 지금도 해결되지 않고 있답니다.

그러므로 폐하, 신[72]께서 세 백성에게 주신 세 개의 율법에 대한 폐하의 질문에 저는 이렇게 말씀드리고 싶습니다. 각자 자신의 유산, 자신의 진정한 율법, 자신의 계율을 정당한 권리로 가지고 있고 또 수행한다고 믿고 있지만, 누가 그것을 가지고 있는가에 대한 문제는 그 반지들처럼 아직 해결되지 않고 있다고 말입니다.」

살라딘은 자기 발 앞에 펼쳐 놓은 올가미에서 그가 훌륭하게 빠져나올 수 있었다는 것을 깨달았고, 그래서 자기에게 필요한 것을 밝히고, 그가 봉사하려고 하는지 보려고 결심했습니다. 그리고 그렇게 했으며, 만약 그가 그렇게 현명하게 대답하지 않았다면, 자신이 하려고 마음속에 갖고 있던 일을 그에게 밝혔지요. 유대인은 살라딘이 요구한 모든 금액에 대해 너그럽게 봉사하였고, 살라딘은 나중에 모두 갚았습니다. 그 외에도 그에게 커다란 선물을 하였고, 그를 언제나 친구로 삼아 자기 옆에서 커다란 영광을 누리게 했답니다.]

넷째 이야기

큰 벌을 받아야 할 죄에 빠진 어느 수도자가 자기 수도원장의
똑같은 잘못을 솔직하게 비난하여 벌에서 벗어난다.

필로메나가 자기 이야기를 마치고 침묵하였을 때, 그녀 옆

72 원문에는 〈Dio padre〉, 즉 〈하느님 아버지〉로 되어 있다. 이슬람교와 관련된 이야기이므로 〈알라〉로 옮길 수도 있다.

에 앉아 있던 디오네오는 정해진 순서에 따라 자신이 이야기할 차례라는 것을 알고 있었기에, 여왕의 다른 명령을 기다리지도 않고 벌써 이렇게 이야기하기 시작했습니다.

[사랑스러운 여인들이여, 여러분 모두의 의도를 제가 잘 이해했다면, 우리는 이야기함으로써 스스로 즐겁기 위하여 이 자리에 있습니다. 따라서 오로지 그런 의도에 거스르지 않도록, 각자 더 많은 즐거움을 줄 수 있다고 믿는 이야기를 하는 것이 합당하다고 나는 생각합니다. 그리고 우리 여왕님도 조금 전에 그렇게 되어야 한다고 말했지요. 따라서 잔노토 디 치비니의 좋은 충고 덕택에 아브라함은 영혼을 구하였고, 멜키세덱은 지혜로 살라딘의 함정에서 자기 재산을 지켰다는 이야기를 들었으므로, 저는 여러분에게서 비난을 예상하지 않고, 어느 수도자가 어떤 신중함으로 자기 몸을 아주 큰 벌에서 벗어나게 했는지 간략하게 이야기하고자 합니다.

여기에서 멀지 않은 루니자나[73]에, 지금은 없어졌지만, 예전에 수도자들이 아주 많고 거룩한 수도원이 하나 있었습니다. 그곳의 여러 수도자 중에 젊은 수도자가 하나 있었는데, 그의 정력과 생생함은 단식이나 밤샘에도 소모될 수 없었습니다. 우연하게도 그는 어느 날 정오 무렵, 다른 수도자들이 모두 낮잠을 자는 동안, 한적한 장소에 있던 성당 주변으로 완전히 혼자 가게 되었고 매우 아름다운 처녀와 마주쳤습니다. 아마 시골 어느 농부의 딸로 채소를 뜯으러 밭에 가고 있

73 Lunigiana. 피렌체 북서쪽에 있는 역사적으로 오래된 지명으로, 토스카나 지방과 리구리아 지방 사이에 자리하고 있다.

었지요. 그녀를 처음 보자마자 그는 육체적 탐욕에 광폭하게 사로잡혔습니다.

그래서 그녀에게 가까이 다가가 함께 말을 나누었고, 이런 저런 말을 하다가 그녀와 합의했고, 아무도 모르게 그녀를 자기 방으로 데려갔습니다. 그가 지나친 욕망에 이끌린 나머지 덜 신중하게 그녀와 희롱하고 있는 동안, 수도원장이 잠을 자고 일어나 조용히 그의 방 앞을 지나가다가 그들이 함께 내는 시끄러운 소리를 듣게 되었습니다. 그리고 목소리들을 더 잘 알아듣기 위하여 방문으로 소리 없이 다가가 귀를 기울였고, 방 안에는 여자가 있다는 것을 분명하게 알았으므로 문을 열게 하고 싶었어요. 그런데 그 일에 다른 방법을 쓰고 싶은 생각이 들었고, 그래서 자기 방으로 돌아와 수도자가 밖으로 나오기를 기다렸습니다.

수도자는 그 젊은 처녀와 아주 큰 쾌락과 즐거움에 몰두해 있었지만, 그런데도 의심이 든 데다 숙소 건물 안에서[74] 발끄는 소리를 들은 것 같았기에, 조그마한 틈새에 눈을 갖다 대고 보았습니다. 그리고 수도원장이 귀를 기울이고 있는 것을 분명히 보았고, 그 처녀가 자기 방 안에 있다는 사실을 수도원장이 알았음을 분명히 깨달았습니다. 그리고 그 일에 대해 큰 벌을 받아야 한다는 것을 알고 있었으므로 엄청나게 괴로웠습니다. 하지만 자신의 괴로움에 대해 처녀에게 조금도 내색하지 않고, 곧이어 속으로 여러 가지를 생각하면서,

74 원문은 〈per lo dormentoro〉, 즉 〈기숙사에서〉이다.

자신에게 유익한 것을 찾으려고 노력했습니다. 그리고 자신이 상상한 목적에 정확하게 부합하는 새로운 계략이 떠올랐고, 그 처녀와 충분히 오래 있었다고 느끼곤 그녀에게 말했습니다.

「들키지 않고 당신이 이 안에서 나갈 수 있는 방법을 찾으러 가겠어요. 그러니 내가 돌아올 때까지 조용히 있어요.」

그리고 밖으로 나가 열쇠로 방을 잠근 다음 곧바로 수도원장의 방으로 갔고, 모든 수도자가 밖으로 나갈 때 그랬듯이 열쇠를 수도원장에게 제시하면서 평온한 표정으로 말했습니다.

「원장님, 오늘 아침 제가 해놓은 땔나무를 모두 가져오지 못하였습니다. 그래서 원장님의 허락을 얻어 숲에 가서 가져오도록 조치하고 싶습니다.」

수도원장은 자기가 본 것을 그가 눈치채지 못했다고 생각하면서, 그가 저지른 잘못에 대해 더 충분하게 알아볼 수 있는 그런 우연에 기뻤고, 그래서 기꺼이 열쇠를 받으면서 그렇게 하라고 허락했습니다. 그리고 그가 떠난 것을 보고 어떻게 하면 좋을지 생각하기 시작했습니다. 그러니까 모든 수도자가 보는 앞에서 방을 열어 수도자들에게 그의 죄를 보여 줌으로써, 나중에 그 수도자를 처벌할 때 자신에게 반대하여 불평하는 빌미를 주지 않는 것이 좋을지, 아니면 그 일이 어떻게 일어났는지 그녀에게 먼저 듣는 것이 좋을지 생각했지요.

그리고 그녀가 모든 수도자 앞에 보이는 부끄러움을 주고 싶지 않은 그런 사람[75]의 딸이거나 그런 여자일 수 있다고 속으로 생각했고, 먼저 그녀가 누구인지 보고, 그런 다음 결정하려고 생각했습니다. 그래서 소리 없이 직접 방으로 가서 문을 열고 안으로 들어갔고, 문을 다시 잠갔지요. 처녀는 수도원장이 오는 것을 보고 무척 당황하였고, 부끄러움에 두려워하면서 울기 시작했습니다.

그녀를 바라본 수도원장은 그녀가 아름답고 젊은 것을 보고, 자신은 비록 늙었지만, 곧바로 젊은 수도자가 느낀 것 못지않게 육체가 뜨거워지는 것을 느꼈고, 혼자 이렇게 말하기 시작했습니다.

「세상에! 불쾌함과 지겨움은 내가 원하는 만큼 언제나 준비되어 있는데, 즐거움을 가질 수 있을 때 왜 갖지 않겠는가? 아름다운 처녀가, 세상에서 아무도 모르는 여기에 있어. 내가 내 즐거움을 얻도록 그녀를 가질 수 있다면, 왜 그렇게 하지 않아야 하는지 모르겠어. 누가 알겠는가? 누구도 절대 알지 못할 것이고, 감추어진 죄는 절반 용서받은 것과 같아. 이런 기회는 절대 다시 오지 않을지도 몰라. 하느님께서 우리에게 행복을 내려 주실 때 그것을 얻는 것은 아주 지혜로운 일이야.」

그렇게 혼잣말을 하면서 거기에 간 의도를 완전히 바꾸어 처녀에게 더 가까이 다가갔고, 부드럽게 그녀를 위로하며 울지 말라고 달래기 시작했습니다. 그리고 이런저런 말을 계속하면서 자신의 욕망을 그녀에게 열어 보이기에 이르렀지요. 처녀는 쇠나 금강석으로 되어 있지 않았고, 아주 손쉽게 수

75 말하자면 유력자라는 뜻이다.

도원장의 즐거움에 응했습니다. 수도원장은 그녀를 껴안고 여러 번 입을 맞추었으며, 수도자의 작은 침대 위에서 혹시 자기 권위의 무거운 무게와 처녀의 어린 나이를 고려했는지, 아니면 혹시 지나친 몸무게로 그녀를 아프게 하지 않으려고 걱정했는지, 그녀의 가슴 위로 올라가지 않고, 그녀를 자기 가슴 위에 올려놓고 오랫동안 함께 즐겁게 놀았습니다.

숲으로 가는 척했던 수도자는 숙소 건물 안에 숨어 있었고, 수도원장이 혼자 자기 방으로 들어가는 것을 보고 안심하여 자기 계략이 분명히 효과를 거둘 것으로 판단했고, 방 안에서 다시 문을 잠그는 것을 보고 완전히 확신하였습니다. 그리고 숨어 있던 곳에서 나와 소리 없이 틈새로 갔고, 그 틈새를 통하여 수도원장이 말하거나 행동한 것을 듣고 보았습니다.

수도원장은 젊은 처녀와 충분히 머물렀다고 생각하여 그녀를 방 안에 가둔 채 자기 방으로 돌아갔습니다. 그리고 얼마 후 수도자가 오는 소리를 듣고 그가 숲에서 돌아왔다고 믿었고, 획득한 먹이를 자기 혼자 차지하기 위하여, 그를 엄하게 꾸짖고 감옥에 가두려고 생각했습니다. 그래서 그를 불러 심각한 표정으로 엄격하게 꾸짖고 감옥에 가두라고 명령했습니다. 젊은 수도자는 곧바로 대답했습니다.

「원장님, 저는 아직 성 베네딕투스[76] 수도회에 오래 있지 않았기에, 수도회의 모든 세부 사항을 배울 수 없었습니다. 그리고 수도자들이 단식이나 밤샘에 짓눌리듯이 여자들에게 짓눌려야 한다는 것을 원장님은 저에게 보여 주지 않으셨습니다. 하지만 이제 원장님께서 그것을 보여 주셨으니, 만약 이것에 대하여 저를 용서해 주신다면, 다시는 그런 일에 죄를 짓지 않고, 오히려 원장님께서 하시는 것을 제가 본 대로 언제나 하겠다고 약속합니다.」

신중한 사람이었던 수도원장은, 그가 자신에 대해 많이 알고 있을 뿐만 아니라, 자기가 한 것을 보았다는 것을 깨달았습니다. 그래서 똑같은 죄에 가책을 느꼈고, 자기 자신이 그랬으므로 합당한 벌을 그에게 내리는 것이 부끄러워 그를 용서하고 그가 본 것에 대해 침묵하라고 명령했고, 신중하게 처녀를 밖으로 내보냈습니다. 그리고 나중에 그들은 여러 번 그녀가 다시 돌아오게 했다고 믿어야 할 것입니다.]

다섯째 이야기

몬페라토 후작 부인은 암탉 요리와 상당히 즐거운 이야기로
프랑스 왕의 어리석은 사랑을 억누른다.

디오네오의 이야기는 처음에 약간의 부끄러움으로 듣고 있던 여인들의 가슴을 찔렀으니, 그녀들의 얼굴에 나타난 솔

76 베네딕투스Benedictus(480~547) 성인은 움브리아 지방의 노르치아 출신으로 이탈리아어 이름은 베네데토Benedetto이다. 열네 살에 은둔 수도 자가 되었고, 명성을 듣고 찾아온 수도자들을 중심으로 수도원을 세웠으며, 523년 이탈리아 남부의 몬테카시노Monte Cassino, 즉 카시노 산에서 이교 도 신전을 무너뜨린 곳에 수도원을 세우고 복음을 전파하였다.

직한 홍조가 그 증거를 보여 주었습니다. 그런 다음 서로 바라보면서 웃음을 가까스로 참을 수 있었고, 미소를 지으며 들었습니다. 하지만 이야기가 끝나자 여왕은, 그런 이야기는 여인들 사이에서 하지 않아야 한다는 것을 알려 주고 싶어서 약간 부드러운 말로 그를 꾸짖은 다음 그의 옆 풀밭 위에 앉아 있던 피암메타를 향하여 순서에 따르라고 명령했고, 그녀는 사랑스럽고 즐거운 얼굴로 여왕을 바라보면서 말하기 시작했습니다.

[준비된 멋진 대답의 힘이 얼마나 큰지 우리가 이야기로 증명하게 되어 좋기 때문에, 그리고 남자들에게는 언제나 자기보다 신분[77]이 더 높은 여자를 사랑하도록 노력하는 것이 커다란 지혜인 만큼, 여자들은 자기보다 신분이 높은 남자의 사랑을 받아들이는 것에 조심하는 것이 현명하기 때문에, 사랑하는 여인들이여, 제 차례가 된 이야기에서는, 어느 귀부인이 어떤 말과 행동으로 그런 사랑을 조심하였고 상대방을 그 사랑에서 벗어나게 해주었는지 보여 주고 싶습니다.

몬페라토[78]의 후작은 매우 가치 있는 사람이었고, 무장한 그리스도인들 전체의 십자군 전쟁에서 바다를 건너간 교황청의 기수[79]였습니다. 그의 훌륭함에 대해서는 바로 그 십자

---

77 원문은 〈legnaggio〉, 즉 〈가계〉 또는 〈혈통〉이다.

78 Monferrato. 이탈리아 북서부 피에몬테 지방에 있는 지역으로 중세에는 독립적인 후작령(侯爵領)이었다.

79 gonfaloniere. 문자 그대로 〈깃발을 드는 사람〉이라는 뜻으로, 중세와 르네상스 시대에 교황청의 영토나 권위를 수호하는 임무를 가진 훌륭한 사람에게도 이런 칭호를 부여했다.

군 전쟁을 준비하고 있던 〈애꾸눈〉 필리프[80]의 궁정에서 자주 이야기되었는데, 어느 기사가 왕에게 그 후작과 그의 부인 같은 부부는 하늘 아래 없다고 말했지요. 그러니까 기사들 사이에서 후작이 모든 역량[81]에서 유명한 것처럼 그의 부인은 세상의 모든 여인 중에서 가장 아름답고 훌륭하다는 것이었습니다. 그 말이 프랑스 왕의 마음속에 얼마나 강하게 들어갔는지, 그녀를 전혀 본 적 없는데도 곧바로 열렬하게 사랑하기 시작하였고, 십자군 전쟁을 하러 바다로 가면서 제노바[82] 외에는 가고 싶지 않다고 생각했으니, 거기에서 육로로 후작 부인을 보러 가야겠다는 합리적인 이유를 갖기 위해서였지요. 후작이 없으므로 자기 욕망을 실현할 수 있으리라 생각했으니까요.

그리고 그런 생각을 실행에 옮겼으니, 모든 사람을 앞에 보내고 자신은 소수의 수행원과 귀족을 데리고 길을 떠났고, 후작의 영토에 가까이 다가가면서 어느 날 미리 사람을 보내 부인에게 다음 날 아침 함께 식사하도록 자신을 기다리라고

---

80 프랑스 카페 왕가의 제7대 왕 필리프 2세(1165~1223)를 가리킨다. 이탈리아에서는 〈애꾸눈〉(il Bornio 또는 il Guercio) 필리프로 부르지만, 일반적으로는 〈존엄왕Auguste〉 필리프로 부른다. 그는 프랑스 귀족 대부분이 동원된 제3차 십자군 전쟁에 참전하였다.

81 원문에는 〈vertù〉(현대 이탈리아어로는 virtù)로 되어 있는데, 〈남자〉를 의미하는 라틴어 〈vir〉에서 유래한 〈virtus〉는 원래 〈힘〉이나 〈용기〉를 의미하였다. 현대 이탈리아어에서는 주로 〈미덕〉이나 〈덕성〉을 의미하지만, 당시에는 주로 〈역량〉이나 〈능력〉, 〈용기〉를 의미하는 용어였다.

82 Genova. 이탈리아 북서부의 항구 도시로 리구리아 지방의 중심지이다.

했습니다. 현명하고 신중한 부인은 그것이 다른 무엇보다 최고의 영광이며 왕은 잘 환영받을 것이라고 대답했지요. 그리고 곧바로 그것이 무엇을 의미하는지, 그런 왕이 자기 남편이 없는데 왜 방문하러 오는지 생각하기 시작했으니, 그런 생각, 말하자면 자신의 아름다움에 대한 소문이 왕을 그곳으로 이끌었다는 생각은 틀리지 않았습니다.

그렇지만 훌륭한 여인답게 왕을 영광스럽게 맞이할 준비를 하고 남아 있던 귀족 남자들을[83] 불렀고, 그들의 충고에 따라 적절한 모든 것에 명령을 내렸지만, 음식과 음료는 그녀 혼자 지시하려고 했습니다. 그리고 곧바로 시골에 있는 모든 암탉을 모아 오게 했고, 왕의 식사를 위하여 오로지 암탉만으로 다양한 음식을 준비하도록 요리사들에게 지시했지요.

그리하여 정해진 날에 왕은 왔고, 부인은 커다란 환영과 영광으로 맞이했습니다. 왕은 그녀를 보자 기사의 말을 듣고 상상하던 것 이상으로 아름답고 훌륭하고 예의 바르게 보였고, 그래서 매우 놀랐고 그녀를 대단히 칭찬했으며, 그녀가 과거의 명성보다 훨씬 뛰어난 만큼 자신의 욕망에 더 불타올랐습니다. 그런 왕의 영접에 어울리게 잘 장식된 방들에서 약간 휴식을 취한 다음 식사 시간이 되자, 왕과 후작 부인은 한 식탁에 앉았고, 다른 사람들은 신분에 따라 다른 식탁들에 앉았습니다. 거기에서 왕은 계속해서 많은 요리와 진귀한

83 귀족들 대부분은 십자군 전쟁을 위하여 떠났다.

최고급 포도주를 대접받았고, 그 외에도 때때로 아름다운 후작 부인을 바라보는 기쁨과 함께 최고의 즐거움을 누렸습니다.

하지만 한 음식에 이어 다른 음식이 나오면서, 왕은 거기에서 음식들이 서로 다른데도, 암탉 외에 다른 것으로 만든 음식은 전혀 없다는 것을 알고 상당히 놀라기 시작했습니다. 그곳은 다양한 야생 사냥감이 풍부하게 많은 장소라는 것을 왕은 알고 있었고, 자신이 온다는 것을 미리 알려 주었기에 사냥할 수 있는 충분한 시간이 있었을 텐데 말입니다. 하지만 많이 놀랐음에도 불구하고 왕은 그녀에게 단지 암탉에 대해서만 말하는 빌미를 제공하고 싶지 않았고, 그래서 즐거운 표정으로 그녀에게 말하였지요.

「부인, 이 고장에서는 단지 암탉만 태어나고 수탉은 전혀 없나요?」

그 질문을 잘 이해한 후작 부인은, 자기가 바라는 대로 하느님께서 자기 의도를 보여 줄 수 있게 적절한 기회를 보내 주신 것으로 생각했고, 질문하는 왕을 향해 몸을 돌리고 솔직하게 대답했습니다.

「폐하, 아닙니다. 하지만 여자들[84]은 비록 의상이나 영광에서 서로 달라 보이더라도, 다른 곳과 마찬가지로 여기에서도 똑같습니다.」

그 말을 들은 왕은 암탉 요리의 이유와 그 말에 감추어진

---

84 본문은 〈le femine〉이므로 앞에서 암탉에 대해 언급하는 것을 고려하여 〈암컷들〉로 옮길 수도 있다.

역량을 잘 이해했고, 그런 여인과 말하는 것은 헛수고가 될 수 있고, 폭력을 사용할 때도 아니라는 것을 깨달았습니다. 그래서 경솔하게 그녀에 대해 불타오른 것처럼, 현명하게 자신의 명예를 위하여 잘못 품은 불을 꺼뜨려야 했습니다. 그리고 그녀의 대답이 두려워 다시는 그녀와 말하지 않았고, 모든 희망에서 벗어나 식사를 했습니다. 식사가 끝나자, 왕은 곧바로 떠남으로써 자신의 부정직한 방문을 감추려 했고, 그녀에게 받은 대접에 고마움을 표시했고, 하느님께 그녀의 축복을 빌면서 제노바로 떠났답니다.]

여섯째 이야기

어느 영리한 사람이 멋진 말로 수도자들의 사악한 위선을 비난한다.

후작 부인이 프랑스 왕에게 보여 준 즐거운 훈계와 용기는 모든 여인의 칭찬을 받았으며, 피암메타 옆에 앉아 있던 에밀리아는 여왕이 원하는 대로 즐겁게 이야기하기 시작했습니다.

[저도 마찬가지로 어느 훌륭한 세속인이 웃기는 것 못지 않게 칭찬할 만한 말로 탐욕스러운 수도자를 훈계한 이야기에 대해 침묵하지 않겠습니다.

그러니까, 사랑스러운 여인들이여, 아주 오래전이 아니었을 때, 우리 도시에 작은형제회 수도자[85]이며 타락한 이단의 재판관이 있었습니다. 그는 그리스도교 믿음의 거룩하고 부드러운 신앙인[86]으로 보이려고 무척 노력했지만, 그들 모두가 그러하듯이, 믿음에서 어리석은 사람보다 주머니가 가득한 사람에게 좋은 재판관이었지요. 그런 것에 열성을 기울이다 보니 우연하게도 지혜보다 돈이 더 풍부한 어느 착한 사람을 발견하게 되었습니다.

그는 믿음의 결점 때문이 아니라, 아마 포도주나 아니면 넘치는 즐거움에 달아올랐는지 모르지만 어느 날 이야기를 하다가, 함께 있던 사람들에게 자신은 그리스도께서도 마실 정도로 좋은 포도주를 갖고 있다고 말하게 되었지요. 그것은 재판관에게 보고되었고, 재판관은 그의 토지가 넓고 지갑이 두둑하다는 말을 들었으므로 〈칼과 몽둥이를 들고〉[87] 격렬하게 빨리 달려가 그에게 매우 심각한 소송이 닥쳤다고 알렸으니, 그것에 대한 심문에서 불신앙의 구제가 아니라 자기 손을 피오리노[88]로 채우는 방향으로 진행해야 한다고 생각하여 그렇게 했지요. 그리고 그 말을 인용하게 한 다음 자신에게 불리한 그런 말을 한 것이 사실이냐고 물었습니다. 착한 사

85 원문은 〈frate minor〉이다. 작은형제회(라틴어 이름은 Ordo Fratrum Minorum)는 아시시의 프란체스코 성인(1182~1226)이 창설한 로마 가톨릭교회 소속의 수도회이다.

86 원문〈amatore〉, 즉 〈사랑하는 사람〉이다.

87 원문은 라틴어 〈cum gladiis et fustibus〉인데, 「마태오 복음서」 26장 47절, 「루카 복음서」 22장 52절에 나오는 구절이다. 앞으로 인용되는 『성경』의 구절은 〈한국 천주교 주교회의〉의 새 번역 『성경』(2005)을 토대로 할 것이다.

람은 그렇다고 대답했고, 그 상황을 설명했습니다. 그러자 세례자 성 요한[89]의 신봉자이며 아주 거룩한 재판관은 말했습니다.

「그러니까 너는 그리스도님을 술꾼이자 엄숙한 포도주 애호가로 만들었구나. 마치 그분이 친칠리오네[90]나 아니면 다른 너희들 주정뱅이 술꾼이나 술집 단골 중 하나인 것처럼 말이다. 너는 저속하게 말해 놓고 그것이 아주 가벼운 것이라고 주장하고 싶으냐? 네가 생각하는 것과는 다르다. 우리가 너에게 합당하게 조치하려고 한다면, 너는 화형당해야 마땅하다.」

이런 말과 다른 여러 말에다 위협적인 얼굴로, 마치 그가 영혼의 불멸성을 부정하는 에피쿠로스[91]주의자인 것처럼 말했지요. 간단히 말해 얼마나 겁을 주었는지 그 착한 사람은, 재판관이 자신을 자비롭게 대하도록 중개자들을 통해 상당

88 fiorino. 1252년부터 피렌체에서 주조되기 시작한 금화로 〈작은 꽃〉이라는 뜻이다. 르네상스 시대까지 이탈리아와 유럽의 중요한 통화로 사용되었다. 한쪽 면에는 백합 문양이 그려져 있고, 다른 한쪽 면에는 피렌체의 수호성인 세례자 요한의 모습이 새겨져 있다.

89 원문에는 〈조반니 보카도로Giovanni Boccadoro〉로 되어 있는데, 보카도로는 〈황금 입〉이라는 뜻으로, 피오리노 금화에 세례자 요한(이탈리아어 이름은 조반니)의 모습이 새겨져 있었기 때문에 그런 별명으로 불렸다. 여기에서는 피오리노 금화 자체를 가리킨다.

90 Cinciglione. 보카치오의 다른 작품에서도 언급되는 바에 의하면 그당시 유명한 술꾼이었다고 한다.

91 에피쿠로스Επίκουρος(기원전 342?~270?)는 그리스의 철학자로 특히 영혼은 육체의 죽음과 함께 소멸한다고 주장하였고, 그로 인하여 중세 그리스도교 세계에서 비판받았다.

한 양의 세례자 성 요한의 기름[92]으로 그의 손을 칠하게 했으니, 그 기름은 성직자들, 특히 돈을 감히 건드리려고 하지 않는 작은형제회 수도자들의 전염병 같은 탐욕의 질병에 매우 유용했습니다. 그런 기름칠은 갈레노스가 자신의 의학에 관한 어떤 부분에서도 언급하지 않지만, 효과가 매우 대단하여 정말로 많이 사용되었고, 그를 위협했던 화형은 호의를 받아 십자가 형벌[93]로 바뀌었습니다. 그래서 바다 건너 십자군 전쟁에 가야 하는 것처럼, 깃발을 더 아름답게 만들기 위하여 검은색 바탕에 노란색 십자가를 그려 넣었습니다.

게다가 이미 돈을 받고도 재판관은 그를 여러 날 곁에 잡아 두었으니, 속죄를 위하여 매일 아침 산타 크로체 성당[94]에서 미사를 듣고, 식사 시간에 자기 앞에 출두한 다음 그날의 나머지 시간은 하고 싶은 대로 할 수 있도록 했습니다. 그것을 그는 열심히 하고 있었는데 어느 날 아침 미사에서 복음서의 이런 구절을 듣게 되었습니다. 〈너희는 하나에 대해 백을 받을 것이며, 영원한 삶을 갖게 될 것이다.〉[95] 그 말을 그는

92 피오리노 금화를 가리킨다.
93 뒤이어 설명하듯이 속죄의 표시로 십자가가 그려진 옷을 입고 다니는 형벌이다.
94 Basilica di Santa Croce. 피렌체에 있는 성당으로 프란체스코 수도회의 가장 큰 성당 중 하나이다.
95 「마태오 복음서」 19장 29절에 나오는 말인데, 맥락을 고려하여 이탈리아어 원문을 문자 그대로 옮겼다. 〈한국 천주교 주교회의〉의 새 번역 『성경』은 이렇게 옮기고 있다. 〈(그리고 내 이름 때문에 집이나 형제나 자매, 아버지나 어머니, 자녀나 토지를 버린 사람은) 모두 백 배로 받을 것이고 영원한 생명도 받을 것이다.〉

기억 속에 확고하게 간직했고, 주어진 명령에 따라 식사 시간에 재판관 앞으로 가서 식사하고 있는 그를 발견했습니다. 재판관은 그에게 그날 아침 미사를 들었는지 질문했습니다.

「신부님, 그렇습니다.」

그러자 재판관이 말했습니다.

「미사에서 의문이 들거나 질문하고 싶은 것을 들었느냐?」

착한 사람은 대답했지요.

「분명히 제가 들은 어떤 것에도 의문이 없고, 오히려 모든 것이 진실이라고 확고하게 믿습니다. 그런데 제가 잘 들은 구절 하나가, 신부님과 다른 동료 수도자들에 대해 아주 커다란 연민을 갖게 했는데, 당신들이 저승에서[96] 겪어야 할 슬픈 일을 생각해서 그렇습니다.」

그러자 재판관은 말했습니다.

「우리에 대해 그런 연민을 갖도록 너를 움직인 말이 어떤 것이냐?」

착한 사람은 대답했어요.

「신부님, 〈너희는 하나에 대해 백을 받을 것이다〉라고 말하는 복음서의 구절이었습니다.」

재판관은 말했어요.

「그것은 사실이다. 그런데 왜 그 말이 너를 그렇게 움직였지?」

착한 사람은 대답했습니다.

---

96 원문은 〈다른 삶에서〉이다.

「신부님, 제가 말씀드리지요. 저는 여기 자주 오면서 매일 이곳에서 밖에 있는 많은 가난한 사람에게, 때로는 한 개, 때로는 두 개의 매우 커다란 솥으로 수프를 주는 것을 보았습니다. 그 수프는 신부님과 이 수도원의 수도자들에게서 나오는데, 너무 많아 남은 것이지요. 그래서 만약 저세상에서 하나에 대해 백이 당신들에게 되돌려진다면, 수프가 너무 많아서 당신들은 모두 그 안에 빠져 죽어야 할 것입니다.」

재판관의 식탁에 있던 다른 사람들은 모두 웃었지만, 재판관은 자신들의 탐식[97] 위선을 비판하고 있음을 느끼고 완전히 당황했습니다. 그리고 만약 자신이 한 것에 대한 이 비난이 없었더라면, 우스꽝스러운 말로 자신과 다른 게으름뱅이들을 비난한 것에 대해 그에게 다른 소송을 뒤집어씌웠을 것입니다만, 화가 나서 그에게 다시는 자기 앞에 오지 말고, 하고 싶은 대로 하라고 명령하였답니다.]

일곱째 이야기

베르가미노는 프리마소와 클뤼니[98] 수도원장의 이야기로
카네 델라 스칼라[99] 씨에게 떠오른 새로운 탐욕을 정중하게 비난한다.

97 원문은 〈brodaiuola〉, 즉 〈수프를 많이 먹는〉이다.
98 Cluny. 프랑스 중동부 부르고뉴 지방의 마을로 910년 설립된 베네딕투스회 수도원으로 유명하다.

에밀리아의 즐거움과 그녀의 이야기는 여왕과 다른 모두를 웃게 했고, 십자가 형벌을 받은 사람의 새로운 말을 칭찬하게 했습니다. 하지만 웃음이 가라앉고 모두 진정되자, 이야기할 차례가 된 필로스트라토는 이렇게 말하기 시작하였습니다.

[훌륭한 여인들이여, 전혀 움직이지 않는 표적을 맞히는 것은 멋진 일이지만, 어떤 이례적인 것이 갑자기 나타날 때 궁수가 곧바로 맞힌다면, 그것은 정말 경이로운 일입니다. 성직자들의 사악하고 더러운 생활은, 많은 것에서 거의 사악함의 고정된 표적처럼, 모든 사람이 원한다면 큰 어려움 없이 그 자체에 대해 말하고, 비난하고, 꾸짖을 거리를 제공합니다. 그러므로 돼지에게 주거나 아니면 버려야 할 것을 가난한 사람들에게 주는 수도자들의 위선적인 자선에 대해 재판관을 비난한 그 유능한 사람이 잘한 것처럼, 앞의 이야기에 뒤따라 제가 이야기할 사람을 더 많이 칭찬해야 한다고 생각합니다. 그는 위대한 영주 카네 델라 스칼라 씨에게 나타난 돌발적이고 이례적인 탐욕에 대해, 자신과 그[100]에 대해 말하고 싶은 것을 다른 사람에 비유하는 즐거운 이야기로 그를 책망하였는데, 그 이야기는 다음과 같습니다.

매우 찬란한 명성이 거의 온 세상에 울리는 것처럼, 많은

99 Cane della Scala(1291~1329). 일반적으로 칸그란데Cangrande(〈큰 개〉라는 뜻이다)로 일컬어지는 이탈리아 북부 베로나Verona의 영주로, 그의 관대함은 단테를 비롯한 여러 문인의 칭찬을 받았다.
100 말하자면 이 이야기 속 이야기의 주인공인 베르가미노와 카네 델라 스칼라를 가리킨다.

부분에서 행운이 우호적이었던 카네 델라 스칼라 씨는 페데리코 2세[101] 황제 때부터 지금까지 이탈리아에 알려진 가장 저명하고 위대한 영주 중 하나였습니다. 그는 베로나에서 놀랍고 경이로운 축제를 벌이려고 생각하였고, 그래서 다양한 분야의 많은 사람, 특히 온갖 종류의 궁정 사람들[102]이 오게 했는데, 어떤 이유 때문인지 축제를 취소하였고, 그곳에 온 사람들 일부는 보상하여 돌려보냈습니다.

단지 베르가미노[103]라는 사람은, 들어 보지 않은 사람은 믿을 수 없을 만큼 신속하고 멋지게 말을 잘하는 사람이었는데, 어떤 보상도 받지 못하고 가라는 허락도 받지 못했기에, 앞으로 무언가 좋은 것이 주어질 거라고 희망하며 그곳에 남아 있었습니다. 하지만 카네 씨로서는 그에게 주는 모든 것이 불 속에 던지는 것보다 더 나쁘게 없어지는 일이라는 생각이 들게 되었고, 그래서 그에게 말하거나 그가 말하게 하지도 않았습니다.

101 Federico 2세(1194~1250). 게르만 계통의 호엔슈타우펜 왕가 출신으로 독일어 이름은 프리드리히Friedrich 2세이다. 이탈리아에서 태어난 그는 1198년 시칠리아의 왕이 되었고, 1220년 신성 로마 제국의 황제가 되었다.

102 원문은 〈uomini di corte〉로, 문자 그대로 궁정에서 봉사하는 사람들을 가리킨다. 여기에서는 여러 궁정을 돌아다니면서 자신의 기예를 보여 주던 사람들로 음유 시인, 이야기꾼, 재담꾼, 재주꾼 등을 가리킨다. 그와 달리 일반적으로 〈궁정인(宮廷人)〉으로 옮기는 〈cortegiano〉는 한 궁정에 소속되어 왕이나 영주를 섬기는 사람이다.

103 Bergamino. 당시 도덕적 작품 『창조물들의 대화Dialogus creaturarum』를 집필한 실존 인물로 페르가미노Pergamino라는 별명을 가진 니콜로Nicolò를 모델로 한 등장인물로 해석되기도 한다.

며칠 뒤에도 베르가미노는 그가 자신을 부르지도 않고 자기 직업에 속하는 것에 대해 요구하지도 않은 데다 자기가 데려온 말들과 하인들과 함께 여관에서 돈만 축내는 꼴이 되어 울적함에 사로잡히기 시작했지만, 그래도 떠나는 것은 좋은 행동이 아니라고 생각하여 기다렸습니다. 그리고 축제에서 멋지게 보이기 위해 다른 영주들이 자신에게 선물했던 아름답고 화려한 옷 세 벌을 가져왔는데, 여관 주인이 값을 치르기를 원했으므로 먼저 한 벌을 그에게 주었고, 이어서 더 오래 지체하면서 그 여관에 더 묵고 싶다면 두 번째 옷을 주어야 했습니다. 그리고 세 번째 옷을 식비로 쓰기 시작했으며, 그것으로 지속되는 만큼 있다가 그다음에 떠나려고 작정했습니다.

　그런데 세 번째 옷으로 먹고 있는 동안, 어느 날 카네 씨가 식사하고 있는데, 그 앞에 아주 울적한 모습으로 있게 되었습니다. 카네 씨는 그를 보더니 그의 말에서 즐거움을 얻기보다 그를 놀리기 위하여 말했지요.

　「베르가미노, 무슨 일이야? 정말 울적해 보이는군! 무슨 일인지 말해 보게.」

　그러자 베르가미노는 잠깐도 생각하지 않고, 마치 오랫동안 생각한 것인 양 곧바로 자기 일을 요약하여[104] 이런 이야기를 했습니다.

　104　원문은 〈in acconcio de' fatti suoi〉로, 일부에서는 〈자신의 상황에 어울리게〉로 해석하기도 한다.

「나의 주인님, 주인님께서도 아시겠지만, 프리마소[105]는 라틴어[106]에 매우 유능한 사람이었고, 다른 누구보다도 위대하고 빠른 시인이었습니다. 그래서 그는 매우 중요하고 유명해졌고, 직접 그를 본 적 없어도 사방에 알려졌고, 이름과 명성으로 프리마소가 누구인지 모르는 사람이 거의 없을 정도였지요. 그런데 한때 그는 파리에서 가난한 상태에 있게 되었는데, 그의 가치는 상당히 능력 있는 사람들에게 별로 환영받지 못했으므로 오랜 기간 그렇게 살았습니다. 그러다 교황을 제외하고, 하느님의 교회가 가진 수입에서 가장 부자고위 성직자라고 사람들이 믿는 클뤼니의 수도원장에 대해 듣게 되었습니다. 언제나 잔치를 벌이는 수도원장에 대해 경이롭고 위대한 말을 들었는데, 그가 있는 곳에 가는 사람은 누구든 식사할 때 요구하기만 하면, 먹을 것이나 마실 것을 절대 거절하지 않는다는 것이었지요.

그 말을 들은 프리마소는 유능한 사람들과 영주들을 보는 것을 즐기는 사람이었으므로, 그 수도원장의 위대함을 가서 보고 싶다고 생각했고, 그가 당시 파리에서 얼마나 떨어진 곳에 거주하고 있는지 물었습니다. 그리고 그가 있는 곳까지 6마일 정도라는 대답을 들었고, 프리마소는 아침 이른 시간에 출발하면 식사 시간에 도착할 수 있으리라 생각했지요.

105 Primasso. 프랑스 시인으로 프리마스Primas라는 별명으로 일컬어지기도 하였던 오를레앙 사람 위그Hugues d'Orléans(1093?~1160)를 모델로 한 등장인물로 짐작된다.

106 원문은 〈gramatica〉, 즉 〈문법〉이다.

그래서 길을 가르쳐 달라고 했지만, 거기에 가는 사람을 아무도 찾지 못하여 불행하게 길을 잃지 않을까 두려웠고, 그러면 먹을 것을 찾지 못하는 곳에 갈 수도 있으므로, 만약 그런 일이 일어나도 먹지 못하는 불편함을 겪지 않도록 빵 세 개를 가져가고, 물은 별로 좋아하지 않은 데다 사방에서 마실 물을 찾을 수 있으리라고 생각해 챙기지 않았습니다.

그래서 빵을 품에 넣고 길을 떠났고, 잘 가서 식사 시간 전에 수도원장이 있는 곳에 도착했지요. 그는 안으로 들어갔고, 사방을 구경했고, 아주 많이 펼쳐 놓은 식탁, 부엌의 대단한 설비, 식사를 위해 준비된 다른 것들을 보고 속으로 말했습니다.

〈정말로 이분은 사람들이 말하는 것처럼 대단하구나.〉

그리고 그런 것들을 보며 주변에 잠시 있는 동안, 수도원장의 집사가 식사 시간이 되었으니 물로 손을 씻으라고 했고, 씻고 나자 모든 사람을 식탁에 앉혔습니다. 그런데 우연하게도 프리마소는, 수도원장이 식사할 홀로 가려면 나와야 하는 방의 문 바로 앞에 앉아 있게 되었습니다. 그 궁정[107]에서는 수도원장이 와서 식탁에 앉기 전에는 식탁에 포도주나 빵, 다른 먹을 것이나 마실 것을 절대 내놓지 않는 것이 관례였습니다. 그러므로 집사는 식탁을 펼쳐 놓은 다음 수도원장에게 원할 때 먹을 것이 준비되어 있다고 전하게 했습니다. 수도원장은 혼자 가기 위하여 방문을 열게 하였고, 가면서 앞

---

107 수도원장이 있는 저택이나 수도원을 가리키는 것으로 짐작된다.

을 바라보았고, 우연하게도 첫눈에 들어오는 사람이 바로 프리마소였는데, 옷차림이 매우 초라하고 전혀 본 적 없는 사람이었지요. 그런데 그를 보았을 때 순간적으로 수도원장의 마음속에 전에는 전혀 없었던 나쁜 생각이 떠올랐고, 속으로 말했지요.

〈내가 누구에게 나의 먹을 것을 주는지!〉

그리고 뒤를 돌아보며 방문을 닫으라고 명령했고, 식탁에서 곁에 있던 사람들에게 자기 방의 문 바로 앞에 앉아 있는 부랑자를 아는지 물었습니다. 모두 모른다고 대답했지요. 프리마소는 길을 걸어온 데다 굶는 것에 익숙하지 않았기 때문에 먹고 싶은 욕망이 컸는데, 오래 기다린 뒤에도 수도원장이 오지 않는 것을 보고, 품에서 가져온 빵 세 개 중 하나를 꺼내 먹기 시작했습니다. 수도원장은 상당한 시간이 지난 뒤하인 중 하나에게 그 프리마소가 떠났는지 보라고 했습니다. 하인은 대답했지요.

〈원장님, 아닙니다. 그리고 자신이 가져온 것 같은 빵을 먹고 있습니다.〉

그러자 수도원장은 말하였습니다.

〈그럼 가지고 있는 자기 것을 먹으라고 하지. 오늘은 우리 것을 먹지 못할 테니까.〉

수도원장은 프리마소가 스스로 떠나기를 바랐고, 따라서 그를 내보내는 것은 좋지 않아 보였습니다. 프리마소는 빵 하나를 먹었는데도 수도원장이 오지 않았으므로 두 번째 빵을 먹기 시작했고, 그것은 그가 떠났는지 보라고 한 수도원장에게 알려졌습니다. 수도원장은 속으로 생각하면서 혼자 말하기 시작했어요.

〈세상에! 오늘 이 새로운 일이, 어떻게 내 마음속에 떠올랐을까? 무슨 탐욕이야? 어떤 경멸이야? 무엇 때문에? 누구든지 먹고 싶은 사람에게는, 귀족이든 시골뜨기든, 가난하든 부자이든, 대규모 상인이든 행상꾼이든 상관하지 않고 벌써 여러 해 동안 먹을 것을 주었고, 무수하게 많은 부랑자가 먹어 치우는 것을 내 눈으로 직접 보았어도, 오늘 저 사람 때문에 떠오른 그런 생각이 마음속에 떠오른 적은 전혀 없었어. 별로 중요하지 않은 사람 때문에 나에게 탐욕이 엄습한 것은 절대 아니야. 부랑자처럼 보이는 저 사람은 분명히 어떤 큰 사건이야. 이렇게 나에게 존경하고 싶은 마음을 심어 주었으니까.〉

그렇게 말한 다음 그가 누구인지 알고 싶었고, 프리마소라는 것을 알고 그에 대해 들었던 위대함을 보러 갔어요. 수도원장은 오래전부터 소문을 통하여 그가 유능한 사람이라는 것을 알고 있었으므로 부끄러워졌고, 거기에 대해 보상하고 싶어 여러 가지 방법으로 그를 잘 대접하려고 생각했습니다. 그래서 식사 후에 프리마소의 가치에 충분히 어울리도록 고귀한 옷을 입게 했고, 돈과 말 한 필을 선물했고, 그가 원하는 대로 가거나 남아 있으라 했습니다. 프리마소는 만족했고, 가능한 한 최대의 고마움을 표현했고, 걸어서 출발했던 파리로 말을 타고 돌아갔답니다.」

카네 씨는 영리한 영주였으므로 다른 어떤 증명 없이 베르가미노가 말하고 싶은 것을 충분히 이해하고 미소를 지으며 말했습니다.

「베르가미노, 자네는 아주 간략하게 자네의 피해와 역량, 내 탐욕, 나에게 원하는 것을 보여 주었네. 정말로 나는 자네에게 한 것 같은 탐욕에 사로잡힌 적이 전혀 없었네. 하지만 자네가 가르쳐 준 그 몽둥이로 탐욕을 쫓아내겠네.」

그러고는 베르가미노의 여관 주인에게 비용을 지불했고, 그의 옷 세 벌을 돌려주게 했으며, 자신의 화려한 옷으로 고귀하게 입히고 돈과 말 한 필을 준 다음 이번에는 그가 원하는 대로 가거나 남아 있도록 했습니다.]

여덟째 이야기

굴리엘모 보르시에레[108]는 즐거운 말로
에르미노 데 그리말디[109] 씨의 탐욕을 비판한다.

필로스트라토 옆에 라우레타가 앉아 있었는데, 그녀는 베르가미노의 임기응변을 칭찬하는 말을 들은 다음 자기가 이

108 Guglielmo Borsiere. 피렌체 출신 궁정 사람이었던 그는 단테의 『신곡』 「지옥」 16곡 70행에서도 언급되었다.
109 Erminio de' Grimaldi. 그리말디 가문은 실제로 제노바의 유명한 귀족 가문이었지만, 이 에르미노가 누구인지는 전혀 알려지지 않았다.

야기해야 한다고 느꼈고, 명령을 기다리지 않고 기꺼이 이렇게 말하기 시작했어요.

[사랑스러운 동료 여러분, 앞의 이야기는 저를 이끌어, 어느 유능한 궁정 사람이 어떻게 비슷한 방식으로 대단한 부자 상인의 탐욕을 유익하게 비난했는지 이야기하도록 하네요. 이 이야기는, 비록 결과는 앞 이야기와 비슷하지만, 마지막에 좋게 끝난다는 점에서 그에 못지않게 여러분의 마음에 들 것입니다.

그러니까 상당히 오래전 제노바에 에르미노 데 그리말디 씨라는 귀족이 있었는데, 모든 사람이 믿는 바에 의하면, 그의 엄청나게 많은 재산과 돈은 당시 이탈리아에 알려진 다른 모든 부자 시민의 재산을 훨씬 능가했습니다. 그리고 재산에서 다른 모든 이탈리아인을 능가한 것처럼, 탐욕과 인색함에서도 세상에 있는 다른 모든 탐욕가나 인색가를 훨씬 능가했습니다. 그래서 다른 사람을 대접하는 데에서 지갑을 닫고 있었을 뿐만 아니라 자기 개인에게 필요한 것에서도 그랬고, 고상하게 옷을 입는 데 익숙한 제노바 사람들의 일반적인 풍습과는 반대로, 낭비하지 않기 위하여 엄청난 궁핍함을 유지했고, 먹는 것과 마시는 것에서도 마찬가지였습니다. 그랬기 때문에 당연하게 데 그리말디라는 성은 없어지고, 단순하게 〈탐욕가 에르미노〉 씨라고 모두가 불렀습니다.

소비하지 않음으로써 그의 재산이 더 늘어나고 있을 무렵 제노바에 어느 유능하고 예의 바르고 말 잘하는 궁정 사람이 왔는데, 그의 이름은 굴리엘모 보르시에레였고, 타락하고 수

치스러운 풍습의 커다란 부끄러움이 없지 않은 오늘날의 궁정 사람들과는 조금도 비슷하지 않았습니다. 오늘날 그들은 고귀한 사람이나 신사로 불리고 존경받고 싶어 하지만, 오히려 궁정이 아니라 아주 비천한 사람들의 모든 추악한 사악함 속에서 자란 당나귀라고 불러야 할 것입니다. 당시에 그들의 일은 고귀한 사람들 사이에 전쟁이나 경멸이 발생한 곳에서 평화를 중재하거나, 아니면 결혼, 친척 관계, 우정을 중재하고, 아름답고 즐거운 말로 피곤한 사람들의 마음을 위로하고, 궁정을 즐겁게 만들고, 마치 아버지처럼 신랄한 비난으로 나쁜 사람들의 결점을 꾸짖는 데 자신의 노고를 기울이는 것이었으며, 아주 적은 보상으로 그렇게 했지요.

오늘날에는 서로 나쁘게 고자질하고, 불화를 퍼뜨리고, 사악한 것과 슬픈 것을 말하고, 더 나쁘게 사람들의 눈앞에서 그런 일을 하고, 진짜든 가짜든 나쁜 것, 부끄러운 것, 슬픈 것에 대해 서로 비난하고, 거짓 유혹으로 고귀한 사람을 사악하고 천박한 것으로 이끄는 데 시간을 허비하려고 노력하고 있습니다. 그리고 역겨운 말을 하거나 역겨운 행동을 하는 사람일수록 초라하고 버릇없는 영주들에게 더 환대받고 아주 큰 보상으로 찬양받고 있으니, 오늘날 세상의 비난받아야 할 커다란 치욕이며, 불쌍한 사람들이 이 아래로 떨어진 덕성을 악의 쓰레기 속으로 내동댕이쳤다는 매우 분명한 표시입니다.

하지만 제가 생각했던 것 이상으로 딴 길로 빠지게 만든 정당한 경멸에서 돌아와 처음 하려던 얘기를 하자면, 앞에서 말한 굴리엘모는 제노바의 모든 사람이 칭찬했고 기꺼이 만나려고 했습니다. 그는 며칠 동안 제노바에 머무르면서 에르미노 씨의 인색함과 탐욕에 대하여 많은 것을 들었으므로 그를 만나 보고 싶었습니다. 에르미노 씨는 그 굴리엘모 보르시에레가 얼마나 유능한 사람인지 이미 들었고, 비록 탐욕스러웠지만 고귀함의 작은 불꽃을 약간 지니고 있었기에, 아주 우호적인 말과 즐거운 얼굴로 그를 맞이하였고 함께 여러 가지 많은 이야기를 나누었습니다. 그리고 이야기를 나누면서 같이 온 다른 제노바 사람들과 함께 그를 자기 집 안으로 데려갔고, 매우 아름답게 꾸며 놓은 집을 그에게 모두 보여 준 다음 이렇게 말했습니다.

「세상에! 굴리엘모 씨, 당신은 많은 것을 듣고 또 보았으니까 지금까지 전혀 본 적이 없는 것을 나에게 가르쳐 줄 수 있겠지요? 내가 이 집의 홀에 그림으로 그리도록 시킬 수 있게 말입니다.」

그러자 굴리엘모는 그에 대한 나쁜 소문을 들었으므로 이렇게 대답했어요.

「에르미노 씨, 나는 전혀 본 적이 없는 것을 당신에게 가르쳐 줄 수 있다고 생각하지 않습니다. 만약 그것이 재채기라든지 아니면 그와 비슷한 다른 것이 아니라면 말입니다. 하지만 원하신다면, 당신이 전혀 보지 않았으리라고 생각하는 것을 하나 가르쳐 주겠습니다.」

에르미노 씨는 그렇게 대답하리라고 예상하지 못하고 말했습니다.

「세상에! 부탁드립니다, 그게 무엇인지 말해 주십시오.」

그러자 굴리엘모는 곧바로 대답했어요.

「거기에 너그러움을 그리게 하십시오.」

그 말을 듣자 에르미노 씨는 곧바로 부끄러움에 사로잡혔으니, 그때까지 갖고 있던 마음을 거의 완전히 정반대로 바꾸게 할 정도로 강력했어요. 그래서 말했습니다.

「굴리엘모 씨, 당신이나 다른 사람이, 내가 전혀 보거나 알지 못했다고 다시는 합당하게 말할 수 없도록 그것을 그리게 하겠습니다.」

그리고 굴리엘모의 말은 아주 효과적이었으니, 그때 이후로 그는 매우 너그럽고 매우 우호적인 귀족이 되었고, 시민들과 이방인들은 당시 제노바의 다른 누구보다도 그를 존경했답니다.]

아홉째 이야기

키프로스 왕은 어느 가스코뉴[110] 여인의 비난을 듣고,
무능한 왕에서 유능한 왕이 된다.

엘리사에게 여왕의 마지막 명령이 남아 있었는데, 그녀는

---

110 Gascogne. 프랑스 남서부의 대서양 연안에 있는 지방이다.

명령을 기다리지도 않고 아주 즐겁게 시작했습니다.

　[젊은 여인들이여, 누군가에게 다양한 비난과 많은 벌이 가해져도 아무 효과가 없었는데, 의도적으로[111] 한 말이 아니라 우연히 던진 말 한마디가 효과적인 경우가 자주 있었습니다. 그것은 라우레타의 이야기에서 잘 나타나고, 저도 아주 짧은 다른 이야기로 여러분에게 증명하려고 합니다. 좋은 말은 언제나 유용할 수 있으므로 그것을 말하는 사람이 누구든지 주의 깊은 마음으로 받아들여야 하기 때문이지요.

　그래서 말하는데 부용의 고프레도[112]의 성지 정복 후 키프로스의 첫 번째 왕[113] 시절에, 가스코뉴의 어느 귀부인이 거룩한 무덤[114]으로 순례를 갔다가 돌아오면서 키프로스에 도착하였는데, 일부 파렴치한 사람들로부터 무례하게 모욕을 받았습니다. 거기에 대해 어떤 위로도 없이 괴로워하다가 왕에게 항의하러 가려고 생각했습니다. 하지만 헛수고가 될 것

111　원문은 라틴어 〈ex proposito〉이다.

112　원문은 〈고티프레Gottifré〉인데, 역사상 실존 인물로 프랑스 동북부 로렌의 공작, 부용Bouillon의 고프레도Goffredo(프랑스어 이름은 고드프루아Godefroy, 1060?~1100)를 가리킨다. 그는 제1차 십자군 전쟁의 주요 지도자 중 하나였고, 1099년 예루살렘을 정복한 뒤 세워진 예루살렘 왕국의 첫 통치자가 되었다. 하지만 그는 왕이라는 명칭을 거부하고, 그리스도의 〈신성한 무덤의 수호자(라틴어로는 Advocatus Sancti Sepulchri)〉를 자처하였다.

113　귀도 디 루시냐노Guido di Lusignano(프랑스어 이름은 기 드 뤼지냥 Guy de Lusignan 1150?~1194)는 프랑스 출신 십자군 기사로 1192년 성립된 키프로스 왕국의 초대 왕이 되었다. 지중해 동부의 섬 키프로스는 원래 비잔티움 제국의 영토였으나 십자군에게 정복되어 1192년부터 1489년까지 키프로스 왕국이 되었다.

114　예루살렘에 있는 예수 그리스도의 무덤을 가리킨다.

이라는 말을 누군가를 통하여 들었는데, 왕은 아주 유약하고 보잘것없는 사람으로 다른 사람의 모욕을 정의롭게 복수하는 것은 고사하고, 자신에게 가해진 무수한 모욕까지 창피한 비열함으로 견디고 있으며, 누군가가 어떤 답답한 마음을 갖고 있으면, 그에게 모욕이나 창피를 줌으로써 자신의 답답함을 토로한다는 것이었습니다. 그 말을 들은 여인은 복수의 희망을 잃고, 자기 고통에 약간의 위로를 얻기 위하여 앞에서 말한 왕의 초라함을 힐책하고 싶었습니다. 그래서 왕 앞에 가서 울면서 말했지요.

「폐하, 제가 받은 모욕에 대한 복수를 기대하고 폐하에게 온 것이 아닙니다. 모욕을 감내하기 위하여 폐하에게 부탁하오니, 폐하에게 가해지는 모욕들을 폐하께서는 어떻게 참고 견디시는지 저에게 가르쳐 주십시오. 제가 폐하에게 배워서 제 모욕을 인내심 있게 견딜 수 있도록 말입니다. 그리고 하느님께서 아시겠지만, 제가 할 수 있다면, 제 모욕을 기꺼이 폐하에게 선물하고 싶습니다. 폐하께서는 그렇게 훌륭하게 참으시는 분이니까요.」

그때까지 태만하고 게을렀던 왕은, 마치 잠에서 깨어난 것처럼, 그 여인에게 가해진 모욕부터 시작하여 아주 단호하게 처벌했고, 그때 이후로는 자기 왕위의 영광에 거스르는 모든 모욕에 대하여 아주 엄격한 처벌자가 되었답니다.]

열째 이야기

알베르토 다 볼로냐 선생은, 그가 자신을 사랑하는 것에 대하여
창피를 주고 싶어 하던 여인에게 고상하게 창피를 준다.

이제 엘리사가 침묵하자 이야기의 마지막 노고는 여왕에게 남아 있었고, 여왕은 우아하게 말하기 시작했습니다.

[유능한 청년들이여, 맑게 갠 밤에는 별들이 하늘의 장식이고 봄에는 꽃들이 푸른 풀밭의 장식인 것처럼, 칭찬할 만한 풍습과 즐거운 이야기에는 우아하고 재치 있는 말이 그렇습니다. 그런 재치 있는 말은 짧아서 남자보다 여자에게 더 잘 어울리지요. 마찬가지로 남자보다 여자는 길고 많은 말을 피할 수 있다면 그래야 하지요. 오늘날에는 우아하고 재치 있는 말을 이해하거나, 이해하더라도 거기에 대해 대답할 줄 아는 여자들이 거의 없다는 사실은 우리와 살아 있는 모든 여자의 일반적인 수치입니다.

옛날 여자들의 마음속에 있었던 그런 덕성을 요즈음 여자들은 몸의 치장으로 돌렸고, 아주 다채롭고 아주 다양한 옷을 입고 많이 장식한 여자는 다른 여자들보다 훨씬 잘 대접받고 존중되어야 한다고 생각하지요. 만약 당나귀에게 그런 것을 입히고 걸치게 하는 사람이 있다면, 당나귀가 여자보다 훨씬 많이 걸칠 수 있겠지만, 그렇다고 해서 당나귀가 더 존중받지는 않는다는 사실을 생각하지 않으면서 말입니다.

저는 이런 말을 하는 것이 부끄럽습니다. 저 자신에게 말하지 않으면서 다른 여자들에게 말할 수 없으니까요. 그렇게 장식하고, 그렇게 꾸미고, 그렇게 다채로운 여자들은 마치 대리석 동상처럼 말없이 무감각하게 있거나, 아니면 질문을 받으면 대답하지만, 차라리 침묵하는 편이 훨씬 나을 것입니다. 그러면서 여자들이나 유능한 남자들 사이에서 이야기할 줄 모르는 것은 영혼의 순수함 때문이라고 믿게 하려고 노력하면서, 자신들의 어리석음에다 정숙함이라는 이름을 붙였지요. 마치 하녀나 세탁부, 빵 굽는 여자와 이야기하는 여자 외에 정숙한 여자는 아무도 없는 것처럼 말입니다. 그녀들이 믿고 싶은 것처럼, 만약 자연이 그것을 원했다면, 다른 방식으로 그녀들이 재잘거리는 것을 제한했을 것입니다.

사실 다른 것들처럼 여기에서도 시간과 장소, 그리고 누구와 이야기하는지 살펴보아야 합니다. 여자든 남자든 어떤 즐거운 말로 상대방의 얼굴을 붉히게 만들까 생각하지만, 자기 능력과 상대방의 능력을 비교하지 못함으로써, 다른 사람에게 준다고 믿었던 창피함이 자기 자신에게 돌아오는 일이 때로는 일어나기 때문이지요. 그러므로 여러분이 그런 것에 조심할 줄 알고, 그 외에도 일반적으로 모든 사람이 말하는 속담, 말하자면 여자들은 모든 일에서 더 나빠진다는 속담이 여러분에게는 해당하지 않도록, 제 차례가 된 오늘의 이 마지막 이야기에서 저는 여러분에게 가르쳐 주고 싶어요. 여러분이 마음의 고귀함에서 다른 여자들과 다른 것처럼 품행의 탁월함에서도 다른 여자들과 다름을 보여 줄 수 있다고 말입니다.

　아직 오래전이 아니었을 때, 볼로냐에 위대한 의사가 있었는데, 거의 온 세상에 명성이 알려져 있고 아마 지금도 살아 있을 그의 이름은 알베르토 선생[115]이었습니다. 그는 벌써 일흔 살에 가까운 노인이었으므로, 모든 자연스러운 뜨거움이 이미 몸에서 떠났어도, 정신은 고귀하여 사랑의 불꽃을 받아들이는 것을 싫어하지 않았는데, 어느 축제에서, 일부 사람들이 말하는 바에 의하면, 말게리다 데 기솔리에리라는 매우 아름다운 과부 여인을 보았답니다. 그녀는 정말로 그의 마음에 들었으니, 청년이 성숙한 가슴속에 사랑의 불꽃을 받아들이는 것과 다르지 않았고, 낮 동안에 그 아름다운 여인의 우아하고 섬세한 얼굴을 보지 못하면 그날 밤 제대로 잠들지 못할 것 같았지요.

　그래서 편리한 대로 때로는 걸어서, 때로는 말을 타고 그녀의 집 앞쪽 길을 자주 가기 시작하였습니다. 그러자 그녀와 다른 많은 여자는 그가 지나가는 이유를 깨닫고 그것에 대해 여러 번 같이 농담했는데, 그렇게 나이도 많고 현명함도 많은 노인이 사랑에 빠진 것을 보고, 사랑의 그 즐거운 열정은 다른 곳이 아니라 오로지 청년의 순수한 마음속에만 들어가 머문다고 믿었습니다.

　그렇게 알베르토 선생이 계속 지나가던 어느 축제일에 그 여인은 다른 여러 여자와 함께 자기 집 문 앞에 앉아 있다가,

---

　115 원문은 〈maestro〉로, 〈선생〉, 〈스승〉이라는 의미 외에도, 예능이나 특정 분야에서 뛰어난 사람, 대가, 장인(匠人)을 의미하기도 한다.

멀리서 알베르토 선생이 자신들을 향하여 오는 것을 보았고, 그녀와 다른 모든 여자가 함께 그를 맞이하여 대접한 다음 그런 사랑에 대해 놀려 주려고 했습니다. 그리하여 모두 일어나 그를 초대했고, 시원한 안뜰로 안내하여 훌륭한 포도주와 과자를 가져오게 했습니다. 그리고 마침내 아름답고 즐거운 말로 그 아름다운 여인이 물었습니다. 자기가 멋지고 고상하고 즐거운 여러 청년의 사랑을 받고 있다는 말을 들었을 텐데, 어떻게 자기를 사랑하는 그런 일이 있을 수 있었냐고 말입니다. 알베르토 선생은 예의 바르게 자신을 조롱하는 그 말을 듣고 즐거운 표정으로 대답했지요.

「부인, 내가 사랑한다는 것은 현명한 사람에게는 전혀 놀랄 일이 아닙니다. 그럴 만한 가치가 있는[116] 당신은 특히 그렇습니다. 그리고 비록 나이 많은 사람에게는 사랑의 실행에 요구되는 힘은 없어졌을지라도, 그렇다고 해서 사랑의 대상에 대한 이해나 좋은 의지가 없어진 것은 아닙니다. 오히려 청년들보다 많이 아는 만큼 자연히 경험도 더 많지요. 많은 청년의 사랑을 받는 당신을 늙은 내가 사랑하도록 나를 움직이는 희망은 이런 것입니다. 나는 여자들이 간식으로 루핀콩[117]과 서양 대파[118]를 먹는 것을 여러 번 보았는데, 서양 대파에는 좋은 것이 전혀 없어요. 그래도 덜 나쁘고 입맛에 더

---

116 말하자면 나의 사랑을 받을 만한 가치가 있는.
117 콩과(科)의 루피누스Lupinus속(屬) 재배 식물이다.
118 부추속(屬)의 재배 식물로 학명은 〈Allium ampeloprasum〉이다. 영어 이름으로 리크leek라 부르기도 한다.

좋은 것은 머리[119]인데, 여러분은 대부분 잘못된 입맛에 이끌려 바로 그 머리를 손으로 잡고 잎사귀를 먹지요. 그런데 잎사귀는 아무런 가치도 없을 뿐만 아니라 맛도 나쁩니다. 그렇다면 부인, 연인을 선택하는 데에서도 당신이 그와 비슷한 일을 하고 있는지 제가 어찌 알겠습니까? 만약 그렇게 한다면, 당신이 선택해야 할 사람은 바로 저이고, 다른 자들은 쫓아내야겠지요.」

귀부인은 다른 여자들과 함께 약간 부끄러워져서 말했습니다.

「선생님, 선생님은 우리의 오만한 행동을 예의 바르게 아주 잘 꾸짖으셨어요. 그래도 당신의 사랑은 현명하고 유능한 사람의 사랑으로서 저에게 소중합니다. 그러므로 저의 진심을 구해 주시고, 모든 즐거움을 당신의 것처럼 안심하고 저에게 요구하세요.」

알베르토 선생은 자기 동료들과 함께 자리에서 일어났고, 부인에게 감사한 다음 웃으면서 즐겁게 그녀와 작별하고 떠났습니다. 그렇게 부인은, 누구를 놀리는지 살펴보지 않았기 때문에, 승리할 거라고 믿었는데 패배했지요. 그러므로 여러분도 현명하다면 최대한 조심해야 할 것입니다.]

태양은 벌써 저녁 기도 시간으로 기울어지고 더위도 상당히 줄어들었을 때, 젊은 여인들과 세 청년의 이야기가 모두 끝났습니다. 그래서 그들의 여왕은 즐겁게 말했어요.

119 파의 뿌리가 달린 둥근 부분을 가리킨다.

「사랑스러운 동료 여러분, 이제 오늘 하루를 위한 저의 통솔에는 새로운 여왕을 여러분에게 정해 주는 것 외에 아무것도 더 남아 있지 않습니다. 다가올 하루의 새 여왕은 자신의 판단에 따라 자신과 우리의 생활을 순수한 즐거움으로 이끌 것입니다. 비록 낮이 지금부터 밤까지 아직 남아 있는 것처럼 보여도 미리 약간의 시간을 갖지 않으면 미래를 잘 준비할 수 없을 것이므로, 새 여왕이 내일 아침을 위하여 적합하다고 생각하는 것이 준비될 수 있도록, 저는 바로 지금 다음날을 시작해야 한다고 생각합니다. 그러므로 만물이 살아가게 해주시는 분[120]을 공경하고 우리에게 위로가 되도록, 이둘째 날은 신중하고 젊은 여인 필로메나가 여왕으로서 우리의 왕국을 이끌 것입니다.」

그렇게 말한 다음 일어나더니 월계관을 벗어 필로메나에게 정중하게 씌워 주었습니다. 그리고 자신이 먼저, 그리고 이어서 다른 모든 여인과 청년이 똑같이 여왕이 된 그녀에게 인사를 했고 그녀의 통솔에 즐겁게 따랐습니다. 부끄러움에 약간 얼굴이 붉어진 필로메나는 자신에게 왕관이 씌워진 것을 보고 또 조금 전에 팜피네아가 한 말을 기억하고, 어리석어 보이지 않도록 용기를 내어 먼저 팜피네아가 부여한 임무를 다시 확인했고, 지금 그들이 있는 곳에 머무르면서 다음날 아침과 저녁 식사를 위하여 할 일을 조치했습니다. 그리고 이어서 말하기 시작했습니다.

120 하느님을 가리킨다.

「사랑하는 동료 여러분, 팜피네아가 제 역량 이상으로 친절하게 저를 여러분 모두의 여왕으로 선출했지만, 그렇다고 저는 우리의 생활 방식에서 오로지 제 판단에만 따르지 않고 모두의 판단에 따를 준비가 되어 있어요. 그리고 제가 하고 싶은 것을 여러분이 알고, 그에 따라 여러분이 원하는 대로 덧붙이거나 줄일 수 있도록 몇 마디로 여러분에게 설명하려고 합니다. 오늘 팜피네아가 한 방식은 제가 잘 살펴보았다면, 칭찬할 만하고 동시에 즐거운 것이었다고 생각합니다. 그러므로 너무 오래 지속되거나 다른 이유로 우리에게 지겨워질 때까지 그것은 바뀌지 않아야 한다고 생각해요.

그렇다면 우리가 이미 시작한 것에 질서가 정해졌으니까, 이제 우리 일어나서 잠시 즐거움을 찾으러 갑시다. 태양이 아래로 내려가려고 하면 시원한 곳에서 저녁 식사를 하고, 노래와 다른 즐거움 뒤에 잠을 자러 가는 것이 좋을 것입니다. 내일 아침에는 시원할 때 일어나서 마찬가지로 어느 곳이든 가서 각자 하고 싶은 대로 즐겁게 보내다가 오늘 했던 것처럼 적합한 시간에 돌아와 식사하고, 춤을 추고, 그런 다음 낮잠을 자고 일어나, 오늘 우리가 했던 것처럼 이곳으로 돌아와 이야기를 합시다. 이야기에는 상당히 많은 즐거움과 유용함이 동시에 들어 있는 것 같아요.

사실 팜피네아가 늦게 여왕으로 선출되었기 때문에 할 수 없었던 것을 제가 시작하고 싶어요. 말하자면 우리가 하는 이야기를 어떤 범위 안에 제한하고 그것을 미리 알려 주는 것입니다. 각자 주어진 주제에 어울리는 멋진 이야기에 대하여 생각할 수 있는 여유를 주도록 말입니다. 여러분이 좋다면 이번 주제는 이런 것입니다. 세상이 시작된 이후 사람들은 다양한 운명[121]에 이끌렸고 마지막까지 그럴 것이므로, 각자 그런 것, 즉 예기치 못한 역경에 부딪혔다가 예상과는 달리 행복한 결말에 도달한 사람에 대해 이야기하는 것입니다.」

여인들과 청년들은 모두 그런 명령을 칭찬하였고 그대로 따르겠다고 했습니다. 다만 디오네오가, 다른 모든 사람이 침묵했을 때 말했어요.

「여인이시여, 다른 모든 사람이 그랬듯이 저도 말하자면, 당신의 명령은 정말로 즐겁고 칭찬받을 만합니다. 하지만 저는 특별한 호의의 선물을 당신에게 요청합니다. 그리고 그 호의가 우리의 모임이 지속될 때까지 저에게 허용되기를 원합니다. 호의는 이런 것입니다. 원한다면 저는 주어진 주제에 따라 이야기하도록 얽매이지 않고, 제가 더 좋아하는 것을 이야기할 수 있다는 것이지요. 그리고 제가 할 이야기가 없는 사람이라서 그런 호의를 바란다고 생각하지 않도록, 지금부터 저는 언제나 마지막에 이야기하는 것에 만족하겠습니다.」

그가 즐겁고 유쾌한 사람이라는 것을 알고 있는 여왕은, 그 모임이 혹시 이야기들에 지쳤을 때 그가 우스꽝스러운 이야기로 사람들을 즐겁게 해주기 위하여 그런 호의를 요구한다는 것을 깨달았고, 다른 사람들의 동의를 얻어 즐겁게 호

---

121 원문은 〈fortuna〉로, 따라서 〈행운〉으로 옮길 수도 있다.

의를 베풀었지요. 그리고 앉은 자리에서 일어나 물이 맑은 개울을 향하여 느린 걸음으로 갔습니다. 개울은 나지막한 산으로부터 많은 나무로 그늘진 계곡을 향하여 매끄러운 돌들과 녹색 풀들 사이로 흐르고 있었어요. 거기에서 맨발에 맨살의 팔로 물속으로 들어가 자기들끼리 아주 즐겁게 놀기 시작했습니다.

그리고 저녁 식사 시간이 다가옴에 따라 저택으로 돌아와 즐겁게 식사했습니다. 저녁 식사가 끝나고 여왕은 악기들을 가져오게 한 다음 춤을 추자고 명령했으니, 춤은 라우레타가 이끌고, 에밀리아는 디오네오의 류트 반주에 맞추어 노래를 부르라고 했습니다. 그 명령에 라우레타는 곧바로 춤을 추면서 이끌었고, 에밀리아는 다음과 같은 노래를 사랑스럽게 불렀습니다.

나는 내 아름다움에 심취하여
다른 사랑에 전혀 신경 쓰지 않을 것이고,
동경하지도 않는다고 생각하지요.

거울을 볼 때마다 그 아름다움에서 나는
지성을 만족하게 해주는 선[122]을 보고,
어떤 새로운 사건이나 낡은 생각도 나를
그 사랑스러운 즐거움에서 빼앗을 수 없으니,

122 일반적으로 하느님을 가리키는 것으로 해석된다.

내 가슴속에 새로운 동경을 심어 줄
다른 어떤 즐거운 대상을
내가 혹시라도 볼 수 있을까요?

나의 위안으로 내가 다시 보려고 하면
그 선은 달아나지 않고
오히려 내 즐거움을 향해 다가오니,
아주 부드러운 느낌에, 어떤 말로도
표현할 수 없고, 그런 동경으로
불타오르지 않은 사람은 누구도
절대 이해하지 못할 것이오.

점점 더 불타오르는 나는
거기에 두 눈을 응시하는 만큼
거기에 완전히 나를 맡기고, 나를 바치면서
그것이 나에게 약속한 것을 맛보며
더 가까이에서 더 큰 행복을 희망한다오.
예전에는 열망에 이끌려
그런 것을 전혀 느끼지 못했으니까요.

그 노랫말에 일부는 생각할 것이 많았지만, 모두가 즐겁게
반응한[123] 그 발라드[124]가 끝나자, 다른 춤을 더 춘 다음 짧은
밤이 벌써 상당히 지났으므로, 여왕은 첫째 날을 끝내고 싶
었습니다. 그래서 횃불을 붙이게 하고 각자 다음 날 아침까

지 휴식하러 가라고 명령하였고, 모두 자신의 방으로 돌아가
그렇게 했습니다.

첫째 날이 끝난다.

---

123 후렴구를 합창했다는 뜻이다.
124 발라드(이탈리아어 이름은 발라타ballata)는 로망스어 계열의 언어
들에서 유행하던 시 형식으로, 특히 노래와 춤을 위한 시였으며, 다양한 형태
의 후렴(後斂)을 활용한 음악성을 특징으로 한다.

둘째 날

『데카메론』의 둘째 날이 시작된다.
여기에서는 필로메나의 통솔 아래,
여러 역경으로 고생하다가 예상과 달리
행복한 결말에 도달한 사람에 대해 이야기한다.

태양은 벌써 만물을 위하여 자신의 빛으로 새로운 날을 가져왔고, 새들이 푸른 나뭇가지 위에서 즐겁게 노래하면서 귀에다 그것을 알려 주었을 때, 모든 여인과 세 청년은 일어나 정원으로 들어갔고, 느린 걸음으로 이슬 젖은 풀을 밟고 아름다운 화환을 만들면서 여기에서 저기로 즐겁게 돌아다녔습니다. 그리고 전날 했던 것처럼 오늘도 그렇게 시원한 곳에서 식사했고, 잠시 춤을 춘 다음 쉬러 갔습니다. 쉬고 난 다음 아홉째 시간[1]에 일어났고, 여왕이 원하는 대로 시원한 풀밭으로 가서 여왕 주위에 앉았습니다. 아름답고 매력적인 자태의 여왕은 월계관을 쓴 채 잠시 기다렸다가 모든 동료의 얼굴을 바라보더니 앞으로의 이야기들을 위하여 네이필레에게 먼저 시작하라고 명령했습니다. 네이필레는 사양하지 않고 즐겁게 말하기 시작했습니다.

1 대략 오후 3시이다.

첫째 이야기

마르텔리노는 마비된 척하다가 거룩한 아리고의 시체 위에서
나아지는 모습을 보여 주었는데, 속임수가 알려져 사람들에게 맞는다.
그런 다음 붙잡혀 목이 매달려 죽을 위험에 처하게 되지만
결국에는 살아남는다.

[사랑하는 여인들이여, 다른 사람, 특히 존경해야 할 대상을 조롱하려는 사람은 종종 웃음거리가 되거나 때로는 혼자 피해를 보기도 합니다. 그러므로 저는 여왕의 명령에 따라 정해진 주제의 이야기로 시작하기 위하여 우리의 시민[2] 한 사람에게 일어난 일을 여러분에게 이야기하려는데, 처음에는 역경에 처했다가 나중에는 자기 생각과 달리 아주 행복하게 끝난 일입니다.

아직 오래전이 아니었을 때 트레비소[3]에 아리고[4]라는 독일 사람이 있었는데, 그는 가난했기에 요청하는 사람에게 돈을 받고 짐을 옮겨 주는 일을 하고 있었지요. 그런데도 매우 거룩하고 훌륭한 생활을 하는 사람으로 모두에게 인정받았습니다. 그런 이유로 사실인지 아닌지 모르겠지만, 그가 죽었을 때, 트레비소 사람들의 주장에 따르면, 죽는 순간 트레비소에서 가장 큰 성당의 종들이 아무도 줄을 당기지 않았는데

---

2 그러니까 피렌체 사람을 가리킨다.
3 Treviso. 이탈리아 동북부 베네치아 북쪽에 있는 도시이다.
4 Arrigo. 독일어 이름으로는 하인리히Heinrich이다.

울리기 시작했답니다. 그것은 기적으로 인식되었고, 모든 사람이 아리고는 성인이라고 말했습니다. 그리고 도시의 모든 사람이 그의 시체가 누워 있는 집으로 달려갔고, 거룩한 시체처럼 가장 큰 성당으로 운반했고, 절름발이, 마비된 사람, 장님, 다른 질병에 걸렸거나 장애가 있는 사람 거의 모두가 그 시체를 만지면 건강해질 것처럼 그곳으로 갔습니다.

그렇게 많은 사람이 오가는 혼란 속에 우리의 시민 세 사람이 트레비소에 도착하게 되었는데, 한 사람의 이름은 스테키, 다른 사람은 마르텔리노, 세 번째 사람은 마르케세였습니다. 그들은 영주의 궁정을 돌아다니면서 변장하며, 그러니까 이상한 몸짓으로 다른 사람을 흉내질하여 구경꾼들을 즐겁게 해주었습니다. 그곳에 전혀 온 적이 없었던 그들은 모든 사람이 달려가는 것을 보고 깜짝 놀랐고, 왜 그런지 이유를 듣고 나니 가 보고 싶었습니다. 그래서 여관에 자기 물건들을 놔두고 마르케세가 말했습니다.

「우리는 그 거룩한 사람을 보러 가고 싶지만, 어떻게 그곳으로 갈 수 있을지 나로서는 모르겠어. 광장은 독일 사람들[5]과 다른 무장한 사람들로 가득하다고 들었으니까. 그들은 이 땅의 영주가 소동이 일어나지 않도록 거기에 배치했다는 거야. 게다가 소문에 의하면, 성당에 사람들이 가득하여 아무도 들어갈 수 없다고 하는군.」

5 일부에서는 독일 용병들을 가리키는 것으로 해석하지만, 1315년까지는 독일 용병들이 그곳에 없었기 때문에, 그냥 아리고의 동향 사람들로 보기도 한다.

그러자 그것을 보고 싶은 마르텔리노가 말했지요.

「그렇다고 포기하지 마. 거룩한 시체까지 다가갈 좋은 방법을 내가 찾을 테니까.」

마르케세가 말했습니다.

「어떻게?」

마르텔리노는 대답했지요.

「말해 줄게. 내가 마비된 사람 흉내를 낼 거야. 그러면 혼자 걸어갈 수 없는 것처럼, 네가 한쪽에서, 스테키가 다른 한쪽에서 나를 부축하고 가. 그 성인이 나를 낫게 해주도록 그곳으로 안내하고 싶은 척하면서 말이야. 우리를 보고 비켜주지 않는 사람은 아무도 없을 것이야.」

그 방법은 마르케세와 스테키의 마음에 들었습니다. 그래서 지체하지 않고 여관 밖으로 나가 세 사람 모두 한적한 곳으로 갔고, 마르텔리노는 몸을 뒤틀었는데, 손이나 손가락, 팔, 다리, 그 외에도 입과 눈, 얼굴 전체가 끔찍해 보일 정도였습니다. 누구든 그를 보고 정말로 몸이 완전히 마비되고 뒤틀렸다고 말하지 않을 사람은 아무도 없었을 것입니다. 그렇게 한 다음 마르케세와 스테키의 부축을 받으면서 성당으로 향하였고, 완전히 연민으로 가득한 모습으로 앞에 있는 모든 사람에게 제발 하느님의 사랑으로 자신들을 위하여 비켜 달라고 부탁했고, 손쉽게 그렇게 되었습니다. 그들을 보고 순식간에 거의 모두가 외쳤지요.

「비켜요! 비켜요!」

그렇게 거룩한 아리고의 시체가 있는 곳에 이르렀고, 그 주위에 있던 일부 친절한 사람들이 곧바로 마르텔리노를 들어 시체 위에 올려 놓았지요. 그를 통하여 거룩함의 은혜를 받을 수 있도록 말입니다. 마르텔리노는 자신에게 무슨 일이 일어날지 모든 사람이 주의 깊게 바라보는 가운데 잠시 있더니, 해야 할 일을 아주 잘 알고 있는 사람처럼 손가락 중 하나를 펼치는 척하기 시작했고, 이어서 손, 그리고 팔, 그렇게 온몸을 펼쳤습니다. 그것을 보고 사람들은 큰 소리로 거룩한 아리고를 찬양하였으니, 천둥소리도 들리지 않을 정도였습니다.

그런데 우연하게도 옆에 피렌체 사람이 한 명 있었는데, 그는 마르텔리노를 잘 알고 있었지만, 그곳에 안내되었을 때 너무나 뒤틀려 있었기 때문에 알아보지 못했습니다. 그러다 다시 똑바로 펼쳐지는 것을 보고 그를 알아보았고, 곧바로 웃기 시작하면서 말했습니다.

「하느님, 저 사람을 벌주세요! 그가 오는 것을 보고, 정말로 마비되었다고 누가 믿지 않겠습니까?」

그 말을 들은 몇몇 트레비소 사람이 곧바로 그에게 물었지요.

「세상에! 그는 마비되지 않았나요?」

그러자 피렌체 사람이 대답했습니다.

「천만에요! 그는 우리 중 한 사람처럼 언제나 반듯했어요. 하지만 여러분이 볼 수 있었던 것처럼, 어떤 형태로든 원하는 대로 흉내를 내어 놀리는 재주를 누구보다 잘 부리죠.」

그 말을 듣자 그들은 더 들을 필요가 없었으니 억지로 앞으로 나아갔고 외치기 시작했지요.

「하느님과 성인들을 조롱하는 이 배신자를 잡아라! 이놈은 마비되지도 않았는데, 우리와 우리 성인을 조롱하려고 마비된 자처럼 여기 왔다!」

그렇게 외치면서 그를 붙잡아 있던 곳에서 끌어내렸고, 머리칼을 움켜잡고는 입고 있던 모든 옷을 찢었고, 주먹으로 때리고 발로 차기 시작하였으니, 달려가 때리지 않는 자는 사람으로 여겨지지도 않았습니다. 마르텔리노는 외쳤지요.

「제발 살려 주세요!」

그리고 방어하려고 했지만 소용없었고, 그에게 달려드는 무리는 더욱 많아졌습니다. 그걸 보고 스테키와 마르케세는 일이 심각해졌다고 자기들끼리 말하기 시작했고, 자기 자신도 두려워 감히 도와주지 못했고, 오히려 다른 사람들과 함께 그를 죽여야 한다고 소리쳤지요. 하지만 그러면서도 군중의 손에서 그를 어떻게 끌어낼 수 있을까 생각했습니다. 만약 마르케세가 묘책 하나를 곧바로 취하지 않았다면, 그는 분명히 죽었을 것입니다. 그러니까 시뇨리아[6]의 수비대 전체가 밖에 있었으므로, 마르케세는 가능한 한 빨리 거기 있던 포데스타[7]의 대리인[8]에게로 가서 말했습니다.

---

6 시뇨리아signoria는 〈영주〉 또는 〈주인〉을 뜻하는 〈시뇨레signore〉에서 나온 말로, 14~15세기 이탈리아 도시 국가에서 절대 권력을 가진 한 사람이 통치하는 체제를 가리킨다. 따라서 공화정을 토대로 하는 〈코무네comune〉, 즉 자치 도시와 대립적인 체제이다. 하지만 필요에 따라 최고 통치자의 권력을 강화하는 것일 뿐 코무네와 큰 차이가 없으며, 때로는 코무네 정부 당국 또는 최고 행정 기관을 가리키기도 하였다.

「제발 도와주세요! 금화 100피오리노가 든 내 지갑을 훔쳐 간 나쁜 놈이 여기에 있어요. 부탁하오니 내 돈을 다시 찾을 수 있게, 여러분이 가서 잡아 주세요.」

그 말을 듣고 곧바로 무려 열두 명의 수비대원이 불쌍한 마르텔리노가 합당한 이유로 두들겨 맞고 있는[9] 곳으로 달려 갔습니다. 그리고 세상에서 가장 힘들게 군중을 뚫고 들어가 완전히 짓밟히고 망가진 그를 군중의 손에서 끌어내 관청으로 데려갔습니다. 그에게 조롱당했다고 생각하는 많은 사람이 따라갔고, 그가 소매치기 혐의로 붙잡혔다는 말을 듣고, 그의 처벌[10]에 그보다 더 합당한 다른 구실을 찾기 어려워 보였으므로, 그들도 모두 그에게 지갑을 소매치기당했다고 외치기 시작했습니다.

그 말을 들은 포데스타의 재판관은 거친 사람이었으므로 곧바로 그를 한쪽으로 데려가 조사하기 시작했습니다. 하지만 마르텔리노는 마치 그런 체포가 아무렇지도 않은 것처럼 농담하듯이 대답하였고, 거기에 당황한 재판관은 그를 콜라[11]

7 포데스타podestà는 코무네의 의회에서 선출되어 정해진 기간 통치하는 직책으로 〈집정관〉 또는 〈최고 행정관〉으로 번역되기도 한다. 이 이야기에서는 그를 〈시뇨레〉로 부르기도 한다.

8 수비대 대장을 가리킨다.

9 원문은 〈senza pettine carminato〉로, 직역하면 〈빗 없이 빗질되고 있는〉이다.

10 원문은 〈fargli dar la mala ventura〉로, 직역하면 〈그에게 불운을 주는 것〉이다.

11 colla. 중세에 널리 사용되던 고문 도구이다. 밧줄로 겨드랑이 아래를 묶은 다음 도르래에 걸어 바닥에서 몇 미터 위로 끌어 올렸다가 갑자기 떨어지게 하였다.

에 묶어 여러 번 끌어 올렸다가 떨어지게 했습니다. 군중이 말하는 것을 자백하게 만들고, 그런 다음 그의 목을 매달려는 의도로 말입니다. 하지만 바닥에 내려진 그는, 재판관이 자신에 대해 군중이 말하는 것이 사실이냐고 묻자 아니라고 대답해도 소용없었으므로 이렇게 말했습니다.

「나리, 저는 나리께 사실을 자백할 준비가 되어 있습니다. 하지만 저를 고발하는 사람들 각자에게 언제 어디에서 제가 그의 지갑을 훔쳤는지 물어보십시오. 그러면 제가 한 것과 하지 않은 것을 나리께 말씀드리겠습니다.」

재판관은 말했습니다.

「그것 좋구나.」

그리하여 몇 사람을 부르게 했는데 한 사람은 여드레 전에 소매치기당했다고 말했고, 다른 한 사람은 엿새 전에, 또 다른 사람은 나흘 전에, 그리고 몇 사람은 바로 그날 당했다고 했습니다. 그 말을 듣고 마르텔리노가 말했습니다.

「나리, 저들은 모두 뻔뻔하게 거짓말을 하고 있습니다. 제 말이 사실이라는 증거를 제시할 수 있습니다. 저는 이 땅에 들어온 적이 전혀 없었고 조금 전에야 여기에 처음 왔습니다. 그리고 저는 도착하자마자 불행하게도 그 거룩한 시체를 보러 갔고, 거기에서 지금 나리께서 보셨듯이 두들겨 맞았습니다.[12] 제 말이 사실이라는 것은, 외국인 신고 사무실[13]에 있는 포데스타의 관리와 그분의 명부, 그리고 여관 주인이 명백하

12 원문은 ⟨sono stato pettinato⟩, 즉 ⟨빗질되었습니다⟩이다.
13 원문은 ⟨presentagioni⟩, 즉 ⟨제출⟩, ⟨신고⟩이다.

게 밝혀 줄 수 있습니다. 그러므로 제가 나리께 말씀드리는 대로 확인된다면, 나리께서는 이 나쁜 사람들이 요구하듯이 저를 찢어 죽이려고 하지 않으실 것입니다.」

상황이 이렇게 되어 가는 동안 마르케세와 스테키는, 포데스타의 재판관이 마르텔리노에게 불리하게 진행하며 벌써 그를 잔인하게 고문했다는 말을 듣고 크게 두려워하며 자기들끼리 말했습니다.

「우리가 악화시켰어. 우리가 그 친구를 냄비에서 꺼내 불 속에 집어넣었어.」

그래서 최대한 서두르며 주위를 돌아다녔고, 자신들의 여관 주인을 찾아 사건을 이야기해주자, 여관 주인은 웃으면서 그들을 산드로 아골란티라는 사람에게 데리고 갔는데, 그는 트레비소에 살면서 포데스타 옆에서 커다란 권위를 갖고 있었습니다. 여관 주인은 그에게 모든 것을 순서대로 설명하였고, 마르케세와 스테키와 함께 마르텔리노의 사건을 고민해 달라고 부탁했습니다. 산드로는 한참 동안 웃고 나서 포데스타에게 갔고, 마르텔리노를 위하여 사람을 보낼 것을 부탁했고, 그렇게 되었습니다. 그를 위하여 간 사람들은 그가 재판관 앞에서 아직 셔츠 차림으로 완전히 당황하고 엄청나게 겁에 질려 있는 것을 발견했습니다. 재판관은 그의 변명을 전혀 들으려고 하지 않았고, 오히려 우연하게도 피렌체인들에게 반감을 품었기 때문에 그의 목을 매달게 하려고 완전히 작정하고 있었으며, 어떻게 해서든지 그를 포데스타에게 보내고 싶지 않았지만, 자신의 거부에도 불구하고 결국 보내지 않을 수 없었습니다.

　포데스타 앞에서 마르텔리노는 모든 것을 자세히 설명한 다음 피렌체로 돌아갈 때까지는 목에 밧줄을 걸고 있는 것 같다며 최고의 은혜로 떠나게 해달라고 부탁했습니다. 포데스타는 그런 사건에 대하여 아주 크게 웃었고 그에게 옷을 한 벌 선물했습니다. 그렇게 세 사람 모두 예상과 달리 커다란 위험에서 벗어났고, 건강하고 안전하게 자신들의 집으로 돌아갔습니다.]

둘째 이야기

리날도 데스티는 지닌 것을 강탈당하고 카스텔 굴리엘모[14]에 이르러
어느 과부의 집에 머물게 되는데, 빼앗긴 것을 되찾고
건강하고 안전하게 자기 집으로 돌아간다.

　네이필레가 이야기한 마르텔리노의 사건에 대하여 여인들은 크게 웃었고, 청년 중에서 필로스트라토가 특히 많이 웃었습니다. 네이필레 옆에 앉아 있던 그에게 여왕은 이어서 이야기하라고 명령하였고, 그는 망설이지 않고 시작했습니다.

14 Castel Guglielmo. 페라라 북쪽에 있는 고장이다.

[아름다운 여인들이여, 저는 가톨릭의 요소와 불행과 사랑이 조금씩 뒤섞인 이야기를 하고 싶은데, 그것은 아마 특히 위험한 사랑의 고장을 여행하는 사람들이 들어 두면 유익할 이야기로, 그런 고장에서는 율리아누스 성인[15]의 기도를 하지 않은 사람은 종종 좋은 침대를 얻더라도 편안하게 잠을 자지 못합니다.

그러니까 페라라 사람 아초 후작[16]의 시절에 리날도 데스티[17]라는 상인이 있었는데, 일 때문에 볼로냐에 갔다가 일을 끝낸 다음 집으로 돌아가면서, 페라라를 벗어나 베로나를 향하여 말을 타고 가던 도중에 몇 사람과 만났지요. 그들은 상인처럼 보였지만 강도였고 사악한 생활을 하는 사람들이었는데, 경솔하게 그들과 함께 이야기하면서 동행하게 된 것입니다.

그들은 그가 상인이라는 것을 알고 틀림없이 돈을 갖고 있으리라 생각했고, 적당한 기회가 되면 강탈하기로 모의했습니다. 그래서 조금도 의심을 사지 않도록, 정직하고 충실한 일만 하는 좋은 출신의 선량한 사람들인 양 그와 이야기를 나누

15 〈자선가 율리아누스〉로 일컬어지는 가톨릭 성인으로 그의 생애는 정확하게 알려지지 않았다. 7세기 무렵 프랑스, 벨기에, 또는 이탈리아에서 태어난 것으로 전해지며, 전설에 의하면 실수로 자기 부모를 죽이고 속죄하기 위하여 강가에 살면서 여행자들에게 강을 건네주거나 숙소를 마련해 주고 가난한 사람들을 도와주었다고 한다.

16 이탈리아 북부 페라라Ferrara의 영주인 데스테d'Este 가문의 아초 Azzo 8세(1263?~1308)를 가리킨다.

17 Rinaldo d'Esti. 일부 판본에는 리날도 다스티Rinaldo d'Asti로 되어 있다.

었고, 가능한 한 그에게 겸손하고 너그럽게 보였습니다. 리날도는 혼자였고 말을 탄 하인 하나만 데리고 있었으므로 그들을 만난 것이 커다란 행운이라고 생각하였지요. 그렇게 가면서 이야기할 때 그렇듯이 이런저런 주제로 넘어가다가 사람들이 하느님께 바치는 기도 이야기로 넘어가게 되었습니다. 강도는 세 명이었는데, 그중 하나가 리날도에게 말했지요.

「친절한 분이여, 당신은 여행하면서 어떤 기도를 자주 합니까?」

그러자 리날도는 대답했습니다.

「사실 나는 그런 것에 아주 단순하고 조잡한 사람이라, 기도 몇 개만 알고 있지요. 구식으로 살아가면서 자세하게 모르고 대충 넘어가는[18] 사람처럼 말입니다. 그렇지만 여행하는 동안에는 아침에 여관에서 나올 때, 습관적으로 언제나 율리아누스 성인의 아버지와 어머니의 영혼을 위하여 주기도문과 아베마리아 기도문을 암송하고, 그다음에 그분과 하느님께 다음 날 밤에 나에게 좋은 숙소를 달라고 기도하지요. 그리고 내 삶에서 여행하는 동안 여러 번 커다란 위험에 빠졌으나 거기에서 모두 벗어났고, 그뿐만 아니라 밤에 좋은 곳에서 편안하게 숙박했어요. 그래서 내가 기도를 바치는 율리아누스 성인께서 나를 위해 하느님께 그런 은총을 기도해

---

18 원문은 〈lascio correr due soldi per ventiquattro denari〉, 직역하면 〈(나는) 2솔도는 24데나로로 통하게 놔두는〉인데, 자세하게 살펴보지 않음을 뜻하는 민중적 표현이었다. 솔도soldo와 데나로denaro는 화폐의 단위로, 1솔도는 12데나로에 해당하였다.

주셨다고 확고하게 믿고 있지요. 그러므로 아침에 그런 기도를 하지 않으면, 낮에 잘 가지도 못하고 다가오는 밤에 잘 도착하지도 못할 것 같답니다.」

그러자 그에게 질문한 사람이 말했습니다.

「오늘 아침에는 그 기도를 했나요?」

리날도는 대답했어요.

「물론이지요.」

그러자 그 사람은 앞으로 일어날 일을 이미 알고 있었기에 속으로 생각했습니다.

〈필요할 때 너에게 도움이 되겠지.[19] 내 생각에 우리가 실패하지 않는다면, 너는 편안하게 숙박하지 못할 테니까.〉

그런 다음 그에게 말했습니다.

「나도 마찬가지로 많이 여행했는데 그런 기도는 전혀 하지 않았어요. 많은 사람이 추천하는 말을 들었지만 말이오. 그렇다고 해서 내가 편안하게 숙박하지 못한 경우는 전혀 없었지요. 오늘 저녁에는 우연하게도 누가 편안하게 숙박할 것인지, 기도한 당신인지, 아니면 기도하지 않은 나인지 볼 수 있겠네요. 사실 나는 그 기도 대신에 〈디루피스티〉나 〈인테메라타〉, 또는 〈데 프로푼디스〉[20]를 말하곤 하는데, 나의 선조

---

19 리날도의 아침 기도가 아무 소용이 없을 것이라는 반어적인 표현이다.
20 〈디루피스티Dirupisti〉는 〈부수다〉, 〈터뜨리다〉를 뜻하는 라틴어 동사의 직설법 단수 2인칭 현재 변화형이고, 〈인테메라타Intemerata〉는 〈결백한〉, 〈흠 없는〉을 뜻하는 라틴어 형용사의 여성 단수형으로 기도문에 나오는 표현이다. 〈데 프로푼디스De profundis〉는 〈깊은 곳에서〉라는 뜻으로 「시편」 130편에 나오는 표현이다.

가 말한 바에 의하면 아주 큰 효력이 있답니다.」

그렇게 여러 가지 이야기를 하면서 계속해서 갔고, 강도들은 사악한 계획에 알맞은 시간과 장소를 찾았지요. 그리고 벌써 날이 저물 무렵 카스텔 굴리엘모 가까이에 이르러 강을 건너야 하는 곳에서 세 강도는 한적하고 고립된 장소를 발견하고 그를 공격하여 물건을 강탈하였고, 그를 셔츠 차림으로 세워 둔 채 떠나면서 말했습니다.

「너의 율리아누스 성인이 너에게 좋은 잠자리를 마련해 줄지 가 보아라. 우리의 성인은 우리에게 좋은 잠자리를 줄 테니까.」

그리고 강을 건너서 가버렸습니다. 리날도의 하인은 비열한 사람이었기에, 그가 공격당하는 것을 보고도 아무 도움도 주지 않았고, 타고 있던 말을 돌려 카스텔 굴리엘모까지 멈추지도 않고 달아났으며, 벌써 저녁이 되었으므로 마을로 들어가 아무 걱정 없이 숙박했어요. 리날도는 셔츠 차림에 맨발로 남았는데, 매우 추웠고 눈까지 계속 많이 내리는 가운데 어떻게 해야 할지 몰랐습니다. 벌써 밤이 되었고, 그는 추위에 떨고 이빨을 부딪치면서 밤에 추위에 죽지 않고 머물만한 피난처를 찾을 수 있을지 주위를 둘러보기 시작했습니다. 하지만 그 지역에 전쟁이 있어서 얼마 전 모든 것이 불타버렸기 때문에 아무것도 보이지 않았습니다. 추위에 떠밀려 그는 총총걸음으로 카스텔 굴리엘모를 향하였고, 자기 하인이 그곳이나 아니면 다른 어디로 달아났는지도 몰랐지만, 만약 마을 안으로 들어갈 수 있다면, 하느님께서 도움을 주시리라고 생각했습니다.

하지만 성에서 대략 1마일 정도 떨어졌을 때 어두운 밤이 되었고, 따라서 늦게 도착했으니 성문들이 닫히고 다리들도 들어 올려져 있어서 안으로 들어갈 수 없었습니다. 그래서 절망하고 고통스러워 울면서 최소한 눈을 맞지 않고 머물 수 있을 곳을 찾아 주위를 둘러보았지요. 그리고 우연하게도 성 벽 위로 약간 튀어나온 집을 보았고, 그 튀어나온 곳 아래로 가서 날이 샐 때까지 있으려고 했습니다. 그래서 그곳으로 갔고 튀어나온 곳 아래에서 문을 하나 발견하고, 비록 닫혀 있었지만, 그 아래에다 주변에 있던 짚을 조금 모아 놓고, 슬프고 고통스럽게 그 위에 있으면서, 율리아누스 성인에게 자신에게 일어난 그 일은 믿음에 합당하지 않다고 괴로워하며 말했지요.

그렇지만 율리아누스 성인은 그를 존중하고 있었으므로 너무 지체하지 않고 그에게 좋은 숙소를 마련해 주었습니다. 성안에는 누구보다 아름다운 과부 여인이 있었는데, 아초 후작이 그녀를 자기 목숨처럼 사랑하여 거기에서 마음대로 살도록 했지요. 과부 여인은 리날도가 아래에 머무르려고 한 바로 그 집에 살고 있었습니다.

그리고 그날은 우연하게도 후작이 거기 와서 밤에 그녀와 함께 잠자려고 했고, 그녀의 집에 목욕물을 준비하고 고상하게 저녁 식사를 준비하라고 해두었지요. 그렇게 모든 것이 준비되었고, 그녀는 후작이 오기만을 기다리고 있었습니다. 그러나 하인이 문에 도착하여 후작의 소식을 가져왔는데, 곧바로 말을 타고 떠나야 할 일이 생겼고, 그래서 여인에게 자신을 기다리지 말라고 하인을 보내 전하라 한 다음 곧바로 떠났다는 것입니다.

그래서 여인은 약간 실망했고, 어떻게 할지 몰라 후작을 위하여 준비해 둔 목욕물에 들어갔다가 그다음에 저녁 식사를 한 뒤 잠자러 가려고 생각했고, 그래서 목욕물 안으로 들어갔지요. 목욕통은 불쌍한 리날도가 있는 성벽 밖의 바로 옆 문 가까이에 있었고, 따라서 여인은 목욕통 안에 있으면서, 리날도가 마치 두루미[21]가 된 것처럼 이빨을 부딪치는 소리와 우는 소리를 들었습니다. 그래서 하녀를 불러 말했어요.

「성벽 밖으로 가서 이 문가에 누가 있는지, 어떤 사람인지, 무엇을 하고 있는지 보아라.」

하녀는 갔고, 어슴푸레한 대기의 도움을 받아 앞에서 말했듯이 리날도가 셔츠 차림에 맨발로 앉아 덜덜 떨고 있는 것을 보았고, 그래서 누구인지 물었습니다. 덜덜 떨고 있던 리날도는 말을 할 수 있게 되자 자기가 누구인지, 왜 그리고 어떻게 그곳에 있는지 가능한 한 간략하게 말했고, 그런 다음 가능하다면 밤의 추위에 죽게 놔두지 말라고 애처롭게 간청하기 시작했지요. 하녀는 불쌍하게 생각하고 여인에게 돌아와 모든 것을 말했고, 여인도 마찬가지로 연민을 갖게 되었으며, 후작이 몰래 들어올 때 이따금 사용하던 그 문의 열쇠

---

21 원문은 〈gru〉로, 두루미과Gruidae에 속하는 여러 종의 새를 가리키는 용어이다. 일반적으로 두루미는 부리 위쪽과 아래쪽을 아주 빠르게 부딪치는 것으로 알려져 있었고, 따라서 추위에 떠는 모습에 많이 비유되었다.

를 갖고 있다는 것을 기억하고 말했습니다.

「가서 조용하게 문을 열어 주어라. 여기 이 저녁 식사가 있는데 먹을 사람도 없고, 그를 재워 줄 곳도 많으니까.」

하녀는 그런 인정에 대해 여인을 많이 칭찬하였고, 가서 문을 열어 주었지요. 안으로 들어온 리날도가 거의 얼음이 된 것을 보고 여인은 말했습니다.

「어서 저 목욕물 안으로 들어가세요. 아직 따뜻해요.」

그는 그 이상 권유를 기다리지도 않고 기꺼이 그렇게 했고, 따뜻한 목욕물에 완전히 위로받았으니, 마치 죽음에서 삶으로 돌아온 것 같았습니다. 여인은 얼마 전에 죽은 남편의 옷을 준비하게 했는데 옷을 입자 맞춘 것처럼 잘 맞았습니다. 여인의 명령을 기다리면서 그는 하느님과 율리아누스 성인에게 예상했던 나쁜 밤에서 자신을 벗어나게 해주고 좋아 보이는 숙소로 인도해 준 것에 대하여 감사드리기 시작했습니다. 약간 휴식을 취한 여인은 벽난로가 있는 거실에 큰 불을 피우게 한 다음 그곳으로 갔고, 그 남자가 어떻게 하고 있는지 물었습니다. 그러자 하녀가 대답했지요.

「부인, 그분은 옷을 입었는데, 멋진 분이고 좋은 출신에 예의 바른 사람 같아요.」

여인은 말했습니다.

「그러면 가서 여기 불 옆으로 와서 저녁 식사를 하시라고 말해라. 내가 알기로는 식사를 하지 않았을 테니까.」

리날도는 벽난로가 있는 거실로 들어갔고, 여인이 높은 가문 출신처럼 보였기에 정중하게 인사하였고, 자신에게 베풀

어 준 혜택에 대하여 할 수 있는 최대의 감사를 했습니다. 리
날도를 보고 그의 말을 들은 여인은 하녀가 말한 대로라고
생각하면서 즐겁게 맞이하여 친절하게 불 옆에 함께 앉도록
했고, 그곳으로 오게 한 사건에 대하여 질문했습니다. 그리
고 리날도는 모든 것을 자세히 이야기했지요.

　여인은 리날도의 하인이 성으로 들어온 것에 대하여 무언
가 들은 것이 있었고, 그래서 그가 말한 것을 그대로 믿었으
며, 하녀를 통하여 알게 된 것을 그에게 말해 주면서 다음 날
아침 하인을 쉽게 찾을 수 있으리라고 말했습니다. 하지만
식탁이 준비되었으므로, 여인이 원하는 대로 리날도는 그녀
와 함께 손을 씻고 앉아 먹기 시작했습니다. 리날도는 크고
멋진 데에다 호감을 주는 얼굴에, 우아하고 칭찬받을 만한
태도를 지닌 어리지 않은 청년이었습니다. 그에게 여인은 여
러 번 눈길을 던졌고 많이 칭찬했는데, 후작이 그녀와 잠자
리를 함께하러 왔어야 했기 때문에 욕정의 욕망이 마음속에
일어나 있었지요. 그래서 식사 후 식탁에서 일어나 하녀와
함께 후작이 자신을 놀렸으니까 행운이 보내 준 그 좋은 기
회를 활용하는 것이 좋을지 상의했습니다. 하녀는 여인의 욕
망을 알고 가능한 한 따르라고 위로했습니다. 그리하여 여인
은 리날도를 혼자 놔두었던 불 옆으로 돌아와 그를 사랑스럽
게 바라보면서 말했어요.

　「세상에! 리날도, 왜 그렇게 생각에 잠겨 있어요? 당신이
빼앗긴 옷들과 말을 다시 찾을 수 없으리라고 생각하세요?
안심하고 즐겁게 있어요. 당신은 당신 집에 있는 것과 같아

요. 아니, 저는 더 말하고 싶어요. 죽은 내 남편이 입었던 그 옷을 입고 있는 것을 보니 당신이 바로 남편 같고, 그래서 오늘 밤 수백 번 당신을 껴안고 입을 맞추고 싶은데, 혹시 당신이 싫어하지 않는다면 분명히 그렇게 하고 싶어요.」

리날도는 그 말을 듣고 여인의 눈이 반짝이는 것을 보았고 어리석은 사람이 아니었기에 두 팔을 벌리고 그녀에게로 다가가면서 말했습니다.

「부인, 이제 나는 당신 덕분에 살아 있다고 언제나 말할 수 있다는 점을 생각하면, 당신이 나를 어디에서 구해 주셨는지 살펴본다면, 당신에게 즐거움이 될 수 있는 모든 것을 하려고 노력하지 않으면 정말로 무례한 일이 될 것입니다. 그러므로 나를 껴안고 입을 맞추고 싶은 당신의 즐거움을 만족시키세요. 저도 그 이상으로 기꺼이 당신을 껴안고 입을 맞출 테니까요.」

그 이상 말할 필요가 없었습니다. 사랑의 욕망에 완전히 불타오르던 여인은 곧바로 그의 품에 몸을 던지고 수천 번 열광적으로 그를 껴안고 입을 맞추었고, 또 그만큼 그의 입맞춤을 받았습니다. 그런 다음 둘은 일어나 침실로 갔고, 조금도 지체하지 않고 잠자리에 들었고, 날이 샐 때까지 여러 번 충분하게 자신들의 욕망을 채웠습니다.

하지만 새벽이 밝아 오기 시작했으므로, 여인이 원하는 대로 일어났고, 그 일이 누구에게도 의심받지 않지 않도록 리날도에게 매우 나쁜 옷을 입게 했고, 그의 지갑을 돈으로 채운 다음 감추어 두라고 부탁했고, 성안으로 들어와 하인을 찾을 수 있는 길을 먼저 가르쳐 준 다음 들어왔던 작은 문을 통하여 밖으로 내보냈습니다.

날이 밝고 성문이 열리자 리날도는 멀리에서 온 척하면서 성안으로 들어갔고 하인을 찾았습니다. 그래서 가방 안에 있던 자기 옷을 입고 하인의 말에 올라타려고 했을 때, 마치 하느님의 기적처럼 전날 저녁에 그를 강탈한 강도 세 명이 자신들이 저지른 다른 악행 때문에 곧바로 붙잡혀 성으로 끌려오고 있었습니다. 그리고 강도들 자신의 자백을 통하여 그는 말과 옷, 돈을 되찾았으니, 강도들이 어떻게 했는지 모르는 양말대님 한 켤레 외에는 아무것도 잃어버리지 않았습니다.

그리하여 리날도는 하느님과 율리아누스 성인에게 감사를 드리면서 말에 올라탔고, 건강하게 무사히 자기 집으로 돌아갔으며, 강도 세 명은 다음 날 교수형을 당했습니다.[22]]

셋째 이야기

세 청년이 자신들의 재산을 낭비하여 가난해진다. 그들의 조카 한 명이 절망하여 집으로 돌아가던 중 어느 수도원장과 만나는데, 수도원장이 영국 왕의 딸이라는 것이 밝혀지고, 그녀는 그를 남편으로 맞이하고, 그의 아저씨들의 피해를 복구해 주고 좋은 상태로 되돌려 준다.

22 원문은 〈dare de' calci a rovaio〉, 직역하면 〈북풍에게 발길질을 했습니다〉 정도이다.

리날도 데스티의 사건을 여인들과 청년들은 감탄하며 들었고, 그의 경건함을 칭찬하면서 그가 가장 필요할 때 도와주신 하느님과 율리아누스 성인에게 감사를 드렸습니다. 그렇다고 해서 비록 반쯤 감추어진 채 말했지만,[23] 하느님께서 자기 집으로 보내 주신 행복을 잡을 줄 알았던 부인이 어리석었다고 평가하지 않았습니다. 그리고 그녀가 보낸 멋진 밤에 대하여 소곤거리며 이야기하는 동안, 팜피네아는 자신이 필로스트라토 옆에 앉아 있음을 깨닫고 지금까지 그랬듯이 자기 차례가 되었다는 것을 알았기에, 집중하여 무엇을 이야기할지 생각하기 시작했습니다. 그리고 여왕의 명령에 따라 즐거우면서 대담한 표정으로 이렇게 말하기 시작했습니다.

[훌륭한 여인들이여, 행운[24]의 일들에 대하여 많이 이야기할수록, 그녀의 일들을 잘 살펴보고 싶은 사람에게는 이렇게 말할 수 있을 뿐입니다. 우리가 어리석게도 우리의 일이라고 부르는 모든 것이 그녀의 손에 있다는 사실을 사려 깊게 생각한다면, 그것에 대해 전혀 놀라지 않아야 한다고 말입니다. 그러니까 결과적으로 그녀의 감추어진 판단에 따라 모든 것이 끊임없이 이 사람에게서 저 사람에게로, 저 사람에게서 이 사람에게로, 우리가 전혀 모르는 순서에 따라서 계속하여 그녀에 의하여 옮겨지지요.[25] 그것은 비록 모든 일에서 날마

23 완전히 공개적으로 말하지는 않았다는 뜻이다.
24 원문 〈fortuna〉는 여성 명사이며 종종 의인화하여 사용되기 때문에 대명사로 사용될 때는 〈그녀〉로 옮겼다.
25 지상의 재물을 관리하는 〈행운〉 또는 〈운명〉에 대한 이 구절은 단테의 『신곡』 「지옥」 7곡 77~90행에 나오는 관념을 거의 그대로 반복하고 있다.

다 충분하게 증명되고 있으며 또 앞의 이야기들에서 증명되었어도, 그런 이야기를 우리 여왕께서 좋아하시니 저도 제 이야기를 하나 덧붙이려고 하는데, 듣는 분들에게 유용함이 없지 않고 좋아하시리라 생각합니다.

옛날 우리 도시에 테달도[26] 씨라는 기사가 있었는데, 어떤 사람에 의하면 그는 람베르티[27] 가문 출신이었다고, 다른 사람에 의하면 아골란티 가문 출신이었다고 하지만, 다른 한편으로, 나중에 그의 자식들 직업은 아골란티 사람들이 언제나 가졌고 지금도 갖고 있는 직업[28]에 아마 더 일치할 겁니다. 하지만 두 가문 중 어디 출신인지는 제쳐 두고 말하자면, 그는 자기 시절에 매우 부유한 기사였고 세 아들을 두었는데, 첫째의 이름은 람베르토, 둘째는 테달도, 셋째는 아골란테였습니다. 장남이 아직 열여덟이 되지도 않았는데 벌써 멋지고 호감을 주는 청년이었을 때 큰 부자였던 테달도 씨가 죽었고, 자기 동산과 부동산 재산을 모두 합당한 상속자인 아들들에게 남겼지요.

아들들은 현금과 소유지들로 큰 부자가 되자 자신들의 즐거움 외에는 다른 어떤 통제도 없이, 어떤 억제나 자제도 없

---

26 판본에 따라 테달도Tedaldo 또는 테발도Tebaldo로 되어 있다. 둘째 아들의 이름도 마찬가지로 판본에 따라 서로 다르다.

27 람베르티Lamberti 가문과 아골란티Agolanti 가문은 피렌체의 명문 가문이었다.

28 무슨 직업인지는 정확하게 알려지지 않았다. 이야기의 내용을 토대로 고리 돈놀이일 것으로 보는 학자도 있고, 다른 한편으로 가문 이름이 〈ago〉, 즉 〈바늘〉에서 유래했다고 보고 바늘 제조업으로 추정하기도 한다.

이 쓰기 시작했으니, 많은 하인, 훌륭한 말들, 개들과 새들[29]
을 거느리고 화려한 생활을 계속하고, 선물하고, 마상 창 시
합을 하고, 단지 귀족에게 속하는 것뿐만 아니라 자신들 청
년의 욕망에 맞춰서 하고 싶은 것도 했습니다. 그런 생활을
오래 하기도 전에 아버지가 그들에게 남겨 준 재산은 줄어들
었고, 시작된 소비를 뒤따르기에는 자신들의 수입으로 충분
하지 않았기에 소유지를 저당 잡히고 팔기 시작했습니다. 그
래서 오늘 하나, 내일 또 하나 팔다가 자신들이 거의 무일푼
이 되었다는 것을 겨우 깨달았으니, 부유함이 감게 했던 그
들의 눈을 가난이 뜨게 해주었지요.

그래서 어느 날 람베르토는 두 형제를 불렀고, 아버지의
명예로움이 무엇이었는지, 자신들의 명예로움은 무엇인지,
그리고 자신들의 부가 어느 정도였고, 무분별한 낭비로 자신
들이 전락한 가난이 무엇인지 말해 주었습니다. 그리고 자기
가 아는 최선책으로 자신들의 초라함이 알려지기 전에 남아
있는 약간의 재산을 팔고 함께 떠나자고 했고, 그렇게 했습
니다. 그리고 작별 인사나 어떤 화려함도 없이 피렌체를 떠
나 멈추지 않고 영국까지 갔고, 런던에서 조그마한 집을 구
하여 아주 적게 소비하면서 힘들게 고리 돈놀이를 하기 시작
했는데, 그 일에 행운이 우호적이었으므로 몇 년 안에 많은
돈을 벌었습니다.

그리하여 그 돈으로 한 명씩 피렌체로 돌아갔고, 자신들

29 매사냥에 사용되는 매들을 가리키는 것으로 해석된다.

소유지 대부분을 다시 사들였고 거기에다 다른 땅도 사들였으며, 각자 아내도 얻었습니다. 그리고 영국에서 돈놀이를 계속하면서 자신들의 일을 돌보도록 알레산드로라는 젊은 조카를 보냈고, 세 형제는 모두 피렌체에 살면서, 지난번에 지나친 소비가 어떤 결과를 가져왔는지 잊어버리고 모두 가정을 이루었는데도 그 이상으로 넘치게 낭비하였고, 모든 상인에게 막대한 양의 돈을 최대로 빌렸습니다. 그런 낭비를 몇 년 동안 유지하는 데 도움이 된 것은 알레산드로가 그들에게 보낸 돈이었으니, 알레산드로는 귀족들에게 성(城)과 다른 수입을 담보로 돈을 빌려주기 시작하였고, 그것은 커다란 이익을 그에게 돌려주었지요.

그렇게 세 형제가 엄청나게 낭비하면서 언제나 영국에 확고한 희망을 두고 돈이 부족하면 빌리는 동안, 모든 사람의 견해와는 달리 영국에서 왕과 왕의 아들 사이에 전쟁이 벌어졌고, 그로 인하여 온 나라가 분열해 누구는 이쪽을 편들고, 누구는 저쪽을 편들었지요. 그래서 알레산드로는 귀족들의 모든 성을 박탈당했고, 다른 어떤 수익도 전혀 나오지 않았습니다. 이제나저제나 아버지와 아들 사이에 평화가 이루어지고, 그 결과 자본과 이자, 모든 것이 되돌려지기를 기다리면서 알레산드로는 영국에서 떠나지 않았는데, 피렌체에 있는 세 형제는 어떤 것에서도 엄청난 낭비를 줄이지 않고 매일 돈을 빌렸습니다.

그러나 여러 해 동안 희망에 아무런 결과도 따르지 않는 것을 보고 세 형제는 신용을 잃었을 뿐만 아니라, 돈을 받아야 하는 사람들이 갚기를 원하면서 바로 체포되었고, 그들의 재산이 충분히 갚지 못했으므로 나머지로 인해 감옥에 갇혔고, 그들의 부인들과 어린 자식들은 누더기 차림에 가난한 모습으로, 누구는 시골로 갔고, 누구는 이곳, 누구는 저곳으로 갔으며, 언제나 비참한 생활 외에 무엇을 기다려야 할지도 몰랐습니다. 영국에서 몇 년 동안 평화를 기다리던 알레산드로는 평화가 오지 않는 것을 보고, 또 거기에서 자기 생명의 위험과 함께 헛되이 머무르는 것 같았으므로 이탈리아로 돌아가려고 결정했고 완전히 혼자 길을 떠났습니다.

그리고 브뤼허[30]에서 나오면서 우연하게도 하얀색 옷의 수도원장[31]이, 많은 수도자를 거느리고 많은 하인과 커다란 짐마차들을 앞세우고 마찬가지로 도시에서 나오고 있는 것을 보았습니다. 수도원장 옆에는 왕의 친척인 나이 많은 기사 두 명이 있었는데, 알레산드로는 아는 사람들과 그러하듯이 그들과 함께 갔고, 그들은 그를 동행으로 기꺼이 받아들였지요. 그리하여 그들과 함께 가면서 알레산드로는 수도자들이 누구이며 앞에서 말을 타고 가는 많은 하인과 함께 어디로 가는지 물었습니다. 그러자 기사 중 한 사람이 대답했지요.

「앞에서 말을 타고 가는 저분은 우리의 친척 청년으로 영국에서 가장 큰 수도원 중 하나의 수도원장으로 새롭게 선출되었답니다. 그런데 법에 따르면 너무 젊어서 그런 지위에

---

30 브뤼허Brugge(이탈리아어 이름은 브루자Bruggia)는 벨기에 북서부 플랑드르 지방 해안의 항구이다.
31 베네딕투스 수도회의 수도자들은 하얀색 수도복을 입는다.

허용되지 않기 때문에, 우리는 저분과 함께 거룩한 교황님[32] 께 탄원하러 로마에 가는 길이라오. 저분에게 너무 젊은 나이의 결점을 없애 주시고, 그래서 저분에게 그 지위를 인정해 주시라고 말이오. 하지만 이것은 다른 사람에게 말하지 않기를 바라오.」

그리하여 길을 가는 귀족들에게서 우리가 언제나 볼 수 있듯이, 새로운 수도원장은 때로는 수행원들 앞에서, 때로는 그들 옆에서 갔고, 가면서 옆에 있는 알레산드로를 보게 되었지요. 알레산드로는 매우 젊고 용모와 얼굴이 아름다웠으며, 다른 누구보다도 예의 바르고 호감을 주고 몸가짐도 훌륭하였으니, 놀랍게도 다른 어떤 것도 그렇게 마음에 든 적이 없을 만큼 첫눈에 수도원장의 마음에 들었어요. 그래서 그를 불러 함께 기분 좋게 이야기하기 시작했고, 누구인지, 어디에서 오는지, 어디로 가는지 물었습니다. 그리고 알레산드로는 자신의 모든 상황을 솔직하게 설명하며 그 질문에 대답했고, 비록 능력은 적지만 모든 것에서 그에게 봉사하겠다고 했지요.

수도원장은 그가 조리 있고 멋지게 말하는 것을 듣고 그의 행동을 상세하게 고찰하면서, 비록 그의 직업은 저속하지만 고귀한 사람이라고 속으로 평가했고, 그의 아름다움에 점점 불타올랐습니다. 그리고 벌써 그의 불행에 연민으로 가득했기에 아주 친근하게 위로하면서, 만약 훌륭한 사람이라면,

---

32 원문은 〈padre〉, 즉 〈아버지〉이다.

하느님께서 그를 행운이 내던졌던 곳으로, 아니, 더 높은 곳으로 다시 데려다주실 테니까 좋은 희망을 간직하라고 말했습니다. 그리고 토스카나를 향하여 가고 있었는데, 자기도 마찬가지로 그쪽으로 가고 있으니까 동행이 되면 좋겠다고 부탁했지요. 알레산드로는 위로에 감사했고, 자신은 그의 모든 명령에 준비되어 있다고 말했습니다.

그렇게 길을 가면서 수도원장은 알레산드로를 보고 자기 가슴속에 새로운 것이 일어나는 것을 느꼈고, 며칠 뒤 그들은 어느 도시에 도착했는데, 여관들을 충분하게 갖추고 있지 않은 곳이었습니다. 수도원장이 거기에서 숙박하기를 원했으므로 알레산드로는 친하게 잘 알고 있던 여관 주인의 집으로 안내하여 말에서 내리게 했고, 그 집에서 가장 편안한 곳에다 침실을 준비하게 했지요. 그는 매우 실용적인 사람이었으므로 마치 수도원장의 집사처럼 되었고, 가능한 한 최선을 다하여 도시에 모든 수행원을, 누구는 여기에, 누구는 저기에 숙박하게 했습니다. 그리고 수도원장이 저녁 식사를 한 뒤 벌써 밤이 깊어 모든 사람이 잠자러 갔기에, 알레산드로는 여관 주인에게 자신은 어디에서 잘 수 있을지 물었습니다. 그러자 여관 주인이 대답했어요.

「사실 나도 모르겠어요. 보다시피 사방이 가득 찼고, 나와 내 가족도 긴 의자 위에서 잠을 자야 해요. 하지만 수도원장의 방에는 곡물 자루들[33]이 있는데, 당신을 그곳으로 안내할

---

33 원문에는 〈granai〉, 즉 〈곡물 창고들〉로 되어 있다. 일부에서는 〈곡물 상자〉로 해석하기도 한다.

수 있어요. 당신이 좋다면, 그 위에다 간단한 잠자리를 깔고 거기에서 오늘 밤 최대한 편안하게 누워 있을 수 있지요.」

그러자 알레산드로가 말했습니다.

「내가 어떻게 수도원장의 방에 들어가겠어요? 당신이 알다시피 작고 협소하여 어느 수도자도 누울 수 없어요. 만약 내가 미리 알았다면, 가림막을 칠 때 곡물 자루들 위에서 수도자들이 자도록 하고, 나는 수도자들이 자는 곳으로 갈 수 있었을 거예요.」

그러자 여관 주인이 말했어요.

「하지만 상황이 그래요. 당신이 원한다면, 거기에서 세상에서 가장 편하게 있을 수 있어요. 수도원장은 자고 있고, 앞에 가림막이 있어요. 내가 조용히 이불을 가져다 놓을 테니까 거기에서 자요.」

알레산드로는 수도원장을 조금도 귀찮게 하지 않고 그렇게 할 수 있다는 것을 알고 동의했고 가능한 한 조용히 거기에 누웠습니다. 수도원장은 잠을 자지 않고, 오히려 자신의 새로운 욕망에 대해 열렬하게 생각하고 있었는데, 여관 주인과 알레산드로가 말하는 것을 들었고, 마찬가지로 알레산드로가 거기에 가서 눕는 소리를 들었지요. 그래서 아주 만족하여 속으로 혼자 말하기 시작했습니다.

「하느님께서 나의 욕망에 좋은 기회를 보내 주셨구나. 만약 지금 잡지 않는다면, 오랫동안 이런 우연은 다시 나에게 오지 않을 거야.」

그리고 기회를 잡으려고 완전히 결심하였고, 여관에 모든 것이 조용한 것 같았으므로 나지막한 목소리로 알레산드로를 불렀고, 자기 옆에 와 누우라고 말했습니다. 알레산드로는 여러 번 사양한 다음 옷을 벗고 거기에 누웠지요. 수도원장은 그의 가슴 위에 손을 올리고, 우아한 청년들이 자기 연인에게 하는 것과 다르지 않게 만지기 시작했습니다. 거기에 알레산드로는 매우 놀랐고, 혹시 수도원장이 불순한 사랑에 사로잡혀 그렇게 만지는 것이 아닌지 의심했지요. 추론을 통해서인지, 아니면 알레산드로의 행동을 통해서인지, 수도원장은 그런 의심을 곧바로 알고 미소를 지었습니다. 그래서 재빨리 입고 있던 셔츠를 벗어 버리고 알레산드로의 손을 잡아 자기 가슴 위에 올려놓고 말했습니다.

「알레산드로, 당신의 어리석은 생각을 쫓아내고, 여기를 만져 보고 내가 감추고 있는 것을 아세요.」

수도원장의 가슴 위에 손을 올려놓은 알레산드로는 마치 상아로 만든 것같이 둥글고 단단하고 섬세한 유방 두 개를 발견했습니다. 유방을 발견한 그는 곧바로 그녀가 여자라는 것을 알았고, 다른 말을 기다리지도 않고 곧바로 껴안고 입을 맞추려고 했는데, 그때 그녀가 말했습니다.

「나에게 더 가까이 다가오기 전에, 내가 당신에게 하고 싶은 말을 잘 들어요. 당신이 알 수 있듯이 나는 남자가 아니라 여자예요. 그리고 처녀로 집에서 떠났고 나에게 남편을 찾아 달라고 교황님께 가는 중이에요. 당신의 행운인지 아니면 나의 불행인지, 저번 날 나는 당신을 보았고, 당신에 대한 사랑이 나를 얼마나 불태웠는지, 그렇게 남자를 사랑한 여자는 전혀 없었을 정도랍니다. 그러므로 나는 다른 누구보다 당신을 남편으로 삼기로 결정했어요. 그러므로 당신이 나를 아내로 원하지 않는다면, 지금 바로 여기에서 나가 당신의 자리로 돌아가세요.」

알레산드로는 비록 그녀를 몰랐지만, 거느린 수행원들을 보면 그녀가 틀림없이 귀족이며 부자라고 판단하였고, 또 매우 아름답다는 것을 보았지요. 그랬기 때문에 너무 길게 생각하지 않고, 만약 그녀가 그렇게 하기를 원한다면, 자신도 무척 마음에 든다고 대답하였습니다. 그러자 그녀는 일어나 침대 위에 앉았고, 우리 주님의 초상화 아래 조그마한 탁자 앞에서 그의 손에 반지를 올려놓고 결혼을 약속하였고, 이어서 함께 껴안았으며 서로 커다란 즐거움과 함께 그날 밤이 남아 있는 동안 즐겼습니다.

그리고 함께 자신들의 일에 대한 방법과 순서를 결정하였고, 날이 밝자 알레산드로는 일어나 들어왔던 길을 따라 밤에 어디에서 잤는지 아무도 모르게 방을 나갔고, 헤아릴 수 없이 즐겁게 수도원장과 수행원들과 함께 다시 여행을 계속했고, 여러 날 뒤 로마에 도착했습니다. 그리고 거기에서 며칠 동안 머무른 다음 수도원장은 두 기사와 알레산드로와 함께, 다른 사람 없이, 교황에게 갔고, 합당한 경의를 표한 뒤 이렇게 말하기 시작했습니다.

「거룩하신 아버지, 다른 누구보다 교황님께서 잘 알고 계시듯이, 선량하고 정직하게 살고 싶은 사람은 모두 그렇지 않게 살도록 이끌 수 있는 모든 원인을 가능한 한 피해야 합니다. 정직하게 살고 싶은 저는 완전히 그렇게 할 수 있도록, 지금 보시는 이런 차림으로 제 아버지 영국 국왕의 보물들에서 상당히 많은 부분을 가지고 몰래 도망쳤습니다. 아버지는 매우 늙은 스코틀랜드의 왕에게, 교황님이 보시다시피 젊은 저를 아내로 주려고 하셨기에, 교황 성하께서 저를 결혼시켜 주시도록 여기에 오려고 길을 떠났던 것입니다.

제가 달아나게 만든 것은, 스코틀랜드 왕의 연로함보다 제 젊음의 유약함으로 인하여, 제가 그분과 결혼하게 된다면, 하느님의 율법에 거스르고 제 아버지 왕가 혈통의 명예에 거스르는 일이 되지 않을까 하는 두려움이었습니다. 그리고 그런 각오로 오는 도중에, 각자에게 적합한 것을 홀로 최상으로 알고 계시는 하느님께서는 당신의 자비로 제 남편으로 원하시는 사람을 저의 눈앞에 보내 주셨으니, 바로 이 청년입니다. (그리고 알레산드로를 보여 주었습니다.)[34] 여기 제 옆에서 교황님께서 보시는 그의 품행과 역량은 어떤 위대한 여인에게도 합당합니다. 비록 그의 혈통의 고귀함은 왕가처럼 그렇게 유명하지 않을 수도 있지만 말입니다.

그래서 저는 그를 맞이했고, 그를 원하며, 다른 누구도 절대로 받아들이지 않을 것입니다. 제 아버지나 다른 사람에게 어떻게 보이더라도 말입니다. 그러므로 제가 움직이게 한 주요 원인[35]은 없어졌습니다. 하지만 저는 제 여정을 끝마치고

---

34 이 부분은 이야기의 화자인 팜피네아가 한 말이지만, 공주가 하는 말 중간에 삽입구처럼 들어가 있어서 괄호 안에 넣었다.

35 교황에게 남편을 찾아 달라고 부탁하기 위하여 떠난 것을 의미한다.

싶었는데, 바로 이 도시에 가득한 거룩하고 존경스러운 장소들과 교황님의 거룩함을 보기 위해서였고, 또 교황님을 통하여 알레산드로와 저 사이의 결혼 약속을 단지 하느님 앞에서뿐만 아니라 교황님 앞에서, 그러니까 결과적으로 다른 사람들 앞에서도 널리 공개하기 위해서였습니다.

그러므로 겸허하게 교황님께 간청하오니, 하느님과 제 마음에 들었던 것이 교황님의 마음에도 들기를 바라고, 거기에 교황님께서 축복을 내려 주시어, 그 축복과 함께, 그리고 교황님이 대리하시는 그분[36]께서 동의하신 것에 대한 확신과 함께, 저희가 하느님과 교황님께 영광이 되도록 함께 살다 마지막에 죽을 수 있게 해주십시오.」

알레산드로는 아내가 영국 왕의 딸이라는 말을 듣고 깜짝 놀랐으며, 신기하고 비밀스러운 즐거움으로 가득했습니다. 하지만 두 기사가 훨씬 더 놀라고 너무나 당황했으니, 만약 교황 앞이 아닌 다른 곳에 있었다면, 알레산드로와 어쩌면 공주에게도 무례한 짓을 했을지도 모릅니다. 다른 한편으로 교황은 공주의 옷차림과 공주의 선택에 상당히 놀랐지만, 뒤로 돌아갈 수 없다는 것을 알고 공주의 간청을 들어주고 싶었고, 그래서 기사들이 당황한 것을 알고 먼저 그들을 위로하였고, 기사들이 공주와 알레산드로와 잘 화해하도록 했으며, 해야 할 일들에 대하여 명령을 내렸습니다.

그리고 자신이 정한 날이 되자, 성대하게 준비한 잔치에

---

36 하느님을 가리킨다.

초대받아 온 모든 추기경과 다른 아주 훌륭한 사람들 앞으로,
왕녀답게 차려입은 공주가 오게 했는데, 공주는 너무 아름답
고 우아하게 보였으므로 합당하게 모든 사람의 칭찬을 받았
지요. 마찬가지로 찬란하게 차려입은 알레산드로는 모습과
태도에서 고리로 돈놀이하던 청년이 아니라 차라리 왕자 같
았고, 두 기사로부터 대단한 존경을 받았습니다. 교황은 처
음부터 엄숙하게 결혼식을 거행하게 했고, 이어서 멋지고 대
단한 피로연을 열었으며, 자신의 축복과 함께 그들을 보냈습
니다.

알레산드로와 공주는 함께 로마를 떠나 벌써 소문이 소식
을 전해 준 피렌체로 가고 싶었습니다. 거기에서 최고의 영
광과 함께 시민들의 환영을 받았고, 공주는 먼저 모든 사람
에게 빚을 갚고 세 형제를 풀어 주게 하였고, 그들과 아내들
이 자기 소유지로 돌아가게 했습니다. 알레산드로는 공주와
함께 아골란테를 동반하여 피렌체를 떠나 파리로 갔고 영광
스럽게 왕의 환영을 받았지요.

거기에서 두 기사는 영국으로 가서 왕을 설득하였고, 그리
하여 왕은 자비를 베풀었으니 성대한 잔치로 공주와 사위를
맞이하였고, 얼마 후에는 커다란 영광으로 사위를 기사로 임
명하고 콘월[37]의 백작령을 선물했습니다. 알레산드로는 대단
한 능력으로 왕과 왕자를 화해시킴으로써 영국에 커다란 도
움을 주었기에 모든 국민의 사랑과 호의를 얻었습니다. 그리

---

37 Cornwall. 영국 잉글랜드 남서부 해안의 지방이다.

고 아골란테는 거기에서 회수해야 할 것을 모두 회수하였고 엄청난 부자가 되어 피렌체로 돌아갔는데, 그에 앞서 알레산드로 백작은 그를 기사로 임명했지요. 그런 다음 백작은 공주와 함께 영광스럽게 살았고, 일부 사람들이 말하는 바에 의하면, 자신의 지혜와 용기, 장인의 도움으로 나중에 스코틀랜드를 정복했고 그곳의 왕이 되었답니다.]

넷째 이야기

란돌포 루폴로는 가난해져 해적이 되었다가 제노바 사람들에게
붙잡히고 바다에서 난파당하지만, 진귀한 보석들이 가득한 상자를
붙잡고 살아남고, 케르키라[38]에서 어느 여자의 도움을 받고,
부자가 되어 자기 집으로 돌아간다.

라우레타는 팜피네아 옆에 앉아 있었는데, 팜피네아의 이야기가 영광스러운 결말에 이르자 기다리지 않고 이렇게 이야기하기 시작했습니다.

[우아한 여인들이여, 제 판단에 의하면, 팜피네아의 이야기에서 알레산드로에게 일어난 것처럼 그렇게 비천한 상태에서 왕의 신분으로 올라가는 것보다 더 큰 행운의 일은 전혀 볼 수 없습니다. 그러므로 정해진 이 주제에 대해 지금부

38 원문에는 구르포Gurfo로 되어 있는데, 그리스 서쪽 해안의 케르키라 Κέρκυρα(이탈리아어 이름은 코르푸Corfù) 섬을 가리킨다.

터 앞으로 어떤 이야기를 해도 그보다 덜한 것을 말할 수밖에 없을 것이니, 저는 더 큰 불행을 담고 있으면서 매우 화려한 결론에 이르지 못하는 이야기를 해도 부끄럽지 않을 것입니다. 그런 결론을 고려하면 제 이야기를 별로 관심 없이 들으리라는 것을 잘 알지만, 다른 것을 할 수 없으니 양해해 주세요.

레조에서 가에타[39]까지의 해안은 이탈리아의 가장 아름다운 곳이라고 사람들은 생각합니다. 거기에서 살레르노[40] 근처에 바다를 바라보는 해안이 있는데, 주민들이 아말피 해안이라 부르는 곳으로 작은 도시들, 정원들, 분수들, 그리고 소수의 다른 사람들처럼 상업 활동에 부지런한 부자들이 가득하지요. 그 작은 도시 중에 라벨로[41]라는 곳이 있는데, 거기에는 오늘날에도 부자들이 있지만, 예전에 매우 부자였던 란돌포 루폴로[42]라는 사람이 있었습니다. 그는 자기 재산이 충분하지 않다고 생각하여 더 늘리려고 하다가 모든 재산과 함께 자기 자신까지 잃을 뻔했지요.

그러니까 그는 상인들의 습관이 으레 그렇듯이 나름대로

---

39 레조Reggio는 이탈리아반도 남서쪽 끝 해안의 도시 레조칼라브리아 Reggio Calabria를 가리키고, 가에타Gaeta는 나폴리 북쪽 해안의 작은 도시이다. 그러니까 이탈리아 남부 서해안 지역에 해당한다.

40 살레르노Salerno는 나폴리 남쪽 해안의 도시이고, 살레르노와 소렌토 사이에 아말피 해안Costa d'Amalfi이 있다.

41 Ravello. 살레르노에 속하는 아말피 해안의 코무네이다.

42 Landolfo Rufolo. 허구의 등장인물이지만, 라벨로에는 부유하고 힘있는 루폴로 가문이 있었으며, 13세기에 세워진 빌라 루폴로Villa Rufolo가 지금도 남아 있다.

계산한 다음 자기 돈으로 아주 큰 배를 사들였고, 거기에 다양한 상품을 가득 싣고 키프로스로 갔습니다. 키프로스에서 그는 자기가 가져간 것과 똑같은 종류의 상품들을 싣고 온 다른 많은 배를 발견했지요. 그런 이유로 가져간 것을 아주 싸게 팔아야 했을 뿐만 아니라 만약 자기 물건을 모두 처리하고 싶다면 거의 내버려야 했고, 그 결과 거의 파산할 지경이었습니다.

그 때문에 무척이나 괴로웠고 어떻게 해야 할지 몰랐으며, 짧은 시간에 큰 부자에서 거의 가난뱅이가 된 자신을 보고, 출발했던 곳으로 가난뱅이로 돌아가지 않으려면, 죽거나 아니면 강탈하여 피해를 복원하려고 생각했습니다. 그래서 자기 큰 배의 구매자를 찾았고, 그 돈과 상업으로 벌어들인 다른 돈으로 해적질[43]을 위한 작고 날렵한 배를 샀고, 해적질에 필요한 것으로 무장하고 완벽하게 갖춘 다음 모든 사람의 물건을 자기 것으로 만들기 시작했는데, 특히 튀르키예 사람들에게 그랬습니다. 그 일에는 행운이 상업 활동에 그랬던 것보다 훨씬 우호적이었지요. 그래서 대략 1년 안에 튀르키예 사람들의 많은 배를 붙잡아 강탈한 결과 상업에서 잃었던 자기 재산을 다시 회복했을 뿐만 아니라 그보다 훨씬 많이 늘렸습니다.

그리하여 상실의 첫 번째 고통에서 교훈을 받은 그는 충분히 가졌다는 것을 알고, 두 번째 고통에 빠지지 않기 위하여

---

43 당시 해적질은 상당히 보편적인 일이었고, 특히 제노바 뱃사람들의 해적 활동은 유명했다.

더 원하지 않고 가진 것으로 충분하다고 자기 자신을 설득했고, 그래서 그걸 가지고 집으로 돌아가려고 준비했지요. 그리고 상업이 두려워 자기 돈을 다른 식으로 투자하는 귀찮은 일을 하지 않고, 돈을 벌어들인 그 작은 배로 돌아가기 위하여 노들을 바다에 버리고 떠났습니다.

그리하여 벌써 군도(群島)[44]에 들어섰을 때 저녁 무렵 남동풍이 불면서 항로를 가로막았을 뿐만 아니라 바다를 아주 크게 부풀렸고, 그의 작은 배는 잘 버틸 수 없을 것 같았으므로 어느 작은 섬의 만(灣)에서 바람을 피하고 나아지기를 기다리기로 했습니다. 만에서 잠시 머무르고 있는데, 콘스탄티노폴리스에서 오는 제노바 사람들의 커다란 배 두 척이, 란돌포가 피한 것[45]을 피하려고 힘겹게 들어왔습니다. 그 배의 선원들은 작은 배를 보고, 누구의 것인지 듣고 벌써 소문으로 그가 부자라는 것을 알았기에 떠날 수 있는 길을 가로막았지요. 천성적으로 돈을 사랑하고 탐욕스러운 사람들이라 그를 약탈하려고 말입니다.

그래서 선원 중 일부를 석궁으로 잘 무장시켜 상륙시킨 다음, 화살에 맞고 싶지 않다면 그 작은 배에서 내릴 수 없도록 선원을 곳곳에 배치했습니다. 그리고 작은 보트를 타고 조류의 도움을 받으며 란돌포의 작은 배로 가까이 다가갔고, 별로 힘들이지 않고 짧은 시간에 한 사람도 잃지 않고 싸움도 없이, 모든 선원과 함께 배를 장악했지요. 그리고 란돌포를

44 에게해에 있는 크고 작은 섬들을 가리킨다.
45 말하자면 거센 남동풍을 가리킨다.

자기들 배 한 척에 태우고 모든 것을 빼앗은 다음 배를 침몰시켰고, 그를 초라한 조끼 차림으로 억류하였습니다.

다음 날 바람이 바뀌자 두 척의 배는 서쪽을 향하여 돛을 펼쳤고, 그날 종일 평화롭게 그들의 항로로 갔습니다. 하지만 저녁 무렵 격렬한 바람이 일더니 바다를 아주 높게 만들었고, 두 척의 배를 서로 떼어 놓았습니다. 그 바람의 힘으로 불쌍하고 초라한 란돌포가 타고 있던 배는 케팔로니아섬[46] 근처에서 아주 큰 충격과 함께 암초에 부딪혀 벽에 부딪힌 유리처럼 완전히 부서지고 망가졌습니다. 그리하여 배에 타고 있던 불쌍하고 괴로운 사람들은, 바다에 벌써 떠다니는 상품들과 상자들과 나무판들이 가득했기에, 그럴 때 으레 그러하듯이, 아무리 밤이 어둡고 바다는 매우 크게 부풀어 올랐어도, 헤엄칠 줄 아는 자들은 헤엄을 치면서 자기 앞에 우연히 있는 것에 매달리기 시작했습니다.

그들 사이에서 란돌포는, 비록 전날에는 그렇게 가난뱅이로 집에 돌아가는 것보다 차라리 죽기를 원하면서 여러 번 죽음을 불렀지만, 죽음이 가까이 다가오는 것을 보자 곧바로 두려워졌고, 그래서 다른 사람들처럼 손에 잡히는 나무판에 매달렸고, 혹시라도 하느님께서 그가 빠져 죽는 것을 늦추시고 살아남도록 어떤 도움을 보내 주시지 않을까 기대하면서 가능한 한 나무판 위에 올라타고 바닷물과 바람에 때로는 이쪽, 때로는 저쪽으로 밀려다니면서 날이 밝을 때까지 버티었

---

46 케팔로니아Κεφαλλονιά(원문의 이탈리아어 이름은 치팔로니아 Cifalonia)섬은 그리스 서쪽 이오니아해의 섬 중에서 가장 큰 섬이다.

습니다. 날이 밝자 주위를 둘러보았지만 구름과 바다 외에는 아무것도 보이지 않았고, 상자 하나가 바다의 파도에 흔들거리면서 때로는 그에게 가까이 다가와 커다란 두려움을 주었으니, 혹시 그 상자가 자신과 부딪쳐 피해를 줄까 두려웠으므로, 가까이 다가올 때마다 거의 힘이 남아 있지 않은데도 가능할 때는 손으로 멀리 밀어냈습니다.

하지만 실제로는 돌발적으로 대기 중에 한바탕 돌풍이 일어나 바다를 치면서 상자를 밀었고, 상자는 란돌포가 올라가 있던 나무판과 부딪쳤으며, 나무판이 뒤집혀서 란돌포는 어쩔 수 없이 놓쳤고, 파도 속으로 들어갔다가 힘보다는 두려움의 도움을 받아 헤엄치면서 위로 돌아왔고, 나무판이 자신에게서 멀리 떨어져 있는 것을 보았습니다. 그래서 나무판에 도달할 수 없을까 두려웠으므로 더 가까이에 있는 상자로 다가가 상자 뚜껑 위에 가슴을 올려놓고 두 팔로 가능한 한 똑바로 지탱했습니다. 그리고 그렇게 바다에서 때로는 이쪽, 때로는 저쪽으로 떠밀렸고, 먹을 것이 없는 사람처럼 먹지도 못하고 원하는 것보다 더 많이 마시면서, 어디에 있는지도 모르고 바다 외에는 아무것도 보지 못한 채 그날 온종일과 다가오는 밤을 보냈습니다.

그리고 이튿날 하느님의 의지 때문인지 아니면 바람의 힘 때문인지, 거의 해면처럼 되어 버린 그는, 물에 빠져 죽으려는 사람들이 무엇인가를 붙잡을 때 그러듯 상자의 가장자리를 두 손으로 단단히 움켜잡은 채 케르키라섬의 해변에 이르렀습니다. 해변에는 우연하게도 가난하고 자그마한 여자가 모래와 짠물로 그릇들을 깨끗이 씻고 있었습니다. 그녀는 란돌포가 다가오는 것을 보고 그에게서 어떤 형태도 알아볼 수 없었기에 두려워 비명을 지르며 뒤로 물러났어요. 란돌포는 말도 할 수 없고 거의 볼 수도 없었으므로 그녀에게 아무 말도 하지 못했습니다. 그렇지만 바다가 그를 육지 쪽으로 보내면서 그녀는 상자의 형태를 알아보았고, 더 자세히 살펴보자 먼저 상자 위에 펼쳐진 팔을 보았고 이어서 얼굴을 알아보았으며, 무슨 일이 있었는지 짐작했지요.

그래서 연민에 움직여 이제 평온한 바다 안으로 약간 들어갔고, 그의 머리칼을 붙잡고 상자와 함께 땅으로 끌었습니다. 그리고 땅에서 힘겹게 두 손을 상자에서 떼어 냈고, 상자를 머리에 이고 함께 있던 어린 딸과 함께 그를 마치 어린아이처럼 데리고 집[47]으로 갔고, 그를 목욕통 안에 넣고 따뜻한 물로 문질러 씻어 주니 잃었던 따뜻함과 잃었던 힘이 조금 그에게 돌아왔습니다. 적당한 시간 뒤 목욕통에서 나오게 하여 좋은 포도주 조금과 과자로 그를 회복시켜 주었고, 며칠 동안 가능한 한 정성껏 데리고 있었으니, 힘을 회복한 그는 자기가 어디에 있는지 알았습니다. 그래서 착한 여자는 그를 위해 보관하고 있던 상자를 돌려주고, 이제 자신의 행운을 찾아 떠나라고 말할 때가 되었다고 생각하여 그렇게 했습니다.

그는 상자를 기억하지 못하고 있었지만 그래도 착한 여자가 내밀자 받았고, 그 상자가 자신에게 며칠 동안의 경비도

---

47 원문은 〈terra〉, 즉 〈땅〉이다.

되지 못할 만큼 적은 가치밖에 없으리라고 생각했는데, 매우 가벼운 것을 알고는 그런 희망도 사라졌습니다. 그래도 착한 여자가 집에 없는 동안 안에 무엇이 있는지 보기 위하여 상자를 열었고, 그 안에 매우 귀중한 보석들이 연결되거나 풀어진 채 들어 있는 것을 발견했는데, 그는 보석들에 대해 상당히 잘 알고 있었지요. 그 보석들이 엄청난 가치가 있다는 것을 깨닫고 아직 그를 버리지 않으신 하느님을 찬양하면서 완전히 위로받았습니다. 하지만 그는 짧은 시간에 두 번이나 행운에 의하여 내동댕이쳐졌기 때문에, 세 번째를 두려워하면서 그 보석들을 자기 집으로 가져가려면 매우 조심해야 한다고 생각했습니다. 그래서 누더기 몇 개로 가능한 대로 둘러쌌고, 착한 여자에게 상자는 이제 소용없으니, 원한다면 자신에게 자루를 하나 주고 상자를 가지라고 말했습니다.

착한 여자는 기꺼이 그렇게 하였고, 그는 그녀에게서 받은 혜택에 대하여 가능한 한 최대로 감사한 다음 자루를 목에 감고 떠났습니다. 그리고 작은 배를 타고 브린디시[48]로 갔고, 계속 해안을 따라 트라니[49]까지 갔으며, 거기에서 옷감 판매상을 하는 고향 사람들을 발견하였고, 그들에게 상자에 대한 것을 제외하고 자신에게 있었던 일들을 모두 이야기한 다음, 하느님의 자비로 그들에게서 입을 옷을 얻었지요. 게다가 그들은 말도 빌려주고 동행도 찾아 주면서, 그가 진정으로 돌아가고 싶어 하는 라벨로까지 보내 주었습니다.

48 Brindisi. 이탈리아 남동부 해안의 도시이다.
49 Trani. 이탈리아 남동부 해안의 도시로 브린디시 북서쪽에 있다.

라벨로에서는 안심할 수 있을 것 같았기에 그는 그곳으로 이끌어 주신 하느님께 감사드리면서 자루를 풀었고, 전에는 살펴보지 않았던 모든 것을 자세하게 살펴보니, 적당한 가격으로 팔거나 더 낮게 팔아도, 떠났을 때보다 두 배나 더 부자일 만큼 귀하고 많은 보석을 가진 것을 발견했지요. 그리고 보석을 처분할 방법을 찾은 다음 케르키라섬까지 상당한 양의 돈을 보냈으니, 자신을 바다에서 끌어내 준 착한 여자로부터 받은 봉사에 대한 보상이었고, 트라니에서 자신에게 옷을 입혀 준 사람들에게도 똑같이 했습니다. 그리고 다시는 장사를 하지 않고 나머지를 간직하였고 죽을 때까지 명예롭게 살았답니다.]

다섯째 이야기

페루자 사람 안드레우초는 말을 사기 위하여 나폴리에 갔는데,
하룻밤에 세 번이나 심각한 사건에 휘말렸다가 모든 것에서 살아남고,
루비 하나를 가지고 집으로 돌아간다.

이야기할 차례가 된 피암메타는 말하기 시작했습니다.[50]
[란돌포가 발견한 보석은, 라우레타가 이야기한 것 못지

---

50 이 구절은 작가 보카치오의 말이지만, 원문에서는 이야기의 화자인 피암메타의 말 사이에 삽입구처럼 들어가 있다.

않은 위험들에서 벗어난 이야기를 제 기억에서 떠올리게 해주었어요. 하지만 여러분이 들으면 아시겠지만, 저것은 아마 몇 년 동안에 일어난 일이지만, 이 이야기는 단 하룻밤에 일어났다는 점이 다릅니다.

제가 전에 들은 바에 의하면, 페루자[51]에 안드레우초 디 피에트로라는 청년이 있었어요. 그는 말 중개인으로 나폴리에서 말들이 좋은 가격에 거래된다는 소식을 듣고 지갑에 금화 500피오리노를 넣고, 고향 밖으로는 전혀 나가 본 적이 없었으므로, 몇몇 상인과 함께 그곳으로 갔습니다. 일요일 저녁기도 시간 무렵 도착했고, 여관 주인에게서 정보를 얻어 다음 날 아침 시장으로 갔으며, 많은 말을 보았고, 마음에 드는 말이 많았으므로 더 많이 흥정했습니다. 하지만 아무런 합의도 할 수 없었는데, 경솔하고 별로 신중하지 않았던 그는 구매할 의향이 있다는 것을 보여 주려고 그랬는지, 가는 사람이나 오는 사람 앞에서 피오리노가 가득한 자기 지갑을 여러 번 꺼냈지요.

그리고 계속 흥정하면서 자기 지갑을 보여 주는 동안, 매우 아름답지만 적은 대가에 어떤 남자라도 즐겁게 해주는 젊은 시칠리아 여자가, 그가 보지 못한 사이에 옆으로 지나가면서 지갑을 보았고 곧바로 속으로 말했습니다.

〈만약 저 돈이 내 것이라면, 누가 나보다 낫겠는가?〉

그리고 지나쳐 갔지요. 그 젊은 여자는 자기처럼 시칠리아

---

51 Perugia. 이탈리아 중부 내륙의 도시이다.

출신의 노파와 함께 있었는데, 그녀는 안드레우초를 보더니 젊은 여자가 먼저 가도록 놔두고 반갑게 달려가 그를 껴안았습니다. 젊은 여자는 그것을 보고 아무 말 없이 한쪽에서 기다렸지요. 안드레우초는 몸을 돌리고 노파를 알아보더니 반갑게 맞이했습니다. 노파는 그에게 여관으로 가겠다고 약속한 다음 거기에서 너무 오래 이야기하지 않고 떠났고, 안드레우초는 다시 흥정으로 돌아갔지만, 그날 오전에는 아무것도 사지 못했습니다.

젊은 여자는 먼저 안드레우초의 지갑을 보고 이어서 노파가 그와 친밀한 것을 보자, 모두든 일부든 그 돈을 차지할 방법을 찾아보려고 그가 누구인지, 어디에서 무엇을 하러 그곳에 왔는지, 어떻게 그를 아는지 조심스럽게 묻기 시작했습니다. 노파는 안드레우초에 대한 모든 것을 상세하게 말해 주었으니, 그 자신이 말하는 것과 다르지 않을 정도였어요. 그녀는 그의 아버지와 함께 시칠리아에서 오랫동안 살았고 또 페루자에서도 함께 살았기 때문이지요. 그리고 그가 어디에서 숙박하는지, 왜 왔는지도 이야기해 주었어요.

젊은 여자는 안드레우초의 친척 관계와 이름들에 대해 충분히 알고 나서 섬세한 계략으로 자신의 욕망을 충족시키기 위하여 그것을 토대로 계획을 세웠습니다. 그리고 집으로 돌아와 노파에게 온종일 일거리를 주어 안드레우초에게 갈 수 없게 만들었고, 그런 일들에 잘 훈련된 자기 하녀를 저녁 기도 시간 무렵 안드레우초가 돌아갈 여관으로 보냈지요. 여관에 도착한 하녀는 우연하게도 바로 문 앞에서 혼자 있는 그

를 발견하고 그에 대해 물었어요. 그가 자신이 바로 그 사람
이라고 말하자, 하녀는 그를 한쪽으로 데려가 말하였어요.

「나리, 이 도시의 어느 귀부인이, 당신이 원하실 때 당신과
이야기하고 싶답니다.」

그 말을 듣고 그는 자기 모습을 살펴보니 멋진 청년처럼
보였고, 그래서 당시 나폴리에는 자기 외에 다른 멋진 청년
이 없는 것처럼 그 귀부인이 분명히 자신에게 사랑에 빠졌다
고 생각했지요. 그래서 곧바로 자신은 준비되었다고 대답했
고, 언제 어디에서 그 부인이 자신과 이야기하고 싶어 하는
지 물었습니다. 그러자 하녀가 대답했어요.

「나리, 괜찮으시다면, 그녀는 자기 집에서 기다리고 있습
니다.」

안드레우초는 곧바로 여관에는 아무 말도 하지 않고 이렇
게 말했습니다.

「그렇다면 가자. 네가 앞장서라. 내가 뒤따라갈 테니까.」

그리하여 하녀는 그녀의 집으로 안내했는데, 그녀는 말페
르투조[52]라는 구역에 살고 있었고, 그곳이 얼마나 정숙한 구
역인지는 그 이름이 증명했습니다. 하지만 그는 거기에 대해
아무것도 몰랐고 의심도 하지 않았으며, 정숙한 장소의 훌륭
한 여자에게 간다고 믿었으므로 아무렇지도 않게 앞장서 가
는 하녀를 따라 그녀의 집으로 들어갔습니다. 그리고 계단을
올라가자 하녀는 벌써 여자를 불러 말했어요.

52 Malpertugio. 〈악의 구멍〉이라는 뜻으로, 당시 나폴리에 실제로 있었
던 구역이며 널리 알려진 사창가였다고 한다.

「안드레우초가 왔어요!」

여자는 계단 꼭대기에서 기다리고 있었습니다. 그녀는 아직 젊었고, 풍성한 몸매에 매우 아름다운 얼굴이었으며, 상당히 우아하게 옷을 차려입고 있었지요. 안드레우초가 가까이 다가가자 그녀는 두 팔을 벌리고 세 계단을 내려와 맞이했고, 그의 목을 껴안고 마치 넘치는 애정에 압도된 것처럼 잠시 아무 말 없이 있었습니다. 그런 다음 눈물을 흘리면서 그의 이마에 입을 맞추었고 약간 갈라진 목소리로 말했어요.

「오, 나의 안드레우초, 정말로 잘 왔어요!」

그렇게 애정 어린 포옹에 놀란 그는 완전히 어리둥절하여 말했습니다.

「부인, 당신을 만나 반갑습니다!」

이어서 그녀는 그의 손을 잡고 계단 위로 안내했고, 거기에서 다른 아무 말도 없이 자기 방으로 들어갔습니다. 방은 온통 장미와 오렌지꽃, 다른 냄새로 가득하였고, 그는 휘장이 드리워진 아주 멋진 침대, 그곳의 풍습에 따라 횃대에 걸쳐 둔 많은 옷, 그리고 다른 아름답고 풍요로운 물건들을 보았습니다. 그런 것을 모르고 있던 안드레우초는 그녀가 틀림없이 지체 높은 여인이라고 믿었지요. 그녀는 침대 끝에 있던 상자 위에 앉더니 말하기 시작했습니다.

「안드레우초, 내가 당신을 포옹하고 눈물을 흘린 것에 대해 분명히 놀랐을 거예요. 나를 모르고, 나에 대해 들은 적이 없었을 테니까요. 하지만 당신이 더 놀랄 만한 말을 곧바로 들을 텐데, 내가 바로 당신의 누나예요. 하느님께서 나에게 커다란 은총을 베푸시어, 내가 죽기 전에 형제 중 한 명을 보게 되었네요. 비록 모두 보기를 열망했지만 말이에요. 그러니 내가 죽을 때 위로 없이 죽지는 않을 거예요. 그리고 당신은 아마 이런 얘기를 전혀 들은 적이 없었을 테니까, 내가 말해 주고 싶어요.

피에트로, 그러니까 나의 아버지이자 당신의 아버지는, 당신이 알 수 있었으리라 믿는데, 오랫동안 팔레르모[53]에 살았고, 선량함과 호감으로 그를 아는 사람들의 사랑을 받았고 지금도 그렇지요. 하지만 그를 많이 사랑한 사람 중에서 귀족 가문 출신으로 당시에 과부였던 내 어머니가 가장 많이 사랑했답니다. 어머니는 자기 아버지와 오빠들[54]에 대한 두려움과 자신의 명예도 내려놓고, 얼마나 그와 친했는지 내가 태어났고, 지금 당신이 보고 있듯이 이렇게 있지요.

그런데 피에트로에게 팔레르모를 떠나 페루자로 돌아가야 할 일이 발생했고, 그래서 어린 소녀였던 나와 어머니를 떠났는데, 내가 들은 바에 의하면 다시는 나와 어머니에 대해 생각하지 않았어요. 만약 내 아버지가 아니었다면, 그가 어머니에게 보여 준 배은망덕함을 강하게 비난하고 싶어요. 하녀나 비천한 여자에게서 태어나지 않은 자기 딸에게 가져야 했던 사랑에 대해서는 말할 필요도 없지요. 어머니는 그가 어떤 사람인지 전혀 알지도 못한 채 아주 충실한 사랑에

---

53 Palermo. 시칠리아의 주도(州都)로 섬의 북서부 해안에 자리하고 있다.

54 원문은 〈형제들〉인데, 편의상 〈오빠들〉로 옮겼다.

움직여 자신과 자신의 모든 것을 그의 손에 맡겼어요.

하지만 이게 뭐예요? 잘못한 일들은 오랜 시간이 지난 뒤에는 보상하는 것보다 비난하기가 훨씬 더 쉽고, 불행히도 일은 그렇게 되었어요. 어린 소녀인 나를 팔레르모에 남겨 두었고, 나는 이렇게 성장했지요. 부자였던 어머니는 나를 아그리젠토[55] 사람에게 아내로 주었는데, 그는 부유한 귀족으로 나와 어머니를 위하여 팔레르모에 와서 살았어요. 그는 열렬한 궬피[56] 당파 사람이었으므로 우리의 카를로[57] 왕과 함께 모종의 협상을 시작했지요. 하지만 협상은 결과를 얻기도 전에 페데리코 왕에게 발각되었고, 그래서 우리는 시칠리아에서 달아나야 했어요. 내가 시칠리아에 전혀 없었던 최고의 기사 부인이 되려고 기다리고 있었을 때 말이에요. 그래서 가져올 수 있는 적은 것만 가지고(우리가 갖고 있던 많은 것에 비하면 적었다는 뜻이에요) 땅들과 저택들을 놔두고 이곳

55 원문은 제르젠티Gergenti로, 시칠리아 남서부 해안의 아그리젠토 Agrigento를 가리킨다.

56 첫째 날 첫째 이야기 주석 37 참조. 13세기 나폴리를 포함한 시칠리아 왕국은 신성 로마 제국의 황제를 배출한 호엔슈타우펜 가문이 지배했는데, 1266년부터 교황청의 도움을 받은 카를로 단조Carlo d'Angiò(프랑스어 이름은 Charles d'Anjou) 1세(1226~1285)가 왕위를 차지하게 되었다. 그러므로 여기에서 〈궬피 당파 사람〉이라는 것은 단조 가문의 추종자였다는 뜻이다. 하지만 카를로 1세의 폭정으로 인하여 1282년 일어난 소위 〈시칠리아 저녁 기도 사건〉을 계기로 20년 동안 내전 같은 혼란이 지속되었고, 최종적으로 1302년 아라곤 왕가 출신의 페데리코Federico(아라곤어 이름은 프레데리코Frederico) 3세(1273?~1337)가 나폴리와 분리된 시칠리아 왕국의 왕위를 차지하였다.

57 1285년부터 나폴리 왕이 된 카를로 단조 2세(1248~1309)를 가리킨다.

으로 왔어요. 여기에서는 카를로 왕이 고마워하며 자기 때문에 우리가 겪은 피해를 일부 보상해 주고, 땅과 집도 주었고, 내 남편이자 당신의 자형에게 계속 봉급을 주고 있어요. 당신이 볼 수 있듯이 말이에요. 그렇게 해서 나는 여기에 있고, 하느님의 좋으신 은혜로 사랑스러운 내 동생 당신을 보게 되었어요.」

그렇게 말하더니 다시 그를 껴안았고, 다시 부드럽게 눈물을 흘리며 그의 이마에 입을 맞추었지요. 이빨 사이로 낱말이 사라지지도 않고 혀를 더듬거리지도 않으면서, 그녀가 그렇게 질서정연하고 그렇게 능숙하게 하는 이야기를 듣고 안드레우초는, 아버지가 실제로 팔레르모에 있었다는 것을 기억하고, 젊은 시절에 기꺼이 사랑에 빠지는 청년들의 습관을 자신이 직접 알고 있는 데다 부드러운 눈물과 포옹, 진솔한 입맞춤을 보고, 그녀의 말이 진실이라고 믿었습니다.

「부인, 내가 놀라더라도 당신에게 큰일로 보이지 않을 것입니다. 나의 아버지가 어떤 이유에서든 당신과 당신 어머니에 대해 전혀 이야기하지 않았기 때문인지, 아니면 이야기했는데 내가 못 들은 것인지, 나로서는 당신들이 존재하지 않은 것처럼 당신들에 대해 전혀 모르고 있었으니까요. 나는 여기 완전히 혼자 있으면서 이런 일은 전혀 예상하지 못한 만큼 여기에서 누나를 만난 것이 소중합니다. 그리고 사실 소상인에 불과한 나에게는 말할 것도 없고, 당신을 소중하게 생각하지 않을 만큼 지체 높은 사람을 나는 알지 못합니다. 그런데 한 가지 나에게 명백히 알려 주기를 바랍니다. 내가 여기 있다는 것을 어떻게 알았어요?」

그러자 그녀는 대답했어요.

「나를 자주 방문하는 어느 불쌍한 여자가 오늘 아침 알려 주었지요. 나에게 이야기하는 바에 의하면 그 여자는 팔레르 모와 페루자에서 오랫동안 우리 아버지와 함께 있었대요. 만약 내가 다른 사람 집에 있는 당신에게 가는 것보다, 당신이 당신의 집에 있는 나에게 오는 것이 더 정숙하게 보이지 않았다면, 벌써 오래전에 당신에게 갔을 거예요.」

그 말에 뒤이어 그녀는 그의 모든 친척에 대하여 이름을 대면서 분명하게 질문하기 시작했고, 그래서 안드레우초는 믿지 않아야 할 것을 더욱 믿으면서 모든 질문에 대답했습니다. 이야기는 길어졌고 매우 더웠으므로 그녀는 백포도주[58]와 과자를 가져와 안드레우초에게 마시게 했지요. 포도주를 마신 뒤 안드레우초는 저녁 식사 시간이 되었으므로 떠나려고 했는데, 그녀는 절대로 그를 놓아 주지 않았고 매우 화난 척하면서 그를 껴안고 말했습니다.

「아, 불쌍한 내 신세! 당신에게 내가 얼마나 소중하지 않은지 분명히 알겠군요. 당신이 전혀 본 적이 없는 누나와 함께 있고, 당신이 여기에 오면 머물러야 하는 누나의 집에 있는데, 어떻게 그 집에서 나가 여관으로 저녁 식사를 하러 갈 수 있나요? 진정으로 나와 함께 저녁 식사를 해야 해요. 정말 가슴 아프게 내 남편이 지금 없어도, 여자로서 나는 조금이라

58 원문은 ⟨greco⟩로, 그리스산 백포도주를 가리킨다.

도 영광스럽게 당신을 대접할 줄 알아요.」

그 말에 안드레우초는 다른 대답할 말이 없었기에 이렇게 말했지요.

「누나로서 당연히 그래야 하는 만큼 나는 당신을 소중하게 생각해요. 하지만 만약 가지 않으면 저녁 식사 내내 나를 기다리게 할 것이고, 그러면 무례하게 보일 겁니다.」

그러자 그녀는 대답했습니다.

「하느님 찬양받으소서. 당신을 기다리지 말도록 전달하라고 보낼 사람을 내가 집에 데리고 있지 않은 것 같다니! 당신 동료들에게 사람을 보내 모두 여기에 와서 식사하라고 전달하는 것이 당신의 의무이자 훨씬 더 예의 바른 일이고, 그런 다음 가고 싶을 때 모두 함께 갈 수 있을 테지만 말이에요.」

안드레우초는 그날 저녁에는 자기 동료들을 부르고 싶지 않지만, 그녀가 원하는 대로 하겠다고 대답했습니다. 그러자 그녀는 저녁 식사에 그를 기다리지 말라고 여관에 사람을 보내는 척했습니다. 그리고 다른 많은 이야기를 한 다음 앉아 저녁 식사를 하면서 마실 것을 화려하게 많이 제공했고, 밤이 깊을 때까지 교묘하게 식사를 길게 끌었지요. 안드레우초가 식탁에서 일어나 떠나고 싶어 하자 그녀는 떠나는 것을 절대로 허용할 수 없다고 말했으며, 나폴리는 특히 이방인에게는 밤에 돌아다닐 곳이 아니며, 저녁 식사에 기다리지 말라고 사람을 보낸 것처럼 똑같이 했다고 말했지요. 안드레우초는 그 말을 믿었고 거짓 믿음에 속아 그녀의 집에 즐겁게 머물렀습니다.

그러니까 식사 후에 이유가 없지 않은 길고도 많은 이야기가 이어졌으며, 밤이 깊어지자 그녀는 혹시 안드레우초가 원하는 것이 없는지 살펴보도록 작은 소년 하나와 함께 자기 방에서 자게 하고 자신은 하녀들과 함께 다른 방으로 갔습니다. 무척 더웠기 때문에 안드레우초는 혼자 남게 되자 곧바로 옷을 벗어 조끼 차림이 되었고, 다리에서 양말대님을 풀어 침대 머리맡에 두었지요. 그리고 뱃속의 과잉 무게를 배출해야 할 자연적인 필요성을 느꼈기에 어디에서 그렇게 할 수 있을지 소년에게 물었고, 소년은 방의 한쪽에 있는 작은 문을 보여 주며 말했습니다.

「저쪽 안으로 가세요.」

안심하고 안으로 들어간 안드레우초는 우연히 발을 판자 위로 디뎠는데, 판자가 놓여 있던 들보의 맞은편에 못이 빠져 있었기 때문에 판자가 뒤집히면서 판자와 함께 아래로 떨어졌어요. 그래도 하느님께서 그를 무척 사랑하셨는지, 상당히 높은 데서 떨어졌어도 전혀 다치지 않았지만, 그곳에 가득 있던 오물에 완전히 더러워졌습니다. 앞에서 말한 것과 뒤이어서 말할 것을 여러분이 잘 이해하도록 그 장소가 어떤 곳인지 설명할게요. 안드레우초는 두 집 사이에서 종종 볼 수 있는 좁은 골목에 있었습니다. 위에는 한쪽 집과 다른 집 사이에다 들보 두 개를 걸치고 그 위에 판자 몇 개와 앉을 곳[59]을 못으로 고정해 두었는데, 그 판자 중 하나와 함께 떨어진 것입니다.

59 그러니까 앉아서 용변을 볼 수 있는 곳이다.

그러니까 아래 골목으로 떨어진 안드레우초는 그런 상황에 괴로워하며 소년을 부르기 시작했습니다. 하지만 소년은 그가 떨어지는 소리를 듣자 여자에게 달려가 말했고, 여자는 자기 방으로 달려가 곧바로 그의 옷이 있는지 찾아보았고, 옷들과 함께 그가 언제나 몸에 지니고 다니던 돈을 발견했지요. 팔레르모 출신의 그녀는 페루자 사람의 누나인 척하면서 올가미를 펼쳐 놓았던 돈을 갖게 되자 그에 대해 더 신경 쓰지 않고 곧바로 그가 나가 아래로 떨어진 작은 문을 닫았습니다.

안드레우초는 소년이 대답하지 않으니까 더 크게 부르기 시작했지만 아무런 소용이 없었습니다. 그러자 뒤늦게야 의심하고 속임수에 대해 깨닫기 시작하면서 골목과 길을 가로막고 있던 낮은 담장 위로 올라가 길로 내려갔고, 집의 문을 확실하게 알아보고 가서 오랫동안 헛되이 부르며 문을 세게 밀고 두드렸습니다. 자신의 불행을 분명하게 보는 사람처럼 그는 울면서 말하기 시작했지요.

「아이고, 세상에! 그 짧은 시간에 500피오리노와 누나를 잃다니!」

그리고 다른 말도 많이 한 다음 다시 문을 두드리며 고함을 지르기 시작했는데, 얼마나 심하게 그랬는지 주변의 많은 이웃이 잠에서 깼고 소음을 견딜 수 없어 일어났지요. 그리고 여자의 하녀 중 하나가 완전히 졸린 모습으로 창문에서 몸을 내밀고 힐책하듯이 말했습니다.

「누가 아래에서 두드려요?」

안드레우초는 말했어요.

「오! 나를 모르느냐? 나는 피오르달리소 부인의 동생 안드레우초야.」

그러자 하녀가 대답했어요.

「여보세요, 너무 많이 마셨으면, 가서 잠이나 자고 내일 아침에 와요. 나는 안드레우초도 모르고, 당신이 무슨 헛소리를 하는지도 모르겠어요. 어서 돌아가고, 제발 잠 좀 자게 놔 둬요.」

안드레우초는 말했지요.

「아니, 어떻게? 내가 무슨 말을 하는지 몰라? 분명히 알고 있을 거야. 하지만 만약 시칠리아의 친척 관계는 그렇게 짧은 시간에 잊어버리게 되어 있다면, 최소한 내가 놔둔 옷은 돌려다오. 그러면 기꺼이 하느님과 함께 떠날 테니까.」

그 말에 하녀는 웃으면서 말했습니다.

「당신은 꿈을 꾸고 있는 것 같군요.」

그리고 그렇게 말하는 것과 동시에 안으로 돌아가고 창문이 닫혔습니다. 그러자 자신의 피해를 이제 확실하게 깨달은 안드레우초는 고통에 사로잡혀 화가 분노로 바뀔 지경이었고, 그래서 말로 되찾을 수 없는 것을 폭력으로 요구하려고 생각했지요. 그래서 커다란 돌을 들고 전보다 훨씬 더 세게 문을 두드리면서 흔들기 시작했습니다. 그로 인하여 잠에서 깨어 일어난 많은 이웃 사람은, 그가 그 착한 여자를 괴롭히기 위하여 그런 말을 지어내고 그렇게 문을 두드리는 귀찮은 사람이라고 믿었고, 그래서 창문으로 몸을 내밀고 마치 낯선

개 한 마리에게 동네의 모든 개가 짖어 대듯이 말하기 시작했지요.

「이 시간에 착한 여자의 집에 와서 그런 헛소리를 하다니 정말 무례한 짓이군. 그만해! 제발 이제 가고, 잠 좀 자게 놔둬. 그녀와 할 일이 있다면 내일 아침에 오고, 오늘 밤에는 이렇게 우리를 귀찮게 하지 마.」

아마 그런 말에 확신을 얻었는지 집 안에 있던 그 착한 여자의 뚜쟁이 남자가 창문에 나타났고, 안드레우초가 전혀 보지도 못하고 듣지도 못했던 그는 크고 무섭고 험악한 목소리로 말했습니다.

「그 아래 누구야?」

그 목소리에 안드레우초는 머리를 들고 그를 보았는데, 약간이나마 보이는 바에 의하면, 얼굴에 시커멓고 빽빽한 수염과 함께 틀림없이 아주 중요한 사람처럼 보였으며, 마치 깊은 잠에서 깨어 침대에서 일어난 것처럼 하품하며 눈을 비비고 있었습니다. 그에게 안드레우초는 두려움과 함께 대답했지요.

「나는 그 안에 있는 여자의 동생입니다.」

하지만 그는 안드레우초가 대답을 끝내는 것을 기다리지도 않고, 오히려 전보다 더 험악하게 말했어요.

「내가 왜 아래로 내려가 움직이지도 못하게 너를 몽둥이로 때리지 않는지 모르겠다, 이 귀찮은 술주정뱅이 당나귀야. 오늘 밤 우리 누구도 잠자게 놔두지 않다니!」

그리고 안으로 돌아가 창문을 닫았습니다. 그 상황을 잘 아는 이웃 사람 중 몇몇이 낮은 목소리로 안드레우초에게 말했지요.

「여보시오, 제발 하느님과 함께 어서 가시오. 오늘 밤 그 자리에서 죽으려고 하지 말고 당신을 위해 빨리 가요.」

그러자 그의 목소리와 모습에 놀란 안드레우초는 연민에 움직여 말하는 것처럼 보이는 그들의 위로에 밀려, 자기 돈 때문에 더없이 절망하고 괴로웠지만, 그날 하녀를 따라왔던 쪽을 향하여 떠났고, 어디로 가는지도 모른 채 여관으로 돌아가려고 했습니다. 그리고 자기 몸에서 나는 악취가 자신도 싫었기에 씻기 위하여 바다로 가고 싶어 왼쪽으로 몸을 돌렸고, 루가 카탈라나[60]라 부르는 길로 갔습니다. 도시 쪽을 향하여 가던 그는 우연하게도 앞에서 두 사람이 손에 등불을 들고 자기 쪽을 향하여 오는 것을 보았고, 그들이 혹시 수비대원[61]이나 아니면 나쁜 짓을 하는 사람들이 아닐까 두려워서 피하려고 조심스럽게 옆에 보이는 누추한 집으로 숨었지요. 하지만 그들은 마치 바로 그곳으로 가려고 했던 것처럼 그 집으로 들어왔고, 거기에서 둘 중 한 사람이 목에 걸고 온 철물들을 내려놓았고, 다른 사람과 함께 살펴보면서 철물들에 대해 여러 가지를 말했습니다. 그러던 중 한 사람이 말했어요.

「도대체 이게 뭐야? 한 번도 느껴 본 적 없는 지독한 악취야.」

60 Ruga catalana. 〈카탈루냐 거리〉라는 뜻이다.
61 원문은 〈famiglia della corte〉, 즉 〈궁정의 하인들〉이다.

그리고 등불을 약간 들었고, 두 사람은 불쌍한 안드레우초를 발견하고 놀라서 물었습니다.

「거기 누구요?」

　안드레우초는 말하지 않았지만, 그들은 등불을 들고 가까이 다가와 그렇게 더러운 모습으로 거기에서 무엇을 하고 있는지 물었지요. 그래서 안드레우초는 자신에게 일어난 일을 모두 이야기했습니다. 그들은 어디에서 그런 일이 일어났을까 생각하더니 자기들끼리 말했습니다.

「그것은 분명히 조폭 대장 부타푸오코[62]의 집에서 일어났을 거야.」

　그리고 그를 향하여 한 사람이 말했습니다.

「이봐요, 당신은 비록 돈을 잃었지만 하느님에게 정말 감사해야 할 거요. 당신이 떨어져서 다시 집으로 들어가지 못한 것이 오히려 다행이니까. 만약 떨어지지 않았다면, 당신은 분명 잠들자마자 살해당했을 것이고, 그러면 돈과 함께 목숨도 잃었을 것이오. 하지만 지금 울어 보아야 무슨 소용이오? 그 돈을 되찾는 것은 하늘의 별을 얻는 것과 같을 것이고, 만약 당신이 거기에 대해 말하는 것을 그 사람이 들으면 죽을 수도 있소.」

　그렇게 말한 다음 잠시 자기들끼리 논의하더니 그에게 말했습니다.

「이봐요, 우리는 당신이 불쌍하다고 생각하오. 그러니 만

---

62 Buttafuoco. 〈불을 던지는 자〉라는 뜻이다.

약 우리가 지금 하려고 하는 일을 당신이 함께하고 싶다면, 우리가 보기에 분명히 당신이 잃은 것보다 훨씬 많은 금액이 당신 몫으로 돌아갈 것이오.」

안드레우초는 절망해 있었기에 그럴 준비가 되어 있다고 대답했어요. 바로 그날 필리포 미누톨로[63]라는 나폴리 대주교가 묻혔는데, 매우 풍부한 장신구들에다 금화 500피오리노 이상의 가치가 있는 루비 반지를 손가락에 끼고 묻혔고, 그것을 그 사람들이 훔치려고 했던 것이지요. 그렇게 그들은 안드레우초에게 설명하였고, 신중하기보다 탐욕스러웠던 안드레우초는 그들과 함께 갔습니다. 그리고 대성당을 향하여 가는데 안드레우초가 심한 악취를 풍기니까 한 사람이 말했어요.

「이렇게 지독한 냄새가 나지 않도록 어디에서든 씻게 할 방법을 찾을 수 없을까?」

그러자 다른 사람이 말했습니다.

「그래, 이 근처에 우물이 하나 있는데, 거기에는 언제나 도르래와 커다란 두레박이 있어. 거기에 가서 대충 씻게 하자.」

우물에 도착하여 보니 밧줄은 있었지만, 두레박은 떼어 내 없었습니다. 그래서 그들은 함께 그를 밧줄에 묶어 우물 안으로 내려보내 아래에서 씻게 하고, 그가 씻고 나서 밧줄을 흔들면 위로 끌어올리기로 했습니다.

---

63 Filippo Minutolo(?~1301). 역사상 실존했던 인물로 1288년부터 나폴리의 대주교였다. 하지만 여기에서 이야기하는 무더운 여름이 아니라 10월 24일에 죽었다.

그런데 그를 우물 안에 내려놓았을 때, 시뇨리아의 수비대원 몇 명이 날씨도 무더운 데다 누군가를 뒤쫓아 달렸기 때문에 목이 말랐고, 그래서 그 우물로 물을 마시러 왔지요. 그들을 보자 두 사람은 바로 달아나기 시작했고, 물을 마시러 오던 수비대원들은 그들을 보지 못했습니다. 안드레우초는 우물 아래에서 다 씻었기 때문에 밧줄을 흔들었습니다. 목이 마른 수비대원들은 나무 방패, 무기, 겉옷을 내려놓고, 물이 가득한 두레박이 매달려 있으리라 믿고 밧줄을 당기기 시작했습니다. 안드레우초는 우물의 가장자리가 가까워지는 것을 보자 밧줄을 놓고 가장자리 위로 몸을 던져 손으로 잡았는데, 그것을 본 수비대원들은 곧바로 두려움에 사로잡혀 아무 말도 없이 밧줄을 놓고 가능한 한 빨리 달아나기 시작했습니다.

그것을 보고 안드레우초는 무척이나 놀랐고, 만약 가장자리를 잘 붙잡고 있지 않았더라면 바닥까지 떨어졌을 것이며, 혹시 큰 상처를 입거나 죽었을지도 모릅니다. 하지만 어쨌든 우물 밖으로 나왔고 자기 동료들이 가지고 오지 않은 무기들을 발견하고 더욱더 놀랐습니다. 하지만 두렵고 아무것도 알수 없었으니 자기 운명에 괴로워하면서 아무것도 손대지 않고 거기에서 떠나려고 생각하였고 어딘지도 모른 채 갔습니다. 그렇게 가다가 그 동료 두 사람과 마주쳤는데, 그들은 그를 우물에서 끌어 올리려고 오다가 그를 보고 깜짝 놀랐고 누가 그를 우물에서 끌어 올렸는지 물었습니다. 안드레우초는 모른다고 대답했고, 어떤 일이 있었는지 그리고 우물 밖에서 무엇을 발견했는지 그들에게 자세하게 말했습니다.

그러자 그들은 무슨 일이 있었는지 깨달았고, 웃으면서 왜 자신들이 달아났는지 그리고 그를 위로 끌어 올린 사람들이 누구인지 말해 주었습니다. 그리고 벌써 자정이 되었으므로 더 말하지 않고 대성당으로 갔고, 아주 쉽게 안으로 들어갔으며, 대리석으로 만든 커다란 관으로 갔습니다. 그리고 쇠막대기[64]로 매우 무거운 뚜껑을 한 사람이 들어갈 수 있을 만큼 들어 올리고 받침대로 받쳐 두었습니다. 그렇게 한 다음 한 사람이 말하기 시작했지요.

「누가 안으로 들어갈까?」

그러자 다른 사람이 말했습니다.

「나는 아니야.」

처음 사람이 말했습니다.

「나도 아니야. 안드레우초가 들어가.」

「그것은 나도 하지 않겠어요.」

안드레우초가 말하였지요. 그러자 두 사람은 그를 향해 말했습니다.

「아니, 들어가지 않겠다고? 하느님에게 맹세하건대, 만약 들어가지 않으면, 죽어 쓰러질 때까지 우리가 이 쇠막대기로 네 머리를 때릴 거야.」

안드레우초는 두려움에 안으로 들어갔는데, 들어가면서 속으로 생각했어요.

64 원문은 그냥 〈쇠ferro〉인데, 뒤에서 〈쇠막대기pali di ferro〉라고 구체적으로 밝힌다.

「저자들이 나를 속이려고 들어가라는구나. 그러니까 자기들에게 모든 것을 주고 나면 내가 관 밖으로 나가려고 노력하는 동안, 자기들은 가버리고, 그러면 나는 아무것도 없이 남아 있게 될 거야.」

그래서 무엇보다 먼저 자기 몫을 챙겨야지 생각했고, 관 아래로 내려갔을 때 그들이 말한 귀중한 반지가 생각났기에 대주교의 손가락에서 반지를 빼 자기 손가락에 끼었습니다. 그런 다음 목장(牧杖)과 주교관(主教冠), 장갑, 심지어 셔츠까지 벗겨 모두 그들에게 주면서 이제 아무것도 없다고 말했습니다. 그들은 분명히 반지가 있을 것이라고 주장하며 사방을 찾아보라고 했지만, 그는 발견하지 못했다고 대답하고 계속 찾는 척하면서 한참 동안 기다리게 했습니다.

한편 안드레우초와 마찬가지로 악의적이었던 그들은 잘 찾아보라고 말하면서 적당한 기회에 관의 뚜껑을 받치고 있던 받침대를 빼고 그를 관 안에 가두어 둔 채 달아났습니다. 그 소리를 들으면 안드레우초가 어떻게 되었을지 누구라도 상상할 수 있을 것입니다. 그는 머리와 어깨로 뚜껑을 들어 올릴 수 있을지 여러 번 시도했으나 헛수고만 했고, 그러다가 커다란 고통에 사로잡혀 정신을 잃고 대주교의 시체 위로 쓰러졌으니, 당시 그 모습을 본 사람이 있다면, 누가 죽었는지, 대주교인지 아니면 그인지 알아보기 어려웠을 것입니다.

하지만 다시 정신이 든 그는 거기에서 분명히 두 가지 죽음 중 하나를 맞이하게 되리라고 생각하면서 펑펑 울기 시작했습니다. 그러니까 누군가 와서 열어 주지 않는다면 관 속에서 시체의 벌레들 사이에서 악취와 굶주림으로 죽거나, 아니면 누군가가 와서 관 속에 있는 그를 발견한다면 도둑으로 교수형을 당해야 할 것입니다. 그리고 그런 생각에 무척이나 괴로워하고 있는데, 성당에 많은 사람이 와서 말하는 소리를 들었고, 그가 깨달은 바에 의하면, 그들은 자기가 동료들과 함께 이미 했던 것을 하기 위하여 왔고, 그래서 더욱더 두려워졌습니다. 하지만 그들이 관 뚜껑을 열고 받침대로 받치고 나자 누가 안으로 들어갈 것인지 논쟁이 벌어졌고 아무도 들어가려고 하지 않았는데, 오랜 논쟁 끝에 신부 한 사람이 말했습니다.

「당신들은 두려워하고 있지? 그가 당신들을 잡아먹는다고 생각하는 거야? 죽은 자들은 사람을 잡아먹지 않아. 내가 안으로 들어갈게.」

그렇게 말한 다음 관의 가장자리 위에다 가슴을 대더니 머리를 밖으로 하고 안으로 내려가기 위하여 다리를 넣었습니다. 그것을 보고 안드레우초는 일어나 신부의 한쪽 다리를 잡고 아래로 당기는 척했습니다. 그것을 느낀 신부는 엄청난 비명을 지르며 관 밖으로 몸을 던졌고, 그러자 다른 모든 사람이 깜짝 놀라 관을 열어 둔 채 마치 수십만 악마에게 쫓기는 것처럼 달아나기 시작했습니다. 그것을 보고 안드레우초는 예상했던 것보다 즐겁게 곧바로 관 밖으로 나왔고, 왔던 곳을 통하여 성당 밖으로 나갔습니다.

그리고 벌써 날이 밝아 오고 있었으니, 손가락에 반지를 끼고 무작정 걷다가 바닷가에 이르렀고, 거기에서 자기 여관

으로 가게 되었어요. 여관에서는 동료들과 여관 주인이 밤새
도록 자기 때문에 걱정하고 있는 것을 발견했습니다. 동료들
에게 일어난 일을 이야기하자 그들은 여관 주인의 충고에 따
라 안드레우초가 곧바로 나폴리를 떠나야 한다고 생각했지
요. 그리하여 그는 곧바로 그렇게 했으니, 말을 사러 갔는데
자기 돈을 반지에 투자하고 페루자로 돌아갔던 것입니다.]

여섯째 이야기

베리톨라 부인은 두 아들을 잃고 어린 사슴 두 마리와 함께
어느 섬에서 발견되어 루니자나로 간다. 거기에서 아들 중 하나는
어머니를 돌봐 주는 영주를 섬기는데, 영주의 딸과 사랑을 나누다가
감옥에 갇힌다. 시칠리아는 카를로 왕에게 반란을 일으키고,
어머니가 알아본 아들은 주인의 딸과 결혼하고, 동생도 되찾고,
모두 좋은 신분으로 돌아간다.

피암메타가 이야기한 안드레우초의 사건에 여인들과 청
년들은 한참 동안 웃었고, 이야기가 끝나는 것을 듣고 에밀
리아는 여왕의 명령에 이렇게 시작했습니다.

[행운의 다양한 움직임은 괴롭고 힘든 일이지만, 그런 이
야기는 들을 때마다 행운의 유혹에 쉽게 잠드는 우리의 정신
을 깨우기 때문에, 행복한 이야기와 불행한 이야기를 듣는
것을 절대 꺼리지 않아야 한다고 저는 생각합니다. 행복한

이야기는 가르침을 주고, 불행한 이야기는 위로를 주니까요. 그러므로 앞에서 그런 것에 대해 많이 이야기했지만, 저는 사실일 뿐만 아니라 애처로운 이야기를 하나 하려는데, 비록 행복한 결말에 이를지라도 그 고통이 너무 크고 오래 지속되었기에 뒤따르는 행복에 의해 다시 달콤해졌다고 믿기 어려울 정도입니다.

사랑하는 여인들이여, 페데리코 2세의 죽음에 뒤이어 만프레디[65]가 시칠리아의 왕이 되었다는 것은 아실 겁니다. 그에게는 아리게토 카페체라는 아주 높은 신분의 나폴리 귀족이 있었고, 그의 부인은 베리톨라 카라촐로[66]라는 역시 나폴리 출신의 아름다운 귀족 여인이었습니다. 아리게토는 시칠리아 통치권을 손에 쥐고 있었는데, 카를로 1세 왕이 베네벤토에서 만프레디에게 승리하고 그를 죽였으며 모든 왕국이 그에게로 돌아섰다는 소식을 듣고, 신의 없는 시칠리아 사람들을 별로 믿지 않은 데다 자기 군주의 적의 신하가 되고 싶지 않았기에 달아나려고 준비했지요. 하지만 그것이 시칠리아 사람들에게 발각되었고, 곧바로 그와 다른 많은 친구, 만프레디 왕에게 봉사하던 자들이 감옥에 갇혀 카를로 왕에게

65 Manfredi(1232~1266). 호엔슈타우펜 가문의 황제 페데리코 2세의 아들로 1258년 나폴리를 포함한 시칠리아 왕국의 왕이 되었으나, 1266년 교황의 지원을 받은 카를로 단조 1세가 공격해 오자 그해 2월 나폴리 북동쪽의 베네벤토Benevento 전투에서 싸우다가 패배하고 전사하였다.

66 카페체Capece 가문과 카라촐로Caracciolo 가문은 실제로 나폴리의 유명한 가문이었지만, 그렇다고 이 이야기에 실질적인 역사적 근거가 있다고 말하기는 어렵다.

건네졌고, 이어서 시칠리아의 소유권도 넘어갔습니다.

베리톨라 부인은 그 엄청난 사건의 변화 속에서 아리게토가 어떻게 되었는지도 몰랐지만, 일어난 일이 무서웠고 치욕을 당할까 두려워서 모든 것을 남겨 두고 아마 여덟 살 정도의 주프레디라는 아들과 함께 임신한 몸으로 불쌍하게 작은 배를 타고 리파리[67]로 달아났고, 거기에서 다른 아들을 낳아 스카차토[68]라고 불렀습니다. 그리고 유모를 구하여 모두와 함께 나폴리의 자기 가족에게 돌아가기 위하여 작은 배에 올라탔습니다. 하지만 예상했던 것과 다른 일이 벌어졌으니, 나폴리로 가려던 배는 바람의 힘에 밀려 폰차[69] 섬으로 밀려갔고, 거기에서 조그마한 만(灣)[70]으로 들어가 항해에 좋은 날씨를 기다리기 시작했습니다.

베리톨라 부인은 다른 사람들처럼 섬에 내렸고, 섬에서 한적하고 외딴 장소를 찾아 거기에서 완전히 혼자 자신의 아리게토에 대해 슬퍼하기 시작했지요. 그리고 매일 그렇게 하였는데, 그녀가 슬픔에 완전히 몰두해 있는 동안 뱃사람이나 다른 누구도 깨닫지 못한 사이에 해적선 한 척이 급습하여 싸움도 없이 모든 사람을 붙잡아 가버렸습니다. 베리톨라 부인은 일상적인 탄식을 마치고 으레 그렇게 했듯이 아들들을 보러 해변으로 돌아갔는데 아무도 발견하지 못했기에 처음

---

67 Lipari. 시칠리아 동북부 바다의 작은 섬이다.
68 Scacciato. 〈쫓겨난 자〉라는 뜻이다.
69 Ponza. 나폴리 서쪽에 있는 섬이다.
70 원문은 〈seno di mare〉, 즉 〈바다의 품〉이다.

에는 깜짝 놀랐고, 이어서 곧바로 무슨 일이 일어났는지 의혹이 들어 바다를 향하여 눈을 돌렸고, 아직 멀리 떨어지지 않은 해적선이 작은 배를 뒤에 끌고 가는 것을 보았으며, 따라서 남편처럼 아들들마저 잃었다는 것을 분명하게 깨달았지요. 불쌍하게 혼자 버려진 부인은 어디에서 사람을 만날지도 모른 채 그 자리에서 남편과 아들들을 부르다가 실신하여 바닷가에 쓰러졌습니다.

거기에는 찬물이나 다른 어떤 수단으로 잃어버린 기력을 되찾게 해줄 사람이 없었으므로 그녀의 정신은 편안하게 원하는 곳으로 떠돌아다녔습니다. 하지만 떠났던 기력이 눈물과 울음과 함께 불쌍한 육신으로 돌아오자 오랫동안 아들들을 부르면서 모든 동굴을 찾아보았지요. 그러나 헛수고라는 것을 깨달았고, 밤이 되자 무엇을 해야 할지 모르면서도 희망을 잃지 않았고, 자기 자신에 대해서도 약간 걱정되었기에 바닷가를 떠나 으레 슬퍼하고 탄식하던 동굴로 돌아갔습니다. 그리고 헤아릴 수 없는 고통과 두려움 속에 밤이 지나고 새로운 날이 왔으며 벌써 셋째 시간[71]이 지났는데, 전날 저녁도 먹지 못하였기에 굶주림에 이끌려 풀을 뜯어 먹기 시작했고, 먹을 수 있는 만큼 먹고 나서 울면서 앞으로의 자기 삶에 대한 여러 가지 생각에 잠겼습니다.

그런 생각에 잠겨 있는 동안 사슴 한 마리가 와서 옆의 동굴로 들어가더니 얼마 후에 다시 나와 숲속으로 가는 것을

71 오전 9시이다.

보았습니다. 그래서 일어난 부인은 사슴이 나온 동굴 안으로 들어갔고, 아마 바로 그날 태어난 것 같은 아기 사슴 두 마리를 보았는데, 세상에서 가장 귀엽고 부드러워 보였지요. 그리고 아기를 낳은 지 얼마 되지 않아 아직 가슴의 젖이 마르지 않았기에 부드럽게 아기 사슴들을 안아서 가슴에 갖다 댔습니다. 아기 사슴들은 거부하지 않고 어미에게 그랬듯 그녀의 젖을 빨았고, 그때 이후로 어미와 그녀를 전혀 구별하지 않았습니다. 그리하여 부인은 황량한 곳에서 동반자를 찾은 것 같아서 풀을 뜯어 먹고 물을 마시면서, 남편과 아들들과 지나간 자기 삶을 기억할 때마다 울면서 거기에서 살거나 죽기로 작정하였고, 아기 사슴들뿐만 아니라 어미 사슴과도 친해졌습니다.

그렇게 부인은 거의 동물이 된 것처럼 살았는데, 몇 달 후에 우연하게도 그녀가 전에 도착하였던 바로 그곳에 피사 사람들의 배가 오게 되었고, 며칠 동안 머물렀습니다. 그 배에는 말라스피나[72] 후작 가문의 쿠라도라는 귀족이 훌륭하고 거룩한 부인과 함께 타고 있었는데, 풀리아 지방[73]에 있는 모든 거룩한 장소를 순례하고 자신들의 집으로 돌아가는 길이었습니다. 그는 무료함을 달래기 위하여 어느 날 자기 부인과 몇몇 하인과 개 몇 마리를 데리고 섬 안으로 들어갔지요.

---

72 말라스피나Malaspina 가문은 13~14세기부터 루니자나의 많은 영지를 소유하고 있었다. 단테의 『신곡』 「연옥」 8곡 124~129행에서도 언급되는 가문이다.

73 원문은 〈풀리아 왕국regno di Puglia〉이다. 풀리아는 나폴리 동쪽 아드리아 해안의 지방으로 당시에는 나폴리 왕국에 속하였다.

그리고 베리톨라 부인이 있는 곳에서 멀지 않은 곳에서 쿠라도의 개들은 사슴 두 마리를 쫓기 시작했어요. 벌써 상당히 커서 풀을 뜯어 먹으러 갔던 사슴들은 개들에게 쫓기자 다른 곳이 아니라 베리톨라 부인이 있던 동굴로 달아났습니다.

그것을 보고 베리톨라 부인은 일어나 막대기를 들고 개들을 쫓아냈고, 개들을 뒤쫓던 쿠라도와 아내가 그곳에 도착했으니, 야위고 그을리고 남루한 모습의 그녀를 보고 깜짝 놀랐으며, 그들을 보고 부인도 깜짝 놀랐습니다. 그녀의 부탁으로 쿠라도는 개들을 뒤로 물러나게 했고, 그녀가 누구인지, 거기에서 무엇을 하고 있는지 말해 주도록 여러 번 부탁하였고, 그녀는 자신의 모든 상황과 모든 사건, 그리고 자신의 확고한 의지를 충분하게 설명했습니다. 그 말을 듣자 아리게토를 잘 알고 있던 쿠라도는 연민에 울었고, 아주 확고한 그녀의 의지를 거두게 하려고 여러 가지 말로 노력했으니, 그녀를 자기 집으로 데려다주거나, 아니면 하느님께서 더 행복한 운명을 보내 주실 때까지 자기 누이처럼 명예롭게 대우하겠으니 함께 지내자고 제안했습니다. 그런 제안에도 부인이 뜻을 굽히지 않자 쿠라도는 아내를 그녀와 함께 남겨 두면서, 먹을 것과 그녀가 완전히 누더기 차림이니 입힐 만한 옷을 그곳으로 가져오게 하고, 그녀를 함께 데리고 가도록 모든 노력을 하라고 말했습니다.

친절한 여인은 베리톨라 부인과 함께 남았고, 먼저 그녀의 불행한 일들에 대해 함께 오랫동안 울고 난 다음 옷과 음식을 가져오게 했고, 세상에서 가장 힘들게 그녀에게 옷을 입고 음식을 먹도록 권유했습니다. 그리하여 수없이 부탁한 끝에 마침내 그녀가 자신이 알려질 수 있는 곳에는 절대 가고 싶지 않다고 단언했기에, 두 마리 어린 사슴과 어미 사슴도 함께 데리고 루니자나로 가자고 설득했지요. 그동안 어미 사슴이 돌아왔는데 친절한 여인이 보기에 놀랍게도 그녀를 아주 반갑게 대했으니까요. 그리하여 날씨가 좋아지자 베리톨라 부인은 쿠라도 부부와 함께 그들의 배에 올라탔는데, 어린 사슴 두 마리와 어미 사슴도 함께 데리고 갔고, 그래서 모두 그녀의 이름을 몰랐기 때문에 카브리우올라[74]라고 불렀습니다. 그리고 순풍과 함께 마그라[75] 강의 어귀까지 갔고, 배에서 내려 그들의 성으로 올라갔습니다.

거기에서 베리톨라 부인은 언제나 자신의 어린 사슴들을 사랑하고 부양하면서 미망인 복장으로 쿠라도 부인 곁에 겸손하고 순종적인 시녀처럼 머물렀습니다. 폰차 섬에서 베리톨라 부인이 타고 온 배를 나포한 해적들은 부인을 보지 못했기에 남겨둔 채 다른 모든 사람과 함께 제노바로 갔고, 거기에서 해적선 소유자들 사이에 노획물을 나누었는데, 우연하게도 다른 무엇보다 베리톨라 부인의 유모와 함께 어린 두 아들은 과스파리노 도리아 씨에게 넘어갔고, 그는 유모와 아이들을 집안일을 하는 하인으로 삼기 위하여 모두 함께 자기 집으로 보냈습니다.

74 Cavriuola. 〈암사슴〉이라는 뜻이다.
75 Magra. 이탈리아 북부에서 남쪽으로 흘러 티레니아해로 흘러드는 강으로 그 강의 어귀 가까이에 루니자나가 있다.

유모는 베리톨라 부인을 잃은 데다 자신과 두 아이가 부딪힌 불쌍한 운명에 괴로워 오랫동안 울었습니다. 하지만 눈물은 아무 소용이 없으며 아이들과 함께 자신이 하녀가 된 것을 깨닫고, 비록 가난하지만 현명하고 신중한 여자였기에, 먼저 가능한 대로 최대한 자기 자신을 위로하였고, 이어서 자신들이 어디에 오게 되었는지 둘러보면서 만약 두 아이가 누구인지 밝혀지게 되면 혹시라도 곤경에 처할 수 있다는 것을 깨달았습니다. 그 외에도 언제든 운명이 바뀔 수도 있고, 자신들이 살아 있다면 잃어버린 신분으로 돌아갈 수도 있으리라는 희망에, 적당한 기회가 올 때까지 자신들이 누구인지 아무에게도 밝히지 않으리라 생각했고, 거기에 대해 질문하는 모든 사람에게 자기 아들들이라고 말했습니다. 그리고 큰아이는 주프레디가 아니라 잔노토 디 프로치다[76]라고 불렀고, 작은 아이의 이름은 굳이 바꾸지 않았습니다. 주프레디에게는 왜 이름을 바꾸었는지, 만약 누군지 알려지면 어떤 위험에 부딪힐 수 있는지 상세하게 설명했고, 그것을 단지 한 번이 아니라 여러 번 상기시켰으니, 영리한 아이는 현명한 유모의 가르침을 잘 따랐습니다.

　그러니까 두 아이는 옷도 제대로 입지 못하고 신발도 제대로 신지 못한 채 모든 천한 일에 봉사하면서 유모와 함께 과스파리노 씨의 집에서 여러 해 동안 인내심 있게 살았지요. 하지만 벌써 열여섯 살이 된 잔노토는 하인에게 어울리지 않

76 프로치다Procida는 나폴리 서쪽 앞바다에 있는 섬이다.

은 성품을 갖고 있었기에, 알렉산드리아로 가는 갤리선을 타고 과스파리노 씨에 대한 봉사에서 떠나 여러 곳으로 갔으나 전혀 더 나아지지 않았습니다. 결국 아마 과스파리노 씨로부터 떠난 지 서너 해 뒤에 이제 크고 아름다운 청년으로 성장한 주프레디는, 죽었다고 믿고 있던 자기 아버지가 아직 살아 있지만 카를로 왕의 감옥에 갇혀 있다는 말을 듣고 자기 운명에 거의 절망하여 여기저기 떠돌다가 루니자나로 가게되었고, 거기에서 쿠라도 말라스피나의 하인으로 들어가 그를 마음에 들게 잘 섬겼습니다. 그리고 쿠라도 부인과 함께 있던 자기 어머니를 드물게 보았으나 전혀 알아보지 못했고, 그녀도 그를 알아보지 못했으니, 마지막으로 서로 보았을 때의 모습과 각자 너무 많이 변하였던 것입니다.

그렇게 잔노토가 쿠라도에게 봉사하는 동안, 스피나라는 쿠라도의 딸이 니콜로 다 그리냐노[77]의 미망인이 되어 자기 아버지의 집으로 돌아오게 되었습니다. 스피나는 열여섯 살을 조금 넘긴 매우 아름답고 호감을 주는 젊은 여인이었는데, 우연히 잔노토에게 눈길을 주었고, 그도 그녀를 바라보았으며, 둘은 아주 열렬한 사랑에 빠졌습니다. 그 사랑은 오래가지 않아 결실을 얻었고 몇 달 동안 지속되었는데 누구도 눈치채지 못했고, 따라서 둘은 너무 안심한 나머지 그런 일에서 요구되는 신중함을 소홀히 하기 시작했습니다. 그리고 어느 날 나무들이 빽빽한 아름다운 숲에 간 스피나와 잔노토는

---

77 그리냐노Grignano는 이탈리아 북서쪽 끝 트리에스테의 지명이다.

다른 모든 동행자보다 앞서서 숲속으로 들어갔고, 다른 사람들보다 훨씬 멀리 앞서 있다고 생각한 둘은 나무들로 둘러싸이고 풀과 꽃이 가득한 즐거운 곳에 멈추어 서로 사랑의 즐거움을 나누기 시작했지요. 그리고 벌써 많은 시간이 흘렀지만 커다란 즐거움으로 인해 그들에게는 아주 짧게 느껴졌으니, 먼저 그녀의 어머니에게, 그리고 뒤이어 쿠라도에게 발각되었습니다.

쿠라도는 그것을 보고 엄청나게 괴로워하며 그 이유에 대해 아무 말도 하지 않고 하인 세 명에게 둘을 모두 붙잡아서 자신의 성 하나로 데려가게 했으니, 분노와 회한에 떨면서 치욕적인 방법으로 둘을 죽이려고 생각했습니다. 스피나의 어머니는 비록 무척이나 당황하였고 딸이 자기 죄에 대해 모든 잔인한 처벌을 받아야 마땅하다고 생각했지만, 쿠라도가 두 죄인에 대해 어떤 마음을 가졌는지 이해하고는 서둘러 분노한 남편에게로 갔고, 제발 분노에 사로잡혀 노년에 딸의 살해자가 되지 말고, 또 하인의 피로 손을 더럽히지 말라고 간청하였으며, 그들을 감옥에 가두어 그 안에서 고생하면서 지은 죄를 참회하게 하는 것 같은 다른 방법으로 분노를 풀라고 간청하기 시작했지요. 그리고 그런 말과 다른 여러 가지 말로 그 거룩한 여인은 둘을 죽이려는 남편의 마음을 돌렸습니다. 그래서 둘을 각자 서로 다른 장소의 감옥에 가두어 거기에서 잘 감시하게 하였고, 그가 그들에 대해 다른 결정을 내릴 때까지 적은 음식으로 아주 불편하게 지내게 하라고 명령하여 그렇게 되었습니다.

필요 이상으로 오래 지속된 굶주림과 끊임없는 눈물 속에 두 사람이 감옥에서 어떤 생활을 하였는지 여러분 모두 생각할 수 있을 것입니다. 그러니까 잔노토와 스피나가 그렇게 고통스러운 생활을 하고, 쿠라도는 그들에 대해 기억하지도 않은 채 벌써 1년이 지났을 때, 아라곤의 피에트로[78] 왕이 조반니 다 프로치다 씨와 협약을 맺고 시칠리아섬에서 반란을 일으켜 카를로 왕으로부터 섬을 빼앗았고, 그 일에 대해 기벨리니 당파 사람이었던 쿠라도는 크게 기뻐하였습니다. 잔노토는 그 소식을 자신을 감시하는 사람 중 누군가에게서 듣고 큰 한숨을 내쉬면서 말했습니다.

「아, 불쌍한 내 신세여! 내가 벌써 14년 넘게 초라하게 세상을 돌아다니면서, 다른 바람은 전혀 없이 오로지 그것만 기다렸고, 더 바랄 수 없는 일이 지금 일어났는데, 죽지 않고는 나갈 희망이 없는 감옥 안에 있다니!」

그러자 옥지기가 말했어요.

「뭐라고? 위대한 왕들이 하는 일이 너에게 왜 중요한 거야? 너는 시칠리아에서 무슨 일을 하였느냐?」

그러자 잔노토는 말했습니다.

「전에 아버지가 거기에서 하셨던 일을 생각하면 내 심장은 지금 터질 것 같소. 내가 비록 아직 어린아이였을 때 거기에

---

78 아라곤의 왕이었던 피에트로Pietro(아라곤어 이름은 페로Pero) 3세 (1239~1285)를 가리킨다. 그는 1282년 〈시칠리아 저녁 기도 사건〉을 이용하여 시칠리아의 왕이 되었고 피에트로 1세로 불렸다. 조반니 다 프로치다 Giovanni da Procida(1210~1298)는 호엔슈타우펜 가문과 밀접하게 연결된 정치가이며 의사로 〈시칠리아 저녁 기도 사건〉의 주역 중 한 명이었다.

서 달아났지만, 만프레디 왕이 살아 있었을 때 아버지는 그 섬을 다스렸던 것으로 기억해요.」

옥지기는 이어서 물었지요.

「그러면 너의 아버지는 누구였지?」

잔노토는 말했습니다.

「내 아버지가 누구인지 이제는 충분히 안심하고 밝힐 수 있어요. 그것을 밝히면 내가 위험에 처할까 두려워했으니까요. 그분은 아리게토 카페체였고, 만약 살아 계신다면 지금도 그렇습니다. 그리고 내 이름은 잔노토가 아니라 주프레디입니다. 만약 내가 여기에서 벗어나 시칠리아로 돌아간다면, 전혀 의심할 바 없이 거기에서 매우 높은 지위를 가질 것이오.」

현명한 옥지기는 더 말하지 않고 시간이 되는 대로 모든 것을 쿠라도에게 말했습니다. 그 말을 듣고 쿠라도는 비록 옥지기에게는 별다른 신경을 쓰지 않는 것처럼 보였지만, 베리톨라 부인에게 가서 조심스럽게 혹시 주프레디라는 아들이 아리게토에게 있었는지 물었습니다. 부인은 만약 자신의 두 아들 중 장남이 살아 있다면 그런 이름으로 불릴 것이며 스물두 살의 나이일 것이라고 울면서 대답했습니다. 그 말을 듣고 쿠라도는 그가 분명히 주프레디라는 것을 깨달았고, 만약 그렇다면 자기가 커다란 자비를 베풀 수 있으며, 동시에 그에게 자기 딸을 아내로 줌으로써 자신과 딸의 치욕을 없앨 수 있다는 생각이 머릿속에 떠올랐습니다. 그래서 비밀리에 잔노토를 데려오게 하였고 그의 모든 과거 생활을 상세하게 조사했습니다. 그리고 그가 정말로 아리게토 카페체의 아들 주프레디라는 명백한 증거를 발견하고 그에게 말했습니다.

「잔노토, 자네가 내 딸을 통하여 나에게 가한 모욕이 어떤 것이고 얼마나 큰지 잘 알고 있겠지. 내가 자네를 우호적으로 잘 대우했으니, 하인이 당연히 그래야 하듯 자네는 내 명예와 내 것들에 언제나 도움이 되도록 했어야 하는데 말이야. 자네가 나에게 한 것 같은 짓을 하였을 경우 사람들은 대개 자네를 치욕스럽게 죽였을 테지만, 내 자비심은 그것을 허용하지 않았어. 그런데 자네는 고귀한 귀족과 고귀한 부인의 아들이니까, 나는 자네가 원한다면 자네의 고통을 끝내고, 자네가 지금 처해 있는 속박과 비참함에서 꺼내 주고 싶고, 동시에 자네의 명예와 내 명예를 합당한 상태로 돌려놓고 싶네. 자네가 알고 있듯이, 비록 자네 자신과 그녀에게 불합리하지만, 자네가 사랑하는 스피나는 미망인이고 상당한 지참금을 갖고 있으며, 그녀와 그녀 부모의 성품은 자네가 잘 알고 있겠지. 자네의 현재 상태에 대해서는 전혀 말하지 않겠네. 그러니까 자네가 원한다면, 나는 부당하게 자네의 연인이었던 스피나를 정당하게 자네의 아내가 되도록 해주고 싶고, 그래서 자네가 내 아들처럼 나와 또 스피나와 함께 여기에서 살게 해주고 싶네.」

감옥 생활은 잔노토의 육신을 망가뜨렸지만, 자기 핏줄에서 물려받은 고귀한 마음은 전혀 줄어들지 않았고, 자기 여인에게 품고 있던 온전한 사랑도 전혀 줄어들지 않았습니다. 그래서 비록 쿠라도가 제안하는 것을 진심으로 원하였고 또 자신이 그의 권력 안에 있는 것을 보면서도, 담대한 자기 마음이 말하고 싶은 것을 전혀 굽히지 않고 말했지요.

「쿠라도 님, 권력[79]에 대한 탐욕이나 돈에 대한 욕망 같은 어떠한 이유로 제가 배신자로서 당신의 생명이나 소유물에 대하여 계략을 꾸민 것은 아닙니다. 저는 당신의 딸을 사랑하였고 지금도 사랑하고 있으며 앞으로도 영원히 사랑할 것입니다. 그녀가 제 사랑에 합당하다고 생각하기 때문이지요. 그리고 만약 제가 무식한 사람들이 생각하듯이 그녀와 정숙하지 않은 관계를 맺었다면, 그 죄는 언제나 젊음과 연결되어 있어서 저지른 것입니다. 그러니 그 죄를 없애려면 젊음을 없애야 할 것입니다. 만약 노인들이 한때 젊었다는 것을 기억하고, 다른 사람의 잘못을 자기 잘못과 비교해 본다면, 그 죄는 당신과 다른 많은 사람이 생각하는 것처럼 심각하지 않을 것이며, 저는 적으로서가 아니라 친구로서 그런 잘못을 저질렀습니다. 당신이 제안하는 것을 저는 언제나 열망했고, 만약 당신이 허용해 주실 것이라 믿었다면 벌써 오래전에 요구했을 것이며, 그런 희망이 줄어들었던 만큼 지금은 훨씬 소중할 것입니다. 하지만 만약 당신이 당신의 말과 같은 그런 마음을 갖고 있지 않다면, 저에게 헛된 희망을 품게 하지 마시고, 감옥으로 돌려보내고 거기에서 원하는 만큼 괴롭히세요. 저는 스피나를 사랑하는 만큼 언제나 그녀에 대한 사랑을 위하여 당신을 사랑할 것이며, 당신이 저에게 무엇을

79 원문에는 〈시뇨리아〉로 되어 있다.

하든 당신을 존경할 것입니다.」

쿠라도는 그 말을 듣고 깜짝 놀랐고, 그의 고귀한 마음과 열렬한 사랑을 높게 평가했으며, 그를 더욱더 소중하게 생각했습니다. 그래서 일어나 그를 껴안고 입을 맞추었으며, 더 망설이지 않고 스피나를 비밀리에 그곳으로 데려오라고 명령했지요. 스피나는 감옥에서 야위고 창백하고 허약해졌기에 다른 여자처럼 보일 정도였고, 잔노토도 다른 사람 같았습니다. 둘은 쿠라도 앞에서 우리의 풍습에 따라 결혼을 약속했습니다. 그리고 며칠 동안 이루어진 일에 대해 아무도 눈치채지 못하도록 둘이 필요로 하고 원하는 것을 충분히 제공한 다음, 쿠라도는 둘의 어머니들을 행복하게 해줄 때가 된 것 같았기에 자기 아내와 베리톨라 부인[80]을 불러 이렇게 말했습니다.

「부인, 만약 부인의 큰아들을 내 딸 중 하나의 남편으로 삼아 다시 만나게 해주면 뭐라고 말하겠습니까?」

그 말에 베리톨라 부인은 대답했지요.

「거기에 대해 저는 단지 이런 말밖에 할 수 없습니다. 만약 제가 당신에게 지금 감사하는 것보다 더 감사할 수 있다면, 저 자신보다 소중한 것을 저에게 돌려주시는 만큼 감사드리며, 만약 말씀하시는 대로 해주신다면, 잃어버린 희망을 저에게 다시 되살려 주신다고 말입니다.」

그리고 눈물을 흘리면서 침묵했습니다. 그러자 쿠라도는

---

80 원문은 〈카브리우올라〉이다.

아내에게 말했습니다.

「그렇다면 만약 내가 그런 사위를 당신에게 선물한다면 어떻겠소?」

그 말에 부인은 대답하였어요.

「귀족 자제인 그들 중 한 명이라면 말할 것 없고, 비천한 자라도 당신에게 좋다면 저에게도 좋을 거예요.」

그러자 쿠라도는 말했지요.

「며칠 내로 그것으로 당신들을 행복하게 해주고 싶소.」

그리고 이제 두 젊은이가 예전의 모습으로 돌아온 것을 보고 잘 어울리는 옷을 입힌 뒤 주프레디에게 물었습니다.

「여보게, 지금 자네가 가진 행복에 더해, 만약 여기에서 자네 어머니를 본다면 어떠하겠는가?」

그러자 주프레디는 대답했습니다.

「그 많은 불행한 사건의 고통 속에서도 어머니가 살아남으셨다고 믿을 수가 없습니다. 하지만 만약 살아 계신다면 저는 더없이 행복할 것입니다. 어머니의 충고와 함께 저는 시칠리아에서 제 신분을 대부분 되찾을 것이라고 믿으니까요.」

그러자 쿠라도는 두 부인을 그곳으로 불렀습니다. 두 부인은 모두 새로운 신부를 대단하게 환영하였고, 쿠라도가 도대체 어떻게 해서 잔노토를 딸과 결혼시키려는 너그러운 생각을 하게 되었는지 몰라 적잖이 놀랐습니다. 쿠라도의 말을 들었던 베리톨라 부인은 잔노토를 살펴보기 시작했고, 어떤 미지의 힘으로 자기 아들의 어렸을 때 얼굴이 기억났으니, 다른 말을 기다리지도 않고 두 팔을 벌리고 아들에게 달려갔

습니다. 어머니로서의 사랑과 넘치는 기쁨으로 그녀는 말을
한 마디도 할 수 없었고, 오히려 모든 감각이 닫혀 마치 죽은
듯이 아들의 팔에 쓰러졌습니다.

아들은 바로 그 성에서 여러 번 어머니를 보았는데도 전혀
알아보지 못했음을 알고 무척이나 놀랐지만, 그래도 곧바로
어머니의 냄새를 느꼈고, 지나간 자신의 무관심을 스스로 책
망하면서 어머니를 팔에 안고 눈물을 흘렸고, 부드럽게 입을
맞추었지요. 베리톨라 부인은 쿠라도의 아내와 스피나의 애
정 어린 도움을 받으면서 찬물과 다른 수단을 통해 잃어버렸
던 정신을 되찾은 다음 수많은 눈물과 달콤한 말과 함께 아들
을 다시 껴안았고, 모성애에 넘쳐 수천 번도 넘게 입을 맞추
었으며, 아들은 존경스럽게 계속 어머니를 바라보면서 입맞
춤을 받았습니다. 진솔하고 즐거운 환대가 서너 번이나 반복
된 다음[81] 주변에 있는 사람들의 커다란 즐거움과 기쁨과 함
께 둘은 서로 자신에게 일어난 모든 사건을 이야기했습니다.
쿠라도는 모두의 커다란 즐거움과 함께 자기 친구들에게 자
신이 만든 새로운 친척 관계를 이미 이야기했고 멋지고 성대
한 잔치를 준비하게 했으며, 주프레디는 그에게 말했습니다.

「쿠라도 님, 당신은 많은 것으로 저를 즐겁게 해주셨고 오
랫동안 제 어머니를 명예롭게 대우해 주셨습니다. 이제 당신
이 할 수 있는 일에 아무것도 남아 있지 않도록 당신에게 부
탁하오니, 제 동생을 불러오게 하시어 어머니와 저 그리고

81 원문은 〈poi che l'accoglienze oneste e liete fūro iterate tre e quattro
volte〉로, 단테의 『신곡』 「연옥」 7곡 1~2행의 표현을 그대로 반복하고 있다.

잔치를 즐겁게 해주십시오. 동생은 과스파리노 도리아 씨가 하인으로 집에 데리고 있는데, 제가 이미 당신에게 말씀드린 대로 그는 동생과 저를 해적 활동으로 붙잡았습니다. 그러니 이제 시칠리아에 사람을 보내시어 섬의 상태와 상황에 대해 충분한 정보를 얻고, 제 아버지 아리게토에 대해서도 아직 살아 계시는지 아니면 돌아가셨는지, 만약 살아 계신다면 어떤 상태인지 모든 것에 대해 충분하게 정보를 얻어 우리에게 돌아오게 해주십시오.」

쿠라도는 주프레디의 요구를 즐겁게 받아들였고 곧바로 사람들을 제노바와 시칠리아에 보냈습니다. 제노바로 간 사람은 과스파리노 씨를 찾았고, 쿠라도가 주프레디와 어머니에게 한 일을 자세하게 이야기하면서 스카차토와 유모를 보내 달라고 쿠라도를 대신하여 부탁했습니다. 과스파리노 씨는 그 말을 듣고 깜짝 놀라서 말했지요.

「나는 할 수 있는 한 쿠라도를 위하여 그분이 원하시는 모든 일을 할 것입니다. 나는 당신이 요구하는 소년과 그의 어머니를 벌써 14년 동안 집에 데리고 있는데, 기꺼이 그분에게 돌려드리지요. 하지만 나를 대신하여 그분에게 말해 주시오. 이제 자신을 주프레디라고 부르는 잔노토의 이야기를 지나치게 믿지 말라고 말이오. 그는 그분이 생각하시는 것보다 훨씬 사악하니까요.」

그렇게 말한 다음 그는 사절[82]를 잘 대접하게 하였고, 몰래

---

82 원문은 〈il valente uomo〉, 즉 〈훌륭한 사람〉이다.

유모를 불러 그런 사실과 관련하여 신중하게 조사했습니다. 유모는 시칠리아의 반란 소식을 들었고 아리게토가 살아 있다는 말을 들었으므로 전에 갖고 있던 두려움을 쫓아버리고 모든 것을 그에게 말하였고, 왜 자신이 그런 방식으로 행동했는지 그 이유를 설명했습니다. 과스파리노 씨는 유모의 말과 쿠라도의 사절의 말이 정확하게 일치하는 것을 보고 그 말을 믿기 시작했습니다. 그리고 매우 영리한 사람이었던 그는 그 사건에 대해 이런저런 방식으로 조사했는데, 점점 더 그것이 믿을 만한 사실이라는 것을 깨닫고 소년을 비천하게 대우한 것이 부끄러운 데다 아리게토가 누구인지 알고 있었기에, 거기에 대한 보상으로 열한 살 나이의 아름다운 자기 딸을 커다란 지참금과 함께 소년에게 아내로 주었습니다. 그리고 성대한 잔치를 벌인 다음 소년과 딸과 쿠라도의 사절과 유모와 함께 잘 준비된 배에 올라타고 레리치[83]로 갔으며, 거기에서 쿠라도의 영접을 받고 자신의 모든 일행과 함께 그곳에서 멀지 않은 쿠라도의 성으로 갔는데, 거기에는 성대한 잔치가 준비되어 있었지요.

자기 아들을 다시 만난 어머니의 기쁨은 어떠하였는지, 두 형제의 기쁨은 어떠하였는지, 충실한 유모에 대한 세 사람의 기쁨, 과스파리노 씨와 그의 딸에게 보여 준 모든 사람의 기쁨, 모든 사람에 대한 과스파리노 씨의 기쁨, 그리고 쿠라도와 그의 부인과 자식들과 친구들과 함께 모두의 기쁨이 어떠

---

83 Lerici. 이탈리아 북서부 해안의 작은 항구로 루니자나에서 멀지 않다.

하였는지 펜으로 쓰는 것은 물론이고 말로도 설명할 수 없을 것이니, 여인들이여, 여러분의 상상에 맡기겠습니다. 그런 기쁨이 더욱 완벽해지도록, 시작하시면 풍부하게 선물하시는 하느님께서는 아리게토 카페체의 삶과 좋은 상태에 대한 즐거운 소식을 덧붙여 주셨습니다.

그래서 성대한 잔치가 벌어지고 초대받은 남녀 모두가 식탁에서 아직 첫 번째 음식을 들고 있을 때 시칠리아에 갔던 사절이 도착하여 다른 무엇보다 아리게토와 관련하여 이야기했습니다. 아리게토는 카를로 왕에 의하여 카타니아[84]에서 감옥에 갇혀 있었는데, 섬에서 왕에게 반대하는 반란이 일어났을 때, 격분한 민중이 감옥으로 달려가 수비대원들을 죽이고 그를 구출하였고, 그가 카를로 왕의 주요 적이었기에 그를 자신들의 사령관으로 삼았고 그를 따라 프랑스인들을 쫓아내고 살해하였습니다. 그랬기 때문에 그는 피에트로 왕에게 최고의 은총을 받았으니, 왕은 그의 모든 재산과 모든 명예를 되찾게 해주었으며, 따라서 그는 위대하고 훌륭한 지위에 있다는 것이었어요. 거기에다 덧붙여 그는 체포된 후에는 어떻게 되었는지 전혀 모르고 있던 부인과 아들의 소식을 듣고 사절을 최고로 명예롭게 맞이하여 성대한 잔치를 베풀었고, 그 외에도 부인과 아들을 위하여 일부 귀족과 함께 쾌속선을 보냈으니, 지금 가까이 오고 있다는 것이었습니다.

사절은 커다란 즐거움과 기쁨 속에 환대받았고 모두 그의

84 Catania. 시칠리아에서 두 번째로 큰 도시로 동쪽 해안 에트나 화산의 기슭에 자리하고 있다.

말을 경청했습니다. 그리고 곧바로 쿠라도는 자기 친구 몇 명과 함께 베리톨라 부인과 주프레디를 위하여 오고 있는 귀족들을 만나러 가서 즐겁게 맞이했으며, 아직 중간에도 이르지 않은 잔치로 그들을 안내했습니다. 거기에서 베리톨라 부인과 주프레디, 그리고 그 외에 다른 모든 사람이 전혀 들어본 적 없을 만큼 즐겁게 그들을 맞이하였고, 그들은 먹기 위하여 앉기 전에 아리게토를 대신하여 그의 부인과 아들에게 베풀어 준 영광스러운 대접에 대해 쿠라도와 그의 부인에게 할 수 있는 한 최대의 감사를 드리고 인사를 전했으며, 아리게토는 자신이 할 수 있는 모든 방법으로 그들을 즐겁게 해 줄 것이라는 말을 전했습니다. 그런 다음 과스파리노 씨에게 그의 은혜를 예상하지 못했지만, 그가 스카차토에게 베푼 것을 아리게토가 알게 된다면 똑같은 감사와 최대한의 보상을 할 것이라고 말했습니다. 그런 다음 두 신부의 잔치에서 두 신랑과 함께 즐겁게 먹었습니다.

쿠라도는 사위와 다른 가족과 친척, 친구 들에게 단지 그날 하루만이 아니라 여러 날 잔치를 벌였습니다. 잔치가 끝나고 베리톨라 부인과 주프레디와 다른 사람들은 떠나야 할 때가 된 것 같았기에 많은 눈물과 함께 쿠라도와 부인과 과스파리노 씨에게 작별 인사를 하고 쾌속선에 올라탔고, 스피나를 데리고 출발하였습니다. 그리고 순풍을 받아 금세 시칠리아에 도착했고, 거기에서 아리게토는 아들들과 여인들을 모두 얼마나 큰 기쁨으로 맞이하였는지, 그것은 절대 말로 표현할 수 없을 것입니다. 그리고 그들은 모두 하느님의 종[85]으로서 받

은 은총에 감사를 드리면서 오랫동안 행복하게 살았다고 믿
습니다.]

일곱째 이야기

바빌로니아[86]의 술탄은 자기 딸 한 명을 알가르베[87]의 왕에게
결혼하도록 보내는데, 딸은 여러 가지 사건으로 4년 동안
남자 아홉 명의 손을 거치게 되지만, 마침내 처녀처럼
아버지에게 돌아가고, 처음처럼 알가르베의 왕에게 아내로 간다.

에밀리아의 이야기가 조금만 더 길어졌다면, 베리톨라 부
인에게 일어난 일에 대한 연민으로 젊은 여인들은 눈물을 흘
렸을 것입니다. 하지만 이야기가 끝나자 여왕은 판필로가 이
야기하기를 원하였고, 그리하여 순종적인 판필로는 이렇게
시작했습니다.

[정겨운 여인들이여, 우리는 우리에게 적합한 것을 알기
어려우니, 그로 인하여 우리가 종종 볼 수 있는 것처럼, 많은
사람이 만약 부자가 된다면 아무런 걱정 없이 편안하게 살
수 있으리라고 생각하여 하느님께 기도하며 요구할 뿐만 아

---

85 원문은 〈amici〉, 즉 〈친구〉이다.
86 첫째 날 셋째 이야기에서와 마찬가지로 이집트를 가리킨다.
87 Algarve. 원문은 〈가르보Garbo〉인데, 아프리카 북부의 지중해 연안과
이베리아반도의 그라나다 지역을 포함하는 이슬람 왕국이었다.

니라 어떤 노고나 위험도 당하지 않으면서 부자가 되려고 열렬하게 노력하였지요. 그런데 일단 부자가 되면 그 방대한 유산이 탐나 부자가 되기 전에는 그들의 삶을 사랑하던 사람이 그들을 죽이기도 했습니다. 또 어떤 사람은 낮은 신분에서 수많은 위험한 싸움을 통하여, 자기 형제들과 친구들의 피를 통하여 왕국의 최고 자리에 올라갔고,[88] 거기에 최고의 행복이 있다고 믿었는데, 그 자리는 무수한 걱정과 두려움으로 가득하다는 것을 보고 느끼며, 왕의 식사에서 자신이 황금 술잔의 독약을 마셨다는 것을 죽으면서 깨닫기도 했습니다. 육체적 힘과 아름다움, 특정한 장식물을 열광적인 욕망으로 원하던 많은 사람은, 그것이 자신의 죽음이나 고통스러운 삶의 원인이라는 것을 알고 나서야 잘못된 욕망이었음을 깨닫기도 하였지요.

그러니 인간의 모든 욕망에 대해 자세하게 말하지 않고 저는, 행운의 변천 속에서 사람이 온전히 현명하고 안전한 선택을 할 수는 없다고 주장합니다. 그러므로 만약 올바르게 행동하고 싶다면, 우리에게 필요한 것을 유일하게 알고 주실 수 있는 그분[89]이 선물하시는 것을 받고 소유하도록 해야 합니다. 그런데 남자들이 다양한 것을 원함으로써 죄를 짓는 것처럼, 우아한 여인들이여, 여러분은 특히 한 가지, 말하자면 아름다워지고 싶은 욕망에서 죄를 짓는데, 자연이 여러분에게 부여한 아름다움에 만족하지 못하고 아주 놀라운 기교

88 말하자면 왕이 되었다는 뜻이다.
89 하느님을 가리킨다.

로 아름다움을 증가시키려고 노력할 정도이니, 저는 어느 아름다운 사라센 여인이 얼마나 불행하였는지 자신의 아름다움 때문에 대략 4년 동안에 아홉 번이나 새로운 결혼을 하게 된 이야기를 하고 싶습니다.

그러니까 벌써 오래전에 베미네다브라는 이름을 가진 바빌로니아의 술탄이 있었는데, 당시에 거의 모든 일이 그가 원하는 대로 이루어졌습니다. 그의 많은 자녀 중에 알라티엘이라는 딸이 있었는데, 그녀를 본 사람들의 말에 의하면 당시 세상에서 가장 아름다운 여인이었답니다. 그런데 엄청나게 많은 아랍인의 공격에도 불구하고, 그들에게 커다란 패배를 안겨 주었을 때 알가르베의 왕이 놀라울 정도로 그를 도와주었기 때문에, 특별한 선물을 요구한 그에게 딸을 아내로 주었습니다. 그리고 명예로운 남녀 수행원들에다 고귀하고 풍부한 장신구들[90]과 함께 잘 무장되고 잘 장식된 배에 딸을 태워 왕에게 보내면서 신에게 맡겼습니다.

뱃사람들은 날씨가 아주 좋은 것을 보고 바람에 돛을 맡기고 알렉산드리아 항구를 떠나 며칠 동안 평온하게 항해하였고, 벌써 사르데냐섬을 지나 항해의 목적지에 가까이 도착한 것 같았을 때, 어느 날 갑자기 여러 방향에서 바람이 몰아쳤고, 그 바람들은 모두 매우 격렬했으니 공주[91]와 뱃사람들이 여러 번 포기할 정도로 배를 뒤흔들었습니다. 하지만 유능한 뱃사람들은 끝없는 바다에서 싸워 보았기에 모든 기술과 모

90 원문은 〈arnesi〉로, 옷들과 장신구들을 포괄적으로 가리킨다.
91 원문은 그냥 〈여자donna〉이다.

든 힘을 동원하면서 이틀 동안 버텼고, 폭풍이 시작된 지 벌써 사흘째 밤이 시작되었는데 폭풍은 그치지 않고 계속해서 더욱 거세졌으며, 어디에 있는지도 몰랐으니 어두운 밤에 하늘은 시커먼 구름으로 가득하여 눈으로 보거나 뱃사람들의 짐작으로도 전혀 알 수 없었으나, 마요르카[92]에서 멀지 않은 곳에서 그들은 배가 부서지는 것을 느꼈습니다.

그러자 살아남을 어떤 대책도 없는 것을 보고 모두 다른 사람은 상관없이 자기 자신만 생각하여 바다에 구명정을 던졌고, 부서진 배보다 구명정이 더 믿을 만하다고 생각한 지휘관들은 그 위로 몸을 던졌습니다. 그들을 뒤따라 배에 있던 모든 사람이, 먼저 구명정에 탄 사람들이 손에 칼을 들고 막는데도 불구하고 그 위로 뛰어내렸으니, 죽음을 피한다고 믿었는데 오히려 죽음으로 들어갔습니다. 악천후 때문에 구명정이 그 모든 사람을 견디지 못하고 물속으로 가라앉아 모두 죽었으니까요.

그리고 배는 비록 부서지고 이미 바닷물로 가득하였지만 격렬한 바람에 떠밀렸고,(배에는 공주와 시녀들 외에 아무도 남아 있지 않았고, 그녀들은 모두 바다의 폭풍과 두려움에 사로잡혀 마치 죽은 듯이 쓰러져 있었어요) 아주 빠른 속도로 달려가 마요르카섬의 바닷가에 부딪혔습니다. 얼마나 격렬하게 부딪혔는지 거의 배 전체가 모래밭에 처박혔는데, 돌멩이를 던지면 닿을 만큼 바닷가에서 가까웠고, 거기에서 이

---

92 Mallorca. 스페인 발렌시아 동쪽에 있는 지중해의 섬이다.

제 바람에 떠밀리지 않은 채 밤새도록 바다에 시달렸습니다. 날이 밝고 폭풍이 약간 잠잠해졌을 때 공주는 거의 반쯤 죽은 상태로 머리를 들었고, 허약해진 상태로 하녀들을 한 명씩 부르기 시작했지만 소용없었으니,[93] 불러 본 사람들이 너무 멀리 있었어요.

누가 대답하는 소리를 듣지 못하고 아무도 보지 못했기에 공주는 매우 놀라 커다란 두려움을 느끼기 시작했습니다. 그리고 최대한 몸을 일으켜서 자신을 수행한 여인들과 하녀들이 모두 쓰러져 있는 것을 보았고, 그래서 한 사람씩 이름을 부르면서 흔들어 보았으나 단지 몇 명만 감각이 있었습니다. 위장의 심한 고통과 두려움으로 대부분 죽었으니까요. 하지만 그래도 그곳에 완전히 혼자 있었으므로 결정을 내려야 할 필요성을 느꼈고, 어디에 있는지 모르고 알 수도 없었지만, 살아 있는 여자들을 격려하여 일어나게 했습니다. 그러나 남자들이 어디로 갔는지 그녀들도 모른다는 것을 알고, 배가 바닷물로 가득한 채 모래밭에 처박혀 있는 것을 보고 함께 고통스럽게 울기 시작했습니다.

벌써 아홉째 시간[94]이 되어 갈 무렵이었는데 바닷가나 다른 어디에도 자신들을 도와달라고 자비를 요청할 사람을 아무도 보지 못했습니다. 아홉째 시간이 되었을 무렵 페리코네다 비살고라는 귀족이 자기 소유지 한 군데를 방문하고 하인들과 함께 말을 타고 돌아가다가 우연히 그곳을 지나가게 되

---

93 원문은 〈per niente chiamava〉, 즉 〈헛되이 불렀으니〉이다.
94 대략 오후 3시이다.

었는데, 배를 발견하고 무슨 일이 일어났는지 곧바로 짐작했고, 하인 중 한 명에게 배 위로 올라가 보고 무엇이 있는지 자신에게 보고하라고 했습니다. 하인은 비록 힘들었지만 배 위로 올라갔고, 고귀한 여인이 몇몇 하녀와 함께 뱃머리의 굽어진 곳 아래에서 완전히 겁에 질려 숨어 있는 것을 발견했습니다. 여자들은 그를 보자 울면서 여러 번 자비를 요청하였지만, 그는 그녀들의 말을 이해하지 못하였고, 그녀들도 그가 말을 이해하지 못한다는 것을 깨닫고 몸짓으로 자신들의 재난을 설명하려고 노력했습니다.

하인은 가능한 한 자세하게 모든 것을 살펴보고 페리코네에게 배 위에 있는 것을 이야기했고, 페리코네는 곧바로 여자들과 배에서 아직 구할 수 있는 귀중한 물건들을 내리게 하여 함께 자신의 성으로 갔습니다. 그리고 음식과 휴식으로 여자들을 회복하게 했는데, 풍부한 장신구를 보고 여자가 매우 고귀한 여인이 분명하다는 것을 깨달았고, 다른 여자들이 단지 그녀에게만 정중하게 대하는 것을 보고 곧바로 그녀를 알아보았지요. 그리고 비록 당시에는 바다에 시달려서 창백하고 몸 상태가 아주 좋지 않았는데도, 페리코네에게 그녀의 용모는 매우 아름다워 보였고, 따라서 만약 그녀가 결혼하지 않았다면 곧바로 아내로 삼으리라 생각했고, 만약 아내로 삼을 수 없다면 그녀의 우정을 얻고 싶다고 생각했습니다.

페리코네는 강인한 모습에 아주 튼튼했는데, 며칠 동안 여인을 최대한 잘 보살피게 했고, 그리하여 그녀가 완전히 회복되자 모든 평가를 넘어 매우 아름다운 것을 보면서, 자신은 그녀를 이해하지 못하고 그녀는 자신을 이해하지 못하고, 따라서 그녀가 누구인지 알 수 없어 너무나 괴로웠습니다. 그런데도 그녀의 아름다움에 엄청나게 불타올랐기에 부드럽고 사랑스러운 몸짓으로 그녀를 저항 없이 자신의 즐거움으로 유인하려고 노력했습니다. 하지만 아무런 소용이 없었으니, 그녀는 그의 친밀함을 완전히 거부했고, 그러는 동안 페리코네의 열정은 더욱 불타올랐습니다.

그것을 본 공주는 벌써 거기에서 며칠 동안 거주했으므로 풍습을 통하여 자신이 그리스도인들 사이에 있으며, 거기에서는 자기가 누구인지 알려지게 되더라도 별로 도움이 되지 않는다는 것을 눈치채게 되었으니, 결국에는 무력이나 아니면 사랑으로 페리코네의 즐거움에 부응해야 하리라는 것을 깨닫고 고고한 정신으로 자신의 비참한 운명을 짓밟기로 결심했습니다. 그래서 단지 세 명밖에 남지 않은 하녀들에게 자신들의 자유에 명백한 도움을 받을 곳에 있는 경우를 제외하고 누구에게도 자신이 누구인지 절대로 밝히지 말라고 명령했고, 그 외에도 자신은 남편 외에 누구와도 즐기지 않기로 결심했다고 주장하면서 정조를 지키라고 최대한 부탁했습니다. 하녀들은 이에 대해 공주를 칭찬하였고, 그 명령을 최대한 지키겠다고 말했습니다.

페리코네는 원하지만 거부당하는 것을 계속 겪는 만큼 날이 갈수록 더욱 불타올랐는데, 자신의 유혹이 소용없는 것을 보고, 폭력은 마지막으로 미루고 계략과 술책을 사용하기로 결심했습니다. 공주는 자신의 종교[95]가 금지하여 포도주를 마시는 것에 익숙하지 않았는데도 포도주를 좋아하는 것을 몇 번 보았기 때문에, 포도주를 베누스의 봉사자로 삼아 그녀를 차지하려고 생각했지요. 그리고 그녀가 싫어해도 아무렇지 않은 척하면서, 어느 날 저녁 성대한 잔치처럼 멋진 저녁 식사를 준비하였고, 거기에 그녀도 왔습니다. 많은 것으로 식사는 즐거웠고, 그는 공주의 시중을 드는 자에게 여러 가지 포도주를 뒤섞어 그녀에게 마시도록 주라고 명령했습니다. 그는 훌륭하게 그렇게 했고, 공주는 거기에 별로 주의하지 않고 포도주의 즐거움에 이끌려 자신의 정숙함에 필요한 것 이상으로 마셨어요. 그리하여 지나간 역경을 잊고 여자 몇 명이 마요르카식으로 춤을 추는 것을 보고, 자신은 알렉산드리아식으로 춤을 추었습니다.

그것을 보고 페리코네는 원하는 것에 가까이 도달한 것 같았기에 음식과 포도주를 더 풍부하게 계속 제공하면서 밤늦도록 식사를 오래 끌었습니다. 마침내 초대받은 사람들이 떠났고, 그는 공주와 단둘이 방으로 들어갔지요. 공주는 정숙함의 절제보다 포도주 때문에 더웠는지 마치 페리코네가 자기 하녀 중 하나인 것처럼 아무런 부끄러움 없이 그의 앞에서 옷을 벗고 침대로 들어갔습니다. 페리코네도 지체하지 않고 그녀를 뒤따라 모든 불을 끈 다음 곧바로 한쪽 옆에 누웠고, 아무 저항도 하지 않는 그녀를 팔에 껴안고 그녀와 함께 사랑의 즐거움을 즐기기 시작했습니다. 그것을 느끼고 나서

95 원문은 〈legge〉, 즉 〈율법〉, 〈법률〉이다.

공주는 남자들이 어떤 뿔로 들이받는지 전에는 전혀 알지 못하였기에, 마치 페리코네의 유혹에 동의하지 않은 것을 후회하듯이, 그렇게 달콤한 밤으로 초대받기를 더는 기다리지 않고 종종 그녀 자신이 그를 초대하였으니, 말로는 서로 이해하지 못했으므로 몸짓으로 그랬습니다.

페리코네와 공주의 그런 커다란 즐거움에 운명은 왕의 왕비가 되어야 할 그녀를 영주[96]의 연인으로 만든 것에 만족하지 않고 그녀 앞에 더 잔인한 사랑을 준비했답니다. 페리코네에게는 스물다섯 살 나이의 동생이 있었는데, 장미처럼 신선하고 아름다운 그의 이름은 마라토였습니다. 그는 공주를 보고 무척 마음에 들었고, 그녀의 행동으로 보아 자신의 호의를 좋아한다고 생각했고, 페리코네가 철저하게 감시하고 있는 것을 제외하면 그녀에 대한 욕망을 방해하는 것은 전혀 없다고 판단하고 잔인한 생각에 잠겼으니, 그런 생각에 망설임 없이 악랄한 결과가 뒤따랐습니다. 당시 우연히도 도시의 항구에는 로마니아[97]에 있는 글라렌차[98]로 가기 위하여 화물을 가득 실은 배가 있었는데, 제노바 사람 두 명이 선주였고, 순풍이 불면 출항하려고 벌써 돛을 올리고 있었으므로, 마라

---

96 원문은 〈castellan〉, 즉 〈성주(城主)〉이다.

97 로마니아Romania는 비잔티움 제국 또는 동로마 제국을 가리킨다. 공식적인 이름은 고대 로마 제국의 전통을 이어받는다는 의미에서 〈로마 제국〉(그리스어로는 바실레이아 로마이온Βασιλεία Ῥωμαίων)이었고, 일반적으로 로마니아(그리스어로는 Ῥωμανία)라고 불렸다.

98 글라렌차Γλαρέντζα(이탈리아어 이름은 키아렌차Chiarenza)는 중세에 그리스 펠로폰네소스반도의 서쪽 끝에 있었던 항구 도시로 지금은 유적만 남아 있다.

토는 선주들과 만났고, 밤에 그들이 자신과 공주를 받아 주도록 조치했습니다.

그렇게 한 다음 밤이 되자 해야 할 일을 처리하고 자신에 대해 전혀 경계하지 않던 페리코네의 집으로, 하려는 것을 미리 요청한 자신의 신뢰하는 동료 몇 명과 함께 몰래 들어갔고, 미리 정해 놓은 계획에 따라 집 안에 숨었습니다. 그리고 밤이 어느 정도 지난 뒤 마라토는 동료들과 함께 페리코네가 공주와 함께 자고 있던 방으로 가서 문을 열고 자고 있던 페리코네를 죽인 뒤 잠에서 깨어 울고 있는 공주를 시끄럽게 하면 죽이겠다고 위협하여 데리고 갔습니다. 그리고 페리코네의 가장 귀중한 것을 상당히 많이 갖고 들키지 않은 채 곧바로 항구로 갔고, 거기에서 마라토와 공주는 배에 올라탔고, 동료들은 돌아갔습니다. 시원한 순풍이 불었으니 뱃사람들은 항해를 위하여 돛을 올렸습니다.

공주는 자신의 첫 번째 불행과 이 두 번째 불행에 대하여 쓰라리게 무척 괴로워했지만, 마라토가 하느님께서 주신 거룩한 〈손안의 크레시〉[99]와 함께 그녀를 얼마나 잘 위로하기 시작했는지, 그와 함께 자신을 잊고 페리코네도 잊었습니다.

---

99 원문은 〈Cresci-in-man〉인데, 직역하면 〈손안에서 커지는 것〉으로 남자의 성기를 우스꽝스럽게 빗댄 표현이다. 이와 대조적으로 이 이야기 마지막 부분에서 알라티엘은 〈발카바 안의 크레시Cresci-in-Valcava〉에 대해 말하는데 〈오목한 계곡 안에서 커지는 것〉을 암시한다. 하지만 이것은 단순한 말장난이 아니라, 실제로 피렌체 북동쪽 무젤로 계곡에는 크레시 성인의 순교를 기리는 성소(聖所)가 있는 〈산 크레시 인 발카바San Cresci in Valcava〉라는 지역이 있다.

그리고 벌써 그녀에게 잘 지내는 것처럼 보였을 때 운명은 마치 과거의 불행에 만족하지 못한 것처럼 새로운 불행을 준비했습니다.

여러 번 말했듯이 공주는 용모도 매우 아름답고 행동도 칭찬받을 만했기에 배의 선주 두 사람도 그녀를 사랑하게 되었고, 다른 모든 것을 잊고 마라토가 눈치채지 못하게 언제나 조심하면서 그녀에게 봉사하고 그녀의 마음에 들려고 노력했지요. 그리고 두 사람은 서로의 그런 사랑을 눈치채고 거기에 대해 비밀리에 함께 이야기했으며, 그 사랑의 대상을 함께 공유하자고 합의했지요. 마치 물건이나 이익을 나누듯이 그렇게 사랑을 나눌 수 있는 것처럼 말입니다. 그런데 마라토가 공주를 잘 감시하고 있어서 자신들의 의도에 방해가 된다는 것을 알았지만, 어느 날 돛을 활짝 펼치고 배가 아주 빠르게 가고 있는 동안 마라토가 뱃머리에 서서 바다를 바라보고 있으면서 그들에 대해 전혀 조심하지 않는 것을 보고, 두 사람은 동시에 다가가 뒤에서 재빨리 그를 붙잡아 바다에 던져 버렸습니다. 그리고 1마일 이상 멀어질 때까지 아무도 깨닫지 못한 채 마라토는 바다에 떨어져 있었지요. 그 소식을 듣고 공주는 그를 구할 방법이 없다는 것을 보고 배 위에서 새롭게 괴로워하기 시작했습니다.

그녀를 사랑하는 두 선주는 공주를 위로하기 위해 곧바로 왔고, 비록 그녀가 잘 알아듣지 못했지만 달콤한 말과 커다란 약속으로, 마라토를 잃은 것보다 자신의 불행을 슬퍼하고 있는 그녀를 달래려고 노력했습니다. 그리고 오랫동안 여러 번 그녀를 설득한 끝에 그녀가 거의 평온해진 것처럼 보이자, 자기들끼리 누가 먼저 그녀를 데리고 가서 잘 것인지 논의하게 되었습니다. 그런데 각자 먼저 하고 싶은데 자기들끼리 어떤 합의도 찾을 수 없었으므로 처음에는 말로 심각하고 격렬한 다툼이 시작되었고, 다음에는 분노에 불타올라 손에 칼을 들고 광폭하게 서로 맞붙었는데, 배 위에 있는 사람들이 두 사람을 떼어 놓을 수 없었기 때문에 서로 많이 찔렀고, 곧이어 둘 중 하나가 죽어 쓰러졌고, 다른 하나는 몸의 여러 곳에 심각한 상처를 입었으나 목숨은 붙어 있었습니다. 그것에 공주는 무척 마음이 아팠으니, 누구의 충고나 도움도 없이 배에 혼자 있었고, 두 선주의 친척들과 친구들이 자신에게 분노를 돌릴까 두려웠기 때문이지요. 하지만 부상한 선주의 부탁과 곧이어 클라렌차에 도착한 것이 그녀를 죽음의 위험에서 구해 주었습니다.

클라렌차에서 공주는 부상한 선주와 함께 상륙하였고 함께 어느 여관에서 머물렀는데, 그녀의 대단한 아름다움에 대한 소문이 곧바로 도시에 퍼졌고, 당시 클라렌차에 있던 모레아[100] 군주의 귀에 들어가게 되었습니다. 그리하여 군주는 공주를 보고 싶었기에 만나 보았는데, 소문이 전하는 것보다 훨씬 더 아름다워 보였으니, 다른 것을 생각할 수 없을 정도로 열렬히 사랑하게 되었고, 어떻게 해서 그곳에 오게 되었는지 듣고 나서 그녀를 차지할 수 있다고 생각했지요. 그래

100 모레아Morea는 십자군과 베네치아 사람들이 12세기부터 그리스 남부의 펠로폰네소스반도를 부르던 이름으로 14세기에는 일종의 군주국이었다.

서 방법을 찾고 있는데, 부상한 선주의 친척들이 그 사실을 알고 다른 것을 기다리지 않고 곧바로 공주를 군주에게 보냈습니다. 그것은 최고로 군주의 마음에 들었고 공주에게도 그랬으니, 커다란 위험에서 벗어난 것처럼 보였기 때문이지요.

군주는 그녀가 아름다울 뿐 아니라 왕실의 풍습을 갖추고 있는 것을 보고 누구인지 달리 알 수 없었지만 고귀한 여인이 틀림없다고 생각했고, 따라서 그녀에 대한 사랑이 배가되어 아주 명예롭게 해주었으니, 연인으로서가 아니라 마치 자기 아내처럼 대우했습니다. 그런 이유로 공주는 과거의 불행을 전혀 생각하지 않고 아주 잘된 것처럼 보였으므로 완전히 위로받고 즐거워졌으며, 그런 만큼 그녀의 아름다움은 활짝 피어났으니, 로마니아 전역에서 그 외에 다른 이야깃거리는 전혀 없는 것 같았습니다. 그로 인하여 군주의 친척이자 친구인 젊고 아름답고 건장한 몸집의 아테네 공작은 공주를 보고 싶은 욕망을 느꼈고, 이따금 그러했듯이 군주를 방문한다는 핑계로 멋지고 영광스러운 수행원들과 함께 클라렌차로 갔고, 거기에서 커다란 잔치와 함께 명예로운 환대를 받았습니다. 그리고 며칠 뒤 두 사람은 공주의 아름다움에 대하여 말하게 되었고, 공작은 사람들이 말하는 것처럼 그렇게 놀라운 일이냐고 물었습니다. 그러자 군주는 대답했어요.

「그 이상이지. 하지만 거기에 대해서는 내 말보다 자네의 눈이 더 믿음직하겠지.」

그 말에 공작은 군주를 부추겨 함께 공주가 있는 곳으로 갔고, 공주는 그들이 온다는 것을 미리 통보받았으므로 즐거운 얼굴로 매우 정중하게 맞이했습니다. 그리고 둘 사이 가운데에 앉았으나 그녀는 그들의 언어를 거의 또는 전혀 이해하지 못했기에 함께 이야기하는 즐거움을 얻을 수 없었습니다. 그래서 그들은 마치 경이로운 것을 보듯이 각자 그녀를 바라보았고, 특히 공작이 그랬으니 그녀가 사람이라는 것을 믿을 수 없을 정도였습니다. 그렇게 바라보는 동안 자신도 모르게 사랑의 독약을 눈으로 마셨고, 그녀를 바라보는 것으로 자신의 즐거움을 충족시킨다고 믿었지만 자기 자신이 올가미에 걸려 그녀를 열렬히 사랑하게 되었습니다. 군주와 함께 공주와 헤어진 다음 자기 혼자 생각할 수 있는 여유를 가지게 되자 공작은, 자기 즐거움을 위하여 그렇게 아름다운 여인을 데리고 있는 군주가 다른 누구보다 행복하다고 생각했고 여러 가지 많은 생각을 했는데, 자신의 정직함보다 불타는 사랑에 더 짓눌렸고, 그래서 미래에 어떤 일이 일어나든, 군주에게서 그 행복을 빼앗아 자기 자신을 행복하게 만들려고 작정했습니다.

그리고 일을 서두르고 싶은 마음이었기에 모든 이성과 정의로움을 한쪽에 제쳐 두고 생각을 계략에 집중하였고, 사악한 계획에 따라 추리아치라는 군주의 아주 내밀한 하인과 함께 자기 말들과 물건들을 준비하여 떠날 수 있게 하였고, 이튿날 밤 동료 한 명과 함께 모두 무장한 채 앞에서 말한 추리아치를 통해 군주의 방으로 몰래 들어갔습니다. 공주는 자고 있었지만, 군주는 심한 더위 때문에 완전히 벌거벗은 채 바다 쪽으로 난 창문 옆에서 바다에서 불어오는 바람을 쐬고 있었지요. 그래서 자기 동료에게 해야 할 일을 미리 알려 주었기에, 소리 없이 방을 가로질러 창가로 갔고 칼로 군주의 옆구리를 찔러 맞은편으로 관통하게 했고, 곧바로 붙잡아 창문 밖으로 던져 버렸습니다. 궁전은 바다 위로 아주 높이 있었으며, 당시 군주가 내다보고 있던 창문 아래에 있는 몇몇 집들은 바다의 파도[101]에 무너졌기 때문에 드나드는 사람이 전혀 없거나 아주 드물었습니다. 따라서 공작이 예상한 것처럼 군주가 떨어지는 것을 아무도 보지 못했고 듣지도 못했습니다.

공작의 동료는 그렇게 된 것을 보고 곧바로 그럴 목적으로 가져온 밧줄로 마치 쓰다듬는 척하면서 추리아치의 목을 감았고, 추리아치는 아무 소리도 낼 수 없었습니다. 그리고 공작도 가세하여 목을 졸랐고, 군주를 던진 곳으로 그도 던졌지요. 그렇게 하고 나서 공주나 다른 사람이 전혀 알아채지 못했다는 것을 분명하게 확인한 다음, 공작은 손에 등불을 들고 침대 위로 가져갔고, 소리 없이 이불을 걷고 깊이 잠들어 있는 공주의 전신을 드러냈고, 그녀의 몸을 바라보면서 정말로 감탄하였으니, 옷을 입은 모습도 마음에 들었는데 벌거벗은 모습은 비교할 바 없이 더 마음에 들었습니다. 그래서 더욱 뜨거워진 욕망에 불붙어 조금 전 자기가 저지른 범죄에도 놀라지 않고 아직도 피에 젖은 손으로 그녀 옆으로 들어갔고, 완전히 잠들어 그가 군주라고 믿는 그녀와 누웠습니다. 하지만 커다란 즐거움과 함께 공주와 머문 다음 일어

101 원문은 〈impeto〉, 즉 〈충격〉이다.

나서 자기 동료 몇 사람을 그곳으로 불렀고, 아무 소리도 낼수 없게 공주를 붙잡아서 들어왔던 비밀 문을 통하여 데리고 나가 말에 태웠고, 가능한 한 조용하게 자기 수행원들과 함께 떠나 아테네로 돌아갔습니다. 그러나 아내가 있었으므로 아테네로 가지 않고 도시에서 조금 떨어진 바닷가에 있는 멋진 별장으로 커다란 슬픔에 잠겨 있는 공주를 데려갔고, 거기에 몰래 숨겨 둔 채 필요한 것을 명예롭게 대접했습니다.

다음 날 아침 군주의 궁정인들은 아홉째 시간까지 군주가 일어나기를 기다렸지만, 아무 소리도 들리지 않자 닫혀 있던 방의 문을 열었는데 아무도 보이지 않았기에 아마 군주가 아름다운 공주와 며칠 동안 즐겁게 지내기 위하여 몰래 어딘가로 갔을 것으로 생각하여 더 걱정하지 않았습니다. 그랬는데 다음 날 어느 미친 사람이 군주와 추리아치의 시신이 있는 폐허 사이로 들어갔다가 밧줄을 잡고 추리아처를 끌어내 뒤에다 끌고 갔습니다. 많은 사람이 커다란 놀라움 속에 추리아치를 알아보았고, 미친 사람을 달래어 그를 끌어낸 곳으로 안내하게 했고, 도시의 모두에게 슬픈 일이지만 거기에서 군주의 시체를 발견하여 명예롭게 매장했습니다. 그리고 그런 엄청난 범죄의 범인들을 조사하면서 아테네 공작이 몰래 떠나고 없다는 것을 발견하였고, 실제로 그랬듯이 그가 그런 짓을 저지르고 공주를 데려갔다고 판단했습니다.

그리하여 그들은 곧바로 죽은 군주의 동생을 군주로 추대하였고, 모든 능력을 다하여 복수하라고 그를 부추겼습니다. 새로운 군주는 여러 가지를 통하여 그들이 상상한 일이 맞음

을 확인한 다음 여러 곳의 친구들과 친척들과 하인들을 불러
곧바로 크고 멋지고 강력한 군대를 조직했으며, 아테네 공작
과 전쟁을 벌이기 위하여 출발했습니다. 공작은 그 소식을
듣고 방어하기 위하여 마찬가지로 자신의 모든 군대를 준비
시켰고, 그를 도와주기 위하여 많은 사람이 왔는데, 그중에
는 콘스탄티노폴리스의 황제가 보낸 아들 콘스탄초[102]와 조
카 마노벨로가 크고 멋진 군대와 함께 있었고, 그들은 공작
과 특히 공작 부인으로부터 명예로운 환대를 받았으니 바로
누이[103]였기 때문이지요.

　날이 갈수록 상황이 전쟁에 가까워지면서 공작 부인은 적
당한 기회를 보아 두 사람을 모두 자기 방으로 불렀고, 많은
눈물과 많은 말로 모든 것을 이야기했으니, 전쟁의 원인과
공작이 몰래 숨겨 놓고 있는 여자 때문에 자기를 모욕한 것
에 관하여 설명했고, 그것에 대해 크게 괴로워하며 공작의
명예와 자신의 위안을 위하여 가능한 한 최상의 대책을 마련
해 달라고 간청했습니다. 청년들은 일이 어떻게 되었는지 알
고 있었고, 따라서 너무 많이 질문하지 않고 최대한 공작 부
인을 위로하였고, 좋은 희망을 심어 주었으며, 그녀에게서
공주가 어디에 있는지 정보를 얻고 출발하였습니다. 그리고
공주의 경이로운 아름다움을 칭찬하는 말을 여러 번 들었으

---

102 그리스어나 라틴어 이름으로 〈콘스탄티노스〉 또는 〈콘스탄티누스〉
로 표기할 수 있겠으나, 실존 인물이 아니므로 이탈리아어 이름으로 표기한
다. 이하 다른 이름들도 마찬가지이다.
103 원문은 〈그들의 누이〉인데, 정확한 관계는 알 수 없다.

므로 그녀를 보고 싶었고 공작에게 보여 달라고 부탁하였지요. 공작은 공주를 자신에게 보여 준 군주에게 어떤 일이 일어났는지는 잊어버리고 그러겠다고 약속했고, 공주가 거주하고 있던 별장의 아름다운 정원에 대단한 식사를 준비하도록 했고, 이튿날 아침 몇몇 동료와 두 사람을 데리고 그녀와 함께 식사하러 갔습니다.

그리고 콘스탄초는 함께 앉아 경이로움에 가득하여 공주를 바라보기 시작했고, 그렇게 아름다운 여인은 본 적이 없다고 속으로 생각하면서, 무엇보다 그렇게 아름다운 여인을 차지하기 위하여 배신이나 다른 부정직한 일을 저지른 공작은 분명히 용서받을 수 있다고 생각했습니다. 한 번 또 한 번 바라보면서 모든 여인보다 그녀를 칭찬하였으니, 공작에게 일어난 것과 똑같은 일이 그에게 일어났습니다. 그리하여 사랑에 빠진 채 떠났고, 전쟁에 대한 모든 생각을 내팽개치고 어떻게 하면 공작에게서 그녀를 빼앗을 수 있을까 생각하는 데 몰두했지만, 누구에게도 자기 사랑을 완전히 감추었어요.

하지만 그가 그러한 불꽃 속에서 타오르는 동안 벌써 공작의 영토에 가까이 다가온 군주에 대항하여 전쟁에 나가야 할 때가 되었고, 그래서 공작과 콘스탄초와 다른 모든 사람은 주어진 명령에 따라 아테네에서 나가 군주가 앞으로 더 전진하지 못하도록 경계선에서 대적하려고 했습니다. 그리고 거기에서 며칠 동안 머무르면서 콘스탄초의 마음과 생각은 언제나 공주에게 가 있었으니, 지금은 공작이 옆에 있지 않으므로 자신의 즐거움을 잘 실현할 수 있으리라고 상상하면서,

아테네로 돌아가기 위한 구실을 찾으려고 몸이 심하게 아픈 척했습니다. 그리하여 공작의 허락을 얻어 자신의 모든 지휘권을 마노벨로에게 맡기고 아테네의 누이에게로 갔고, 며칠 뒤 공작의 숨겨 둔 공주로 인해 누이가 받은 모욕에 대해 말하면서, 만약 원한다면 자신이 공주를 지금 있는 곳에서 끌어내 데려감으로써 그녀를 도와줄 수 있다고 말했습니다. 공작 부인은 콘스탄초가 공주를 위해서가 아니라 자신을 위해 그렇게 한다고 생각하여 자기는 무척 좋다고 말했습니다. 다만 자기가 그런 일에 동의했다는 것을 공작이 전혀 모르게 한다는 조건으로 말입니다. 그것을 콘스탄초는 충분하게 약속했고, 그래서 공작 부인은 그가 최선이라고 생각하는 대로 하라고 동의했습니다.

콘스탄초는 비밀리에 날렵한 배 한 척을 무장하게 하여 어느 날 저녁 공주가 거주하는 별장의 정원 근처로 보냈고, 배에 타고 있던 부하들에게 해야 할 일을 알려 준 다음 곧이어 다른 부하들과 함께 공주가 있는 별장으로 갔고, 공주에게 봉사하는 사람들과 공주의 즐거운 환영을 받았습니다. 공주는 그와 함께 자기 하인들과 콘스탄초의 동료들이 뒤따르는 가운데 그의 바람대로 정원으로 갔지요. 그러자 콘스탄초는 마치 공작을 대신하여 공주에게 할 말이 있는 것처럼 그녀와 함께 단지 바다로만 통하는 문을 향하여 갔고, 문은 그의 동료 중 하나가 벌써 열어 두었기에 거기에서 신호하여 배를 불렀고, 곧바로 공주를 붙잡아 배에 태우면서 공주의 하인들에게 말했습니다.

「만약 죽고 싶지 않다면 누구도 움직이거나 말하지 마라. 나는 공작에게서 공주를 빼앗으려는 것이 아니라, 공작이 내 누이에게 가하는 모욕을 없애려고 하니까.」

그 말에 누구도 감히 대답하지 못했고, 그리하여 콘스탄초는 부하들과 함께 배에 올라 울고 있는 공주 곁으로 다가갔으며, 노를 저어 떠나라고 명령했습니다. 부하들은 노를 젓는 것이 아니라 거의 날아갔으니 이튿날 날이 밝을 무렵 아이기나[104]섬에 도착하였습니다. 거기에 상륙하여 쉬면서 콘스탄초는 자신의 불행한 아름다움을 한탄하는 공주와 함께 즐겼고, 그런 다음 다시 배에 올라타 며칠 안에 키오스[105]섬에 도착했으며, 아버지의 꾸중이 두렵고 빼앗은 공주를 다시 빼앗기지 않을까 두려워 안전한 장소에 머물고 싶었습니다. 거기에서 아름다운 공주는 자기 불행을 슬퍼했지만, 결국 다른 때에 그랬듯이 콘스탄초의 위로를 받으면서 운명이 자기 앞에 마련해 둔 것에서 즐거움을 얻기 시작했습니다.

상황이 그렇게 진행되는 동안, 당시 튀르키예 사람들의 왕으로 황제와 끊임없이 전쟁을 벌이고 있던 오스베크가 그 무렵 우연하게도 스미르나[106]에 있었는데, 콘스탄초가 빼앗아 온 여자와 함께 아무런 방어 조치도 없이 키오스섬에서 음란

104 아이기나Αίγινα는 아테네에서 남서쪽으로 약 30킬로미터 떨어진 섬이다.
105 키오스Χίος는 에게해에 있는 그리스의 섬으로 튀르키예 서쪽 해안에서 7킬로미터 정도 떨어져 있다.
106 현재는 튀르키예의 이즈미르로 아나톨리아의 서쪽 에게해 근처에 있다.

한 생활에 빠져 있다는 소식을 듣고 어느 날 밤 무장한 배 몇 척과 함께 그곳으로 갔고, 소리 없이 부하들과 함께 도시로 들어가 적이 기습했다는 것을 깨닫기도 전에 침대에 있던 많은 사람을 붙잡았고, 잠에서 깨어나 무기로 달려간 사람들을 죽이고 도시 전체를 불태운 다음 전리품과 포로들을 배에 태우고 스미르나로 돌아갔습니다. 스미르나에 도착한 오스베크는 젊은 사람이었는데 전리품을 다시 조사하면서 아름다운 공주를 발견했고, 그녀가 콘스탄초와 함께 침대에서 잠을 자다가 붙잡혔다는 것을 알고 바라보면서 무척 만족스러웠습니다. 그리고 전혀 망설이지 않고 자기 아내로 삼아 결혼식을 거행하였고, 그녀와 함께 몇 달 동안 즐겁게 잠자리를 가졌습니다.

황제는 그런 일이 일어나기 전에 카파도키아[107]의 왕 바사노와 협상을 벌였으니, 그가 자신의 군대와 함께 한쪽에서 오스베크를 공격하러 내려오고, 자신은 자기 군대와 함께 다른 쪽에서 공격하기 위한 것이었지만, 아직 협상이 완전하게 결정되지 않았었지요. 바사노의 요구 몇 가지가 마음에 들지 않았기 때문인데, 아들에게 일어난 소식을 듣고 엄청나게 괴로운 나머지 전혀 망설이지 않고 카파도키아 왕이 원하는 대로 했으니, 그에게 가능한 한 빨리 내려와 오스베크를 공격하라고 재촉하면서 자신도 다른 한쪽에서 공격을 준비했습니다. 그 소식을 들은 오스베크는 군대를 소집하여 아주 강

107 Cappadocia. 고대부터 튀르키예 아나톨리아의 중동부 지방을 일컫는 이름이었다.

력한 두 군주 사이에서 협공당하기 전에 카파도키아 왕에게 대적하러 나가면서, 자신의 아름다운 여인을 친구이자 충실한 하인이 보호하도록 스미르나에 남겨 두었습니다. 그리고 카파도키아 왕과 잠시 대적하다가 결국 전투에서 죽었고, 그의 군대는 패배하여 흩어져 버렸습니다.

그리하여 승리한 바사노는 스미르나를 향하여 자유롭게 내려오기 시작했고, 모든 사람이 승리자로서 그에게 복종했습니다. 아름다운 공주를 보호하고 있던 오스베크의 하인은 안티오코였는데, 나이가 들었는데도 불구하고 그렇게 아름다운 여인을 보고는 친구이자 군주에 대한 믿음을 간직하지 못하고 그녀를 사랑하게 되었지요. 그리고 그는 공주의 언어를 알고 있었으니(그것은 공주에게도 무척 기뻤는데, 몇 년 동안이나 마치 귀머거리이자 벙어리처럼 다른 사람의 말을 이해할 수도 없고 자신의 말도 이해되지 못한 채 살아야 했기 때문이지요) 사랑에 이끌려 며칠 동안 공주를 아주 친절하게 대하기 시작했고, 얼마 지나지 않아 군대를 이끌고 전쟁에 나가 있는 자기 군주에 대한 존중도 없이 두 사람은 우정의 친밀함을 넘어 사랑의 친밀함을 갖게 되어 이불 아래에서 서로가 서로에게서 놀라운 즐거움을 얻기 시작했습니다.

하지만 오스베크가 패배하여 죽고 바사노가 모든 것을 장악하며 오고 있다는 소식을 듣자 두 사람은 기다리지 않기로 결정했고, 오스베크의 귀중품 상당수를 가지고 몰래 함께 로도스[108]섬으로 갔는데, 거기에서 머문 지 얼마 지나지 않았을 때 안티오코는 죽을병에 걸렸지요. 그는 우연하게도 자신의 가장 소중한 친구로 무척 사랑하던 키프로스 출신 상인의 집에 유숙하고 있었는데, 죽음이 임박했음을 느끼고 자기 물건과 사랑하는 여인을 그에게 남겨 주고 싶었습니다. 그래서 이미 죽음에 가까워진 그는 두 사람을 불러 이렇게 말했습니다.

「나는 이제 틀림없이 죽을 것 같은데, 몹시 괴롭군. 지금만큼 사는 것이 즐거웠던 적이 없었으니까. 사실 한 가지에 대해서는 아주 만족하며 죽을 거야. 왜냐하면 나는 죽으면서 세상의 다른 무엇보다 내가 사랑하는 두 사람의 팔에, 그러니까 사랑하는 친구여, 자네와 나 자신보다 더 사랑한 이 여인의 팔에 안겨 죽을 테니까 말이네. 내가 죽으면 이 여인은 여기에 이방인으로 아무런 도움이나 조언 없이 남아 있으리라는 것을 생각하면 정말로 가슴이 아프네. 만약 자네가 나를 위하여 이 여인을 나 자신보다 더 잘 보살펴 주리라고 내가 느끼지 않는다면, 더더욱 가슴이 아플 거야. 그러니까 가능한 한 간곡하게 자네에게 부탁하니, 내가 죽으면 내 물건과 이 여인을 자네에게 맡길 테니까, 내 영혼에 위로가 된다고 생각하는 일을 내 물건과 이 여인에게 해주게. 그리고 사랑하는 여인이여, 당신에게 부탁하니, 내가 죽은 뒤에 나를 잊지 마오. 내가 자연이 만든 가장 아름다운 여인의 사랑을 이승에서 받았다고 저승에서 자랑할 수 있도록 말이오. 만약

---

108 로도스Ρόδος는 에게해 남동쪽 튀르키예에 가까운 섬이다.

이 두 가지에 대해 그대들이 나에게 확실한 희망을 준다면, 나는 아무런 걱정 없이 위로받고 갈 것이네.」

그 말을 듣고 친구 상인과 공주는 똑같이 울었고, 그가 말을 마치자 그를 위로했으며, 만약 그가 죽게 되면 부탁한 것을 충실하게 이행하겠다고 약속했습니다. 그는 얼마 지나지 않아 죽었고, 둘은 그를 명예롭게 매장했습니다. 그리고 며칠 뒤 키프로스 상인은 로도스섬에서 할 일을 모두 마무리하고 거기에 있던 카탈루냐[109] 사람들의 화물선을 타고 키프로스로 돌아가려고 하면서, 아름다운 여인에게 자신은 키프로스로 돌아가야 하는데 어떻게 하고 싶은지 물었습니다. 공주는 만약 그가 좋다면 기꺼이 그와 함께 가겠다고 대답했지요. 안티오코에 대한 사랑으로 그에게서 누이처럼 대접받고 보호받기를 바랐으니까요.

상인은 그녀를 즐겁게 해줄 수 있게 되어 만족한다고 대답했고, 키프로스에 도착하기 전에 그녀에게 일어날 수 있는 모든 모욕으로부터 그녀를 보호하기 위하여 그녀가 자기 아내라고 말했습니다. 그리고 배에 올라 뱃머리의 조그마한 방을 배당받았고, 행동이 말과 어긋나지 않도록 그녀와 함께 아주 작은 침대에서 잤습니다. 그랬기 때문에 로도스섬에서 떠날 때만 해도 각자 서로에게 전혀 의도하지 않았던 일이 일어났으니, 어둠과 침대의 편안함과 따뜻함이 주는 작지 않은 힘에 자극받아 죽은 둘은 안티오코의 우정과 사랑을 잊고

109 Cataluña. 이베리아반도 스페인 북동부의 지역이다.

거의 똑같은 욕망에 이끌려 함께 서로를 자극하기 시작했고, 키프로스의 파포스[110]에 도착하기 전에 서로 살을 섞었으며,[111] 파포스에 도착한 다음에는 오랫동안 상인과 함께 머물렀습니다.

그런데 우연히 파포스에 안티고노라는 귀족이 일을 보러 오게 되었는데, 그는 나이가 많고 지혜도 많았으나 키프로스 왕을 섬기며 많은 일을 하면서 행운이 따라주지 않았기에 큰 부자는 아니었습니다. 어느 날 그는 아름다운 공주가 살던 집 앞으로 지나가게 되었는데, 키프로스 상인은 상업을 위하여 아르메니아[112]에 가 있었고, 우연하게도 그 집 창문에서 그녀를 보게 되었지요. 그녀가 무척 아름다웠기 때문에 뚫어지게 응시하기 시작했고, 언젠가 그녀를 분명히 본 적이 있다고 혼자 생각하기 시작했는데 어디에서였는지 전혀 기억할 수 없었습니다. 그리고 오랫동안 운명의 장난감이었던 아름다운 공주는, 이제 불행이 끝으로 다가가고 있는지, 안티고노를 보자 알렉산드리아에서 낮지 않은 신분으로 아버지를 섬기던 그를 기억했습니다. 그래서 곧바로 그의 도움을 받아 공주 신분으로 돌아갈 수 있으리라는 희망을 품었고, 상인이 없는 틈에 가능한 한 빨리 안티고노를 불렀습니다. 그가 오자 공주는 부끄러워하며 자신의 믿음대로 그가 파마

110 Paphos. 키프로스 남서부 해안의 도시이다.
111 원문은 〈insieme fecero parentado〉, 즉 〈함께 인척이 되었으며〉이다.
112 아르메니아Armenia는 흑해와 카스피해 사이의 지역으로 당시에는 〈킬리키아 아르메니아 왕국〉이었다.

구스타[113]의 안티고노냐고 물었습니다. 안티고노는 그렇다고 대답했고, 또 이렇게 말했습니다.

「부인, 당신을 아는 것 같은데, 아무리 해도 어디 보았는지 기억할 수 없습니다. 그러니 부탁합니다만, 괜찮으시다면, 당신이 누구인지 기억나게 해주십시오.」

공주는 그 말을 듣고 크게 울면서 두 팔로 그의 목을 껴안았고, 잠시 후 깜짝 놀란 그에게 혹시 알렉산드리아에서 자신을 본 적이 없느냐고 물었습니다. 그 질문을 듣고 안티고노는 순간적으로 그녀가 바다에서 죽었다고 믿고 있던 술탄의 딸 알라티엘 공주라는 것을 알아보았고, 그녀에게 합당한 경의를 표하려고 했으나, 공주는 이를 허용하지 않으면서 그에게 잠시 함께 앉으라고 부탁했습니다. 안티고노는 그렇게 한 다음 공주에게 언제, 어떻게, 또 어디에서 이곳으로 오게 되었는지 정중하게 물었지요. 분명히 벌써 여러 해 전 바다에 빠져 죽었다고 이집트 전역에서 믿고 있었으니 말입니다. 그러자 공주는 말했습니다.

「내가 살아온 이런 삶을 사는 것보다는 차라리 그랬으면 더 좋았을 거예요. 그리고 아버님도 제가 겪은 일을 아시면 그러기를 원하셨으리라고 생각해요.」

그렇게 말하고 놀라울 정도로 다시 울기 시작했고, 그러자 안티고노는 말했습니다.

「공주님,[114] 불필요하게 낙심하지 마십시오. 괜찮으시다면

---

113 Famagusta. 키프로스섬 동부 해안의 도시이다.

저에게 공주님의 사건과 삶이 어떠했는지 이야기해 주십시오. 다행히도 신의 도움과 함께 우리가 좋은 대책을 찾을 수 있도록 일이 진행될 수도 있으니까요.」

아름다운 공주는 말했습니다.

「안티고노, 당신을 보았을 때 나는 마치 아버님을 보는 것 같았지요. 그래서 아버님께 품고 있던 사랑과 애정에 이끌려, 나를 감출 수도 있었는데, 당신에게 밝히게 되었어요. 내가 우연히 만나게 될 소수의 사람 중에서 다른 누구보다 먼저 당신을 보고 알아보게 되어서 정말 기뻐요. 그래서 내 사악한 불행 속에 언제나 감추고 있던 것을 마치 아버님께 하듯이 당신에게 명백히 밝히겠어요. 듣고 난 다음 만약 어떤 방법으로 나를 합당한 신분으로 돌아가게 할 수 있다면 그렇게 해주기를 부탁해요. 그런 방법이 없다면, 누구에게도 나를 보았다고 말하거나 나에 대해 어떤 것도 들었다고 말하지 말아 주세요.」

그렇게 말한 다음 그녀는 계속 울면서 마요르카에서 난파당한 날부터 그날까지 자신에게 일어난 일을 이야기했고, 그러자 안티고노는 연민에 젖어 울기 시작했고, 잠시 생각한 다음 이렇게 말했습니다.

「공주님, 그런 불행 속에서도 공주님이 누구인지 감추어져 있었으므로, 제가 틀림없이 아버님께 더욱더 소중하게 돌아가시고, 이어서 알가르베 왕의 왕비로 가시게 해드리겠습

---

114 원문에서는 조금 전과 마찬가지로 〈Madonna〉, 즉 〈부인〉 또는 〈여인이시여〉라고 부르고 있다.

니다.」

그리고 공주가 그 방법을 묻자 안티고노는 그녀에게 해야
할 일을 자세하게 설명해 주었고, 머뭇거리다가 다른 것이
개입할 수 없도록 곧바로 파마구스타로 가서 왕에게 말했습
니다.

「폐하, 폐하께서 좋으시다면, 커다란 수고 없이 폐하께는
아주 큰 영광이 되고, 동시에 폐하께 봉사하는 가난한 저에
게는 아주 유익한 일을 하실 수 있습니다.」

왕은 방법을 물었고, 그러자 안티고노는 대답했습니다.

「파포스에 지금 술탄의 젊고 아름다운 따님이 와 있는데,
오랫동안 바다에 빠져 죽었다는 소문이 있었지요. 그런데 정
숙함을 간직하기 위하여 아주 커다란 불편함을 오랫동안 감
내하였고, 지금은 가난한 상태에 있으면서 아버님께 돌아가
기를 바라고 있습니다. 만약 폐하께서 제 보호 아래 공주님
을 술탄께 보내 드리기를 원하신다면, 그것은 폐하께 커다란
영광이 되고 저에게는 커다란 선이 될 것입니다. 그런 봉사
를 술탄께서는 절대 잊지 않으실 것이라고 저는 믿습니다.」

왕은 왕다운 너그러움으로 곧바로 좋다고 대답했고, 명예
롭게 공주를 위하여 사람을 보내 파마구스타로 데려오게 했
고, 공주는 왕과 왕비로부터 성대한 잔치와 대단한 영광으로
환영받았습니다. 그런 다음 왕과 왕비가 자신의 사건에 대해
질문하자 공주는 안티고노가 가르쳐 준 대로 대답하고 이야
기했습니다. 그리고 며칠 뒤 공주의 요청에 따라 왕은 멋지
고 영광스러운 남녀 수행원과 함께 안티고노의 통솔 아래 공

주를 술탄에게 보냈으니, 술탄이 얼마나 기쁘게 공주를 맞이하였는지 질문할 필요도 없고, 안티고노와 모든 수행원도 마찬가지로 환대받았지요. 공주가 어느 정도 휴식을 취한 다음 술탄은 공주가 자신에 대해 아무것도 알려지지 않은 상태로 어떻게 살아 있었는지, 어디에서 오랫동안 살았는지 알고 싶었습니다. 공주는 안티고노의 가르침을 완벽하게 기억하고 있었으므로 아버지에게 이렇게 말하기 시작했습니다.

「아버님, 제가 아버님 곁을 떠난 지 아마 스무날째 되었을 때, 맹렬한 폭풍에 부서진 우리 배는 어느 날 밤 저기 서쪽에, 에그모르트[115]라는 곳에 가까운 바닷가에 처박혔는데, 우리 배에 타고 있던 사람들에게 어떤 일이 일어났는지 저는 전혀 몰랐고 지금도 모릅니다. 단지 기억나는 것은, 날이 밝고 저는 거의 죽었다가 다시 살아났는데, 부서진 배를 사람들이 이미 보았고, 그래서 훔쳐 가기 위하여 모든 지역에서 사람들이 달려왔어요.

저는 두 하녀와 함께 바닷가에 내리게 되었고, 곧바로 청년들에게 붙잡혔는데, 그들 중 누구는 하녀 한 명과 함께 이쪽으로, 누구는 다른 한 명과 함께 저쪽으로 달아나기 시작했지요. 하녀들이 어떻게 되었는지 저는 전혀 몰라요. 다만 저항하는 저를 두 청년이 붙잡더니 계속해서 크게 울고 있는 저의 땋은 머리칼을 잡아서 끌고 갔어요. 그런데 저를 끌고 가던 중 커다란 숲으로 들어가기 위하여 길을 건너갈 때, 바

---

115 Aigues-Mortes. 프랑스 남부 프로방스 지방 해안의 도시이다.

로 그 시간에 말을 탄 사람 네 명이 지나가고 있었는데, 저를 끌고 가던 자들은 그들을 보자마자 저를 그대로 놔둔 채 곧바로 달아나기 시작했어요.

그 네 사람은 아주 권위 있어 보였는데, 달아나는 자들을 보더니 제가 있는 곳으로 달려와 많은 질문을 하였고, 저도 많은 말을 했으나 그들을 이해하지 못하였고, 그들은 저를 이해하지 못하였지요. 그들은 오랫동안 논의한 뒤 저를 자신들의 말 중 하나에 태우고 자신들의 종교적 율법에 따라 여자들의 수도원으로 데려갔고, 그들이 무슨 말을 했는지 저는 거기에서 언제나 모든 여자로부터 너그러운 환대와 존중을 받았고, 그 후 저는 그녀들과 함께 그 고장의 모든 여자가 무척 좋아하는 거룩한 〈발카바 안의 크레시〉를 아주 경건하게 섬겼답니다.

저는 상당한 시간 동안 함께 살면서 이미 그녀들의 언어를 어느 정도 배웠기 때문에, 그녀들은 저에게 누구이며 어디에서 왔는지 질문하였어요. 그리고 저는 제가 어디에 있는지 알고 있었기에, 만약 사실대로 말한다면, 그녀들 종교의 적이므로 쫓겨날까 두려웠고, 그래서 키프로스의 높은 귀족의 딸로 아버지가 크레타에 있는 남편에게 보냈는데, 폭풍으로 그곳에 밀려와 난파당했다고 대답했어요. 그리고 상황이 더 나빠질까 두려워 저는 여러 번에 걸쳐 많은 것에서 그들의 풍습을 따랐어요.

그런데 그 여자들이 〈수녀원장〉이라고 부르는 최고 책임자가 저에게 키프로스로 돌아가고 싶냐고 묻기에 저는 그 이상 바랄 것이 없다고 대답했지요. 하지만 수녀원장은 저의 명예를 걱정하여 키프로스로 가는 사람 아무에게나 저를 맡기려고 하지 않았고, 대략 두 달 정도 지난 후에 프랑스의 몇몇 지체 높은 사람들이 자기 부인들과 함께 그곳에 왔는데, 그중에 수녀원장의 친척도 있었어요. 그리고 그들이 유대인들에 의해 죽임을 당한 뒤 사람들이 신이라고 여기는 자[116]가 묻힌 무덤을 방문하러 간다는 말을 듣고, 수녀원장은 그들에게 저를 키프로스에 있는 아버지에게 데려다주라고 부탁했어요.

그 귀족들이 부인들과 함께 저를 얼마나 존중하며 즐겁게 맞이했는지 말하자면 긴 이야기가 될 것입니다. 그러니까 저는 어느 배에 탔고 여러 날 뒤 파포스에 도착했어요. 그리고 거기에 도착했지만, 저를 아는 사람이 아무도 없고, 수녀원장이 부탁한 대로 저를 아버지에게 데려다주려고 하는 귀족들에게 제가 무슨 말을 해야 할지도 몰랐는데, 저를 불쌍히 여기신 신께서 배려해 주셨으니, 우리가 파포스에서 내리던 바로 그 시간에 안티고노가 바닷가에 있었던 것입니다. 저는 안티고노를 불렀고, 그 귀족들이나 부인들이 알아듣지 못하도록 우리의 언어로 그에게 나를 딸처럼 맞이해 달라고 말했지요. 안티고노는 곧바로 제 말을 이해하고 아주 기쁘게 저를 맞이했고, 초라하지만 가능한 대로 귀족들과 부인들에게 감사를 드렸어요. 그리고 저를 키프로스의 왕에게 안내했고,

116 그러니까 예수 그리스도를 가리킨다.

왕은 저로서는 이야기할 수 없을 정도로 영광스럽게 저를 맞이했고 여기 아버님께 보내 주셨어요. 말할 것이 더 있다면, 저의 이 불행에 대하여 저에게서 여러 번 들은 안티고노가 이야기해 드릴 것입니다.」

그러자 안티고노는 술탄을 향하여 말했습니다.

「폐하, 공주님은 저에게 여러 번 말한 대로, 그리고 함께 온 그 귀족들이 저에게 말한 대로 상세하게 폐하께 이야기했습니다. 다만 한 부분은 폐하께 말씀드리지 않았는데, 제 판단으로는, 공주님이 말씀드리기에는 적합하지 않다고 생각하여 그렇게 한 것 같습니다. 그것은 바로 함께 온 그 귀족들과 부인들이 말한 것으로, 공주님이 수녀들과 함께 간직한 정숙한 삶과 공주님의 덕성, 칭찬할 만한 생활 방식에 관한 것, 그리고 귀족들과 부인들이 공주님을 저에게 맡기고 떠나면서 얼마나 많은 눈물을 흘렸는지에 관한 것입니다. 이에 대해 그들이 저에게 말한 것을 충분히 말씀드리려고 한다면, 오늘 낮은 말할 것 없고 이어지는 밤까지도 충분하지 않을 것입니다. 저로서는 이렇게 말씀드리는 것으로 충분할 것이니, 그들의 말이 증명하는 바에 의하면, 그리고 제가 볼 수 있었던 바에 의하면, 폐하께서는 오늘날 왕관을 쓰고 있는 다른 어떤 군주보다 가장 아름답고, 정숙하고, 가장 용감한 공주님을 데리고 계신다고 자부하실 수 있습니다.」

그런 말에 술탄은 놀라울 만큼 기뻐하였고, 공주를 명예롭게 대해 준 모든 사람에게, 특히 명예롭게 공주를 자신에게 다시 보내 준 키프로스 왕에게 합당한 고마움을 표현할 수 있도록 자신에게 은총을 내려 달라고 신에게 여러 번 기도했습니다. 그리고 며칠 뒤 안티고노에게 매우 커다란 선물을 준비하게 한 다음 키프로스로 돌아가도록 허락했고, 키프로스 왕에게 편지와 특별 사절을 통하여 공주에게 해준 것에 대해 아주 커다란 감사를 전하게 했습니다.

그리고 시작된 일을 끝내기 위하여, 말하자면 공주가 알가르베 왕의 왕비가 되도록 만들기 위하여, 왕에게 모든 것을 자세히 설명한 다음 그래도 공주를 원한다면 그녀를 데려갈 사람을 보내라고 전했습니다. 알가르베 왕은 이에 대해 무척 기뻐했고, 사람들을 보내 공주를 명예롭게 데려오게 하여 아주 즐겁게 맞이했습니다. 그리고 공주는 여덟 명[117]의 남자들과 아마 만 번도 넘게 잠자리를 함께했겠지만, 왕과 함께 처녀로서 잠자리에 들었고, 그렇게 믿도록 했으며, 왕과 함께 왕비로서 행복하게 오랫동안 살았답니다. 그러니까 사람들은 말했지요. 〈입맞춤한 입술은 행운을 잃지 않고 오히려 달처럼 새로워진다〉고 말입니다.]

---

117 이 이야기의 요약 글과 앞부분에서는 아홉 명이라고 했고, 실제 이야기에서도 부상한 선주와 클라렌차의 여관에서 함께 머문 것까지 포함하면 공주는 아홉 명의 남자와 관계를 맺었다. 보카치오의 실수이거나, 아니면 뒤이어 나오는 숫자 〈만 번〉처럼 막연하게 많은 숫자를 가리키는 표현으로 볼 수 있다.

여덟째 이야기

안트베르펜 백작은 거짓으로 고발당하여 망명을 떠나고,
자녀 둘을 영국의 서로 다른 곳에 남겨 두는데, 스코틀랜드에서
돌아오던 중에 자녀들이 잘 살고 있는 것을 발견한다.
시종으로 프랑스 왕의 군대에 들어간 그는 무죄임이 밝혀지고
처음의 상태로 돌아간다.

아름다운 공주의 여러 가지 사건에 대해 여인들은 많은 한
숨을 쉬었는데, 그렇게 한숨짓게 만든 원인이 무엇인지 누가
알겠습니까? 공주에 대한 연민 못지않게 그렇게 많은 결혼에
대한 동경 때문에 한숨지은 여인도 아마 있었을 것입니다.
하지만 그것은 놔두고 판필로의 마지막 말에 모두가 웃고 나
자, 여왕은 그것으로 그의 이야기가 끝난 것을 알고 엘리사
에게 이야기를 하나 하여 순서를 따르라고 명령하였고, 엘리
사는 즐겁게 이야기하기 시작했습니다.

[오늘 우리가 섭렵하고 있는 영역은 매우 방대하네요. 누
구도 마상 시합 한 번이 아니라 열 번으로도 쉽게 달릴 수 없
을 만큼 방대한데, 운명이 자신의 특이하고 심각한 사건들로
그렇게 만든 것이죠. 따라서 저는 실로 무한한 그런 사건 중
하나를 이야기하고자 합니다.

로마 제국의 권력이 프랑스 사람들에게서 독일 사람들에
게 넘어가면서[118] 두 민족 사이에 커다란 적대감과 격렬하고
끊임없는 전쟁이 발생했으니, 그로 인하여 자기 나라를 지키

고 또 상대 나라를 공격하기 위하여 프랑스 왕과 왕자는 왕
국과, 친구들과 친척들의 가능한 모든 군사력을 동원해서 매
우 방대한 군대를 조직하여 적을 공격하려고 했습니다. 그리
고 그렇게 하기 전에 왕국을 통치권 없이 남겨 두지 않기 위
하여, 안트베르펜[119]의 백작 괄티에리가 고귀하고 현명한 사
람이며 매우 충실한 친구이자 충직한 신하이고, 게다가 전술
에서도 아주 잘 훈련되어 있었지만, 전쟁의 노고보다는 섬세
한 일[120]에 더 적합해 보였기에, 프랑스 왕국의 모든 통치를
위한 총대리인으로 그를 자신들 대신 남겨 두고 길을 떠났습
니다. 그리하여 괄티에리는 지혜와 질서로 맡은 임무를 시작
했는데, 언제나 모든 것에 대해 왕비와 왕자비와 상의하였으
니, 비록 그녀들이 자신의 보호와 사법권 아래에 있었지만,
언제나 주인이자 상급자처럼 그로서는 가능한 한, 명예롭게
받들었습니다. 괄티에리는 마흔 살 정도로 멋진 몸매를 가져
다른 모든 귀족 중에서 최고로 호감을 주는 예의 바른 사람
이었고, 게다가 당시에 알려진 가장 유쾌하고 가장 섬세한
기사였으며, 아주 멋지게 옷을 입었지요.

그렇게 프랑스 왕과 왕자는 앞서 말한 전쟁에 나가 있었

---

118 서기 800년 프랑크 왕국의 카롤루스 마그누스가 신성 로마 제국의
황제로 즉위한 뒤 카롤루스 왕조가 황제의 자리를 이어받았으나, 962년 독
일과 이탈리아의 왕이었던 오토 1세가 황제의 자리에 오르면서 독일 왕가들
에서 황제가 나왔다.

119 Antwerpen. 벨기에 북부의 강어귀에 있는 도시로 당시에는 활발한
교역으로 번창하였다.

120 궁정의 일을 암시한다.

고, 괄티에리의 아내는 죽어 그에게는 아직 어린 아들 하나와 딸 하나밖에 없었습니다. 그런데 그가 왕비와 왕자비의 궁전에 출입하며 그녀들과 자주 왕국의 필요한 일에 대해 논의하는 과정에서 왕자비가 그를 주목하게 되었고, 그의 모습과 행동을 커다란 애정과 함께 바라보면서 그에 대한 비밀스러운 사랑에 불붙었으니, 자신은 젊고 활기차며 그에게는 아무 여자도 없으니 자기 욕망이 쉽게 이루어지리라고 생각했습니다. 그리고 부끄러움 외에는 아무것도 방해하지 않는다고 생각하여 그에게 모든 것을 밝히고 부끄러움을 쫓아내려고 결심하였고, 어느 날 혼자 있으면서 좋은 기회처럼 보였기에 마치 다른 일에 대해 논의하고 싶은 것처럼 사람을 보내 그를 불렀습니다. 백작은 여자에 관한 생각에서 아주 멀리 떨어져 있었기에 전혀 망설이지 않고 왕자비에게 갔고, 그녀가 원하는 대로 어느 방에서 함께 안락의자에 단둘이 앉았습니다. 왜 오라고 불렀는지 그 이유를 백작이 벌써 두 번이나 물었는데, 왕자비는 말없이 있다가 결국 사랑에 이끌려 부끄러움에 붉어지고 떨면서 거의 울 듯한 갈라진 목소리로 이렇게 말하기 시작했습니다.

「소중하고 달콤한 친구이며 나의 주인이시여, 당신은 현명한 분이므로 남자나 여자의 연약함이 사람마다 서로 다른 이유로 얼마나 큰지 아실 수 있을 것입니다. 그러므로 합당하게 공정한 재판관 앞에서 똑같은 죄에 대해 서로 다른 사람이 똑같은 형벌을 받지 않아야 합니다. 그리고 사랑에 자극되고 사랑을 따르는 자가 있다면, 부자이고 할 일이 없으며 자기 욕망이 좋아하는 것에서 전혀 부족함이 없는 여자보다, 자신의 노고로 삶에 필요한 것을 벌어야 하는 가난한 남자나 여자를 훨씬 더 비난해야 한다고 말하지 않는 사람이 있을까요?[121] 분명히 아무도 없다고 나는 믿습니다. 그런 이유로 나는 앞에서 말한 것들을 가진 여자에 대해서는, 만약 그녀가 우연히 사랑에 이끌린다면, 아주 관대하게 용서해야 한다고 생각해요. 또 만약 그녀가 현명하고 훌륭한 연인을 선택하여 사랑하게 되었다면 나머지도 용서되어야 합니다.

내 생각에 의하면 그 두 가지 모두가 나에게 있으며, 더구나 나는 젊고 남편이 멀리 있다는 여러 이유가 사랑하라고 나를 이끌고 있으니, 이제 당신에 대한 나의 불타는 사랑을 보호해야 합니다. 그런 일이 현명한 사람들에게 그러듯 당신에게 영향을 줄 수 있다면, 부탁하오니 내가 당신에게 요구하는 것에 대해 도움과 충고를 주십시오.

사실 남편이 멀리 있기에 나는 육체의 자극이나 사랑의 힘에 저항할 수 없으니, 그것은 너무나 강하여 연약한 여자는 말할 것 없고 아주 강한 남자도 여러 번 굴복시켰으며 지금도 날마다 그러한데, 당신이 보시다시피 나는 편안함과 여유 속에 있으면서 사랑의 즐거움을 충족시키고 사랑에 빠지도록 이끌리게 되었답니다. 만약 그런 것이 알려진다면 나를 정숙하지 않다고 인식하겠지만, 만약 숨겨져 있다면 절대 그렇게 판단하지 않을 것이며, 더구나 아모르는 나에게 아주

121 간단히 말해 사랑은 가난한 사람보다 부자에게 적합하고 어울린다는 관념이다.

너그럽게도 단지 연인을 선택하는 데에 필요한 분별력을 주었을 뿐 아니라 그것과 관련하여 더 많은 것을 주었으니, 나 같은 여자의 사랑을 받을 가치가 있는 당신을 보여 준 것입니다. 만약 내 생각이 나를 속이지 않았다면, 당신은 프랑스 왕국에서 찾을 수 있는 가장 멋지고, 가장 호감 있고, 가장 즐겁고, 가장 현명한 기사이며, 나에게 남편이 없는 것처럼, 당신에게는 아내가 없습니다. 그러므로 내가 당신에게 품고 있는 커다란 사랑으로 부탁하오니, 나에 대한 당신의 사랑을 거부하지 마시고, 불 앞의 얼음처럼 당신을 위하여 소진되는 내 젊음을 진정 불쌍히 여겨 주세요.」

그런 말에 엄청난 눈물이 엄습하였으니, 더 많은 것을 부탁하려던 그녀는 더 말할 수 없었고, 마치 지친 것처럼 고개를 숙이고 울면서 백작의 품에 머리를 기댔습니다. 매우 충직한 기사였던 백작은 그렇게 미친 듯한 사랑을 아주 엄숙하게 꾸짖기 시작했고, 벌써 자기 목에 매달리려는 그녀를 뒤로 밀쳐냈으며, 자기 군주의 명예를 더럽히는 그런 일을 자기 자신이나 다른 사람에게 허용하느니 자신은 차라리 사지가 찢기는 고통을 감내할 것이라고 단언하고 맹세했습니다. 왕자비는 그 말을 듣더니 곧바로 사랑을 잊고 격렬한 분노에 불타며 말했습니다.

「그러니까 비열한 기사여, 내 욕망에 대해 내가 이런 식으로 당신의 조롱을 받아야 하나요? 당신이 이렇게 나를 죽이고 싶어 하니까, 내가 당신을 죽게 하거나 세상에서 쫓아내도 하느님께서 절대 싫어하지 않으실 거예요.」

그렇게 말하더니 동시에 손을 머리칼 속으로 집어넣어 헝클어뜨리고 모두 잡아 뜯고 이어서 가슴의 옷을 찢으면서 크게 소리치기 시작했어요.

「도와줘요, 도와줘요, 안트베르펜 백작이 나를 강간하려고 해요!」

그것을 본 백작은 자신의 양심보다 궁정의 질투가 더 두려웠고, 그로 인하여 자신의 결백함보다 왕자비의 사악함을 더 믿을까 봐 두려웠기에 곧바로 일어났고, 가능한 한 빨리 방과 궁전에서 나와 자기 집으로 달아났고, 다른 것을 생각할 겨를도 없이 자식들을 말에 태우고 자기도 올라탄 다음 가능한 한 빠르게 칼레[122]로 향했습니다. 왕자비의 소란에 많은 사람이 달려갔고, 그녀가 소리친 이유를 보고 또 듣고 나서 그녀의 말을 믿었을 뿐 아니라, 백작의 유쾌함과 옷을 입는 방식은 오랫동안 그런 목적을 위한 것이라고 덧붙였습니다. 그래서 백작을 붙잡기 위하여 광폭하게 그의 집으로 달려갔으나 그를 발견하지 못하자 먼저 모든 물건을 약탈한 다음 이어서 집을 기초 바닥까지 무너뜨렸습니다.

그 소식은 너무나 사악한 일로서 이야기되면서 군대에 있는 왕과 왕자에게도 전해졌고, 둘은 매우 당황하여 백작과 그의 후손에게 영원한 추방을 선고했으며, 살았든 죽었든 그들을 잡아 오는 자에게 커다란 보상을 약속했습니다. 백작은 결백한데도 달아남으로써 유죄가 된 것에 괴로워하면서 자

---

122 Calais. 프랑스 북부 해안의 도시로 영국으로 건너가는 주요 항구이다.

신을 드러내거나 알리지 않은 채 자식들과 함께 칼레에 도착
하였고, 곧바로 영국으로 건너갔으며, 초라한 옷차림으로 런
던을 향하여 갔는데, 런던으로 들어가기 전에 두 어린 자식
에게 특히 두 가지를 여러 번 훈련했습니다. 먼저 자신들의
잘못 없이 운명이 자신들에게 가져다준 가난한 상태를 인내
심 있게 참고 견디라는 것이었고, 이어서 만약 목숨을 귀중
하게 생각한다면 자신들이 어디에서 왔으며 누구의 자식인
지 누구에게도 절대 밝히지 않도록 신중하게 조심하라는 것
이었습니다.

아들 루이지[123]는 아홉 살 정도였고, 딸 비올란테라는 아마
일곱 살이었는데, 둘 다 어린 나이였지만 아버지의 가르침을
잘 이해하였고 이어서 그것을 실제로 따랐습니다. 그것을 더
잘 해낼 수 있도록 아이들의 이름을 바꿔야 할 것 같아 그렇
게 하였으니, 아들은 페로토라 불렀고, 딸은 잔네타라 불렀
습니다. 그리고 초라한 차림으로 런던에 들어갔으며, 지금도
우리가 프랑스 거지들에게서 볼 수 있듯이, 자선을 구걸하며
돌아다니기 시작했습니다.

그리고 그렇게 구걸하면서 어느 날 아침 우연히 성당 앞에
있었는데, 영국 왕의 사령관 아내인 귀부인이 성당에서 나오
다가 자선을 구걸하고 있는 백작과 그의 두 자식을 보았고,
부인은 백작에게 어디에서 왔으며 아이들이 그의 자식이냐
고 물었습니다. 그러자 백작은 자신이 피카르디[124] 출신인데,

123 프랑스어 이름은 〈루이〉겠지만 이탈리아어 이름으로 표기한다. 이하
다른 이름도 마찬가지이다.

큰아들이 나쁜 일을 저질렀기 때문에 두 자식과 함께 방랑자로 떠나게 되었다고 대답했습니다. 인정 많은 귀부인은 딸을 바라보았는데, 귀엽고 사랑스럽고 고귀해 보여 무척 마음에 들어서 이렇게 말했습니다.

「착한 사람이여, 혹 당신이 이 딸을 나에게 맡기고 싶다면, 착하게 생겼으니 내가 기꺼이 데려가 훌륭한 여자가 되면 그때 잘 어울리게 시집을 보낼 것이오.」

백작에게는 그런 요구가 마음에 들었고, 그래서 곧바로 그러겠다고 대답하였고, 눈물과 함께 그녀에게 딸을 맡기면서 많이 부탁했지요. 그는 딸을 누구에게 맡겼는지 잘 알았기에 백작은 거기에 더 머무르지 않기로 결정하였고, 구걸하면서 섬을 가로질러 페로토와 함께 웨일스[125]에 이르렀는데, 걷기에 익숙하지 않았기 때문에 커다란 노고가 없지 않았습니다. 거기에는 왕의 또 다른 사령관이 있었는데, 그는 매우 넓은 영지와 많은 하인을 거느리고 있었고, 백작은 먹을 것을 얻기 위하여 그의 궁정에서 몇 차례 오래 머물렀습니다. 그리고 궁정 안에는 그 고위 지휘관의 아들과 다른 귀족의 아들들이 달리기나 높이뛰기 같은 아이들 놀이를 하고 있었으며, 페로토는 함께 섞여 놀기 시작하면서 다른 아이들만큼 놀이를 능숙하게 또는 더 잘하게 되었습니다.

그것을 몇 차례 본 사령관은 아이의 행동과 태도가 무척 마음에 들었기에 아이가 누구냐고 물었습니다. 그리고 구걸

124 Picardie. 프랑스 북부의 지방이다.
125 Wales. 영국 남서부의 지방이다.

하기 위해 그곳에 몇 번 들어온 적이 있는 가난한 사람의 아들이라는 대답을 들었지요. 그러자 사령관은 아이를 요구하였고, 백작은 마치 하느님께 다른 기도할 것이 없는 사람처럼, 비록 아들과 헤어지기가 괴로웠지만, 기꺼이 건네주었습니다. 그리하여 아들과 딸을 잘 정착하게 한 다음 백작은 영국에 더 머무르고 싶지 않았으므로 가능한 한 빨리 아일랜드로 건너가 스트랭포드[126]로 갔고, 그 지역 백작의 신하에게 마부로 들어갔고, 마부나 하인에게 속할 수 있는 모든 일을 하면서 누구에게도 알려지지 않은 채 아주 불편하고 힘들게 오랫동안 머물렀습니다.

잔네타라고 불리는 비올란테는 런던에서 귀부인과 함께 성장했는데 몇 해 지나면서 아름답고 우아해졌으니 귀부인과 남편과 집안의 다른 모든 사람과 그녀를 아는 모든 사람이 보기에 정말로 놀라운 모습이었고, 그녀의 몸가짐과 태도를 본 사람은 누구든지 그녀는 매우 커다란 명예와 행복을 받을 가치가 있다고 말했습니다. 그래서 비올란테를 아버지에게서 건네받은 귀부인은 그에게서 들은 것 외에는 달리 그가 누구인지 알 수 없었으므로, 자기가 평가하는 신분에 따라[127] 명예롭게 시집을 보내려고 생각했습니다. 하지만 사람들의 장점을 정의롭게 보고 계시는 하느님께서는 비올란테가 고귀한 여인이며 자기 잘못 없이 다른 사람의 죄로 인해

---

126 Strangford. 아일랜드 북부의 지방이다.
127 말하자면 비천한 신분 출신이라고 믿었기 때문에 그런 신분에 어울리게.

속죄하고 있다는 것을 알고 달리 배려하셨고, 귀족인 그녀가 천한 남자[128]의 손에 넘어가지 않게 하셨으니, 이후에 일어난 일은 하느님께서 너그러운 마음으로 허용하셨다고 믿어야 합니다.

잔네타를 데리고 사는 귀부인에게는 남편과 외아들이 있었는데, 아들과 어머니와 아버지는 서로 무척이나 사랑했습니다. 자신들의 아들이 다른 누구보다 훌륭하고 예절 바르고 인물도 멋지고 호감을 주었으며 덕성이나 장점에서 그럴 만한 가치가 있었기 때문이지요. 그 아들은 잔네타보다 대략 여섯 살 많았는데, 정말로 아름답고 우아한 잔네타를 보면서 아주 강렬한 사랑에 빠졌으니 오로지 그녀만 바라보았습니다. 그런데 그녀가 분명히 낮은 신분 출신이라고 생각하였기 때문에, 감히 아버지와 어머니에게 아내로 달라고 요구하지 못하였을 뿐 아니라, 그런 비천한 사랑에 빠지게 되었다고 꾸중을 들을까 걱정하여 가능한 한 자신의 사랑을 감추었습니다. 그리하여 사랑을 드러내는 것 이상으로 괴로웠고, 고통이 넘치면서 결국 심각하게 병이 들었습니다.

병을 치료하기 위하여 여러 의사가 와서 이런저런 증상에 대해 여러 곳을 살펴보았으나 병을 정확히 진단할 수 없었기에, 모두 그의 건강에 대해 절망하게 되었습니다. 그리하여 청년의 아버지와 어머니는 그 이상 어떻게 할 수 없을 정도로 큰 고통과 울적함에 사로잡혔고, 여러 차례 간곡한 부탁

128 신분이 낮은 사람을 가리킨다.

으로 병의 원인에 대해 아들에게 질문하였으나, 거기에 대해 아들은 한숨으로 대답하거나 모든 것이 점점 더 쇠약해진다고 대답했습니다.

그러다가 어느 날 젊었어도 의학에 심오한 의사가 청년의 곁에 앉아 있으면서 팔을 잡고 손목 부분을 찾고 있었는데, 잔네타가 그의 어머니에 대한 존경심에 열심히 간호하면서 어떤 이유로 청년이 누워 있는 방으로 들어왔습니다. 청년은 그녀를 보자 아무런 말이나 행동 없이 가슴속에서 사랑의 열기가 아주 큰 힘으로 타오르는 것을 느꼈고, 그래서 맥박이 평소보다 훨씬 더 강하게 고동치기 시작했습니다. 의사는 곧바로 그것을 느끼고 놀랐으며, 그 고동이 얼마나 지속되는지 보려고 조용히 있었습니다. 잔네타가 방에서 나가자 고동은 멈추었고, 따라서 의사는 청년의 병의 원인을 조금 알 수 있을 것 같아서 잠시 후 마치 다른 것을 잔네타에게 요구하려는 것처럼, 계속 청년의 손목을 잡고 있으면서 그녀를 불러오게 했습니다. 잔네타는 곧바로 왔고, 방 안에 들어오기도 전에 청년 손목의 맥박은 다시 살아났고 그녀가 떠나자 멈추었습니다. 그리하여 의사는 충분한 확실성을 얻은 것 같았으므로 일어나서 청년의 아버지와 어머니를 한쪽으로 불러 말했습니다.

「아드님의 건강은 의사들의 도움에 있지 않고 잔네타의 손에 달려 있습니다. 제가 확실한 증거로 명백하게 알게 된 바에 의하면, 아드님은 그녀를 불타듯이 사랑하고 있어요. 제가 보기에 그녀는 깨닫지 못하고 있지만 말입니다. 만약 아드님의 생명이 귀중하다면 이제 어떻게 해야 할지 당신들이 아시겠지요.」

그 말을 듣고 부모는 안심했습니다. 어떤 식으로든 아들이 살아날 방법은 있었으니까요. 비록 그들이 망설이는 바로 그것, 즉 잔네타를 아들에게 신부로 줘야 한다는 것이 무척 괴로웠지만 말입니다. 그리하여 의사가 떠난 뒤 그들은 아들에게 갔고, 부인이 이렇게 말했습니다.

「아들아, 네가 어떤 욕망을 나에게 감추고 있을 것이라고 나는 전혀 생각하지 못했단다. 특히 그 욕망을 채우지 못하여 네가 소진되는 모습을 보면서 말이다. 너의 행복을 위하여[129] 내가 하지 못할 것은 전혀 없다는 것을 분명히 알아야 해. 나 자신을 위해서라면 하지 않을, 덜 명예스러운 일일지라도 말이야. 하지만 하느님께서는 너 자신보다 더 너를 불쌍히 여기시어 네가 그 병으로 죽지 않도록 병의 원인을 나에게 알려 주셨으니, 그것은 다름 아니라 네가 어느 아가씨에게 품고 있는 넘치는 사랑이구나. 그리고 사실 너는 부끄러워하지 말고 명백히 밝혔어야 해. 네 나이에는 필요한 것이니까. 만약 네가 사랑에 빠지지 않았다면 나는 오히려 너를 부족하다고 평가했을 거야.

그러니까 아들아, 내 눈치를 보지 말고 너의 모든 욕망을 안심하고 나에게 드러내고, 이 병의 원인이 되는 모든 생각과 우울함을 던져 버려라. 그리고 너를 기쁘게 해주기 위하

---

129 원문은 〈per contentamento di te〉, 즉 〈너를 만족시켜 주기 위하여〉
이다.

여 네가 요구하는데 내가 하지 못할 것은 아무것도 없다는 것을 생각하고 안심하여라. 나는 내 목숨보다 너를 더 사랑하니까. 부끄러움과 두려움을 떨치고, 네 사랑에 대해 내가 무엇을 해줄 수 있는지 말해 보아라. 그리고 만약 내가 걱정만 하고 너에게 도움이 되지 않는다는 것을 발견하면, 자식을 낳은 가장 잔인한 어머니라고 생각해도 좋다.」

청년은 어머니의 말을 듣고 처음에는 부끄러웠지만, 나중에는 다른 누구도 어머니만큼 자신의 즐거움을 충족시켜 줄 수 없다고 생각하여 두려움을 쫓아내고 어머니에게 말했습니다.

「어머니,[130] 제 사랑을 감춘 이유는 다른 것이 아니라, 많은 사람이 나이가 든 뒤에는 젊었을 때를 기억하려고 하지 않는 것을 보았기 때문입니다. 하지만 어머니는 신중하신 것 같으니, 저는 어머니가 깨달으신 바가 사실이라는 걸 부정하지 않을 뿐 아니라 제가 누구를 사랑하는지도 명백하게 밝히겠습니다. 약속하신 것은 어머니가 할 수 있는 일이고, 그러면 저를 건강하게 해주실 수 있으니까요.」

그러자 부인은 자신이 미리 생각했던 방식으로 이루어지리라 너무나도 확신하고 있었기에, 아들의 모든 욕망을 안심하고 펼쳐 보이라고 너그럽게 대답했지요. 아들이 자기 즐거움을 얻도록 해야 할 일을 망설임 없이 하려고 했으니까요. 그러자 아들은 말했습니다.

130 원문은 〈Madama〉, 즉 〈부인〉 또는 〈여인이여〉인데, 상류층 가족에서 사용하던 의례적인 표현으로 볼 수 있다.

「어머니, 저는 우리 잔네타의 놀라운 아름다움과 칭찬할 만한 태도에 반했는데, 그래도 제 사랑을 알아차리지 못하도록 행동했기 때문에, 그녀의 연민을 얻지도 못했고, 누구에게도 그것을 전혀 밝히지 않아 어머니가 보시듯이 제가 이렇게 되었습니다. 어머니가 약속하신 것을 어떤 방식으로든 따르지 않으면, 분명히 제 생명은 짧을 것입니다.」

어머니는 이제 꾸짖기보다 위로해야 할 때라고 생각하여 웃으면서 말했습니다.

「아! 내 아들아, 그러니까 그것 때문에 그렇게 아프게 되었다는 말이냐? 이제 안심하고 나에게 맡겨라. 너는 곧 나을 테니까.」

청년은 희망에 넘쳐 아주 짧은 시간에 많이 호전되는 징후를 보여 주었고, 그리하여 만족한 부인은 자기 약속을 지키기 위해 노력하려고 결심했습니다. 그래서 어느 날 잔네타를 불렀고 아주 친절하게 혹시 사랑하는 연인이 있냐고 물었습니다. 잔네타는 얼굴이 빨개지며 대답했습니다.

「마님, 저처럼 가난하고 집에서 쫓겨난 데다, 다른 사람에게 봉사하며 사는 여자에게는 사랑에 관심을 기울이는 것이 어울리지도 않고 필요하지도 않습니다.」

그러자 부인이 말했습니다.

「그렇다면, 만약 연인이 없다면, 우리가 선물해 주고 싶구나. 너도 아주 즐겁게 살고 네 아름다움을 즐길 수 있도록 말이다. 너처럼 아름다운 아가씨가 연인 없이 사는 것은 어울리지 않으니까.」

그러자 잔네타는 대답했습니다.

「마님, 마님은 가난한 제 아버지에게서 저를 맡아 딸처럼 키워 주셨습니다. 그러므로 저는 마님께서 좋아하시는 일은 뭐든지 해야 할 것입니다. 하지만 이것에 있어서는 원하시는 대로 하기 어렵습니다. 제가 잘할 수 있으리라 믿으시겠지만 말입니다. 만약 마님께서 저에게 남편을 골라 주신다면, 저는 그를 사랑하려고 노력하겠지만 남편이 아니면 안 됩니다. 제 조상의 유산 중 저에게 남아 있는 것은 정조뿐이고, 저는 그것을 생명이 지속되는 한 간직하고 지키고 싶습니다.」

그 말은 아들과의 약속을 지키기 위하여 부인이 하려고 했던 것과 강하게 어긋나는 것처럼 보였습니다. 부인은 현명한 여인이었기에 비록 속으로는 잔네타를 무척 칭찬했지만 말입니다. 그래서 말했지요.

「그렇다면, 잔네타, 만약 젊은 기사이신 국왕 폐하께서 아름다운 아가씨인 너의 사랑에서 즐거움을 얻으시려고 해도 너는 거절하겠느냐?」

그 말에 잔네타는 곧바로 대답했습니다.

「왕께서는 저에게 폭력을 사용할 수 있으시겠지만, 만약 진지하지 않으시다면, 저의 동의를 절대 얻으실 수 없을 것입니다.」

부인은 잔네타의 마음이 무엇인지 이해하고 더 말하지 않고 그녀를 시험하려고 했습니다. 그래서 부인은 병이 나으면 그녀를 그와 함께 한 방에 있게 하겠다고 아들에게 말하면서, 자신이 마치 뚜쟁이처럼 아들을 위하여 변호하고 잔네타에게 부탁하는 것은 옳지 않은 것 같으니, 그녀에게서 자신의 즐거움을 얻도록 궁리해 보라고 했습니다. 그 말에 청년은 어떤 식으로든 불만이었고 곧바로 상태가 심하게 나빠졌습니다. 그것을 보고 부인은 잔네타에게 자기 의도를 분명하게 밝혔지만, 그녀가 전보다 더 확고한 것을 발견하고 자기가 한 일을 남편에게 이야기했습니다. 그들에게 상황은 더 심각해 보였기에 함께 동의하여 잔네타를 아들에게 아내로 주자고 결정하였으니, 적합하지 않은 아내와 함께 살아 있는 아들을 아내도 없이 죽은 아들보다 더 사랑했기 때문이지요. 그리고 많은 이야기 끝에 그렇게 했습니다. 거기에 대해 잔네타는 매우 만족하였고, 자신을 잊지 않으신 하느님께 경건한 마음으로 감사를 드렸으며, 그 모든 일에도 자신이 피카르디 사람의 딸이라는 것 외에는 말하지 않았습니다. 청년은 병이 나았고 누구보다 행복하게 결혼식을 올렸고 잔네타와 함께 행복한 시간을 보내기 시작했습니다.

영국 왕의 사령관과 함께 웨일스에 남아 있던 페로토는 이와 비슷하게 자기 주인의 은총을 받으며 성장하였고, 영국에서[131] 다른 누구보다 멋지고 훌륭한 청년이 되었으며, 마상창 시합이나 다른 모든 무술 시합에서 그와 견줄 만한 사람이 나라에 아무도 없을 정도였습니다. 그리하여 그 모든 것으로 피카르디 사람 페로토라 불린 그는 널리 알려지고 유명해졌습니다. 그리고 하느님께서 누이를 잊지 않으신 것과 마

131 원문은 〈nell'isola〉, 즉 〈섬에서〉이다.

찬가지로 그에 대해서도 생각하신다는 것을 보여 주셨지요. 그 지역에 치명적인 전염병이 엄습하여 주민의 거의 절반을 데려갔고, 게다가 남아 있던 사람들 대부분도 두려움에 다른 지역으로 달아나, 그곳은 완전히 버림받은 것 같았습니다. 그런 치명적인 전염병으로 페로토의 주인인 사령관과 부인 과 아들과 다른 많은 형제와 손주와 친척이 모두 죽었고, 가 족 중에서는 이미 결혼할 나이가 된 아가씨 한 명과 하인 몇 명과 페로토만 남았습니다. 전염병이 어느 정도 멈추자 아가 씨는 살아남은 몇몇 지역 사람의 충고로 용감하고 훌륭한 청 년이었던 페로토를 기꺼이 남편으로 맞이하였고, 그를 자신 이 유산으로 물려받은 모든 것의 주인으로 만들었습니다. 그 리고 얼마 지나지 않아 영국 왕은 사령관이 죽었다는 소식을 듣고 피카르디 사람 페로토의 가치를 알고 있었으므로 죽은 사령관을 대신하여 그를 사령관으로 임명하였습니다.

그러니까 안트베르펜 백작이 잃어버린 듯 남에게 맡긴, 죄 없는 두 자식에게는 간략하게 그런 일이 일어났지요. 안트베 르펜 백작은 파리를 떠나 달아난 지 벌써 18년이 지났을 때 아일랜드에 살고 있었는데, 아주 비참한 생활로 많은 일을 겪으면서 이미 늙은 자기 모습을 보고, 가능하다면 자식들에 게 어떤 일이 일어났는지 알아보고 싶었습니다. 그리하여 예 전과 완전히 달라진 자기 모습을 보고, 또 오랫동안 일을 하 면서 게으르게 살던 젊었을 때보다 훨씬 더 강건해졌다고 느 꼈기에, 초라하고 가난한 차림으로 오랫동안 함께 살던 사람 에게서 떠났고, 영국에 페로토를 남겨 두었던 곳으로 갔습니다. 그리고 그가 사령관이자 위대한 영주가 되었으며, 건강하고 튼튼하고 멋진 모습인 것을 보고 무척이나 기뻤지만, 잔네타에 대한 소식을 알 때까지 자신을 알리고 싶지 않았습니다.

그래서 다시 길을 떠나 런던까지 멈추지 않고 갔습니다. 그리고 거기 사람에게 조심스럽게 딸을 맡겨 둔 귀부인과 딸의 상태에 대해 질문했고, 잔네타가 그 집 아들의 아내가 되었다는 것을 알고 무척이나 기뻤고, 잘 살고 있는 자녀를 다시 보고 나니 지나간 자신의 모든 역경은 하찮다고 생각했습니다. 그리고 딸을 보고 싶은 욕망에 가난한 사람처럼 딸의 집 근처로 자주 가기 시작했는데, 어느 날 자케토 라미엔스(그것이 잔네타의 남편 이름이었지요)가 그를 보더니 가난하고 늙은 그를 동정하여 하인 중 한 명에게 집으로 데려와 하느님에 대한 사랑으로 먹을 것을 주라고 명령하였고, 하인은 기꺼이 그렇게 했습니다.

잔네타와 자케토 사이에는 벌써 자녀가 여럿 있었는데, 그중 제일 큰 아이는 여덟 살이 넘지 않았고, 모두 세상에서 가장 아름답고 귀여운 아이들이었습니다. 아이들은 백작이 먹고 있는 것을 보자 모두 그의 주위에서 즐겁게 놀기 시작했으니, 마치 어떤 미지의 힘에 이끌려 그가 외할아버지라는 것을 느낀 것 같았습니다. 백작은 자기 손주들을 알고 있었기에 그들에게 사랑을 보이고 쓰다듬어 주기 시작했고, 그리하여 아이들은 가정교사가 아무리 불러도 그에게서 떠나려고 하지 않았습니다. 그 말을 듣고 잔네타는 방에서 나가 백작이 있는 곳으로 갔고, 아이들에게 선생님이 원하는 대로 하지 않으면 때려 주겠다고 강하게 위협했습니다. 아이들은 울기 시작했고, 선생님보다 자신들을 더 사랑하는 그 좋은 사람 옆에 있고 싶다고 말했습니다. 그 말에 그녀도 웃고 백작도 웃었습니다.

백작은 이제 아버지로서가 아니라 가난한 사람으로서 딸에게 마치 귀부인에게 그러하듯이 경의를 표하기 위하여 일어났고, 그녀를 보면서 마음속에서 경이로운 즐거움을 느꼈습니다. 하지만 그녀는 당시에도 또 이후에도 그를 전혀 알아보지 못하였으니, 예전과는 완전히 다르게 변했기 때문입니다. 늙은 그는 이제 하얀 머리에 수염이 더부룩하고 야위고 그을렸으니 백작이 아니라 전혀 다른 사람 같았지요. 그리고 아이들이 백작에게서 떠나려고 하지 않고 그가 떠나려고 하면 우는 것을 보고 그녀는 가정교사에게 잠시 그대로 놔두라고 했습니다. 그렇게 아이들이 그 좋은 사람과 함께 있는 동안 자케토의 아버지가 돌아왔고, 가정교사로부터 그런 일에 대해 들었습니다. 그는 잔네타를 싫어하였기 때문에 이렇게 말했습니다.

「하느님께서 자기들에게 준 불행과 함께 있도록 놔둬요. 자기들 어미를 통하여 부랑자의 핏줄을 이어받았으니까. 그러니 부랑자와 함께 살고 싶어 해도 놀랄 것 없지.」

그 말을 들은 백작은 무척이나 괴로웠지만, 단지 어깨를 한번 으쓱하고 다른 때에도 여러 번 그랬던 것처럼 그런 모욕을 참았습니다. 아이들이 그 좋은 사람, 그러니까 백작과 함께 즐겁게 놀았다는 말을 들은 자케토는, 비록 마음에 들지는 않았지만, 워낙 아이들을 사랑하였기에 아이들이 우는 것을 보기 전에, 만약 그 좋은 사람이 집 안에서 봉사하고 싶다면 받아들이겠다고 했습니다. 백작은 기꺼이 그렇게 하겠지만, 자기 삶의 모든 시간을 말을 보살피는 데 보냈으므로 그 일밖에 할 줄 모른다고 대답했습니다. 그리하여 그에게 말 한 필이 배당되었고, 백작은 말을 보살피고 나면 아이들과 놀려고 생각했습니다.

그렇게 드러난 운명이 안트베르펜 백작과 자녀들을 이끌고 가는 동안, 프랑스 왕이 독일 사람들과 여러 번 휴전을 체결한 다음 죽었고, 왕자가 왕위에 올랐는데, 바로 그의 왕비 때문에 백작이 쫓겨났던 것입니다. 독일 사람들과 마지막 휴전이 끝나자 왕은 다시 매우 격렬한 전쟁을 시작했고, 그를 도와주기 위하여 새로운 친척이 된 영국 왕은 자기 사령관 페로토와 다른 사령관의 아들 자케토 라미엔스의 지휘 아래 많은 병사를 보냈고, 자케토와 함께 그 좋은 사람, 즉 백작도 갔는데, 누구에게도 알려지지 않은 채 상당히 오래 마부로서 군대 안에 머물렀습니다. 그러면서 그는 유능한 사람이었기에 충고와 행동으로 자신에게 요구되는 것 이상으로 잘 활약했습니다.

전쟁 중에 프랑스 왕비가 심한 중병에 걸렸는데, 왕비 자신이 곧 죽으리라는 것을 알고 자기 죄를 모두 뉘우치면서 모든 사람이 아주 거룩하고 훌륭한 사람으로 받드는 루앙[132]의 대주교에게 경건하게 고해하였으니, 다른 죄들 사이에서 자기 때문에 안트베르펜 백작이 커다란 누명을 뒤집어썼다는 것을 이야기하였습니다. 단지 대주교에게 말하는 것에 만족하지 않고 다른 많은 훌륭한 사람 앞에서 어떻게 된 일인지 모두 이야기했고, 살았든 죽었든 백작과 자녀들이 원래의 지위로 돌아가도록 왕과 함께 노력해 달라고 부탁했습니다. 그런 다음 왕비는 얼마 살지 못하고 이 세상을 떠났고 명예롭게 매장되었습니다.

그런 고백은 왕에게 전해졌고, 왕은 훌륭한 사람에게 부당하게 가해진 모욕에 대해 괴로운 한숨을 쉰 다음 군대 전체에, 그리고 나아가 다른 많은 곳에 포고문을 발표하게 하였으니, 안트베르펜 백작이나 그의 자녀에 대한 소식을 알려주는 사람은 각각에 대해 놀라운 보상을 받으리라는 것이었지요. 왕비의 고백을 듣고 왕 자신은 백작이 망명을 떠나게 된 것에 죄가 없다고 생각했기 때문에, 백작을 원래의 신분보다 더 높은 신분으로 돌아가게 해주고 싶었던 것입니다. 백작은 마부 상태에서 그 소식을 들었고 그것이 사실이라고 생각하여 곧바로 자케토에게 갔고, 페로토와 함께 자리하고 싶다고 부탁하였으니, 왕이 찾고 있는 것을 그들에게 보여주고 싶었기 때문입니다. 그리하여 세 명이 함께 모인 자리에서 백작은 이제 자신의 신분을 밝히려고 생각하여 페로토에게 말했습니다.

「페로토, 여기 있는 자케토는 네 누이를 아내로 맞이했는

---

132 Rouen. 프랑스 북부 노르망디지방의 주도이다.

데, 어떤 지참금도 없었다. 그러므로 네 누이가 지참금이 없지 않도록, 나는 왕이 약속하는 그렇게 큰 보상을 다른 사람이 아니라 자케토가 받게 하고 싶구나. 이제 네가 안트베르펜 백작의 아들이라는 것을 밝히면, 너에 대해, 그리고 네 누이이자 자케토의 아내인 비올란테에 대해, 그리고 안트베르펜 백작이자 네 아버지인 나에 대해 내릴 보상을 말이다.」

페로토는 그 말을 듣고 뚫어지게 그를 응시하더니 곧바로 알아보았고, 울면서 그의 발밑에 몸을 던지고 그를 껴안으면서 말했습니다.

「아버지, 정말 잘 오셨습니다!」

자케토는 먼저 백작이 한 말을 듣고, 이어서 페로토가 한 행동을 보고, 커다란 놀라움과 동시에 커다란 즐거움에 압도되었으니, 무엇을 해야 할지 모를 지경이었습니다. 하지만 그 말을 믿었고, 자기가 마부 백작에게 했던 모욕적인 말들이 무척이나 부끄러웠기에, 울면서 그의 발 앞에 몸을 던지며 과거의 모든 모욕에 대해 겸손하게 용서를 구했고, 백작은 너그럽게 그를 일으켜 세우면서 용서해 주었습니다. 그리고 세 사람 모두 각자의 여러 가지 사건을 이야기하면서 많이 울었고 동시에 많이 기뻐하였으며, 페로토와 자케토가 백작에게 옷을 갈아입히려고 했지만, 백작은 절대로 허용하지 않았으니, 먼저 자케토가 약속한 보상을 받는다고 확신한 다음 그런 마부 옷차림으로 왕 앞에 나타남으로써 왕을 더 부끄럽게 만들고 싶었습니다.

그리하여 자케토는 백작과 페로토와 함께 왕 앞으로 갔고,

포고문에서 말하는 대로 보상을 준다면 백작과 자녀들을 데려오겠다고 했습니다. 왕은 곧바로 모두에 대한 놀라운 보상을 자케토의 눈앞에 가져오도록 했고, 정말로 백작과 자녀들을 약속한 대로 보여 준다면 가져가라고 하였습니다. 그러자 자케토는 뒤를 돌아보며 자기 마부인 백작과 페로토를 앞으로 나오게 한 다음 말했습니다.

「폐하, 여기 백작과 아들이 있습니다. 딸은 제 아내인데 지금 여기 없지만, 하느님의 도움으로 곧 보시게 될 것입니다.」

왕은 그 말을 듣고 백작을 바라보았고, 비록 예전의 모습과 많이 바뀌었지만, 그래도 한참 바라보더니 알아보고, 눈가에 눈물을 글썽이면서 무릎을 꿇고 있는 백작을 일으켜 세워 껴안고 입을 맞추었으며, 페로토도 다정하게 맞이했습니다. 그리고 곧바로 백작에게 그의 신분에 어울리는 옷과 하인과 말과 마구(馬具)를 갖추어 주라고 명령했고, 그것은 금세 실행되었습니다. 그 외에도 왕은 자케토를 아주 명예롭게 대우하였으며, 지나간 그의 사건들을 모두 알고 싶었습니다. 자케토가 백작과 그의 자식들에 대해 알려 준 대가로 커다란 보상을 받았을 때 백작은 그에게 말했습니다.

「위대하신 국왕 폐하께서 주신 그 선물을 받게. 그리고 잊지 말고 자네 아버지에게 말하게. 자네 아이들, 그러니까 자네 아버지와 나의 손주들은 부랑자 어머니에게서 태어나지 않았다고 말이야.」

자케토는 선물을 받고 아내와 어머니를 파리로 불렀고, 페로토의 아내도 왔습니다. 그리하여 백작과 함께 매우 성대한 잔치를 벌였고, 왕은 백작에게 모든 것을 돌려주었으며 이전보다 훨씬 더 높은 지위를 주었습니다. 그런 다음 왕의 허락과 함께 각자 자기 집으로 돌아갔고, 백작은 죽을 때까지 파리에서 아주 영광스럽게 살았답니다.]

아홉째 이야기

제노바 출신 베르나보는 암브로주올로에게 속아 자기 재산을 잃고
죄 없는 아내를 죽이라고 명령한다. 아내는 달아나고, 남자 차림으로
술탄에게 봉사하고, 속인 사람을 찾아내고, 베르나보를
알렉산드리아로 부른다. 거기에서 속인 사람을 처벌하고
다시 여자 옷을 입고 남편과 함께 부자가 되어 제노바로 돌아간다.

엘리사가 연민을 자아내는 이야기로 자기 의무를 마치자 아름답고 당당한 모습의 여왕 필로메나는 누구보다 즐겁고 웃는 얼굴로 생각을 가다듬고 말했습니다.

「디오네오에게 한 약속을 지키고 싶은데, 이야기할 사람으로 그와 저밖에 남지 않았으니, 제가 먼저 이야기하겠습니다. 그리고 호의를 요구한 그가 마지막으로 이야기할 것입니다.」

그렇게 말한 다음 이렇게 시작했습니다.

[민중들 사이에는 이런 속담이 있는데, 〈속이는 자는 속는 자의 발아래에 있다〉는 것이지요. 그것은 실제로 일어나는 사건을 통하여 증명되지 않으면, 왜 그런지 사실로 보이지

않을 수도 있습니다. 그러므로 사랑하는 여인들이여, 정해진 주제에 따라 저는 속담이 말하는 것이 사실임을 증명하고 싶은 생각이 떠올랐는데, 그 이야기를 들으면 여러분도 속이는 자를 조심하게 되므로 분명히 유용할 것입니다.

파리의 어느 여관에 이탈리아의 대규모 상인들이 몇 명 머무르고 있었는데, 그들의 관례대로 각자 이런저런 필요한 일 때문이었습니다. 어느 날 저녁 모두 즐겁게 식사를 마치고 여러 가지에 관하여 이야기하기 시작했고, 이런저런 주제로 넘어가면서 집에 남겨 두고 온 자신들의 아내에 대해 말하게 되었고, 한 사람이 농담조로 말했습니다.

「나는 내 아내가 어떻게 하는지 모르지만, 이것은 알고 있소. 그러니까 여기에서 마음에 드는 어느 젊은 여자가 내 손에 들어오게 된다면, 나는 아내에 대한 사랑을 한쪽에 제쳐 두고 여기 그 여자에게서 얻을 수 있는 즐거움을 얻을 것이오.」

그러자 다른 사람이 말했습니다.

「나도 그렇게 할 거요. 아내가 다른 즐거움을 얻는다고 내가 믿으면, 아내는 그럴 것이고, 내가 믿지 않더라도 마찬가지니까 말이오. 그러니까 한 사람이 하면 상대방도 똑같이 하겠지요. 마치 당나귀가 벽에 부딪히면 자기도 똑같은 충격을 받는 것[133]과 같지요.」

세 번째 사람도 그와 같은 견해를 말하게 되었고, 간단히

133 이 속담은 나중에 여덟째 날 여덟째 이야기에서도 반복되어 나온다.

말해 모두가 그것에, 그러니까 집에 남겨 둔 여자들이 시간을 낭비하지 않으리라는 생각에 동의하는 것처럼 보였습니다. 단지 한 사람 제노바 출신 상인 베르나보 로멜린은 정반대로 말했으니, 자기는 하느님의 특별한 은총으로, 여자나 대다수 기사나 기사 수련생이 가져야 하는 모든 덕성을 가장 완벽하게 지닌 여자를 아내로 데리고 있으며, 아마 이탈리아에는 그런 여자가 다시 없을 것이라고 주장하였지요. 그러니까 그녀는 몸매도 아름답고 여전히 매우 젊고 재빠르고 신체도 강건할 뿐만 아니라, 가령 비단 작업처럼 여자에게 속하는 모든 일에 대해 다른 어떤 여자도 그녀만큼 잘하지 못할 것이라고 했습니다. 그 외에도 어떤 하인이나 시종도 주인의 식탁에서 그녀만큼 현명하게 시중을 들지 못할 정도로 매우 예의 바르고 현명하고 무척 신중하다고 말했습니다. 이어서 아내는 말을 탈 줄도 알고, 새를 다룰 줄도 알고,[134] 글을 읽고 쓸 줄도 알고, 마치 상인처럼 계산할 줄도 알며, 그뿐 아니라 다른 많은 것을 칭찬한 다음 거기에서 이야기하고 있는 주제로 넘어갔으니, 그녀보다 정숙하고 정결한 여자는 절대 찾아볼 수 없다고 맹세할 수 있다고 단언하였고, 그러므로 자기가 십 년이나 아니면 영원히 집 밖에서 산다고 해도 그녀는 절대 다른 남자와 그런 어리석은 일을 벌일 생각도 하지 않으리라고 확실하게 믿는다고 했습니다.

그렇게 이야기하는 상인들 사이에 암브로주올로 다 피아

---

134 매사냥에 사용되는 매를 다룰 줄 안다는 뜻이다.

첸차[135]라는 젊은 상인이 있었는데, 그는 베르나보가 자기 아내를 그렇게 칭찬하는 것에 대해 세상에서 가장 큰 웃음을 터뜨리기 시작했고, 그를 놀리면서 혹시 황제가 다른 모든 사람보다 그에게 그런 특권을 주었느냐고 물었습니다. 베르나보는 약간 당황하더니 황제가 아니라, 황제보다 더 많은 일을 하시는 하느님께서 자신에게 그런 은총을 베푸셨다고 대답하였지요. 그러자 암브로주올로가 말했습니다.

「베르나보, 나는 당신이 그것을 진실이라 믿고 말한다는 것을 전혀 의심하지 않아요. 하지만 내가 보기에 당신은 사물의 본질을 잘 살펴보지 않은 것 같네요. 만약 잘 살펴보았다면, 당신의 지성이 둔감해서 이런 주제에 대해 더 적절하게 말할 만큼 잘 모르고 있다고 내가 느끼지 않을 것이오. 우리는 우리 아내에 대해 매우 자유롭게 말했는데, 우리가 당신과 다른 아내를 갖고 있다고 믿는 것이 아니라, 그것이 자연스러운 인식임을 당신이 믿도록, 그 주제에 대해 당신과 잠시 논의하고 싶군요.

내가 언제나 이해한 바에 의하면, 남자는 하느님께서 창조하신 생물들 사이에서 가장 고귀한 동물이고, 그다음이 여자입니다. 남자는 일반적으로 믿고 또 행동으로 볼 수 있듯이 가장 완벽하지요. 그리고 완벽하기 때문에 틀림없이 더 확고해야 하며 실제로 그렇지요. 그런데 일반적으로 여자들은 더 유동적이고, 그 이유는 많은 자연적인 근거로 증명될 수 있

135 Piacenza. 이탈리아 북부 에밀리아로마냐 지방의 도시이다.

는데, 지금은 그것에 대해 논의하고 싶지 않습니다. 그러니까 남자가 더 확고한데도 자신에게 부탁하는 여자에게 응할 뿐만 아니라 자기가 좋아하는 여자에 대한 욕망을 억제할 수 없다면, 게다가 그 여자와 함께하려고 가능한 것을 하려는 욕망이 한 달에 한 번이 아니라 하루에도 수없이 일어날 수 있다면, 자연적으로 변덕스러운 여자가 어떻게 자기를 사랑하는 남자가 활용하는 부탁이나 유혹, 선물, 다른 수많은 방법에 대처할 수 있으리라고 생각하오? 여자가 저항할 수 있다고 믿어요?

아무리 그렇게 주장해도, 나는 당신이 그렇게 믿는다고 생각하지 않아요. 당신의 아내는 여자이고 다른 여자처럼 뼈와 살로 이루어져 있다고 당신 자신이 말하잖아요. 그러니까 그녀도 분명히 그런 똑같은 욕망을 품고 있을 것이고, 그런 자연스러운 욕망에 저항하는 데에도 다른 여자들과 똑같은 힘을 갖고 있을 것입니다. 그러므로 그녀가 아무리 정숙하더라도 다른 여자들이 하는 것처럼 할 수 있을 뿐입니다. 그러니 당신처럼 그렇게 절대적으로 부정하거나 정반대로 주장할 수 있는 것은 전혀 없습니다.」

그러자 베르나보는 대답했습니다.

「나는 상인이지 철학자가 아니요. 그러니 상인으로서 대답하겠소. 내가 알기로 당신이 말하는 일은 아무런 부끄러움도 없는 어리석은 여자들에게나 일어날 수 있지요. 하지만 현명한 여자들은 자신의 명예를 아주 중요하게 생각하여, 명예를 고려하지 않고 조심하지 않는 남자들보다 더 강해지지요. 내 아내가 바로 그런 여자라오.」

그러자 암브로주올로가 말했습니다.

「사실 만약에 여자가 그런 일을 할 때마다 이마에 뿔이 돋아나서 자신이 한 일에 대한 증거가 제공된다면, 그런 일을 하려는 여자들은 적으리라고 생각해요. 하지만 뿔은 돋아나지 않을 뿐만 아니라, 신중한 여자들에게는 아무런 흔적이나 발자국도 나타나지 않고, 일이 밝혀지지 않으면 부끄러움이나 명예 손상은 없는 것이지요. 그러므로 할 수 있으면 몰래 그렇게 하고, 아니면 어리석음 때문에 하지 않는 거예요. 그리고 이것은 분명히 알아 둬요. 유일하게 정숙한 여자는 어떤 남자에게도 전혀 요구받지 않았거나 아니면 자신이 요구했는데도 충족되지 않은 그런 여자라는 것을 말이오. 그리고 아무리 내가 자연적이고 진실한 근거로 그렇게 알고 있더라도, 내가 많은 여자와 실제로 여러 번 경험하지 않았다면, 지금처럼 이렇게 자신 있게 말하지 않을 것이오. 당신에게 이렇게 말하는 것은, 만약 내가 그렇게나 거룩한 당신의 아내 옆에 있다면, 짧은 시간 안에 전에 다른 여자들과 했던 것을 그녀와 할 수 있다고 믿기 때문이오.」

베르나보는 화가 나서 대답했습니다.

「말로 논쟁하는 것은 너무 터무니없을 것이오. 당신도 계속 말할 것이고, 나도 계속 말할 것이니, 결국에는 아무 결론도 나지 않겠지요. 하지만 모든 여자가 그렇게 쉽게 굴복하고 당신의 재주가 그 정도라고 말하니까, 내 아내의 정숙함을 당신이 확신할 수 있도록, 만약 혹시라도 그녀를 당신이 원하는 그런 행동으로 이끌 수 있다면, 나는 내 머리를 자르라고 할 각오가 되어 있소. 그리고 만약에 당신이 할 수 없다면 금화 1천 피오리노를 내라고 하고 싶소.」

암브로주올로는 이제 논쟁에 달아올라 대답했습니다.

「베르나보, 만약 내가 이긴다면 당신의 피로 무엇을 해야 할지 모르겠네요. 하지만 내가 이미 논의한 것에 대한 증거를 보기 원한다면, 당신의 금화 5천 피오리노를 내놓으시오. 나의 1천 피오리노에 비한다 해도 그것이 당신의 머리보다는 쌀 테니까요. 그리고 당신은 아무런 기간도 정하지 않았는데, 나는 여기에서 출발하는 날로부터 석 달 안에 제노바로 가서 당신의 아내를 내 의지대로 만들겠소. 또 그것에 대한 증거로 그녀의 아주 귀중한 물건이나 여러 가지 증거를 가져와서 당신 자신이 인정하게 할 것이오. 다만 그 기간 안에 당신은 당신의 믿음을 걸고 절대 제노바에 가지도 않고, 아내에게 이런 일에 대해 어떤 편지도 쓰지 않는다는 조건으로 말이오.」

베르나보는 마음에 든다고 대답했습니다. 그리고 그 자리에 있던 다른 상인들이 이로 인해 큰일이 일어날 수 있다는 것을 알고 막으려고 아무리 노력하여도, 두 사람의 마음은 너무나 불타올랐기에 다른 사람들의 의지에도 불구하고 자신들의 손으로 쓴 멋진 서약서로 서로에게 의무를 부과했습니다. 이다음 베르나보는 남았고, 암브로주올로는 가능한 한 빨리 제노바로 갔습니다. 그리고 며칠 동안 머무르면서 아주 조심스럽게 구역의 이름과 그 부인의 품행에 대한 정보들을 얻었고, 베르나보에게서 들었던 것 이상으로 이해하였고, 그 래서 자신이 미친 일을 벌인 것처럼 보였습니다. 하지만 그 래도 그 집에 자주 드나들며 부인이 매우 좋아하는 어느 가 난한 여자를 알게 되었고, 다른 것으로 유혹할 수 없었기에 돈으로 그녀를 타락시켰고, 일부러 제작한 상자 안으로 들어 간 다음 그녀에게 부인의 집으로 운반하게 했을 뿐만 아니라 부인의 침실 안에 갖다 놓게 했습니다. 그리고 그 착한 여자 는 암브로주올로가 지시한 대로 마치 다른 곳에 가야 하는 것처럼 며칠 동안 상자를 부인에게 맡겨 두었습니다.

그러니까 상자는 침실 안에 있었고, 밤이 되자 암브로주올 로는 부인이 잠들었다고 생각해 자신의 도구로 상자를 열고 조용히 침실로 나갔는데, 침실에는 등불이 하나 켜져 있었지 요. 그 덕분에 방의 배치와 그림들, 그리고 거기에 있던 다른 주목할 만한 것을 살펴보고 기억 속에 간직하기 시작했습니 다. 그런 다음 침대로 다가갔고, 부인과 함께 있는 어린 소녀 가 깊이 잠들어 있는 것을 알고 천천히 이불을 걷어 부인의 전신을 드러냈고, 옷을 입은 것처럼 벌거벗은 모습도 아름다 운 것을 보았지만 보고할 만한 특별한 특징을 보지 못하였는 데, 단지 하나의 특징으로 왼쪽 가슴 아래에 점 하나가 있고 그 주위에 황금 같은 금발 솜털이 몇 개 있었습니다. 그것을 본 다음 조용히 이불을 다시 덮었지요. 비록 그렇게 아름다 운 모습에 자기 목숨을 건 모험을 감행하여 그녀 곁에 눕고 싶은 욕망을 느꼈지만 말입니다. 하지만 부인이 그런 모험에 대해 매우 완강하고 엄격하다는 말을 들었으므로 위험을 무롭쓰지 않았습니다. 그리고 밤 동안 침실 안에 편안하게 있었고, 그녀의 궤짝에서 가방과 겉옷, 반지, 허리띠 몇 개를 꺼내 모두 자기 상자 안에 넣었고, 자신도 안으로 다시 들어간 다음 처음처럼 자물쇠를 채웠습니다. 그리고 그렇게 이틀 밤을 보냈고, 부인은 아무것도 깨닫지 못했습니다.

셋째 날이 되자 착한 여자는 미리 지시한 대로 자기 상자를 가지러 왔고 상자를 다시 가져가 열었습니다. 상자에서 나온 암브로주올로는 약속한 보상으로 여자를 만족하게 해 주었고, 가능한 한 빨리 그 물건들을 가지고 정해진 기한 전에 파리로 돌아갔습니다. 그리고 논쟁하고 내기했을 때 함께 있었던 상인들을 불렀고, 베르나보가 있는 자리에서 자기들 사이에 한 내기에서 자신이 자랑했던 것을 완수했으므로 이겼다고 말했습니다. 그리고 그것이 사실임을 증명하기 위하여 먼저 부인의 침실 모습과 침실의 그림들에 대해 묘사하였고, 이어서 가지고 온 부인의 물건들을 보여 주면서 그녀에게 받았다고 주장했습니다. 베르나보는 침실이 그가 말하는 대로이며 더구나 그 물건들이 정말로 자기 아내의 물건이라는 것을 고백했습니다. 하지만 그가 집의 어느 하인에게서 침실의 특징을 알게 되었고, 비슷한 방식으로 물건들을 가지고 왔을 수도 있다고 말했으며, 따라서 만약 다른 증거를 제시하지 않으면[136] 그것만으로 그가 이겼다는 것을 충분히 입증하지 못하는 것 같다고 했습니다. 그러자 암브로주올로가

---

136 원문은 〈se altro non dicea〉, 즉 〈다른 것을 말하지 않으면〉이다.

말했습니다.

「사실 이것으로 충분할 것이오. 하지만 당신이 다른 것을 더 말하기를 원하니까 말하겠소. 그러니까 지네브라 부인, 즉 당신의 아내는 왼쪽 가슴 아래에 상당히 큼직한 점 하나가 있고, 그 주위에는 황금 같은 금발 솜털이 여섯 개 정도 있어요.」

그 말을 들었을 때 베르나보는 마치 심장이 칼에 찔린 것처럼 강렬한 고통을 느꼈고, 얼굴색이 완전히 바뀌며 말을 하지 못함으로써 암브로주올로의 말이 사실이라는 것을 아주 명백하게 보여 주었습니다. 그리고 잠시 후에 말했습니다.

「여러분, 암브로주올로가 말하는 것은 사실입니다. 그래서 그가 이겼으므로 원할 때 오면 돈을 줄 것입니다.」

그리하여 다음 날 암브로주올로는 돈을 모두 받았고, 베르나보는 파리에서 출발하여 아내에게 분노한 마음으로 제노바를 향하여 갔습니다. 하지만 제노바에 가까워지자 도시로 들어가고 싶지 않았으므로, 제노바에서 20마일 정도 떨어진 자기 소유지에 머물렀습니다. 그리고 매우 신뢰하는 하인에게 말 두 필과 자신의 편지들을 가지고 제노바로 가게 했는데, 아내에게 자신이 돌아왔으니 하인과 함께 자신에게 오라고 썼습니다. 그리고 하인에게 아내와 함께 적당한 곳에 이르렀을 때 실수 없이 그녀를 죽이고 자기에게 돌아오라고 비밀리에 명령하였습니다.

그리하여 제노바에 도착한 하인은 편지를 전달했고 부인에게서 큰 환영을 받았습니다. 부인은 다음 날 아침 하인과 함께 말을 타고 소유지를 향하여 길을 떠났고, 함께 가면서 여러 가지에 대해 말하다가 높은 절벽과 나무들로 둘러싸인 아주 깊숙하고 외딴 계곡에 이르렀습니다. 그곳이 하인에게는 아무런 위험 없이 안심하고 자기 주인의 명령을 수행할 장소처럼 보였기에 칼을 꺼내 부인의 팔을 잡고 말했습니다.

「마님, 하느님께 마님의 영혼을 맡기십시오. 더 앞으로 가지 않고 마님은 죽어야 하니까요.」

부인은 칼을 보고 또 그 말을 듣고 깜짝 놀라 말했습니다.

「하느님, 자비를 베푸소서! 나를 죽이기 전에 내가 너에게 무슨 잘못을 했기에 나를 죽여야 하는지 말해 다오.」

하인은 말했습니다.

「마님, 마님은 저에게 어떤 잘못도 하지 않았습니다. 하지만 마님이 주인 나리께 어떤 잘못을 하셨는지 저는 모릅니다만, 단지 주인 나리께서 아무런 자비 없이 이 길에서 마님을 죽이라고 저에게 명령하셨습니다. 만약 제가 그렇게 하지 않으면, 제 목을 매달겠다고 위협하셨습니다. 제가 나리께 얼마나 충성하는지, 그리고 나리의 명령을 거부하지 못한다는 것을 마님께서 잘 아실 것입니다. 마님께 죄송하다는 것을 하느님께서 아시겠지만, 다른 도리가 없습니다.」

그 말에 부인은 울면서 말했습니다.

「아! 하느님, 자비를 베푸소서! 단지 다른 사람에게 봉사하기 위하여 너에게 전혀 잘못하지 않은 사람의 살인자가 되려고 하지 마라. 모든 것을 아시는 하느님께서는 내가 남편에게 이런 보상을 해야 하는 일을 절대 하지 않았음을 알고 계신다. 하지만 지금은 그것을 제쳐 두자. 너는 원한다면, 하느님과 네 주인과 나를 동시에 기쁘게 해줄 수 있으니, 이렇게 하면 된다. 너는 내 옷을 가져가고, 나에게 네 조끼와 두건만 다오. 그리고 내 옷을 갖고 너와 나의 주인께 돌아가 나를 죽였다고 말해라. 네가 나에게 선물해 줄 그 목숨을 걸고 맹세하건대, 나는 완전히 사라져서 남편이나 너에게 또 이 지역의 누구에게도 나에 대한 소식이 전해지지 않을 곳으로 갈 것이다.」

부인을 전혀 죽이고 싶지 않았던 하인은 쉽게 연민을 갖게 되었습니다. 그래서 부인의 옷을 받고 자기 조끼와 두건을 주었고, 갖고 있던 약간의 돈을 주면서 그 지역에서 사라져 달라고 부탁하였습니다. 그리고 계곡에 서 있는 부인을 남겨 둔 채 자기 주인에게 돌아갔고, 그의 명령을 수행하였을 뿐만 아니라 죽은 부인의 시체를 여러 마리의 늑대 사이에 내버려 두었다고 말했습니다. 베르나보는 얼마 후 제노바로 돌아갔는데, 그 일이 알려지면서 커다란 비난을 받았습니다.

절망한 채 혼자 남은 부인은 밤이 되자 가능한 대로 잘 변장하고 가까운 곳에 있던 작은 집으로 가서 어느 노파에게서 필요한 것을 구하였고, 조끼를 자기 몸에 맞도록 수선하고 짧게 만들었으며, 자기 셔츠로 짧은 바지를 만들었고, 머리칼을 잘라 완전히 뱃사람의 모습으로 변신하여 바다를 향해 갔습니다. 그리고 바닷가에서 우연히 어느 친절한 카탈루냐 사람을 만났는데, 그의 이름은 엔 카라르 씨였고, 그는 거기에서 약간 멀리 떨어진 알벤가[137]에 정박한 자신의 배에서 내려 시원한 물을 마시려고 샘에 왔던 것입니다. 그와 이야기를 나누다가 부인은 그의 하인이 되기로 하여 배에 올랐고, 자신은 시쿠라노 다 피날레라고 했습니다. 배에서 그 친절한 사람에게서 받은 더 나은 옷으로 갈아입고 훌륭하게 그에게 잘 봉사하기 시작했으니 그가 무척 좋아했습니다.

그리고 얼마 지나지 않아 그 카탈루냐 사람은 화물을 싣고 알렉산드리아로 항해하였고, 송골매[138] 몇 마리를 술탄에게 가져가 바쳤습니다. 술탄은 카탈루냐 사람에게 몇 차례 먹을 것을 제공했는데, 언제나 그에게 봉사하는 시쿠라노의 품행을 보고 마음에 들었고, 그래서 그를 자신에게 달라고 요구했고, 카탈루냐 사람은 몹시 마음이 아팠지만 건네주었습니다. 시쿠라노는 아주 훌륭한 행동으로 카탈루냐 사람에게 받은 것보다 더 큰 은총과 사랑을 짧은 시간에 술탄에게서 얻게 되었지요. 그렇게 시간이 흐르는 동안 해마다 일정한 기간에 아코[139]에서 일종의 박람회가 열려 그리스도인 상인들과 사라센 상인들이 많이 모이게 되었습니다. 아코는 술탄의 지배 아래 있었고, 따라서 상인들과 상품들을 안전하게 보호하기 위하여 술탄은 언제나 거기에 관리들 외에 자신의 고위 신하 중에서 한 명을 병사들과 함께 보내 경비하게 했습

137 Albenga. 이탈리아 북서부 리구리아 해안의 작은 항구로 제노바 남서쪽에 있다. 거기에서 가까운 바닷가에 피날레 리구레Finale Ligure가 있고, 남장한 지네브라는 자신이 〈시쿠라노 다 피날레Sicurano da Finale〉라고 소개한다.

138 학명은 〈Falco peregrinus〉로 매사냥에 특히 적합한 귀한 매로 알려져 있었다.

니다. 그 시기가 다가오자 술탄은 그런 임무에 벌써 자신들의 언어도 아주 잘하는 시쿠라노를 보내려고 생각하여 그렇게 했습니다.

그러니까 시쿠라노는 아코에 상인들과 상품들의 경비대 대장이며 총책임자[140]로 갔고, 자기 임무에 속하는 일을 훌륭하게 잘 해내면서 주위를 돌아보고 다녔는데, 시칠리아, 피사, 제노바, 베네치아에서 온 많은 상인과 다른 이탈리아 사람들을 보면서 고향에 대한 추억으로 그들과 기꺼이 친해졌습니다. 그러던 어느 날 베네치아 상인들의 상관(商館)에서 말에서 내렸고 다른 귀중품들 사이에서 가방과 허리띠를 보았는데, 그것이 자기 것임을 곧바로 알아보고 깜짝 놀랐습니다. 하지만 조금도 내색하지 않고 조심스럽게 그게 누구의 것인지, 그리고 팔려는 것인지 물었습니다. 거기에는 암브로주올로 다 피아첸차가 베네치아인들의 배에다 많은 상품을 싣고 와 있었는데, 경비대 대장이 누구의 것인지 묻는 소리를 듣고 앞으로 나와 웃으면서 말했습니다.

「나리, 이 물건들은 제 것이고 팔지 않습니다. 하지만 마음에 드신다면 제가 기꺼이 선물하겠습니다.」

시쿠라노는 그가 웃는 것을 보고, 혹시 어떤 행동으로 인해 자신을 알아본 것이 아닐까 의심이 들었지만, 여전히 단

139 아코(또는 아크레)는 이스라엘 북서부의 항구 도시로, 십자군 전쟁을 통하여 유럽의 그리스도인들이 점령하고 있었으나 1291년 이슬람 세력에게 마지막으로 함락되었다. 원문은 〈아크리Acri〉인데, 당시 이탈리아 사람들은 〈산 조반니 다크리San Giovanni d'Acri〉라 불렀다.
140 원문은 〈signore〉, 즉 〈영주〉 또는 〈주인〉이다.

호한 표정을 지으면서 말했습니다.

「너는 군인인 내가 이런 여자들 물건에 대해 질문하여 웃는 것이냐?」

그러자 암브로주올로는 말했습니다.

「나리, 저는 그래서 웃는 것이 아니라, 제가 그것을 얻게 된 방법이 생각나 웃는 것입니다.」

그 말에 시쿠라노는 말했습니다.

「세상에! 신께서 너에게 행운을 주셨으니까, 만약 부적절하지 않다면, 네가 어떻게 얻게 되었는지 말해 보아라.」

암브로주올로는 말했습니다.

「나리, 이것들은 지네브라 부인이라는 제노바의 어느 귀부인이 다른 물건과 함께 저에게 선물한 것입니다. 베르나보 로멜린의 아내인 그녀와 잠자리를 함께했던 날 밤에 저에게 사랑의 징표로 간직하라고 부탁하였지요. 그런데 베르나보의 어리석음이 생각나서 제가 웃었던 것입니다. 그는 얼마나 어리석은지, 제가 자기 아내와 즐거움을 얻지 못하리라는 것에 금화 1천 피오리노를 건 것에 대해 자신은 5천 피오리노를 걸었지요. 그런데 제가 해냈고 내기에서 이겼습니다. 그리고 그는 자신의 어리석음을 처벌해야 하는데, 모든 여자가 하는 것을 자기 아내가 했다는 이유로 파리에서 제노바로 돌아가서, 제가 들은 바에 의하면, 아내를 죽였다고 합니다.」

그 말을 듣고 시쿠라노는 베르나보가 자신에게 분노한 이유가 무엇이었는지 곧바로 깨달았고, 암브로주올로가 모든 자기 불행의 원인이라는 것을 분명히 알았으며, 그가 벌을 받지 않게 놔두지 않으려고 생각했습니다. 그래서 시쿠라노는 그 이야기가 무척 재미있는 척하였고, 교묘하게 그와 매우 가깝고 친숙해졌으며, 나중에는 그를 부추겨서 결국 암브로주올로는 박람회가 끝난 뒤 자신의 모든 물건을 가지고 함께 알렉산드리아로 갔습니다. 거기에서 시쿠라노는 암브로주올로에게 상관을 열어 주고 그의 손에 상당한 돈이 들어가게 해주었고, 그리하여 암브로주올로는 자신에게 상당히 유익하다는 것을 알고 거기에 계속 거주하려고 했습니다.

시쿠라노는 자신의 결백함을 빨리 베르나보에게 분명히 밝혀 주고 싶었기에 전혀 쉬지도 않고 알렉산드리아에 있던 제노바 출신 몇몇 대상인의 도움을 받아 베르나보가 오게 했습니다. 베르나보는 매우 가난한 상태에 있었기 때문에, 시쿠라노는 하려는 일을 수행하기에 적합한 시간이 될 때까지 그를 받아 달라고 은밀하게 한 친구에게 부탁했지요. 시쿠라노는 벌써 암브로주올로에게 술탄 앞에서 그 이야기를 하게 했고, 그래서 술탄을 즐겁게 해주었습니다. 하지만 베르나보가 온 것을 보고 필요한 일에 머뭇거리지 않아야 한다고 생각하였으므로 적당한 시간에 술탄에게 간청하여 암브로주올로와 베르나보가 술탄 앞에 오게 하여, 베르나보 앞에서, 만약 쉽게 할 수 없다면 강압적으로라도[141] 그가 자랑하는 일을 베르나보의 아내와 어떻게 하였는지 그 진실을 끌어내려고 했습니다.

141 원문은 〈con severità〉, 즉 〈엄격함으로〉이다.

그리하여 암브로주올로와 베르나보가 왔고, 술탄은 많은 사람이 참석한 가운데 엄격한 얼굴로 암브로주올로에게 어떻게 베르나보에게서 금화 5천 피오리노를 따냈는지 진실을 말하라고 명령했습니다. 거기에는 암브로주올로가 신뢰하는 시쿠라노도 있었는데, 그는 당황한 표정으로 만약 진실을 말하지 않으면 아주 괴로운 고문을 할 것이라고 위협하였지요. 그러니까 암브로주올로는 이쪽저쪽에서 두려움을 느끼고 위협을 당한 데다 베르나보와 다른 많은 사람 앞에 있었기에, 금화 5천 피오리노와 물건들을 돌려주는 것 외에 다른 형벌은 없으리라고 기대하면서, 실제로 어떤 일이 있었는지 분명하게 모두 이야기했습니다. 그리고 암브로주올로가 말하고 나자 시쿠라노는 마치 술탄의 재판관처럼 베르나보를 향하여 말했습니다.

「그렇다면 너는 그 거짓말에 대해 네 아내에게 어떻게 하였느냐?」

그러자 베르나보는 대답했습니다.

「저는 제 돈을 잃은 데다 아내로부터 모욕당했다는 생각으로 수치심에 사로잡혀 하인에게 아내를 죽이라고 하였고, 그가 보고한 바에 의하면, 아내는 곧바로 늑대들에게 먹혔다고 합니다.」

그런 말을 술탄 앞에서 했고, 술탄은 모두 듣고 이해하였지만, 시쿠라노가 무엇을 하려고 그런 일을 조직하고 또 질문했는지 아직 모르고 있었는데, 시쿠라노가 말했습니다.

「폐하, 그 착한 여자가 얼마나 연인과 남편을 자랑할 수 있겠는지 폐하께서 아주 잘 아실 것입니다. 연인이라는 사람은 거짓말로 그녀의 명예를 빼앗고 또 명성을 훼손하였으며 동시에 그녀에게서 남편까지 빼앗았으니까요. 그리고 남편이라는 사람은 오랜 경험으로 자신이 잘 알 수 있었던 진실보다 다른 사람의 거짓말을 더 믿었고, 그래서 그녀를 죽이고 늑대들에게 먹히게 했습니다. 더구나 연인이나 남편이라고 하면서, 오랫동안 함께 지냈는데도 아무도 그녀를 알아보지 못하고 있습니다. 하지만 그들 각자에게 합당한 일을 폐하께서 잘 알고 계시기 때문에, 만약 저에게 특별한 은총을 내리시어 속인 자를 처벌하고 속은 자를 용서하게 해주신다면, 제가 폐하와 그들 앞에 그녀를 불러오겠습니다.」

술탄은 이 일에서 시쿠라노가 원하는 대로 모든 것을 해주고 싶었으므로 자신은 좋으니까 부인을 불러오라고 말했습니다. 아내가 죽었다고 확고하게 믿고 있던 베르나보는 엄청나게 놀랐고, 벌써 자신의 불행을 감지한 암브로주올로는 만약 그 자리에 부인이 온다면 희망이 될지 아니면 더 두려워해야 할지 몰랐지만, 더 큰 놀라움과 함께 부인이 나타나기를 기다렸습니다. 그래서 술탄이 허락하자 시쿠라노는 울면서 술탄 앞에 몸을 던지며 무릎을 꿇었고, 남자 목소리와 남자처럼 보이고 싶은 의지를 동시에 버리면서 말했습니다.

「폐하, 제가 바로 그 불쌍하고 불행한 지네브라입니다. 저는 6년 동안이나 남자 모습으로 괴로워하면서 세상을 돌아다녔습니다. 이 배신자 암브로주올로에 의해 거짓으로 사악하게 치욕을 당했고, 이 잔인하고 사악한 사람에 의해 하인에게 죽임을 당하고 늑대에게 먹히도록 버림받은 채 말입니다.」

그리고 앞섶을 찢고 가슴을 보여 줌으로써 술탄과 다른 모든 사람에게 자신이 여성임을 명백히 밝혔고, 그런 다음 암브로주올로를 향해 예전에 그가 자랑한 대로 언제 자신과 함께 잔 적이 있냐고 무섭게 추궁했습니다. 그는 벌써 그녀를 알아보고 부끄러움에 마치 벙어리가 된 것처럼 아무 말도 하지 못했습니다. 술탄은 언제나 그녀를 남자라고 생각했기에 자신이 보고 들은 것에 무척이나 놀랐고, 그래서 몇 번이고 자신이 보고 들은 것이 사실이기보다 오히려 꿈이라고 생각할 정도였습니다. 하지만 놀라움이 멈추고 진실을 알게 되자 당시까지 시쿠라노라고 불렸던 지네브라의 삶과 변함없음과 품행과 덕성을 최고의 찬사로 칭찬하였습니다. 그리고 그녀에게 아주 훌륭한 여자 옷을 가져다주고 시중드는 여자들을 붙여 주게 하였고, 그녀의 요구대로 베르나보에게는 합당한 죽음을 용서해 주었습니다. 아내를 알아본 베르나보는 울면서 아내의 발 앞에 무릎을 꿇고 용서를 빌었으며, 그녀는 그럴 가치가 없는데도 너그럽게 용서해 주었고, 그를 일으켜 세워 남편으로서 부드럽게 껴안았지요.

그런 다음 술탄은 곧바로 암브로주올로를 도시의 어느 높은 장소로 가서 몸에 꿀을 발라 기둥에 묶어 햇볕 아래 두었고 절대 풀어 주지 말라고 명령하였습니다. 이어서 암브로주올로가 갖고 있던 것을 모두 지네브라에게 선물하라고 했으니, 그것은 적잖이 1만 도블론[142] 이상이었습니다. 그리고 아주 멋진 잔치를 준비하게 했고, 그 자리에서 베르나보를 지네브라 부인의 남편으로서 대접하고 지네브라 부인을 아주 훌륭한 여인으로서 예우했으며, 그녀에게 보석들과 금은 식기들과 돈을 선물했는데, 그것도 1만 도블론이 넘었습니다.

그리고 그들을 위한 잔치가 끝나자 배를 한 척 준비하게 하였고, 그들이 원하는 대로 제노바로 돌아갈 수 있도록 허락하였지요. 그리하여 그들은 큰 부자가 되어 즐겁게 돌아갔고 최고의 환대를 받았습니다. 특히 모든 사람이 죽었다고 믿고 있던 지네브라 부인은 살아 있는 동안 언제나 커다란 덕성으로 많은 칭찬을 받았습니다. 암브로주올로는 바로 그날 기둥에 묶이고 꿀이 발라진 채 그 지방에 엄청나게 많이 있던 파리들과 말벌들과 등에들에게 물려 극심한 고통 속에 죽었을 뿐만 아니라 뼈가 드러날 때까지 뜯어먹혔고, 뼈는 하얗게 변하고 힘줄이 들러붙은 채 오랫동안 치워지지 않았으니, 그것을 보는 모든 사람에게 그의 사악함에 대한 증거가 되었습니다. 그렇게 해서 속이는 자는 속는 자의 발아래에 있게 되었답니다.]

열째 이야기

모나코 사람 파가니노[143]는 리차르도 디 킨치카[144] 씨의 아내를 빼앗아 가고, 리차르도는 아내가 어디에 있는지 알아내고 가서

142 doblón. 스페인에서 발행되었던 금화이다.

파가니노의 친구가 된다. 그리고 아내를 돌려달라고 요구하자,
그는 그녀가 원하면 그러겠다고 하지만, 아내는 리차르도와 함께
돌아가려 하지 않고, 리차르도가 죽은 뒤 파가니노의 아내가 된다.

정숙한 무리의 사람들은 모두 여왕이 들려준 아름다운 이
야기를 최고로 칭찬했습니다. 특히 그날 이야기할 사람으로
유일하게 남아 있던 디오네오가 그랬는데, 그는 많이 칭찬하
고 나서 이렇게 말했습니다.

[아름다운 여인들이여, 여왕님 이야기의 한 부분이 제 마
음속에서 이야기하려고 생각했던 것을 바꾸어 다른 것을 이
야기하도록 만들었어요. 비록 잘 끝났지만, 베르나보의 어리
석음, 그리고 그와 똑같이 믿는 다른 모든 남자의 어리석음
에 대한 부분이지요. 말하자면 남자들은 세상을 돌아다니면
서 이런저런 기회에 이 여자 저 여자와 함께 즐기고, 집에 남
아 있는 여자들은 아무것도 하지 않는다고 상상하는 것입니
다. 마치 우리가 여자에게서 태어나고 여자들 사이에서 성장
하고 함께 있다는 것을 모르고, 여자들이 무엇을 열망하는지
모르는 것처럼 말입니다. 그래서 이 이야기를 함으로써, 저
는 여러분에게 그런 남자의 어리석음이 어떤 것인지, 자신이
본성 이상으로 강하다고 생각하여 허구적인 논증으로 자신

143 원문은 〈파가니노 다 모나코Paganino da Monaco〉인데, 뒤에 나오는
별명과 맞추기 위해 〈모나코 사람 파가니노〉로 옮겼다. 모나코 공국은 프랑
스 남부 지중해 연안에 있던 도시 규모의 작은 나라로 피사에서 볼 때 바다
건너 서쪽에 있다.
144 Chinzica. 피사의 구역 이름이었다.

이 할 수 없는 것을 할 수 있다고 믿으며, 본성을 무시하고 자기 생각을 다른 사람에게 강요하려는 남자의 어리석음이 얼마나 큰지 동시에 보여 주려고 합니다.

그러니까 피사에 신체적인 힘보다 재능이 많은 재판관이 있었는데, 리차르도 디 킨치카 씨였습니다. 그는 아마 공부하면서 했던 것과 똑같은 방식으로 아내를 만족시킬 수 있다고 믿었는지, 큰 부자였으므로 아름답고 젊은 여인을 아내로 삼으려고 적잖은 노력을 기울였지요. 만약 다른 사람에게 하듯이 자기 자신에게 충고할 줄 알았다면, 아름다움이나 젊음은 모두 피해야 했는데 말입니다. 그런데 그런 일이 일어났고, 로토 구알란디[145] 씨가 자기 딸 하나를 그에게 아내로 주었으니, 이름은 바르톨로메아로 피사에서 가장 아름답고 가장 열망받는 여자 중 하나였어요. 피사에는 벌레 도마뱀[146]처럼 보이지 않는 여자들이 아주 적었으니까요.

재판관은 바르톨로메아를 큰 잔치와 함께 자기 집으로 데려와 멋지고 성대한 결혼식을 거행했지만, 결혼식을 완수하기 위하여 첫날밤에 단 한 번 간신히 그녀와 접촉하게 되었는데, 그 단 한 번도 하마터면 제대로 끝내지 못할 뻔했습니다. 다음 날 아침 그는 야위고 마르고 기력 없는 사람처럼 베르나차[147] 포도주와 원기 회복용 알약들과 다른 치료제들의

---

145 구알란디Gualandi 가문은 당시 피사의 유력한 귀족 가문으로 단테의 『신곡』 「지옥」 33곡 32행에서도 언급된다.

146 원문은 〈lucertola verminara〉로, 은유적으로 메마르고 창백한 사람을 가리키는 관용적인 표현이다.

도움을 받아 세상으로 돌아와야 했습니다. 이제 재판관은 이전과는 달리 자기 힘에 대한 정확한 평가자가 되었고, 아마 예전에 라벤나[148]에서 사용되었던, 글을 읽기 시작하는 어린이들에게 좋은 달력을 그녀에게 가르치기 시작했습니다. 그가 보여 준 바에 의하면 축일이 아닌 날은 하루도 없을 뿐만 아니라 아주 많았으니, 여러 가지 이유로 그 축일들을 존중하기 위해서는 남자와 여자가 그런 결합을 자제해야 한다고 주장하였고, 거기에다 단식과 사계절의 재일(齋日)[149], 사도들과 수많은 다른 성인의 축일 전야, 금요일과 토요일, 주일, 사순절 전체, 달의 특정한 위치, 그리고 다른 많은 예외를 덧붙임으로써, 마치 법정에서 다툼을 벌이면서 이따금 그러하듯이 여자와의 잠자리에서도 쉬는 날이 있어야 한다고 생각하는 것 같았습니다.

오랫동안 그런 방식을 유지하였고 아마 한 달에 한 번 겨우 접촉하였으니 아내에게는 심각한 우울감이 없지 않았는데, 자신이 아내에게 축일들을 가르친 것처럼 혹시라도 다른 남자가 그녀에게 일할 날을 가르치지 않을까 하여 언제나 잘 감시하였습니다. 그러다가 아주 무더운 날 리차르도 씨는 몬

147 vernaccia. 이탈리아 여러 곳에서 생산되는 백포도주로 약효가 있는 것으로 알려져 있었다.

148 Ravenna. 이탈리아 북동부 아드리아해에 가까운 도시이다. 당시 라벤나에는 한 해의 날수와 같은 숫자의 성당이 있었고, 각 성당은 고유의 성인을 섬겼다고 한다.

149 라틴어 명칭은 〈Quattuor tempora〉. 가톨릭교회에서 사계절에 각각 사흘씩 금식과 기도를 바치는 전례 시기로 〈사계 재일(四季齋日)〉이라고도 한다.

테네로[150] 근처에 있는 자신의 아주 멋진 별장으로 가서 거기 바람을 쐬며 며칠 머물고 싶은 마음이 들었습니다. 그리고 아름다운 아내도 함께 데려가 머물면서 즐겁게 해주기 위하여 어느 날 낚시를 하려고 했으니, 작은 배 두 척을 준비하여 한 척에는 자신과 낚시꾼들이 타고 다른 한 척에는 아내와 다른 여자들이 타고 갔으며, 즐겁게 즐기는 동안 거의 깨닫지 못한 채 상당히 멀리 바다로 나갔습니다. 그런데 남자들이 낚시에 몰두해 있는 동안, 곧바로 당시에 매우 유명한 해적이었던 〈바다 사람 파가니노〉[151]의 갤리선이 다가왔고, 작은 배들을 향해 왔습니다. 작은 배들은 빨리 달아날 수 없었으니, 파가니노는 여자들이 탄 배에 이르렀고, 거기에서 아름다운 부인을 보자 다른 것은 원하지도 않고, 벌써 육지에 내린 리차르도 씨가 보는 앞에서 그녀를 갤리선에 태우고 가버렸습니다.

그것을 보고 공기까지 두려워할 정도로 질투심에 사로잡힌 재판관이 얼마나 괴로워했는지는 물을 필요도 없습니다. 그는 피사 등지에서 해적들의 사악함에 대하여 괴로워했지만 아무 쓸모가 없었으니, 누가 자기 아내를 빼앗았고 어디로 데려갔는지 몰랐습니다. 한편 파가니노는 그렇게 아름다운 여인을 보고 좋아하였고, 아내가 없었기에 그녀를 차지하

150 Montenero. 피사 남쪽 리보르노의 바닷가에 있는 지역이다.
151 원문은 〈Paganino da Mare〉로, 앞의 요약 글에서 말한 〈모나코 사람 파가니노〉를 가리킨다. 그가 해적이기 때문에 일종의 별명으로 그렇게 부른 것이다.

려 생각하였고, 울고 있는 그녀를 부드럽게 달래기 시작했어요. 그리고 밤이 되자 그에게는 달력의 속박이 없었고 축일이나 휴일도 마음에 없었으므로, 낮에 말이 별로 소용없었으므로 행동으로 그녀를 달래기 시작했습니다. 그런 방식으로 그녀를 위로했으니, 모나코에 도착하기도 전에 재판관과 그의 규정은 그녀의 마음 밖으로 나갔고, 그녀는 파가니노와 함께 세상에서 가장 행복하게 살기 시작했지요. 파가니노는 그녀를 모나코로 데려가 그녀에게 밤낮으로 베푸는 위로 외에도 자기 아내처럼 명예롭게 존중해 주었습니다.

그리고 어느 정도 지난 뒤 리차르도 씨는 아내가 어디에 있는지 알게 되었고, 불타는 열망과 함께 거기에 필요한 일을 완벽하게 해낼 사람은 아무도 없다고 생각하여 자신이 직접 아내를 찾으러 가려고 결심하였고, 그녀의 몸값으로 돈을 얼마든지 쓰려고 생각했습니다. 그래서 바다를 건너 모나코로 갔고, 거기에서 아내를 보았고, 아내도 그를 보았는데, 아내는 저녁에 그것을 파가니노에게 말했고 자기 의도도 말해 주었습니다. 다음 날 아침 리차르도 씨는 파가니노를 만나 함께 이야기를 나누었고, 짧은 시간 안에 매우 친해져 친구가 되었는데, 그를 아는 파가니노는 그가 어떻게 하는지 기다렸습니다. 그리하여 리차르도 씨는 적당한 때를 보아 가능한 한 기분 좋게 자신이 온 이유를 밝혔고, 원하는 만큼 돈을 줄 테니 아내를 돌려달라고 부탁했습니다. 그러자 파가니노는 즐거운 표정으로 대답했어요.

「그렇다면 정말 잘 오셨습니다. 간단하게 이렇게 대답하겠습니다. 사실 내 집에 젊은 여자가 있는데, 그녀가 당신의 아내인지 아니면 다른 사람의 아내인지 모릅니다. 나는 당신을 모르고, 그녀도 얼마 전부터 나와 살고 있어서 잘 모르니까요. 만약 당신 말대로 당신이 그녀의 남편이라면, 친절하고 좋은 사람 같아 보이니까, 그녀에게 데려가겠습니다. 그러면 그녀가 당신을 잘 알아보겠지요. 그녀가 당신이 말하는 대로라면, 그리고 당신과 함께 가고 싶어 한다면, 당신의 친절함으로 당신이 원하는 만큼의 몸값을 나에게 주십시오. 하지만 만약 그렇지 않다면, 그녀를 나에게서 빼앗아 가려고 지금 무례한 짓을 하는 겁니다. 나는 젊은 남자이고 다른 남자처럼 여자를 데리고 있을 수 있으니까요. 특히 그녀는 내가 본 중 가장 좋은 여자니까요.」

그러자 리차르도 씨는 말했습니다.

「분명히 그녀는 내 아내입니다. 만약 그녀가 있는 곳으로 나를 데려가면 곧바로 알게 될 것입니다. 곧바로 내 목에 매달릴 겁니다. 그러니 나는 당신이 원하는 대로 할 뿐 달리 요구하지 않겠소.」

파가니노는 말했어요.

「그렇다면 갑시다.」

그리하여 리차르도 씨는 파가니노의 집으로 가서 거실에 있었고, 파가니노가 부르자 그녀는 단정하게 옷을 입고 어느 방에서 나와 리차르도 씨와 파가니노가 있는 곳으로 왔는데, 마치 다른 낯선 사람이 파가니노와 함께 자기 집에 온 것처럼 리차르도 씨에게 한마디 말도 하지 않았습니다. 재판관은 아내가 크게 기뻐하면서 맞이할 것으로 기대하였는데 그것을 보고 깜짝 놀랐고 혼자 생각했습니다.

「그녀를 잃고 겪은 오랜 고통과 우울함으로 내 모습이 바뀌어서 알아보지 못하는 모양이구나.」

그래서 이렇게 말했지요.

「부인, 당신을 낚시에 데려간 대가가 나에게 컸소. 당신을 잃고 겪은 고통보다 더 큰 고통을 느낀 적이 없소. 그래서 당신이 나를 알아보지 못하고 그렇게 쌀쌀하게 대하는구려. 내가 당신의 리차르도라는 것을 모르겠소? 나는 이 친절한 사람이 원하는 대로 이 집에 돈을 지불하고 당신을 다시 데려가기 위하여 여기 왔고, 이 사람은 그 대가로 내가 원하는 당신을 돌려줄 것이오.」

여인은 리차르도 씨를 향하여 작은 미소를 짓더니 말했어요.

「나리, 저에게 말하는 겁니까? 저를 다른 사람으로 착각하신 것 같군요. 저로서는 당신을 본 기억이 전혀 없으니까요.」

리차르도는 말했지요.

「무슨 말을 하는 거요? 나를 잘 봐요. 잘 기억해 보면 내가 당신의 리차르도 디 킨치카라는 것을 잘 알 것이오.」

여인은 말했습니다.

「나리, 저를 용서해 주세요. 당신 말씀처럼 당신을 유심히 바라보는 것은 저에게 그다지 정숙해 보이지 않습니다. 하지만 그래도 당신을 유심히 바라보았는데, 제가 알기로 저는 당신을 전혀 본 적이 없습니다.」

리차르도 씨는 그녀가 파가니노가 무서워 그 앞에서 자신을 안다고 고백하고 싶지 않아서 그런다고 생각하였고, 그래서 잠시 후 파가니노에게 그녀와 단둘이 방에서 이야기할 수 있게 해달라고 부탁하였습니다. 파가니노는 그녀가 원하지 않는데 억지로 입맞춤하지 않는다는 조건으로 좋다고 하였고, 여인에게 그와 함께 방에 들어가 그가 말하고 싶은 것을 듣고 그녀가 원하는 대로 대답하라고 했습니다. 그리하여 여인과 리차르도 씨는 단둘이 방에 들어갔고, 앉자마자 리차르도 씨가 말을 꺼냈습니다.

「세상에! 내 몸의 심장이여, 내 달콤한 영혼이여, 내 희망이여, 나 자신보다 당신을 더 사랑하는 리차르도를 모른다는 것이오? 어떻게 그럴 수 있소? 내가 그렇게 변했나요? 세상에! 내 아름다운 눈이여, 잠시 나를 잘 봐요.」

여인은 웃기 시작했고, 그가 더 말하게 놔두지 않고 말했습니다.

「당신이 잘 알겠지만, 나는 당신이 내 남편 리차르도 디 킨치카라는 것을 모를 정도로 기억을 잃지 않았어요. 하지만 당신은 내가 당신과 함께 있는 동안 나를 제대로 알지 못한 것 같았어요. 만약 당신이 진정 현명하였다면, 내가 젊고 생기 있고 강건하다는 것을 알 만큼 잘 인식했어야 하고, 따라서 젊은 여자에게는 옷을 입고 먹는 것 외에 비록 부끄러움 때문에 말하지 않더라도 필요한 것이 있다는 걸 알아야 했어요. 그런데 당신은 어떻게 했는지 당신 자신이 잘 알 겁니다. 만약 아내보다 법률 공부를 더 좋아하였다면 당신은 아내를 얻지 않았어야 해요. 나에게 당신은 전혀 재판관처럼 보이지 않고, 오히려 축일이나 축제일, 단식일, 축일 전야의 포교자처럼 보였고, 그렇게 알고 있었어요.

그리고 당신에게 분명히 말하지만, 만약 당신의 소유지에서 일하는 사람들에게 나의 이 작은 밭에서 일해야 하는 자[152]에게 시키는 만큼 많은 축일을 지키게 한다면, 곡식 한 알도 절대 거두지 못할 겁니다. 하느님께서는 내 젊음을 불쌍히 여기시어 저 사람과 만나게 해주셨어요. 그와 함께 나는 이 방에서 지내는데 여기에서는 축일이 무엇인지 몰라요. 여자에게 봉사하는 것보다 하느님께 더 헌신하는 당신이 그렇게 기념하는 축일들을 말하는 거예요. 저 문 안으로는 절대로 금요일이나 토요일, 축일 전야, 사계절의 재일, 아주 긴 사순절도 들어오지 못하고, 오히려 밤낮없이 우리는 계속해서 일하고 양털을 두드리지요.[153] 그리고 어제도 새벽 기도[154] 종소리가 울린 다음 한 번 이상 그 일을 한 것으로 기억해요. 그러므로 나는 젊을 때 그와 함께 남아 계속 일하고 싶고, 축일과 사면[155]과 단식은 내가 늙었을 때 하도록 남겨 두고 싶어요. 그러니 당신은 좋은 행운과 함께 가능한 한 빨리 가서 나 없

152 성적인 은유이다.
153 성행위를 암시하는 표현이다.
154 성무일도에 따른 첫 번째 기도로 라틴어로는 〈matutinum〉. 보통 자정 이후에 하는 기도이다. 〈조과(朝課) 기도〉 또는 〈심야 기도〉로 옮기기도 한다.
155 원문은 〈perdonanze〉, 즉 〈용서〉이고, 일부에서는 〈순례〉로 해석하기도 한다.

이 좋아하는 만큼 축일을 지키세요.」

리차르도 씨는 그 말을 듣고 견딜 수 없는 고통을 느꼈고, 그녀가 침묵하는 것을 보고 말했습니다.

「세상에! 내 달콤한 영혼이여, 그게 무슨 말이오? 그래, 당신은 가족과 당신의 명예를 존중하지 않는 것이오? 당신은 피사에서 내 아내가 되기보다 그 사람의 매춘부로 여기 남아서 죽을죄를 짓고 싶은 것이오? 그 사람은 당신이 싫어지면 커다란 모욕과 함께 당신을 내쫓을 것이오. 하지만 나는 당신을 언제나 소중하게 사랑할 것이고, 비록 내가 원하지 않더라도 당신은 내 집의 여주인이 될 것이오. 나는 내 목숨보다 당신을 더 사랑하는데, 당신은 그 무분별하고 정숙하지 않은 욕망 때문에 당신과 나의 명예를 버리려는 것이오? 세상에! 사랑하는 내 희망이여, 이제 그런 말 하지 마오. 나와 함께 갑시다. 당신의 욕망을 알았으니 이제부터 내가 노력하겠소. 그러니 달콤한 내 사랑이여, 생각을 바꾸어 나와 함께 갑시다. 당신을 빼앗긴 뒤로 나는 전혀 편안하지 않았으니까요.」

그러자 여인이 대답했습니다.

「내 명예에 대해서는, 이제 세월이 흘러 하는 수 없지만 어떤 사람이 나보다 더 소중히 생각할지 모르겠네요. 당신에게 나를 주었을 때 내 가족들이 그렇게 했어야만 하니까요! 당시 그들은 내 명예에 대해 신경 쓰지 않았으니, 지금 나도 그들의 명예에 대해 신경 쓰고 싶지 않아요. 만약 지금 내가 절구의 죄[156]에 빠져 있다면 언제든지 절굿공이의 죄에 빠져 있을 테니까, 당신은 이제 나에게 친절하지 마세요. 당신에게 이렇게 말하는 이유는, 여기에서 나는 파가니노의 아내 같지만, 피사에서는 당신의 매춘부 같았기 때문이에요. 달의 특정한 위치나 기하학적 계산을 통하여 당신과 나 사이의 행성들이 결합해야 하는지 생각하면서 말이에요. 반면 여기에서는 파가니노가 밤새도록 나를 팔에 안고 껴안아 주고 깨물어 주고, 어떻게 그가 나를 기진맥진하게 만드는지, 하느님께서 나를 대신하여 당신에게 말해 주시기를.

당신도 노력하겠다고 하는데, 무엇을요? 삼세판 시도해 보거나, 몽둥이로 때려 세우는 것[157]이요? 알아요, 내가 당신을 보지 않게 된 후로 당신은 훌륭한 기사가 되었군요! 어서 가서 살려고 노력하세요, 당신은 빌린 집에 사는[158] 폐병 환자처럼 쇠약해 보이고 살아 있는 것 같지 않으니까요. 그리고 다시 한번 당신에게 말하는데, 그런 일은 일어나지 않겠지만 만약 저 사람이 나를 떠난다고 해도, 나는 절대 당신에게 돌아갈 생각이 없어요. 당신을 완전히 쥐어짜 보아야 작은 사발 만큼도 국물이 나오지 않을 테니까요. 한때 나는 당신과 살면서 이자까지 덧붙여 엄청난 손해를 보았고, 그러니

---

156 여기에서 톨로메아는 교묘하게 말장난을 하고 있다. 조금 전 리차르도가 〈죽을죄peccato mortale〉에 대해 말한 것에 빗대어 그와 비슷하면서도 성적인 은유가 담긴 표현으로 〈절구의 죄peccato mortaio〉라고 말한 것이다. 〈절구〉와 〈절굿공이〉의 성적인 은유는 여덟째 날 둘째 이야기에서도 다시 나온다.

157 말을 듣지 않는 가축에게 그렇게 하는 것에 비유하고 있다.

158 세상에서 아주 힘들게 살아간다는 뜻이다.

까 다른 곳에서 벌어먹으려고 노력할 거예요. 그래서 처음부터 다시 말하지만, 여기에는 축일도 없고 축일 전야도 없으니 나는 여기에서 살고 싶어요. 그러니까 가능한 한 빨리 하느님과 함께 가세요. 그러지 않으면 당신이 나에게 폭력을 쓰려고 한다고 고함칠 거예요.」

리차르도 씨는 자신이 불리하다는 것을 알았고, 그때야 힘도 없으면서 어리석게도 젊은 아내를 얻었다는 것을 깨달았으니, 괴롭고 슬프게 방에서 나왔고, 파가니노에게 많이 이야기했지만 아무 소용이 없었습니다. 그리고 결국 아무것도 하지 못하고 아내를 남겨 두고 피사로 돌아갔고, 고통으로 미친 상태가 되어 피사를 돌아다니면서 누구든 자신에게 인사를 하거나 무엇인가 질문하면, 단지 이런 대답만 했답니다.

「나쁜 구멍은 축일을 원하지 않아.」

그리고 얼마 지나지 않아 죽었습니다. 그 소식을 들은 파가니노는 자신에 대한 여인의 사랑을 알고 있었기에 합법적으로 그녀와 결혼하였습니다. 그리고 축일이나 축일 전야에 신경 쓰지 않고 사순절을 지키지도 않고, 다리가 버틸 수 있는 만큼 최대한으로 일하며 좋은 시간을 보냈답니다. 그러므로 사랑하는 여인들이여, 내가 보기에 베르나보 씨는 암브로주올로와 논쟁하면서 잘못된 방식으로 행동한 것 같습니다.」[159]

이 이야기가 모임 전체를 얼마나 웃게 했는지, 턱이 아프지

159 원문은 〈cavalcasse la capra inverso il chino〉, 직역하면 〈암염소를 비탈진 곳으로 타고 간 것 같습니다〉이다.

않은 사람은 아무도 없을 정도였습니다. 그리고 똑같은 공감으로 모든 여인이 디오네오가 사실을 말했으며 베르나보 씨는 정말 짐승이었다고 말했습니다. 하지만 이야기가 끝나고 웃음이 멈추자 여왕은 이제 시간이 늦었고 모두가 이야기하였다는 것을 알고, 자신의 통솔이 끝났으므로 시작된 순서에 따라 머리에서 월계관을 벗어 네이필레의 머리에 올려주었고, 즐거운 표정으로 이렇게 말한 다음 자리에 앉았습니다.

「사랑하는 여인이여, 이제 이 작은 백성의 통솔은 당신 몫이에요.」

네이필레는 부여받은 영광에 얼굴이 약간 붉어졌으니 4월이나 5월 날이 샐 무렵 신선한 장미가 피어나는 것 같았고, 샛별처럼 반짝이는 아름다운 눈을 약간 내리깔았습니다. 하지만 주위 사람들이 여왕에게 즐겁게 보여 주는 진솔한 환호가 가라앉자 그녀는 마음을 가다듬고 앉으면서 평소보다 약간 높은 목소리로 말했습니다.

「이렇게 제가 여러분의 여왕이 되었으니, 저보다 먼저 여왕이었고 여러분이 통솔에 복종하면서 칭찬하였던 분들이 따른 방식에서 멀리 벗어나지 않고 제 의견을 몇 마디로 명백하게 밝히고 싶습니다. 만약 여러분의 충고로 그 의견이 수정된다면 그것을 따르겠습니다. 여러분이 아시다시피 내일은 금요일이고, 그다음 날은 토요일입니다. 많은 사람에게 그날 으레 먹는 음식이 약간 지겨운 날들이지요.[160] 두말할

160 예수의 수난을 기리기 위하여 육식을 하지 않기 때문이다.

필요 없이 금요일은 우리의 삶을 위하여 돌아가시고 수난을 당하신 그분을 존경해야 마땅한 날이라는 점을 고려하면, 하느님께 영광이 되려면 이야기보다 기도를 드리는 것이 합당하고 정숙한 일이라고 생각합니다.

그리고 이어지는 토요일에는 여자들이 지나간 한 주의 노고로 쌓인 모든 먼지와 모든 더러움을 씻어 내고 머리를 감는 습관이 있지요. 그래서 비슷하게 하느님의 아드님의 어머니, 성모에 대한 존경으로 단식하고 다가오는 일요일을 위하여 모든 일에서 쉬는 것이 관례입니다. 그러므로 그날에는 우리가 정한 생활의 순서를 충분하게 따를 수 없으니까 마찬가지로 이야기에서 쉬는 것이 좋다고 생각합니다.

그리고 나면 우리는 여기에서 나흘 동안 머무르게 될 것이므로, 만약 새로운 사람들이 우리에게 오는 것을 피하고 싶다면, 저는 여기에서 자리를 옮겨 다른 곳으로 가는 것이 적절하다고 생각하여 장소도 이미 생각하고 준비해 두었습니다. 거기에서 우리는 일요일 낮잠을 잔 뒤에 모일 텐데, 오늘은 매우 광범위한 주제에 대해 이야기했으니, 여러분이 충분히 생각할 시간이 있을 것이고, 또 이야기의 자유를 약간 제한하고 행운의 많은 사건 중 하나에 대해 이야기하는 것이 좋을 것이기 때문에, 저는 자신이 무척 원하던 것을 교묘하게 얻었거나 잃었던 것을 되찾은 사람에 대한 이야기가 좋겠다고 생각했습니다. 그것에 대해 각자 우리 모임에 유용하거나 최소한 흥미로울 수 있는 이야기를 생각해 보세요. 다만 디오네오의 특권은 언제나 똑같아요.」

모두 여왕의 말과 계획을 칭찬하였고 그렇게 하기로 정했습니다. 그런 다음 여왕은 집사를 불러 저녁에 식탁을 어디에 차려야 할지, 그리고 자신의 전체 통솔 기간에 해야 할 일을 충분하게 설명했습니다. 그런 다음 모두와 함께 일어났고, 각자 좋아하는 대로 하도록 허락했습니다.

　　그리하여 여인들과 청년들은 작은 정원으로 갔고, 거기에서 잠시 즐겁게 지낸 다음 저녁 식사 시간이 되자 즐겁고 기쁘게 저녁을 먹었습니다. 그리고 식탁에서 일어나 여왕이 원하는 대로 에밀리아는 춤을 이끌었고, 팜피네아는 다음과 같은 노래를 불렀고, 다른 여인들도 함께 따라 불렀습니다.

나의 모든 욕망에 만족하고 있는
내가 노래하지 않으면, 어느 여인이 노래할까요?

그러니까 오시라, 아모르여, 내 모든 행복과
모든 희망과 모든 즐거움의 원인이여.
우리 잠시 함께 노래합시다,
탄식이나 쓰라린 괴로움이 아니라,
그대의 즐거움에 나는 달콤해졌으니
단지 밝은 불꽃에 대해 노래합시다,
그 안에서 나는 불타며 즐겁고 행복하게 살고 있으니
당신을 나의 신으로 찬양한다오.

아모르여, 당신의 불 속으로 내가 들어간 첫날

당신은 내 눈앞에,
아름다움이나 용기나 가치에서
그보다 더 뛰어난 자도 없고
그와 견줄 자도 없는
그런 청년을 보내 주었고,
나는 그에게 불타올랐으니, 지금
즐겁게 그대와 노래한다오, 내 주인이여.

여기에서 가장 큰 즐거움은
내가 그를 좋아하는 만큼 그도 나를 좋아한다는 것이니,
아모르여, 당신 덕분이라오.
이 세상에서 나는 원하는 것을 갖고 있고
저승에서도 평화를 갖고 싶소,
그에게 내가 가진 그 모든
믿음을 통해. 이것을 보시는 하느님께서도
당신의 왕국에 우리를 받아들이실 것이오.

이 노래에 이어 다른 많은 노래를 불렀고, 많은 춤을 추었으며, 여러 가지 악기를 연주하였습니다. 하지만 여왕이 쉬러 가야 할 시간이라고 판단하자, 횃불을 앞세우고 모두 자기 방으로 갔고, 이어지는 이틀 동안 앞서 여왕이 말한 것을 기다리면서 열렬히 일요일을 기다렸습니다.

둘째 날이 끝난다.

셋째 날

『데카메론』의 셋째 날이 시작된다.
여기에서는 네이필레의 통솔 아래,
자신이 열망하던 것을 교묘하게 얻거나
잃어버린 것을 되찾는 사람에 대해 이야기한다.

일요일 태양이 가까이 다가오며 벌써 진홍빛으로 물든 새
벽이 오렌지빛으로 변하기 시작했을 때, 여왕이 일어나 동료
들을 모두 일으켰습니다. 집사는 필요한 물건들 대부분을 이
미 가야 할 장소로 상당히 앞서 보냈고, 거기에서 필요한 일
을 할 사람도 미리 보냈는데, 여왕이 벌써 출발하는 것을 보
고 곧바로 다른 모든 것을 싣게 하였고, 마치 야영지를 떠나
듯이, 짐을 갖고 남아 있던 하인들과 함께 여인들과 청년들
을 따라갔습니다. 그러니까 여왕은 느린 걸음으로 여인들과
청년들과 함께 대략 스무 마리 정도의 꾀꼬리와 다른 새들의
노랫소리를 따라, 사람들이 너무 많이 다니지 않았으나 초록
풀과 떠오르는 태양에 모두 피어나기 시작한 꽃들이 가득한
오솔길로 서쪽을 향하여 걸어갔고, 함께 잡담하고 농담하고
웃으면서 2천 걸음이 채 안 되고, 셋째 시간 절반이 되기 훨
씬 전에[1] 매우 아름답고 화려한 어느 저택에 이르렀습니다.

1 그러니까 오전 7시 30분이 되기 전이다.

저택은 작은 언덕 위에 땅에서 약간 높이 솟아 있었는데, 그곳으로 갔지요.

저택 안으로 들어가 사방으로 가 보니, 커다란 홀들, 필요한 것을 모두 완벽하게 갖춘 깨끗하고 잘 장식된 침실들이 있었으므로, 저택의 주인이 대단하다고 칭찬하였습니다. 그런 다음 아래로 내려가니 아주 넓고 아늑한 안뜰이 있었고, 지하실에는 최고급 포도주들이 가득하였고, 샘에서는 아주 시원한 물이 풍부하게 솟아나고 있었기에 다시 한번 칭찬했습니다. 이어서 마치 휴식을 원하듯이 계절이 허용하는 꽃들과 잎사귀들이 온통 가득한 안뜰 전체가 보이는 주랑(柱廊) 위에 앉았고, 그러자 집사가 귀한 과자와 최고급 포도주를 가져왔으므로 원기를 회복했습니다.

그런 다음 저택 옆에 있는 정원을 열게 하여 주위가 모두 담장으로 둘러싸인 정원 안으로 들어갔고, 처음 들어서자마자 모든 것이 경이로운 아름다움으로 가득한 것 같았기에, 정원의 모든 것을 더 주의 깊게 바라보기 시작했습니다. 정원의 주변과 한가운데에는 여러 곳으로 널찍한 길들이 나 있었는데, 모두 화살처럼 반듯하고 포도나무가 지붕처럼 뒤덮고 있었습니다. 포도나무들은 그해에 아주 많은 포도가 열릴 것 같은 대단한 모습이었고, 당시에 완전히 꽃피어 얼마나 강한 향기를 정원에 퍼뜨리고 있었는지, 정원에서 퍼지는 다른 많은 향기와 함께 뒤섞여 마치 동방에서 나는 모든 향기 같았습니다.

그 길들 양옆은 온통 하얀 장미와 붉은 장미와 재스민으로 거의 가로막혀 있었고, 따라서 단지 아침뿐만 아니라 태양이 높이 솟아 있을 때도 햇살에 전혀 닿지 않으면서 기분 좋고 향기로운 그늘 밑으로 계속 걸을 수 있었습니다. 그곳의 초목이 어떤 것들이고, 얼마나 많고, 어떻게 배치되어 있는지 이야기하려면 아주 길겠지만, 우리의 기후를 견뎌 내는 칭찬받을 만한 모든 초목이 풍부하게 있었습니다. 정원 한가운데에는 거기에 있는 다른 무엇보다 칭찬할 만한 것이 있었는데, 아주 섬세하고 거의 검은색으로 보일 정도로 진한 초록빛 풀밭이었습니다. 풀밭은 아마 천 가지의 다양한 꽃들로 온통 물들었고, 주위는 녹색의 싱싱한 오렌지나무들과 시트론나무들[2]로 둘러싸여 있었는데, 나무에는 오래된 열매와 새로운 열매와 꽃이 함께 달려 있었기에, 단지 눈에만 즐거운 그늘일 뿐만 아니라 후각에도 즐거움을 주었습니다.

풀밭 한가운데에는 놀라운 조각이 새겨진 새하얀 대리석 분수가 있었는데, 그 안에서 자연적인 수맥을 통해서인지 인공적인 수맥을 통해서인지 모르겠으나, 분수 한가운데 솟은 기둥 위에 세워진 동상을 통하여 많은 물이 하늘을 향해 높이 솟아올랐다가 맑은 분수 안으로 기분 좋은 소리와 함께 다시 떨어졌으니, 물레방아도 돌릴 정도였습니다. 그리고 분수에 가득 차서 넘치는 물은 풀밭의 감춰진 길을 통하여 나

---

2 원문은 〈cedro〉로, 두 가지 서로 다른 나무를 가리킨다. 하나는 개잎갈나무속(학명은 *Cedrus*)의 나무들을 가리키는 일반적인 이름이고, 다른 하나는 시트론나무(학명은 *Citrus medica*)로 그 열매는 먹을 수 있다. 일부에서는 영어 번역본의 영향 때문인지 〈레몬나무〉로 옮기고 있다.

갔고, 인공적으로 만들어진 아름다운 수로를 통하여 밖으로 드러나면서 풀밭을 온통 휘감았고, 그런 다음 비슷한 수로들을 통하여 정원의 사방으로 흘러갔고, 마지막으로 그 아름다운 정원의 출구가 있는 곳에 모인 다음 맑게 평야로 내려갔는데, 평야에 이르기 전에 아주 커다란 힘으로 물레방아 두 대를 돌려 주인에게 적잖은 유익함을 주었습니다.

그런 정원의 아름다운 배치와 초목들, 분수와 분수에서 나오는 수로들을 보고 모든 여인과 청년은 무척 좋아했으니, 만약 지상에 천국을 만들 수 있다면 그 정원과 다른 모양으로 만들 수 없을 것이며, 그 외에 어떤 아름다움을 덧붙일 수 있을지 생각할 수 없을 것이라고 주장했습니다.

그렇게 아주 만족하여 정원 주위를 돌아다니면서 다양한 나뭇가지로 아름다운 화환을 만들고, 언제나 마치 서로에게 노래 시합을 하듯이 아마 스무 종류는 될 것 같은 새들의 노랫소리를 들으면서, 그들은 다른 아름다운 것들에 놀라 미처 깨닫지 못하고 있던 즐겁고 아름다운 것을 발견했습니다. 그러니까 정원에는 백여 종류의 다양하고 멋진 동물들이 가득하였고 서로 모습을 드러냈으니, 한쪽에서는 집토끼들이 나오고, 다른 쪽에서는 멧토끼들이 달리고, 어떤 곳에는 사슴들이 누워 있었고, 다른 곳에서는 몇 마리 어린 새끼 사슴이 풀을 뜯어 먹었고, 그 외에 다른 여러 방식으로 해롭지 않은 동물들이 각자 좋아하는 대로 친숙한 것처럼 즐겁게 돌아다녔고, 그것은 다른 즐거움에다 더 좋은 즐거움을 더해 주었습니다.

그렇게 때로는 이것, 때로는 저것을 보면서 한참 돌아다닌 다음 아름다운 분수 주위에 식탁을 차리게 했고, 먼저 여섯 편의 짧은 노래를 부르고 한참 춤을 추었으며, 여왕이 원하는 대로 식사하러 갔으니, 멋지고 대단하고 편안한 순서로 맛있고 훌륭한 음식을 접대받았고, 더 즐거워진 상태로 일어났습니다. 그리고 다시 처음부터 악기 연주와 노래와 춤이 이어졌고, 그러다가 심해지는 더위에 여왕이 보니 원하는 사람에게는 낮잠을 자러 가야 할 시간이 된 것 같았습니다. 그리하여 누구는 낮잠을 자러 가고, 누구는 그곳의 아름다움에 이끌려 자러 가지 않고 머물면서 다른 사람들이 자는 동안 누구는 사랑 이야기[3]를 읽었고, 누구는 체스 게임을 했고, 또 누구는 놀이판[4]에 몰두했습니다.

하지만 아홉째 시간이 지나자 모두 일어나 시원한 물로 얼굴을 씻은 다음, 여왕이 원하는 대로 풀밭의 분수 옆으로 가서 평소처럼 앉아 여왕이 제안한 주제에 대한 이야기를 시작하려고 기다렸습니다. 여왕이 그런 임무를 부여한 첫 번째 사람은 필로스트라토였고, 그는 이렇게 시작했습니다.

---

3 원문은 〈romanzi〉, 따라서 근대적인 의미에서 〈소설〉로 옮길 수도 있다.
4 원문은 〈tavole〉로, 주사위를 던져 말을 옮기는 놀이를 위한 판이다.

첫째 이야기

마세토 다 람포레키오[5]는 벙어리 흉내를 내고 어느 수녀원의
정원사가 되는데, 수녀들은 모두 그와 함께 자려고 경쟁한다.

[아름다운 여인들이여, 젊은 여자에게 머리에 하얀 베일
을 씌우고 검은 수녀복[6]을 입히면, 이제 그녀는 여자가 아니
고 마치 돌로 만든 수녀처럼 여자의 욕망을 느끼지 않을 것
이라고 완전히 믿는 어리석은 남자와 여자가 아주 많습니다.
그리고 만약 자신들의 그런 믿음과 어긋나는 말을 들으면,
마치 자연을 거슬러 아주 크고 파렴치한 악을 저지른 것처럼
당황하면서, 원하는 것을 마음대로 할 수 있는데도 만족할
줄 모르는 자기 자신에 대해 생각하지도 고민하지도 않고 외
로움과 한가함의 강력한 힘도 고려하지 않습니다. 또 그와
마찬가지로 삽과 괭이와 거친 음식과 불편한 것이 농사꾼에
게서 음란한 욕망을 완전히 빼앗고 그들에게 아주 조잡한 지
성과 지혜를 준다고 지나치게 믿는 사람도 아주 많습니다.
하지만 그렇게 믿는 사람이 얼마나 잘못 생각하는지, 여왕님
이 저에게 명령하셨으니, 여왕님의 주제에서 벗어나지 않으
면서 짧은 이야기로 여러분에게 명백하게 보여 주고 싶습
니다.

5 Lamporecchio. 피렌체 서쪽에 있는 마을이다.
6 원문은 〈cocolla〉, 일부 수도회에서 입는 망토를 가리킨다.

여기 우리 지방에 거룩하기로 유명한 수녀원이 예전부터 있는데, 그곳의 명성을 조금이라도 깎아내리지 않도록 이름은 말하지 않겠습니다. 오랜 옛날이 아니었을 때 그곳에는 수녀 여덟 명과 수녀원장뿐이었는데 모두 젊었고, 자그맣고 착한 남자 한 명이 아름다운 정원과 채소밭을 관리하는 정원사로 있었습니다. 정원사는 급료에 만족하지 않았기에 수녀원의 관리인과 계산한 다음 자기 고향 람포레키오로 돌아갔습니다. 고향에서 그를 반갑게 맞이한 사람 중 튼튼하고 강건한 젊은 일꾼이 한 명 있었는데 잘생긴 농부로 이름은 마세토였고, 그에게 어디에서 그렇게 오래 있었는지 물었습니다. 누토라는 이름의 그 착한 정원사는 대답해 주었고, 그러자 마세토는 수녀원에서 어떤 일을 했는지 물었습니다. 그리고 누토는 대답했지요.

「나는 그곳의 크고 아름다운 정원에서 일했고, 그 외에 가끔 숲에 가서 땔나무를 구해 오고, 물을 긷고, 또 그와 비슷한 일들을 했어. 하지만 수녀들이 급료를 너무 적게 줘서 신발 한 켤레도 살 수 없었어. 게다가 수녀들은 모두 젊은데 내가 보기에 몸에 악마가 들어 있는 것 같아. 절대 그녀들의 마음에 들 수 없으니까 말이야. 이따금 내가 채소밭에서 일할 때 한 사람이 〈이것을 여기에 놓아요〉 하고 말하면 다른 사람이 〈이것을 저기에 놓아요〉 하고 말하고, 또 다른 사람은 내 손에서 괭이를 빼앗으면서 〈이것은 좋지 않아요〉 하고 말했어. 그렇게 얼마나 귀찮게 했는지, 나는 일을 그만두고 채소밭에서 나와 버렸지. 이런저런 일들 사이에 더 있고 싶지 않아 나와 버린 것이야. 그런데 내가 떠날 때 그곳 관리인이 나에게 부탁하더군. 그런 일에 어울리는 사람을 혹시 알고 있거든 보내 달라고 말이야. 그래서 약속했지. 하지만 나는 누구도 찾아보거나 보내지 않을 테니까 하느님께서 알아서 하시겠지.」

누토의 말을 들은 마세토의 마음속에는 그 수녀들과 함께 있고 싶은 강렬한 욕망이 일어나 완전히 끓어올랐으니 누토의 말에서 자기가 원하던 것이 이루어질 수 있으리라 생각했기 때문이지요. 그러나 그것에 대해 누토에게 말하면 절대 이루어질 수 없다고 생각하여 말했습니다.

「세상에! 돌아오다니 정말 잘했어! 어떻게 남자 혼자 여자들과 함께 살겠어? 차라리 악마들과 함께 사는 편이 나을 거야. 여자들은 일곱 번에 여섯 번 정도는 자기 자신이 무엇을 원하는지도 몰라.」

하지만 이야기가 끝나자 마세토는 수녀들과 함께 살 수 있으려면 어떻게 해야 할지 생각하기 시작했습니다. 그리고 누토가 했던 일을 자기도 잘할 줄 알았기 때문에 그런 이유로 거부되리라고 의심하지 않았지만, 자신이 젊고 잘생겼기 때문에 거부하지 않을까 걱정이 되었어요. 그래서 여러 가지를 혼자 궁리하다가 생각했습니다.

「그곳은 여기에서 아주 멀고 아무도 나를 몰라. 그러니까 내가 벙어리인 척하면 분명히 받아들일 거야.」

그리고 그런 생각을 마음에 두고 도끼를 어깨에 메고 누구에게도 어디에 간다고 말하지 않고 가난한 사람 차림으로 수녀원으로 갔습니다. 수녀원에 도착한 그는 안으로 들어갔고 마침 안뜰에서 관리인을 만났기에, 그에게 벙어리처럼 몸짓으로 말하며 제발 먹을 것을 달라고 하였고, 만약 필요하다면 장작을 쪼개겠다고 몸짓으로 말했습니다. 관리인은 선뜻먹을 것을 준 다음 누토가 쪼갤 수 없었던 장작을 앞에 가져왔고, 마세토는 매우 힘이 셌기 때문에 짧은 시간에 모두 잘쪼갰습니다. 관리인은 숲에 갈 일이 있었는데 그를 데리고가서 땔나무를 자르라고 시켰고, 그런 다음 당나귀를 앞에끌고 와서 손짓으로 땔나무를 수녀원으로 옮기라고 했습니다. 마세토는 그 일을 잘했고, 따라서 관리인은 처리해야 했던 몇 가지 필요한 일을 시키기 위하여 며칠 동안 그를 잡아두었고, 그러던 어느 날 수녀원장이 그를 보고 관리인에게누구냐고 물었습니다. 관리인은 말했지요.

「원장님, 이 사람은 불쌍한 벙어리에 귀머거리로 며칠 전구걸하러 왔는데, 제가 잘 대해 주었고 필요한 일을 몇 가지하게 했습니다. 만약 밭일도 할 줄 알고 여기 머물고 싶어 한다면 우리에게 잘 봉사하리라고 생각합니다. 힘도 세고 필요한 일도 할 줄 알 것입니다. 그리고 여기 젊은 수녀들과 농담하지 않을까 걱정할 필요도 없을 것입니다.」

그러자 수녀원장이 말했습니다.

「당신 말이 사실이겠지요. 일을 할 줄 아는지 알아보고 붙잡아 둬요. 신발 한 켤레와 낡은 두건을 주고, 잘 유혹해서 기분도 맞춰 주고, 먹을 것도 잘 주세요.」

관리인은 그렇게 하겠다고 말했지요. 마세토는 멀리 떨어져 있지 않았지만, 안뜰을 빗질하는 척하면서 그 모든 말을 듣고 마음속으로 기뻐하며 생각했습니다.

「만약 당신들이 나를 저 안으로 들어가게 해준다면, 지금 껏 본 적 없을 만큼 당신들의 밭을 잘 갈아 주지.」[7]

그리하여 관리인은 마세토가 훌륭하게 일할 줄 안다는 것을 보고 여기 머물고 싶냐고 손짓으로 물었고, 그는 원하는 대로 하고 싶다고 손짓으로 대답했지요. 그래서 그에게 채소밭 일과 다른 할 일을 보여 준 다음 그를 남겨 두고 수녀원의 다른 필요한 일을 하러 갔습니다.

그렇게 마세토는 날마다 일하게 되었고, 수녀들은 사람들이 종종 벙어리에게 그러하듯이 그를 귀찮게 하고 놀리기 시작했고 그에게 세상에서 가장 추악한 말을 하기도 했습니다. 그가 알아들으리라고 생각하지 않고 말입니다. 그리고 수녀원장은 그가 말이 없으니 꼬리[8]도 없다고 생각했는지 거기에 대해 별로 신경 쓰지 않았습니다. 그런데 어느 날 그가 일을 많이 한 다음 쉬고 있었는데, 젊은 수녀 두 명이 정원으로 가다가 그가 있는 곳으로 가까이 다가왔고, 자는 척하고 있는 그를 살펴보기 시작했습니다. 그리고 조금 더 대담해 보이는 수녀가 다른 수녀에게 말했습니다.

「만약 네가 비밀을 지켜 준다면, 내가 여러 번 했던 생각을 말해 줄게. 아마 너에게도 유용할 거야.」

다른 수녀가 대답했습니다.

7 성적인 은유가 함축된 표현이다.
8 뒤에서도 여러 차례 나오듯이 남성의 성기를 암시한다.

「안심하고 말해 봐. 절대 아무에게도 말하지 않을 테니까.」

그러자 대담한 수녀가 말했지요.

「너는 우리가 얼마나 감시받고 있는가 생각해 본 적이 있는지 모르겠어. 늙은 관리인과 이 벙어리 외에 여기에는 어떤 남자도 감히 들어오지 못하는데 말이야. 그런데 여기 방문하는 많은 부인이 말하는 것을 여러 번 들었는데, 세상의 다른 모든 즐거움은 여자가 남자와 하는 즐거움에 비교하면 웃음거리라는 거야. 그래서 내가 여러 번 생각해 본 결과, 다른 남자와는 할 수 없으니까 정말로 그런지 이 벙어리와 시도해 보고 싶어. 이 남자가 세상에서 가장 적합해. 왜냐하면 비록 말하고 싶어도 말할 수 없고 말할 줄도 모를 테니까. 보다시피 머리는 부족하지만 잘생겼고 이렇게 젊은 바보야. 네 생각은 어떠니.」

상대방은 말했어요.

「아니, 세상에! 도대체 무슨 말을 하는 거야? 우리는 하느님께 순결을 약속했다는 거 몰라?」

그러자 그녀는 말했지요.

「오! 날마다 하느님께 많은 약속을 하지만 하나도 지키지 않는 것들이 얼마나 많은지! 우리처럼 하느님께 순결을 약속하고, 그것을 지키는 다른 여자를 찾아내시겠지.」

그러자 동료가 말했어요.

「오, 만약 임신하면 어떻게 되겠어?」

그녀는 대답했습니다.

「너는 나쁜 일이 일어나기도 전에 그런 생각부터 하는구

나. 만약 그런 일이 일어나면 그때 가서 생각하면 될 거야. 수천 가지 방법이 있겠지. 그러니 우리 자신이 말하지 않는다면 전혀 모를 거야.」

그 말을 듣고 그녀는 남자란 어떤 동물인지 시험해 보고 싶은 욕망이 동료보다 더 많이 들어서 말했습니다.

「좋아, 그럼 어떻게 하지?」

그러자 그녀는 대답했습니다.

「지금은 아홉째 시간[9] 무렵일 거야. 그러니까 우리 외에 다른 수녀는 모두 자고 있다고 생각해. 채소밭에 누가 있는지 보자. 그리고 아무도 없으면, 이 사람 손을 잡고 그가 비를 피하는 저 오두막으로 데려가기만 하면 돼. 거기에서 우리 둘 중 한 명은 함께 안으로 들어가고 다른 한 명은 망을 보는 거야. 이 사람은 바보지만, 어쨌든 우리가 원하는 대로 할 거야.」

마세토는 그 이야기를 모두 듣고 있었으며 따를 준비가 되어 있었으니, 그들 중 한 명이 이끌고 가기만을 기다렸습니다. 두 수녀는 사방을 잘 살펴보았고, 어디에서도 보이지 않는다는 것을 확인한 다음 먼저 말을 꺼낸 수녀가 마세토에게 다가가 깨웠고, 그는 곧바로 일어났습니다. 그러자 수녀는 유혹적인 태도로 마세토의 손을 잡았고, 바보 같은 웃음을 짓는 그를 오두막으로 데려갔고, 거기에서 마세토는 지나치게 이끌리지 않고 수녀가 원하는 것을 해주었습니다. 수녀는

9 대략 오후 3시이다.

충실한 동료였으므로 원하는 것을 얻은 다음, 다른 수녀와 교대하였고, 마세토는 여전히 어리석은 척하면서 수녀들이 원하는 대로 했습니다. 그리하여 두 수녀는 떠나기 전에 여러 번 각자 벙어리가 얼마나 올라탈 수 있는지 시험해 보고 싶었습니다. 그리고 그런 다음 자기들끼리 이야기하면서 들었던 것보다 훨씬 더 즐겁고 좋았다고 여러 번 말했고, 적당한 기회가 있을 때마다 벙어리와 함께 즐기러 갔습니다.

그러던 어느 날 두 수녀의 동료 한 명이 자기 방의 작은 창문을 통하여 그 사실을 발견하고 다른 수녀 두 명에게 보여주었습니다. 먼저 그들은 수녀원장에게 고발해야 한다고 함께 논의했는데, 나중에는 생각을 바꾸어 서로 합의했으니, 마세토의 경작지에 동참자가 되었습니다. 나머지 세 명도 여러 사건으로 서로 다른 시기에 그녀들과 동료가 되었습니다.

마지막으로 아직 그런 일을 모르고 있던 수녀원장은 어느 날 무더운 날씨에 혼자 정원을 걷고 있다가 마세토를 발견했는데, 마세토는 밤에 말타기를 너무 많이 해서 낮에 쉽게 피곤해졌으므로 아몬드나무 그늘에서 길게 누워 완전히 잠들어 있었고, 때마침 바람이 불어와 옷 앞자락을 걷어 올리자 모든 것이 드러났습니다. 그것을 혼자 바라본 수녀원장은 다른 젊은 수녀들이 빠진 것과 똑같은 욕망에 빠졌습니다. 그래서 마세토를 깨워 자기 방으로 데려갔고, 전에는 자신이 다른 여자들을 비난하던 그런 즐거움을 며칠 동안 맛보고 또 맛보았습니다. 정원사가 채소밭에 일하러 오지 않는다는 수녀들의 커다란 불만과 함께 말입니다. 마침내 수녀원장은 그를 자기 방으로 돌려보냈지만, 매우 자주 그를 다시 원했고 자기 몫 이상을 원하였으니, 마세토는 그렇게 많은 여자를 만족시킬 수 없었으므로 벙어리 흉내를 계속하다가는 큰일이 날 수 있겠다고 생각했습니다. 그래서 어느 날 밤 수녀원장과 함께 있는 동안 더듬거리는 소리를 터뜨리면서 말하기 시작했습니다.

「원장님, 제가 알기로 수탉 한 마리는 암탉 열 마리를 충분히 만족시키지만, 사람은 남자 열 명이 여자 한 명을 만족시키지 못하거나 겨우 만족시킨다고 합니다. 그런데 저는 아홉 명에게 봉사해야 합니다. 이에 대한 보상으로 무엇을 준다고 해도 저는 계속할 수 없을 것입니다. 아니, 저는 지금까지 한 것 때문에 이제 조금도 더 할 수 없는 상태에 이르렀습니다. 그러므로 이제 제가 가도록 놔두시든지, 아니면 이에 대해 어떤 대책을 찾아 주십시오.」

수녀원장은 벙어리라고 생각했던 그가 말하는 것을 듣고 깜짝 놀라 말했습니다.

「이게 무슨 일이야? 나는 네가 벙어리라고 믿었는데.」

그러자 마세토는 말했습니다.

「저는 벙어리였습니다만, 선천적으로 그런 것이 아니라 병 때문에 말을 하지 못했던 것입니다. 그런데 어젯밤 처음으로 말하는 능력을 되찾게 되었고, 이에 대해 저는 최대한 하느님을 찬양합니다.」

수녀원장은 그 말을 믿었고, 아홉 명에게 봉사해야 한다는 것이 무슨 뜻이냐고 물었습니다. 마세토는 사실대로 말하였고, 그 말을 듣고 수녀원장은 수녀들이 자기보다 훨씬 더 현명하다는 것[10]을 깨달았습니다. 따라서 마세토 때문에 수녀원이 수치스러워지지 않도록 신중하게 마세토가 떠나게 하지 않으면서 그 일에 대해 수녀들과 함께 방법을 찾아보려고 생각했습니다. 그리고 그 무렵 관리인이 죽었으므로, 모두의 동의를 얻어 모든 수녀가 과거에 했던 일을 밝히고 마세토를 관리인으로 임명했으니, 주변 사람들은 수녀들의 기도와 수녀원의 이름에 붙은 성인의 공덕으로 오랫동안 벙어리였던 마세토에게 말하는 능력이 회복되었다고 믿게 되었습니다. 그렇게 함으로써 마세토의 노고는 분산되었고, 그래서 그는 수녀들을 감당할 수 있었습니다.

수녀들에게서 마세토는 상당히 많은 아기 수도자를 낳았지만, 얼마나 신중하게 했던지 수녀원장이 죽을 때까지 그 일은 전혀 알려지지 않았습니다. 그리고 이제 마세토도 늙었고 부자가 되어 자기 집으로 돌아가고 싶었으니, 수녀들은 그걸 알고 그렇게 하도록 쉽게 허용했지요. 그리하여 늙은 마세토는 자식들을 부양하는 노고나 비용도 없이 아버지가 되었고 또 부자가 되었으니, 신중함으로 자기 젊음을 잘 활용할 줄 알았고, 그런 다음 도끼 한 자루 어깨에 메고 떠났던 곳으로 돌아갔으며, 그리스도께서 당신의 면류관 위에 오쟁이를 지운 자를 그렇게 대접하셨다고 주장했답니다.]

10 원문은 〈자기보다 훨씬 더 현명하지 않은 수녀는 없다는 것〉이라 되어 있다.

둘째 이야기

어느 마부가 아질룰포[11] 왕의 왕비와 잠자리를 함께하고,
그것을 깨달은 아질룰포는 은밀하게 그를 찾아내 그의 머리칼을 자른다.
머리칼을 잘린 마부는 다른 마부 모두의 머리칼을 자르고,
그리하여 불행에서 벗어난다.

필로스트라토의 이야기에 여인들은 때로는 약간 얼굴을
붉혔고 때로는 웃었는데, 이야기가 끝나자 여왕은 팜피네아
가 이어서 이야기하기를 원했고, 팜피네아는 웃는 얼굴로 이
렇게 시작했습니다.

[어떤 사람들은 신중하지 못하게도 자신이 알면 좋지 않
은 것을 알고 또 들었다는 것을 남에게 보여 주고 싶어 하는
데, 이들은 그렇게 다른 사람이 모르고 있던 누군가의 결점
을 비난함으로써 그 부끄러움을 줄여 준다고 믿지만, 오히려
무한하게 확대하기도 합니다. 그래서 저는 훌륭한 왕의 지혜
에 대항하는, 아마 마세토보다는 덜 유능한 사람의 재치를
이야기함으로써, 아름다운 여인들이여, 그것이 반대의 경우
에도 사실이라는 것을 여러분에게 보여 주고 싶습니다.

롬바르드족[12]의 왕 아질룰포는 자기 선임자들처럼 롬바르

11 Agilulfo. 롬바르드족의 왕이자 이탈리아의 왕(재위 591~616)으로,
뒤에서 언급되는 아우타리Autari 왕(재위 584~590)의 후계자였다.
12 롬바르드Lombard족(이탈리아어 이름은 론고바르디Longobardi)은
고대 게르만 민족의 한 부류로 서로마 제국이 몰락한 다음 이탈리아반도에
내려와 568년에 왕국을 세웠다.

디아의 도시 파비아[13]를 수도로 삼았고, 마찬가지로 롬바르드족의 왕이었던 아우타리 왕의 미망인으로 남아 있던 테오돌린다[14]를 왕비로 맞이했는데, 그녀는 매우 아름답고 현명하고 정숙한 여인이었지만 결혼[15]에서는 불행했지요. 그 아질룰포 왕의 지혜와 덕성 덕분에 롬바르드 사람들의 생활은 번창하고 평온했는데, 왕비의 마부 한 명은 비록 천한 출신이었지만 그런 천한 직업에 비하면 지나칠 정도로 왕처럼 크고 잘생긴 사람이었는데, 그가 왕비를 엄청나게 사랑하게 되었습니다. 그리고 비천한 신분에도 그는 그런 사랑이 엄청나게 부적절하다는 것을 모르지 않았고, 현명하게도 그것을 누구에게도 밝히지 않았으며, 왕비에게 눈길로도 감히 드러내지 않도록 했습니다.

그리고 비록 왕비가 자기를 좋아하리라는 희망이 전혀 없이 살았지만, 그런데도 높은 곳에다 자기 생각을 두었다는 것을 영광으로 삼았고, 사랑의 불꽃으로 완전히 불타고 있었기 때문에, 왕비가 좋아하리라고 생각하는 모든 것을 다른 동료 누구보다도 열심히 했습니다. 따라서 왕비가 말을 타야 할 때는 다른 말보다 그가 돌보는 말을 선호하여 타게 되었으며, 그런 일이 일어날 때 그는 아주 커다란 호의를 받았다고 생각하면서 절대로 왕비의 등자(鐙子) 옆에서 떠나지 않았고, 왕

---

13 Pavia. 밀라노 남서쪽의 도시로 롬바르디아 왕국의 수도였다.

14 Teodolinda(570?~627). 아우타리 왕의 왕비였다가, 그가 죽은 뒤 후계자 아질룰포의 왕비가 되었다.

15 원문은 〈amadore〉, 즉 〈연인〉, 〈사랑하는 사람〉이다.

비의 옷깃만 닿을 수 있으면 행복하다고 생각했습니다.

하지만 우리가 자주 볼 수 있듯이 희망이 줄어드는 만큼 사랑은 더 커지는데, 불쌍한 마부에게서 그런 일이 일어났으니, 어떤 희망의 도움도 없이 그렇게 감추어진 커다란 욕망을 견디는 것이 너무나 힘들었기에, 그런 사랑에서 벗어날 수 없다면 차라리 죽으려고 여러 번 생각했지요. 그리고 혼자 방법을 생각하면서 왕비에게 품었고 또 지금도 품고 있는 사랑으로 인해 자신이 죽는다는 것이 드러나는 그런 방법으로 죽고 싶다고 결심하게 되었습니다. 그리고 자기 욕망을 전부 또는 일부라도 얻을 수 있을지 운명을 시험해 보는 그런 방법을 원했습니다. 왕비에게 말로나 아니면 편지로 자기 사랑을 알리고 싶다는 생각은 하지도 않았어요. 말하거나 글로 쓰는 것은 소용없으리라는 것을 알고 있었기 때문입니다. 그 대신 재치 있는 방법으로 왕비와 잠자리를 함께 할 수 있을지 시험해 보고 싶었습니다. 자기가 왕인 척하는 방법 외에 다른 좋은 방법이나 길은 없었는데, 왕이 언제나 왕비와 함께 잠을 자는 것은 아니고 왕비의 방으로 들어갈 때만 그렇다는 것을 알았습니다.

그래서 왕이 왕비에게 갈 때 어떤 차림으로 어떻게 가는지 보기 위하여 그는 여러 번 왕의 궁전에서 왕의 침실과 왕비의 침실 사이 가운데에 있는 커다란 거실에 몸을 숨겼습니다. 그러던 어느 날 밤 왕이 큰 망토를 두른 채 자기 침실에서 나왔는데, 한 손에는 불붙은 작은 횃불을 들고 다른 한 손에는 지팡이를 들고 왕비의 침실로 가더니 아무런 말도 없이 지팡이로 문을 한두 번 두드렸고, 그러자 곧바로 문이 열리고 누군가 왕의 손에서 횃불을 받아 드는 것을 보았습니다. 그리고 왕이 비슷한 방식으로 돌아오는 것을 본 그는 자신도 그렇게 해야겠다고 생각했습니다. 그래서 왕의 것과 비슷한 망토와 작은 횃불과 지팡이를 구했고, 먼저 목욕통에서 몸을 잘 씻어 혹시 거름 냄새로 왕비가 괴롭거나 속임수를 깨닫지 못하도록 했고, 그 물건들을 가지고 으레 그랬듯이 커다란 거실에 숨었습니다.

그리고 벌써 사방이 잠들었다고 느끼면서 자신의 욕망을 실현하거나 아니면 고상한 이유로 염원하던 죽음의 길로 가야 할 시간이 된 것 같았기에, 가져간 부싯돌과 강철로 작은 불을 만들어 횃불에 붙였고, 망토로 완전히 몸을 감싼 채 침실의 문으로 가서 지팡이로 두 번 두드렸습니다. 완전히 잠에 취한 하녀가 침실을 열어 주었고, 횃불을 받아 한쪽에 놔두었지요. 그래서 그는 아무 말도 하지 않고 장막 안으로 들어가 망토를 벗어 놓고 왕비가 잠자고 있는 침대 안으로 들어갔습니다. 그는 열정적으로 왕비를 팔에 안았고, 왕은 화가 났을 때 어떤 말도 들으려고 하지 않고 아무 말도 하지 않으며 자신에게 말도 하지 못하게 막는다는 것을 알고 있었기에, 마치 화난 척하면서 여러 번 육체적으로 왕비를 알았습니다.

그리고 떠나기 싫었지만, 그래도 너무 오래 머물면 얻은 즐거움이 슬픔으로 바뀌게 되지 않을까 두려웠기에, 일어나서 망토를 두르고 횃불을 다시 들고 아무런 말도 하지 않고 떠났고, 가능한 한 빨리 자기 잠자리로 돌아갔습니다. 그가 잠자리로 겨우 들어갔을 때 왕이 일어나 왕비의 침실로 갔고, 그러자 왕비는 무척 놀랐습니다. 그래서 왕이 침대 안으로 들어오자 왕비는 그를 즐겁게 맞이한 다음 기쁨에 사로잡혀 말했습니다.

「오, 폐하, 오늘 밤 이게 무슨 새로운 일입니까? 조금 전에 저에게서 떠나셨고, 평소와는 다른 방식으로 저에게서 즐거움을 얻으셨는데, 이렇게 바로 다시 돌아오시나요? 무리하지 않게 조심하세요.」

그 말을 들은 왕은 곧바로 왕비가 행동과 체격이 비슷한 누군가에게 속았다는 것을 깨달았지만, 그녀가 전혀 알아채지 못했다는 것을 알고, 현명하게 왕비가 눈치채지 못하게 하려고 생각했습니다. 많은 어리석은 사람은 그렇게 하지 않고 아마 이렇게 말했을 것입니다. 〈그건 내가 아니었어. 그렇게 한 사람은 누구였지? 어떻게 되었어? 누가 왔지?〉 그러면 많은 일이 발생할 것이니, 그로 인하여 부당하게 왕비를 슬프게 만들 수도 있고, 이미 느꼈던 것을 다시 한번 원하게 하는 빌미를 줄 수도 있습니다. 그러니까 침묵하면 어떤 부끄러움도 당하지 않을 수 있는데, 말하면 치욕을 안겨 줄 그런 것이지요. 그래서 왕은 말이나 얼굴보다 마음속으로 더 화가 났지만, 왕비에게 대답했습니다.

「부인, 나는 조금 전에 왔다가 곧이어 다시 이렇게 돌아올 수 있는 남자처럼 보이지 않소?」

그러자 왕비는 대답했어요.

「아닙니다, 폐하. 하지만 어쨌든 폐하의 건강을 돌보시라고 부탁하고 싶습니다.」

그러자 왕은 말했지요.

「그러면 부인의 충고를 따르는 것이 좋을 것 같구려. 그러니 이번에는 부인을 더 귀찮게 하지 않고 돌아가겠소.」

그리고 자신에게 일어난 일에 대해 마음은 벌써 분노와 경멸로 가득하였지만, 망토를 다시 들고 침실에서 나갔고, 그런 짓을 한 자를 조용하게 찾으려고 생각했고, 그가 분명히 내부자일 것이며 누가 되었든지 밖으로 나갈 수 없었으리라고 생각했지요. 그래서 조그마한 등에 아주 희미한 불을 붙이고 마구간 위에 있는 아주 기다란 다락방으로 갔는데, 거기에는 거의 모든 하인이 서로 다른 잠자리에서 잠자고 있었습니다. 그리고 왕비가 말한 그런 짓을 한 자가 누구든 오랜 노고로 인해 심장 박동과 맥박이 아직 가라앉지 않았으리라고 생각했고, 조용하게 다락방의 한쪽 끝에서부터 모든 하인의 가슴에 손을 대보았으니, 박동이 심한지 알기 위해서였습니다.

다른 모든 사람은 깊이 잠들었지만, 왕비와 함께 있었던 마부는 아직 잠들지 않았습니다. 그래서 왕이 다가오는 것을 보고 왕이 무엇을 찾고 있는지 깨닫고 두려워하기 시작했으니, 조금 전 노고의 박동에다 두려움이 더 강한 박동을 덧붙였지요. 그리고 만약 왕이 그것을 깨달으면 바로 자신을 죽일 것이 분명하다고 생각했습니다. 해야 할 여러 가지 일이 그의 머릿속에 떠올랐지만, 왕에게 아무런 무기도 없다는 것을 알고는 마치 자는 척하면서 왕이 어떻게 할지 기다려 보기로 했습니다. 그러니까 왕은 많은 사람을 살펴보았지만 그렇게 했을 자를 아직 발견하지 못하고 마부에게 이르렀고, 그의 심장이 세게 뛰는 것을 발견하고 속으로 말했습니다.

〈바로 이 녀석이구나.〉

하지만 왕은 자기가 하고 싶은 일에 대해 아무것도 알려지지 않기를 바랐기에, 그에게 아무것도 하지 않고 다만 가지고 있던 가위로 그의 한쪽 머리칼을 잘랐습니다. 당시에는 머리칼을 아주 길게 기르고 다녔으니까 그런 표시로 이튿날 아침에 그를 알아보기 위해서였지요. 그렇게 하고 나서 그곳을 떠나 자기 방으로 돌아갔습니다. 그 모든 것을 느낀 마부는 영리했으므로 왕이 왜 그런 표시를 해두었는지 분명하게 깨달았고, 따라서 망설이지 않고 일어났고, 다행히 마구간에서 말에게 사용하는 가위를 찾아내 조심스럽게 다락방에서 잠자고 있던 모든 하인에게 다가가 귀 위쪽 머리칼을 똑같이 잘랐습니다. 그런 다음 들키지 않고 잠을 자러 돌아갔지요.

다음 날 아침 일어난 왕은 궁전의 문들이 열리기 전에 모든 하인에게 자기 앞에 모이라고 명령했습니다. 모든 하인이 머리에 쓴 것 없이 앞에 모이자 왕은 자신이 머리칼을 자른 녀석을 알아보기 위하여 살펴보기 시작했는데, 대다수 하인의 머리칼이 똑같이 잘린 것을 보고 깜짝 놀라 속으로 생각했습니다.

〈내가 찾고 있는 녀석은 비록 신분은 낮아도 상당히 머리가 좋구나.〉

그리고 소란을 일으키지 않고는 자기가 찾는 녀석을 찾아낼 수 없다는 것을 깨닫고, 작은 복수 때문에 큰 부끄러움을 당하지 않으려고 마음먹었고, 단지 경고의 말로 자신이 알고 있다는 사실을 보여 주는 편이 좋겠다고 생각했습니다. 그래서 모든 하인을 향하여 말했어요.

　「절대로 다시는 그 일을 하지 마라. 이제 물러가거라.」

　다른 사람이라면 아마 하인들을 밧줄에 매달고, 고문하고, 조사하고, 심문했을 것이며, 그렇게 했다면 모두가 덮으려고 노력해야 하는 것을 드러내게 되었을 것입니다. 그리고 그렇게 드러냄으로써, 비록 완전한 복수를 한다고 해도 자신의 부끄러움은 줄어들지 않고 오히려 더 커졌을 것이며, 왕비의 정숙함도 더러워졌을 것입니다. 그 말을 들은 하인들은 깜짝 놀랐고, 왕이 그 말로 무엇을 의도했는지 오랫동안 자기들끼리 논의했지만, 그 마부를 제외하면, 누구도 무슨 의도였는지 이해하지 못했지요. 마부는 현명했기에, 왕이 살아 있는 동안에는 절대 말하지 않았고, 두 번 다시 그런 일에 자기 목숨을 걸지 않았답니다.」

셋째 이야기

어느 젊은 남자를 사랑한 부인은 매우 순수한 양심과 고해를 구실로,
엄숙한 수도자가 미처 깨닫지 못한 채 자신의 즐거움이

완전히 실현되게 돕도록 만든다.

　이제 팜피네아는 침묵하였고, 마부의 대담함과 신중함은 그들 대다수의 칭찬을 받았으며, 마찬가지로 왕의 현명함도 칭찬받았습니다. 그러자 여왕은 필로메나를 향하여 이어서 이야기하라고 명령했고, 이에 필로메나는 사랑스럽게 이렇게 말하기 시작했습니다.

　[저는 어느 아름다운 여인이 엄숙한 수도자를 놀린 이야기를 여러분에게 하려고 하는데, 성직자와 모든 세속인이 좋아할 이야기입니다. 수도자들은 대부분 매우 어리석고 옷차림이나 행동이 이상한 사람들로 모든 면에서 다른 사람보다 많이 알고 더 가치 있다고 생각하지만, 오히려 훨씬 부족하고 열등하며, 비천한 마음으로 인해 다른 사람처럼 돈벌이할 가능성이 없어 돼지처럼 먹을 것을 얻을 수 있는 곳으로 도망가는 사람들이지요. 사랑스러운 여인들이여, 제가 이 이야기를 하는 것은 단지 정해진 순서를 따르기 위해서일 뿐 아니라, 우리가 지나치게 신뢰하는 수도자들도 때로는 남자는 말할 것 없고 우리 여자에게도 교묘하게 조롱당할 수 있다는 것을 알려 주기 위해서입니다.

　사랑이나 믿음보다 속임수로 가득한 우리 도시에 아직 오래전이 아니었을 때, 자연에 의해 타고난 것처럼 아름다움과 예의와 고귀한 마음과 섬세한 통찰력을 지닌 귀부인이 있었는데, 그녀의 이름과 이 이야기에 나오는 다른 이름도 저는 알지만 밝히고 싶지 않습니다. 그냥 웃고 지나갈 수 있는데도 그것 때문에 화를 낼지 모르는 사람들이 아직 살아 있기 때문이지요. 그러니까 그 여인은 귀족 가문 출신이었는데도 큰 부자인 모직물 수공업자와 결혼했고, 마음의 경멸감을 내려놓지 못했습니다. 신분이 천한 남자는 아무리 부자라도 귀족 여인과는 어울리지 않는다고 생각하였기 때문입니다. 그리고 남편은 그 많은 재산을 가졌어도 뒤섞인 천을 구별하거나 천을 짜거나 실을 잣는 여자와 실에 대해 논쟁하는 것 외에는 다른 어떤 것도 할 줄 몰랐으므로, 그녀는 거부할 수 없을 때가 아닌 한 어떻게든 그의 포옹을 거부하고, 대신 자신의 만족을 위하여 모직물 수공업자보다 자신에게 더 어울리는 누군가를 찾으려고 했습니다.

그리고 아주 훌륭한 어느 젊은 남자를 사랑하게 되었는데, 낮에 그를 보지 못하면 괴로움 없이 밤을 보낼 수 없을 정도였지요. 하지만 그 신사[16]는 그것을 깨닫지 못하고 전혀 신경을 쓰지 않았고, 그녀는 매우 신중하였기에 앞으로 닥칠 수 있는 위험이 두려워 하녀나 편지를 통하여 감히 알리려고 하지 않았습니다. 그러다 그 신사가 어느 수도자와 자주 만나는데, 그 수도자는 아주 단순하고 둔감한데도 거룩한 삶으로 거의 모든 사람에게서 훌륭한 수도자라는 명성을 얻고 있었으므로, 그가 자신과 그 신사 사이에 최고의 중개자가 될 수 있으리라고 생각했습니다. 그리하여 어떤 방법을 사용할지 혼자 생각하다가 적당한 시간에 그 수도자가 거주하는 성당

16 원문은 〈valente uomo〉, 즉 〈훌륭한 사람〉이다.

으로 갔고, 수도자를 불러 원하는 시간에 고해하고 싶다고 말했지요. 수도자는 그녀를 보고 귀부인이라고 판단하였기에 기꺼이 고해를 들었고, 그녀는 고해 뒤에 말했습니다.

「신부님, 이제부터 신부님께 말씀드릴 것에 대해 도움과 조언을 구하고 싶습니다. 제가 말씀드렸으니 신부님은 제 가족과 남편을 아시겠지만, 남편은 저를 자기 목숨보다 더 사랑하고, 저는 남편에게서 다른 어떤 것도 원하지 않습니다. 남편은 아주 큰 부자이고 제가 원하는 것을 즉시 해줄 수 있으니까요. 그리고 저를 저 자신보다 더 사랑합니다. 남편의 명예나 즐거움에 거스르는 일에 대해 제가 생각하는 것만으로도 다른 어떤 여자보다 화형을 당해야 마땅하겠지요.

그런데 이름은 모르지만 좋은 분 같은 어떤 사람이 있는데, 만약 제가 잘못 알고 있지 않다면 신부님과 자주 만나고, 체격이 크고 멋지며 점잖은 갈색 옷을 입고 다니지요. 그분이 아마 저의 그런 마음을 모르는지 저를 포위하고 있는 것 같아요. 그래서 문이나 창문으로 몸을 내밀거나 집에서 나갈 때마다 곧바로 제 앞에 그분이 있는 것 같아요. 지금 그분이 여기 없는 것이 놀라울 정도이고, 그래서 저는 무척 괴롭습니다. 종종 그런 것은 정숙한 여자에게 아무 죄도 없이 비난받게 만드니까요.

저는 몇 번이나 제 오빠들에게 그분에게 말해 달라고 부탁하고 싶은 마음이 있었지만, 나중에는 남자들이 그런 심부름을 하는 과정에서 때로는 나쁜 반응이 나오고, 거기에서 말싸움이 나오고, 말싸움이 행동으로 이어질 수 있다고 생각했어요. 그래서 나쁜 일이나 추문이 발생하지 않도록 저는 침묵하였고, 다른 사람보다 차라리 신부님께 말씀드리려고 생각했어요. 신부님이 그분의 친구이고, 또 신부님께서는 그런 일에 대해 친구뿐만 아니라 모르는 사람도 꾸짖어 주실 수 있으니까요. 그런 일에 잘 준비된 다른 여자들이 아마 있을 텐데, 그런 여자들은 그분이 바라보고 추파를 던지는 것을 좋아하겠지요. 하지만 저에게는 아주 괴로운 일이에요. 그런 일을 할 생각이 전혀 없으니까 말이에요.」

그렇게 말한 다음 그녀는 마치 울려는 것처럼 고개를 떨구었지요. 거룩한 수도자는 그녀가 실제로 누구에 대해 말하는지 곧바로 깨달았고, 그녀의 말이 사실이라고 확고하게 믿었기에 그런 좋은 태도에 대해 그녀를 많이 칭찬하였으며, 그 사람이 이제 그녀를 더 괴롭히지 않게 하겠다고 약속했습니다. 그리고 그녀가 큰 부자라는 것을 알고 그녀의 자선과 기부 활동을 칭찬하면서 자신에게 필요한 것을 말했지요. 그러자 여인은 대답했습니다.

「저는 하느님의 이름으로 신부님께 부탁합니다. 만약에 그분이 부정하더라도 바로 제가 이것을 신부님께 말씀드리고 불평했다고 확실하게 말해 주세요.」

그리고 고해에 대한 보속(補贖)을 받은 다음, 기부 활동에 대해 수도자가 강조한 것을 기억하고 몰래 손에 돈을 쥐여 주면서 자기 가족의 영혼을 위하여 기도해 달라고 부탁하였고, 그의 발 앞에서 일어나 집으로 돌아갔습니다.

오래 지나지 않아 으레 그러하였듯이 거룩한 수도자에게

그 신사가 왔습니다. 그와 함께 이것저것에 대해 한참 이야기한 다음 수도자는 그를 한쪽으로 데리고 가서, 그 부인이 이해하게 만든 대로, 그가 그녀에게 했다고 믿는 것에 대해 조심하라고 아주 친절하게 꾸짖었습니다. 신사는 깜짝 놀랐으니, 자신은 그녀를 바라보지도 않았고 그녀의 집 앞으로 지나간 적도 매우 드물었기 때문이지요. 그래서 변명하려고 했지만, 수도자는 그가 말하게 놔두지 않고 이렇게 말했습니다.

「놀라는 척하지 말고 부정하려고 말을 낭비하지 말게. 부정할 수 없을 테니까. 나는 그것을 이웃 사람들에게서 들은 것이 아니라, 그녀 자신이 자네 때문에 무척 괴로워하면서 직접 나에게 말했어. 그리고 이런 잔소리가 자네는 싫겠지만, 그녀에 대해 한 가지만 말하겠네. 그런 어리석은 짓을 싫어하는 사람이 바로 그녀야. 그러니까 자네의 명예와 그녀의 편안함을 위해서 이제 그러지 말고 그녀를 편안하게 놔두라고 부탁하네.」

거룩한 수도자보다 현명한 신사는 곧바로 그 여인의 현명함을 깨달았고, 그래서 상당히 부끄러워하는 척하면서 앞으로는 더 귀찮게 하지 않겠다고 말했습니다. 그리고 수도자와 헤어진 다음 여인의 집을 향해 갔으니, 그녀는 그가 지나가는지 보기 위하여 언제나 작은 창문 옆에서 주의 깊게 바라보고 있었습니다. 그리고 그가 오는 것을 보고 기쁘고 우아한 모습을 보여 주었고, 그래서 그가 수도자의 말에서 진실을 이해했다는 것을 충분히 깨달았지요. 그날 이후로 그는 신중하게 자신의 즐거움에다 여인의 커다란 기쁨과 즐거움

속에 마치 다른 일 때문인 척하면서 계속 그 구역을 지나다녔습니다.

하지만 얼마 후 여인은 자신이 그를 좋아하듯이 그도 자신을 좋아한다는 것을 벌써 깨달았고, 자신이 품고 있는 사랑으로 그를 더 불태우고 확인하고 싶은 욕망에 적당한 시간과 장소를 골라 거룩한 수도자에게 다시 갔고, 성당에서 그의 발 앞에 앉아 울기 시작했습니다. 그것을 본 수도자는 무슨 할 말이 있느냐고 자비롭게 물었습니다. 여인은 말했어요.

「신부님, 제가 할 말은 며칠 전 신부님께 불평하였던 그 하느님의 저주를 받은 신부님 친구에 대한 것뿐입니다. 그분은 아마 저를 무척이나 괴롭히기 위하여, 그리고 제가 이제 더 행복하지 못하고 신부님 발 앞에 감히 있지도 못하게 만들려고 태어난 것 같습니다.」

수도자는 말했지요.

「세상에! 그가 아직도 부인을 귀찮게 하고 있나요?」

그러자 여인은 말했어요.

「물론이지요. 오히려 제가 신부님께 불평한 후로 제가 신부님께 불평한 것이 기분 나빠서 그러는지 언제나 집 앞을 지나가곤 했는데, 그 후로 일곱 번은 지나갔습니다. 그리고 이제 지나가며 저를 바라보는 것으로 충분하지 않다고 하느님께서 원하신 양, 아주 대담하고도 뻔뻔스럽게 그분은 어제는 하녀를 저의 집으로 보내 어리석은 말을 전하게 했고, 마치 제가 지갑이나 허리띠를 갖고 있지 않은 것처럼 지갑과 허리띠를 보냈답니다. 그것 때문에 제가 얼마나 불쾌하였는지, 만약 제가 죄를 두려워하지 않거나 신부님의 사랑이 없었더라면 아마 물의를 일으켰을 것입니다. 하지만 저는 참았고, 신부님께 미리 알리기 전에는 아무것도 하지 않고 아무 말도 하고 싶지 않았습니다.

그리고 저는 지갑과 허리띠를 가져온 하녀에게 다시 가져가라고 돌려주며 퉁명스럽게 가라고 했는데, 혹시 하녀가 그 것을 자기가 가지고 그분에게는 내가 받았다고 말할지 두려웠어요. 하녀들이 가끔 그렇게 한다는 것을 알고 있었으니까요. 그래서 하녀를 다시 불렀고, 화난 표정으로 그녀의 손에서 그것을 다시 빼앗아 이렇게 신부님께 가져왔습니다. 신부님께서 그분에게 돌려주시고, 저는 그런 것이 필요 없다고 말해 주시라고 말입니다. 하느님과 남편 덕분에 저는 너무 많은 지갑과 허리띠를 가지고 있어서 그 안에 빠져 죽을 정도니까요.

그리고 신부님께 마치 아버지께 하듯 말씀드리는데, 만약 그분이 그만두지 않으면 저는 제 남편과 오빠들에게 말하겠어요. 어떤 일이 일어나든지 말이에요. 그분 때문에 제가 비난받는 것보다 그분이 모욕받는 것이 당연하다고 생각하니까요. 신부님, 바로 그랬어요!」

그렇게 말한 다음 계속 크게 울면서 매우 멋지고 화려한 지갑과 귀중하고 보기 좋은 허리띠를 겉옷 아래에서 꺼내 수도자의 품 안에 던졌습니다. 수도자는 여인이 말한 것을 완전히 믿었고 엄청나게 당황하여 말했습니다.

「부인,[17] 부인이 그런 일에 괴로워해도 나는 놀랍지 않고 부인을 비난할 수도 없어요. 오히려 그렇게 내 충고를 따랐으니 칭찬하고 싶습니다. 며칠 전에 내가 그 사람을 꾸짖었는데, 나에게 약속한 것을 제대로 지키지 않았군요. 그러니 지난번 일과 이번에 새롭게 한 일에 대해 부인을 더 괴롭히지 않도록 꾸짖을 것입니다. 그러니 부인은 하느님의 축복과 함께 너무 분노에 사로잡혀 가족 중 누군가에게 말하지 않도록 하세요. 그 사람에게 나쁜 일이 발생할 수도 있으니까요. 여기에서 부인에게 비난이 있을지 전혀 걱정하지 말아요. 내가 언제나 하느님 앞에서 또 사람들 앞에서 부인의 정숙함에 대한 가장 확실한 증인이 될 테니까요.」

여인은 상당히 안심하는 척하였고, 그 얘기는 마치고 그와 다른 수도자들의 탐욕을 알고 있었으므로 이렇게 말했지요.

「신부님, 요즈음 밤에 제 가족들의 영혼이 꿈속에 나타났는데, 무척 괴로워하는 것 같았고 오로지 기부금만 요구했어요. 특히 제 어머니는 너무나도 괴롭고 초라해서 보기에도 불쌍했어요. 어머니는 제가 그 하느님의 원수 때문에 이렇게 괴로워하는 것을 보고 정말로 고통스러워하는 것 같았지요. 그러니 신부님께서 그분들 영혼을 위하여 성 그레고리우스의 40일 미사[18]와 신부님의 기도를 해주시면 좋겠습니다. 하

---

17 원문은 〈figliuola〉, 즉 〈딸이여〉이다.

18 연옥에서 죄의 대가로 형벌을 받고 있는 영혼의 사면을 위한 미사로, 40일이 아니라 30일 동안 계속되는 미사이다. 대(大) 그레고리우스 Gregorius Magnus로 일컬어지기도 하는 교황 그레고리우스 1세(재위 590~604)가 자기 죄를 고백하고 죽은 어느 수도자의 영혼을 위하여 처음 시작했다고 한다.

느님께서 그분들을 괴로운 불[19]에서 끌어내 주시도록 말입니다.」

그렇게 말하면서 수도자의 손에 금화 1피오리노를 놓았습니다. 수도자는 기쁘게 받았고, 좋은 말과 여러 가지 사례와 함께 여인의 신앙심을 확인하고 축복을 내린 다음 가게 했습니다. 여인이 떠난 뒤 자신이 조롱당했다는 것을 깨닫지 못하고 사람을 보내 친구를 불렀지요. 친구는 화난 수도자를 보고 곧바로 여인에 대해 이야기하리라는 것을 깨달았고 무슨 말을 하려는지 기다렸어요. 수도자는 지난번에 했던 말을 반복하면서 또다시 괴로운 비난의 표정으로, 그가 했다고 여인이 말한 것에 대해 꾸짖었습니다. 그 신사는 수도자가 무슨 말을 하려는지 아직 잘 몰랐기에 미적거리면서 자기가 지갑과 허리띠를 보내지 않았다고 부정했습니다. 혹시라도 그것을 여인이 자신에게 보냈다면 수도자가 의심하지 않도록 말입니다. 하지만 수도자는 격노하며 말했습니다.

「어떻게 그걸 부정할 수 있어, 이 나쁜 사람아? 자, 여기 있네. 그녀가 울면서 직접 나에게 가져왔으니까. 알아볼 수 있는지 봐!」

신사는 매우 부끄러운 척하면서 말했습니다.

「물론 알아봅니다. 제가 잘못했다고 고백합니다. 그리고 그녀가 그런 생각이니, 앞으로는 신부님이 그런 말을 더 듣지 않도록 하겠다고 맹세합니다.」

---

19 연옥의 불을 가리킨다.

그리고 많은 말을 했고, 마침내 어리석은 수도자[20]는 지갑
과 허리띠를 친구에게 주었고, 이제 그런 일을 기대하지 말
라고 수없이 부탁하고 경고했으며, 친구가 그러겠다고 약속
한 뒤에야 가라고 했습니다. 신사는 여인의 사랑과 멋진 선
물을 받았다는 확신에 매우 기뻤고, 수도자와 헤어진 다음
곧바로 자기 여인이 있는 곳으로 가서 자신이 받은 두 물건
을 조심스럽게 보여 주었고, 그것을 본 여인은 만족하였으니,
자신의 계획이 아주 잘 진행되는 것처럼 보였기 때문이지요.
그리고 계획을 완수하기 위하여 오로지 남편이 다른 곳에 가
기만을 기다렸는데, 오래 지나지 않아 남편이 제노바에 가야
하는 일이 생겼습니다. 남편이 아침에 말에 올라타고 떠나자
여인은 거룩한 수도자에게 갔고 많은 불평 후에 말했습니다.

「신부님, 신부님께 분명히 말하지만, 저는 이제 더는 견딜
수 없습니다. 하지만 며칠 전에 신부님께 먼저 말하기 전에
는 아무것도 하지 않겠다고 약속했기 때문에 말씀드리러 왔
습니다. 제가 울고 불평하는 데에는 이유가 있다고 신부님께
서 믿으시기 때문에, 그 신부님의 친구, 아니, 지옥의 악마가
오늘 새벽 기도 시간 조금 전에 저에게 무엇을 했는지 말씀
드리고 싶어요. 제 남편이 어제 아침 제노바에 갔다고 어떤
불행한 운명이 그 사람에게 알려 주었는지 모르겠어요. 그
사람은 오늘 새벽 제가 말씀드린 시간에 우리 정원으로 들어
와 정원 쪽에 있는 저의 방 창문가 나무로 올라왔고, 벌써 창

20 원문 〈frate montone〉는 〈숫양 수도자〉를 의미하며 동물처럼 어리석
다는 뜻이다.

문을 열고 방 안으로 들어오려고 했는데, 그때 제가 잠이 깨어 일어났고 소리를 지르려고 했지요. 그런데 아직 방 안에 들어오지 않은 그 사람이 자기가 누구인지 말하면서 하느님과 신부님을 보아 용서해 달라고 간청하더군요. 그래서 그 말을 듣고 저는 신부님을 위하여 소리치지 않았어요. 그리고 저는 태어났을 때처럼 발가벗은 채 달려가 그의 얼굴 앞에서 창문을 닫았지요. 그런 저주받은 상태에서 그 사람은 가버렸는지 이후로 아무 소리도 들리지 않았어요. 도대체 이것이 견딜 만한 멋진 일인지 신부님께서 보세요. 저로서는 이제 더 참고 싶지 않아요. 신부님을 위하여 저는 너무 많이 참았어요.」

수도자는 그 말을 듣고 세상에서 가장 분노한 사람이 되었고, 무슨 말을 해야 할지 몰랐어요. 다만 여인에게 다른 사람이 아닌 그 사람이라는 것을 잘 확인했는지 여러 번 물었을 뿐입니다. 그러자 여인은 대답했어요.

「하느님, 축복받으소서, 제가 그 사람을 다른 사람과 구별할 줄 모른다고 생각하시다니! 분명히 말씀드리지만, 그 사람이었어요. 그 사람이 아무리 부정해도 절대로 믿지 마세요.」

그러자 수도자가 말했습니다.

「부인, 다른 할 말이 없습니다. 그것이 너무나도 뻔뻔한 일이고 너무나도 사악한 일이었다는 것 외에는 말입니다. 그리고 부인이 그랬듯 그 친구를 쫓아낸 것은 당연한 일입니다. 하지만 부인에게 부탁하고 싶은 것은, 하느님께서 부인을 치욕적인 일에서 구해 주셨으니, 두 번이나 내 충고를 따른 것처럼 이번에도 그렇게 해달라는 것입니다. 그러니까 부인의 가족 누군가에게 불평하지 말고 나에게 맡기세요. 그리고 내가 거룩한 친구라 믿었는데 고삐 풀린 악마인 그를 어떻게 억제할 수 있는지 보세요. 만약 내가 그 짐승 같은 짓을 막을 수 있다면 좋을 것이고, 그러지 못하면 지금부터 내 축복과 함께 부인의 마음이 좋다고 판단하는 대로 하라고 허락할 테니까요.」

부인은 말했지요.

「그렇다면 이번에는 신부님을 곤란하게 만들거나 그 말에 거역하고 싶지 않습니다. 하지만 그 사람이 저를 더 괴롭히지 않도록 해주세요. 다시는 이런 일로 신부님을 찾지 않겠다고 약속할 테니까요.」

그리고 마치 화난 것처럼 수도자와 헤어졌습니다. 부인이 성당 밖으로 나가자마자 바로 그 신사가 왔고 수도자에게 불려 갔지요. 신사를 한쪽으로 데려간 수도자는 사람들이 전혀 들어 본 적이 없는 가장 심한 비난을 퍼부었고, 그를 비열하고 믿을 수 없는 배신자라고 불렀습니다. 수도자의 그런 비난이 무엇을 의미하는지 벌써 두 번이나 알고 있던 신사는 주의 깊게 들었고 수도자가 말하도록 만들기 위하여 먼저 당황한 듯 말했습니다.

「왜 이렇게 화가 났어요, 신부님? 제가 그리스도님을 못 박기라도 했나요?」

그러자 수도자는 말했어요.

「이 뻔뻔스러운 사람 보게! 무슨 말을 하는지 들어 봐! 마치 그동안 1~2년이라는 시간이 흘러 자신의 사악함과 부도덕함을 잊어버린 것처럼 말하는군. 그래, 오늘 새벽 기도 시간 조금 전에 다른 사람을 모욕한 것을 벌써 잊었다는 말이야? 오늘 새벽에 어디에 있었나?」

신사는 대답했지요.

「어디에 있었는지 모르겠네요. 아주 일찍 전령이 신부님께 왔군요.」

수도자는 말했습니다.

「그래, 사실이야. 전령이 나에게 왔었지. 자네는 그 귀부인이 남편이 없으니까 곧바로 자네를 품 안에 받아들일 것이라고 믿었던 것 같군! 이봐요, 신사분, 정말 점잖은 남자로군요! 밤에 돌아다니고, 정원에 들어가고, 나무에 올라가는 사람이 되었군요! 자네는 뻔뻔스러움으로 그 부인의 정숙함을 깨뜨릴 수 있다고 믿고 밤에 나무에 올라가 창문으로 갔던 거야? 자네가 하는 짓 이상으로 그녀가 싫어하는 것은 세상에 아무것도 없어. 그런데도 자네는 계속 시도하고 있군. 사실 그 부인이 자네에게 여러 가지로 보여 준 것에 대해서는 말하지 않겠네. 하지만 내 비판으로 자네는 정말 잘 교정되었군! 이렇게 말하고 싶네. 자네가 한 것에 대해 그녀가 지금까지 침묵한 것은, 자네에게 가진 사랑 때문이 아니라 내가 부탁했기 때문이야. 하지만 그녀는 이제 더 침묵하지 않을 거야. 만약 자네가 다시 그녀를 귀찮게 하면, 하고 싶은 대로 하라고 내가 허락했으니까. 만약 그녀가 오빠들에게 말하면 자네 어떻게 할 거야?」

신사는 자신에게 필요한 것을 충분히 이해하였기에 가능한 한 다양하고 많은 약속으로 수도자를 달랬습니다. 그리고 수도자와 헤어졌으며, 밤에 새벽 기도 시간이 되자 정원으로 들어가 나무로 올라갔고, 창문이 열려 있는 것을 발견하고 방으로 들어갔고, 가능한 한 빨리 자기 여인의 품 안에 안겼습니다. 여인은 커다란 욕망 속에 그를 기다리고 있었으니 기쁘게 맞이하면서 말했어요.

「여기 오는 길을 당신에게 그렇게 잘 가르쳐 준 수도자에게 정말 감사해요.」

그리고 곧이어 서로 즐거움을 만끽하면서 어리석은 수도자의 단순함에 대해 많이 웃었고, 방적사(紡績絲)와 소면기(梳綿機), 빗질[21]에 대해 비웃었으며, 커다란 기쁨과 함께 즐겼답니다. 그리고 서로 만날 방법을 정하였으며,[22] 이제 다시는 수도자에게 가지 않고 여러 많은 밤을 서로 똑같은 즐거움 속에 만났습니다. 그리고 저는 하느님께서 거룩한 연민으로 저와 그런 욕망을 가진 다른 모든 그리스도인을 빨리 그런 밤으로 인도해 주시기를 기원합니다.]

21 모두 양모 가공에 사용되는 설비나 작업 용어이다.
22 원문은 〈dato ordine à lor fatti〉, 즉 〈자신들 일의 순서를 정하였으며〉이다.

넷째 이야기

돈 펠리체는 수도자 푸초에게 고행을 실천함으로써
축복받은 자가 되는 방법을 가르친다. 수도자 푸초는
그 고행을 실천하고, 그러는 동안 돈 펠리체는
수도자 푸초의 아내와 즐거운 시간을 갖는다.

자기 이야기를 마친 필로메나가 침묵하자, 디오네오는 달
콤한 말로 그 부인의 재치를 칭찬하였고, 거기에다 필로메나
가 마지막에 빈 소원도 칭찬하였습니다. 여왕은 웃으면서 판
필로를 바라보며 말했습니다.

「판필로, 이제 이어서 무엇인가 재미있는 이야기로 우리의
즐거움을 더해 주세요.」

판필로는 기꺼이 그러겠다고 대답하고 이렇게 시작했습
니다.

[여왕님, 자신이 천국에 가려고 노력하는 동안 미처 깨닫
지 못하고 다른 사람을 천국에 보내는 사람이 상당히 많습니
다. 아직 오래전이 아니었을 때 우리 이웃의 어느 여인에게,
여러분이 들으실 이런 일이 일어났답니다.

제가 예전에 들은 바에 의하면 산 브란카치오 성당[23] 가까
운 곳에 부자이면서 착한 남자가 살았는데, 이름은 푸초 디
리니에리였습니다. 나중에 그는 완전히 종교에 몰입하여 성

---

23 산 브란카치오San Brancazio 또는 산 판크라치오San Pancrazio 성당
은 피렌체 시내에 있는 성당이다.

프란체스코 수도회의 제3회[24] 회원이 되었고 수도자 푸초라
고 불렸습니다. 그런 영성 생활을 추구하면서, 가족은 아내
와 하녀 한 명뿐이었고 다른 신경 쓸 일도 없었기에 자주 성
당에 갔습니다. 게다가 단순하고 어리석은 사람이었으므로
주기도문을 외우고, 설교를 듣고, 미사에 참석하고, 사람들
이 부르는 찬가를 빠지지 않고 함께 불렀으며, 단식하고 자
기 몸을 때렸고, 그래서 사람들은 그가 매질 고행자[25]라고 수
군거렸답니다. 이사베타라는 그의 아내는 스물여덟에서 서
른 사이로 아직 젊고 카솔레의 사과[26]처럼 동그랗고 아름다
웠지만, 아마 나이도 많고 종교에 빠진 남편 때문인지 너무
나도 오랫동안 자신은 원하지 않는 금욕 생활을 하고 있었습
니다. 그래서 남편과 함께 자거나 이야기하고 싶을 때도 남
편은 그리스도의 삶이나 나스타조[27] 수도자의 설교, 막달레
나의 탄식 같은 것에 대해서만 이야기하였지요.

　그 무렵 산 브란카치오 수도원의 돈 펠리체라는 수도자가
파리에서 돌아왔지요. 그는 아주 젊은 미남이었고 재치 있고
학식도 깊었는데, 수도자 푸초와 매우 친해졌습니다. 그리고
수도자 푸초가 궁금해하는 것을 모두 해결해 주었고, 또 그

24 프란체스코 수도회의 재속 수도회이다.
25 중세 유럽에서 참회의 표시로 나뭇가지나 채찍으로 자신을 때리는 사
람들이 있었다.
26 원문은 〈mela casolana〉로, 아마 발 델사의 카솔레Casole di Val d'Elsa
에서 생산되는 사과를 가리키는 것으로 짐작된다.
27 Nastagio. 라틴어 이름은 아나스타시우스Anastasius 정도가 될 것인
데, 여러 수도회에서 대중적인 이름이었다고 한다. 따라서 실존 인물이 아니
라 보카치오가 상상한 허구적 인물로 해석된다.

의 상태를 알고 매우 거룩한 모습을 보였기 때문에, 수도자 푸초는 그를 이따금 집으로 데려가기 시작했고 상황에 따라 점심이나 저녁을 제공하였습니다. 아내 역시 수도자 푸초를 위하여 기꺼이 하녀처럼 그를 대접하였지요. 그렇게 돈 펠리체는 수도자 푸초의 집에 자주 가면서 젊고 생기 있는 아내를 보고 그녀가 가장 아쉬워하는 것이 무엇인지 깨달았지요. 그리고 가능하다면 수도자 푸초의 노고를 덜어 주기 위해 그녀를 만족시켜 주려고 생각했습니다. 그래서 기회가 있을 때마다 신중하게 그녀에게 눈길을 던졌고, 그리하여 자기가 가진 욕망과 똑같은 욕망을 그녀의 마음속에 불붙였지요.

하지만 그녀가 그런 일을 실행할 준비가 되어 있다는 것을 깨달았는데도 방법을 찾을 수가 없었습니다. 그녀는 돈 펠리체와 함께할 장소로 자기 집 외에 세상의 어떤 곳도 신뢰하지 않았는데, 수도자 푸초가 도시 밖으로 절대 나가지 않았으므로 그 집에서는 할 수 없었기 때문입니다. 그래서 돈 펠리체는 매우 울적해졌지요. 그리고 오랫동안 생각한 끝에 수도자 푸초가 집에 있더라도 아무런 의심 없이 집 안에서 그녀와 함께할 수 있는 방법을 찾았습니다. 그리고 어느 날 수도자 푸초가 자기를 만나러 왔을 때 이렇게 말했습니다.

「푸초 수도자님, 내가 잘 이해한 바에 의하면 당신의 유일한 욕망은 성인이 되는 것이지요. 그런데 거기에 가는 훨씬 짧은 길이 있는데도 당신은 먼 길로 가는 것 같습니다. 교황님과 고위 성직자들은 그 지름길을 알고 사용하지만, 그 길이 드러나는 것을 원하지 않습니다. 왜냐하면 성직자들은 대부분 헌금으로 사는데, 세속인들이 헌금 같은 것에 관심을 기울이지 않으면 곧바로 무너질 것이기 때문입니다. 하지만 당신은 내 친구이고 나를 존경하기 때문에, 당신이 세상의 누구에게도 밝히지 않고 그 길을 가고 싶다면 가르쳐 주겠소.」

열렬해진 수도자 푸초는 먼저 그 길을 자기에게 가르쳐 달라고 열심히 부탁하기 시작했고, 이어서 원한다면 누구에게도 절대로 말하지 않겠다고 맹세했으며, 자신이 갈 수만 있다면 그 길을 가겠다고 밝혔습니다.

돈 펠리체는 말했습니다.

「당신이 그렇게 약속하니까 가르쳐 주겠소. 거룩한 성직자들[28]은 이렇게 생각한다는 것을 알아야 해요. 축복받은 자가 되고 싶은 사람은 다음과 같이 속죄해야 한다고 말입니다. 하지만 잘 들어야 해요. 속죄한 뒤에 당신은 죄인이 아니라는 말은 아닙니다. 하지만 당신이 속죄의 순간까지 지은 죄들은 모두 씻어지게 되고 속죄를 통해 용서받게 될 것이며, 그다음에 당신이 짓는 죄들은 당신을 지옥으로 보내지 않을 것이고,[29] 지금 가벼운 죄들이 그러듯이 성수로 씻어질 것입니다.

그러므로 먼저 속죄하기 시작할 때 아주 열심히 자기 죄를 고백해야 하고, 이어서 단식과 매우 엄격한 금욕을 해야 하

28 원문은 ⟨dottori⟩, 즉 ⟨박사들⟩이다.
29 원문은 ⟨non saranno scritti a tua dannazione⟩, 직역하면 ⟨당신의 저주로 적히지 않을 것이고⟩이다.

는데, 그것은 40일 동안 지속되어야 하고 그러는 동안에는 다른 여자는 물론이고 자기 아내와 접촉하는 것도 삼가야 합니다. 그 외에도 당신의 집 안에다 밤에 하늘을 볼 수 있는 장소를 마련하고 끝기도[30] 시간에 그곳으로 가야 합니다. 거기에다 널찍한 널빤지를 준비하여 거기에 등을 기대고 서서 발을 바닥에 댄 채 십자가 모양으로 팔을 벌려야 해요. 만약 팔을 기대고 싶다면 받침대를 설치할 수 있어요. 그리고 그런 식으로 하늘을 바라보면서 새벽 기도 시간까지 조금도 움직이지 않고 있어야 해요.

그리고 만약 당신이 글을 읽을 줄 안다면 그러는 동안 내가 써줄 기도를 해야 하겠지만, 그렇지 않기 때문에 삼위일체에 대한 존경으로 주기도문 3백 번과 성모송 3백 번을 낭송하고, 하늘을 바라보면서 하느님께서 하늘과 땅의 창조주셨음을 언제나 기억하고, 그리스도께서 십자가에 매달리신 자세로 있으면서 그리스도의 수난을 기억해야 합니다.

그런 다음 새벽 기도 종소리가 울리면, 당신이 원한다면 가서 옷을 입은 채 당신의 침대에 누워 잘 수 있어요. 이어서 오전에 성당으로 가서 최소한 세 번 미사를 드리고, 주기도문과 성모송을 각각 오십 번 낭송해야 합니다. 그런 다음에 순수한 마음으로 만약 할 일이 있다면 당신의 일을 하고, 점심을 먹고, 이어서 저녁 기도 시간에 성당에 가서 내가 당신에게 써줄[31] 기도를 올려야 하는데, 그걸 빠뜨리면 안 됩니다.

30 성무일도의 마지막 기도로 라틴어로는 〈completorium〉. 예전에는 〈종과경(終果經)〉으로 옮겼다.

그런 다음 끝기도 시간에 앞에서 말한 방식으로 돌아가야 합니다. 만약 그렇게 내가 이미 해보았듯이, 당신이 충실하게 수행한다면, 속죄가 끝나기 전에 영원한 축복의 경이로움을 느끼게 될 것입니다.」

그러자 수도자 푸초는 말했어요.

「그것은 너무 힘든 것도 아니고 너무 길지도 않으니, 제가 잘할 수 있을 것입니다. 그러니까 하느님께 맹세하건대 일요일에 시작하고 싶습니다.」

그리고 돈 펠리체와 헤어져 집으로 갔고, 허락받은 대로 아내에게 모든 것을 자세히 설명했습니다. 아내는 새벽 기도 시간까지 움직이지 않고 가만히 있어야 한다는 말을 듣고 돈 펠리체가 하고자 하는 바를 너무나 잘 이해하였지요. 아주 좋은 방법으로 보였으므로 남편이 자기 영혼을 위해 수행하는 그런 일과 다른 모든 것에 자기는 만족한다고 말했으며, 하느님께서 그의 속죄를 유익하게 해주시도록 함께 단식하고 싶지만, 다른 것은 하지 않겠다고 말했습니다.

그렇게 합의하고 일요일이 되자 수도자 푸초는 속죄를 시작했고, 돈 펠리체 수도자는 그의 아내와 약속한 대로 눈에 띄지 않을 시간에 여러 날 밤 그녀와 저녁을 먹으러 갔으니, 언제나 먹고 마실 좋은 것들을 갖고 갔습니다. 그런 다음 그녀와 함께 새벽 기도 시간까지 누워 있다가 일어나 돌아갔고, 수도자 푸초는 침대로 돌아왔습니다. 수도자 푸초가 속죄하

---

31 하지만 조금 전에는 수도자 푸초가 글을 읽을 줄 모른다고 했다.

기 위해 선택한 장소는 아내가 자는 방 바로 옆이었고, 단지 아주 얇은 벽으로만 분리되어 있었지요. 그래서 돈 펠리체 수도자가 너무나 음탕하게 여인과 장난하고 또 여인도 그렇게 함께 장난하는 동안 수도자 푸초는 집의 토대가 흔들리는 것을 느꼈습니다. 따라서 주기도문을 백 번 정도 낭송했으므로 잠시 멈추고 움직이지 않은 채 아내를 불러 무엇을 하고 있냐고 물었습니다. 농담하기를 좋아하는 아내는 그때 베네딕투스 성인이나 조반니 괄베르토 성인[32]의 나귀[33]를 안장 없이 타고 있는 동안이었는지 이렇게 대답했지요.

「세상에, 여보,[34] 나는 지금 최대한 몸부림치고 있어요.」

그러자 수도자 푸초가 말했습니다.

「아니, 몸부림친다니? 몸부림친다는 것이 무슨 뜻이오?」

상냥하고 재치 있는 여인이었던 아내는 웃을 만한 이유가 있었는지 웃으면서 대답하였어요.

「어떻게 무슨 뜻인지 모를 수 있어요? 〈저녁을 먹지 않은 사람은 밤새도록 몸부림친다〉는 말을 저는 수천 번 들었어요.」

수도자 푸초는 아내가 하고 싶다고 말한 단식이 그녀에게 잠을 잘 수 없게 만드는 원인이 되었고, 그래서 침대에서 몸

---

32 베네딕투스Benedictus 성인(480~547)은 이탈리아 움브리아 출신 수도자, 조반니 괄베르토Giovanni Gualberto 성인(995?~1073)은 피렌체에서 태어난 것으로 추정되는 이탈리아 수도자로, 둘 다 나귀를 타고 있는 모습으로 자주 묘사되었다. 여기에서 나귀를 탄다는 것은 성행위에 대한 은유이다.

33 원문은 〈bestia〉, 즉 〈동물〉 또는 〈짐승〉이다.

34 원문은 〈marito mio〉, 즉 〈내 남편이여〉이다.

부림친다고 믿었지요. 그래서 진심으로 말했습니다.

「여보,[35] 내가 단식하지 말라고 말했잖아. 그런데도 당신은 단식을 원했는데, 이제는 쉴 생각을 해요. 당신이 침대에서 얼마나 몸부림치는지 모든 것을 몸부림치게 만들고 있단 말이오.」

그러자 아내는 말했습니다.

「걱정하지 말아요. 내가 하고 있는 것을 잘 알고 있으니까요. 당신이나 잘해요. 나는 가능한 한 잘해 낼 거예요.」

그러자 수도자 푸초는 조용히 다시 주기도문을 낭송하기 시작했고, 아내와 돈 펠리체는 그날 밤 이후로 집 안 다른 곳에다 침대를 마련했으며, 수도자 푸초의 속죄가 지속되는 동안 거기에서 아주 커다란 즐거움을 누렸지요. 그리고 돈 펠리체는 돌아가고 동시에 여자는 자기 침대로 돌아갔으며, 잠시 후 수도자 푸초도 속죄를 마치고 침대로 돌아갔습니다. 그러니까 그런 식으로 수도자 푸초도 속죄를 계속하고, 아내는 돈 펠리체와 함께 즐거움을 누리면서 여러 번 농담으로 말했지요.

「당신이 수도자 푸초가 속죄하게 만든 덕분에 우리는 천국을 얻었어요.」

그리고 아내는 아주 잘 지내면서 돈 펠리체의 음식에 익숙해졌고, 남편에게서 오랫동안 굶주렸기 때문에 수도자 푸초의 속죄가 끝난 뒤에도 다른 곳에서 함께 먹을 방법을 찾았

35 원문은 〈여인이여〉이다.

고 신중하게 오랫동안 즐거움을 얻었습니다. 그렇게 마지막 말이 처음의 말과 어긋나지 않으니, 수도자 푸초는 자신이 천국에 간다고 믿으며 속죄하는 동안 자신에게 천국에 가는 길을 가르쳐 준 돈 펠리체와 아내를 천국에 보냈으니, 그에게서 굶주렸던 아내는 자비로운 돈 펠리체가 매우 풍부하게 제공하는 것으로 살았답니다.]

다섯째 이야기

치마는 프란체스코 베르젤레시[36] 씨에게 자기 말을 선물하고,
그 대가로 그의 허락하에 그의 아내와 이야기한다.
그리고 그녀가 말을 하지 않자 자신이 그녀 대신 대답하고,
나중에 그의 대답대로 결과가 뒤따른다.

여인들의 웃음과 함께 판필로가 수도자 푸초의 이야기를 마치자 여왕은 엘리사에게 이어서 이야기하라고 우아하게 명령했습니다. 엘리사는 악의가 아니라 오랜 습관으로 약간 부루퉁하게 이렇게 말하기 시작했습니다.

[자신은 많이 알지만 다른 사람들은 아무것도 모른다고 믿는 사람이 많은데, 그런 사람은 종종 자신이 다른 사람을 속인다고 믿었지만 자신이 다른 사람에게 속았다는 것을 깨

36 데 베르젤레시de' Vergellesi 가문은 피스토이아의 이름 있는 가문이 었다.

닫기도 합니다. 그래서 저는 불필요하게 다른 사람의 능력을 시험하려는 사람은 어리석다고 생각합니다. 하지만 모든 사람이 저와 같은 의견이 아닐 수도 있으므로, 순서에 따라 어느 피스토이아[37] 기사에게 일어난 일을 여러분에게 이야기하고 싶습니다.

피스토이아의 데 베르젤레시 가문에 프란체스코 씨라는 기사가 있었는데, 아주 부자에 현명하고 신중하나 끝없이 탐욕스러운 사람이었습니다. 그는 밀라노의 포데스타로 가야 했는데 명예롭게 가는 데 필요한 모든 것을 갖추었지만, 한 가지 자신에게 어울리는 멋진 말이 없었고, 마음에 드는 말을 찾지 못했기에 생각에 잠겨 있었습니다. 그 당시 피스토이아에 리차르도라는 청년이 있었는데, 낮은 신분 출신이었지만 큰 부자였고, 인물이 말끔하고 아주 잘 차려입고 다녔기에 일반적으로 모든 사람이 치마[38]라고 불렀습니다. 그는 프란체스코 씨의 매우 아름답고 정숙한 아내를 오랫동안 사랑하고 흠모했지만 아무런 결과도 얻지 못했습니다.

그런데 그는 토스카나에서 가장 멋진 말 중 한 필을 갖고 있었으며 멋진 말이었기에 소중하게 갖고 있었습니다. 그리고 그가 프란체스코 씨의 아내를 흠모한다는 것은 모든 사람에게 알려져 있었으므로, 이렇게 프란체스코 씨에게 말한 사람이 있었습니다. 만약 치마에게 말을 요구하면 아내에게 품

37 Pistoia. 피렌체 북서쪽 약 30킬로미터 거리에 있는 도시이다.
38 원문은 〈Zima〉로, 〈azzimato〉에서 나온 말로 〈깨끗하고 말끔하게 잘 차려입은 사람〉, 〈멋쟁이〉를 의미한다.

고 있는 사랑 때문에 그가 말을 얻을 수도 있으리라고 말입니다. 프란체스코 씨는 탐욕에 이끌려 치마를 불렀고, 치마가 선물로 주기를 바라면서 말을 자기에게 팔라고 요구했습니다. 그러자 치마는 흡족하여 기사에게 대답했습니다.

「나리, 나리께서 이 세상에 갖고 계시는 것을 모두 주신다고 해도, 제 말을 팔게 하실 수는 없습니다. 하지만 원하신다면, 이런 조건으로 선물로 받으실 수 있을 것입니다. 나리께서 말을 받으시기 전에, 제가 나리의 호의로 나리의 눈앞에서 부인과 몇 마디 말을 할 수 있고, 제가 하는 말을 오직 부인만 듣도록 다른 모든 사람에게서 떨어져 있다면 말입니다.」

기사는 탐욕에 이끌리고 그를 속일 수 있으리라는 희망에 좋다고 대답하였고, 원하는 만큼 말해도 좋다고 했습니다. 그리고 그를 자기 저택의 거실에 남겨 둔 채 부인의 방으로 갔고, 얼마나 손쉽게 말을 얻을 수 있게 되었는지 부인에게 말한 다음 와서 치마의 말을 들어 보라고 하면서, 그가 어떤 말을 하더라도 많든 적든 절대 대답하지 말라고 했습니다. 부인은 그 일에 대해 많이 비난했지만, 남편이 좋아하는 대로 따르는 것이 좋다고 생각하여 그러겠다고 대답했고, 남편의 뒤를 따라 치마가 하려는 말을 들어 보러 거실로 갔습니다. 치마는 기사와 조건을 재확인한 다음 거실에서 모든 사람으로부터 상당히 멀리 떨어진 한쪽에 부인과 함께 앉아 이렇게 말하기 시작했습니다.

「훌륭한 여인이시여, 당신은 분명히 아주 현명한 분으로 보이니, 당신의 아름다움에 이끌린 제가 벌써 오래전부터 당신에게 얼마나 큰 사랑을 품게 되었는지 잘 이해하셨을 것입니다. 당신의 아름다움은 분명히 제가 지금까지 본 다른 모든 여인을 압도합니다. 당신에게 있는 훌륭한 몸가짐과 특별한 덕성은 모든 남자의 고귀한 영혼을 사로잡는 힘을 갖고 있으니 거기에 대해서는 말하지 않겠습니다. 그리고 제가 말로 증명할 필요도 없이 제 사랑은 남자가 여자에게 품는 어떤 사랑보다 더 크고 더 열렬하며, 제 초라한 생명이 이 사지를 지탱하는 동안 분명히 그럴 것입니다. 아니, 그 이상일 것이니, 만약 저승에서도 이승처럼 사랑할 수 있다면, 영원히 당신을 사랑할 것이기 때문입니다.

그러므로 귀중한 것이든 사소한 것이든 당신이 가진 것 중에서, 어떤 상황이든 저의 초라한 가치에 의존하는 것만큼 당신 것으로 간주할 수 있는 특별한 것은 전혀 없다고[39] 확신하실 수 있고, 제 물건들에 대해서도 마찬가지입니다. 그리고 이에 대해 당신에게 분명히 확증할 수 있도록 말씀드리건대, 저는 제가 할 수 있고 당신이 좋아하는 것을 저에게 명령하시는 것이, 온 세상이 저의 명령에 곧바로 복종하는 것보다 큰 은총이라고 생각합니다. 그러니까 당신이 들으시는 것처럼 제가 당신의 것이라면, 저의 모든 평화, 모든 선, 모든 구원이 유일하게 나오는 고귀한 당신에게 감히 부탁드리는 것이 부당하지 않을 것입니다. 그래서 가장 비천한 종으로서

---

39 간단히 말해 자기만큼 소중한 것은 없다고 확신하게 될 것이라는 뜻이다.

당신에게 부탁하오니, 사랑하는 저의 행복이자 제 영혼의 유일한 희망이시여, 당신에게 사랑의 불꽃이 일어나 당신이 너 그러워지고 당신의 것인 저에 대한 과거의 냉정함이 완화되도록 해주세요. 그리하여 제가 당신의 연민에 위로받고, 당신의 아름다움으로 인해 사랑에 빠진 제가 그 아름다움으로 인해 생명을 얻는다고 말할 수 있게 해주십시오. 만약 고귀한 당신의 마음이 저의 부탁에 굽히지 않는다면, 제 생명은 틀림없이 소진되고 저는 죽게 될 것이니, 당신이 저를 죽였다는 말을 들을 수 있습니다.

저의 죽음이 당신에게 명예가 되지 않으리라는 것은 차치하더라도, 그렇게 한 것에 대해 때로는 양심의 가책에 사로잡혀 당신은 괴로울 것이며, 이따금 당신 자신에게 이렇게 말할 수도 있다고 생각합니다. 〈세상에! 나의 치마에게 자비를 베풀지 않다니 얼마나 나쁜 일을 했는지!〉 그리고 그런 후회는 아무 소용이 없을 것이므로 당신에게는 더 큰 괴로움의 원인이 될 것입니다. 그러므로 그런 일이 일어나지 않도록 당신은 저를 도와줄 수 있으니 이것을 재고하시고, 제가 죽기 전에 저에 대한 자비심을 베푸소서. 저를 가장 행복한 남자나 가장 괴로운 남자로 살게 만드는 것은 오로지 당신에게 달려 있으니까요. 제가 그렇게 큰 사랑의 대가로 죽음을 맞이하도록 놔두지 말고, 은혜로 가득한 행복한 대답으로 당신 앞에서 깜짝 놀라 떨고 있는 제 마음을 위로하는 친절함을 베풀어 주십시오.」

그리고 침묵하더니 깊은 한숨 뒤에 눈 밑으로 눈물을 흘리면서 고귀한 여인의 대답을 기다리기 시작했습니다. 부인은 치마가 그녀에 대한 사랑으로 보여 준 오랜 흠모나 마상 창시합, 새벽의 사랑 노래 같은 것에 전혀 움직인 적 없었는데, 그 열렬한 연인이 하는 애정 어린 말에 감동되었고, 전에는 전혀 느끼지 못했던 것, 말하자면 사랑이 무엇인지 느끼기 시작했습니다. 그리고 남편이 내린 명령을 따르기 위해 비록 침묵하고 있었지만, 그렇다고 해서 감출 수 없었으니, 작은 한숨으로 치마에게 기꺼이 대답하면서 분명하게 밝히고 싶은 것을 드러냈습니다.

치마는 잠시 기다렸지만 아무런 대답도 없어 깜짝 놀랐고, 잠시 후 기사가 사용한 계책을 깨닫게 되었습니다. 하지만 부인의 얼굴을 살펴보면서 그녀의 눈이 자신을 향해 몇 번 반짝이는 것을 발견하였고, 그 외에도 그녀가 모든 힘과 함께 가슴에서 나오게 둔 한숨을 포착하였으니, 약간 희망을 품게 되었고 그 도움을 받아 새로운 대책을 취했습니다. 그래서 자기 말을 들은 부인의 입장에서 자기 자신에게 이렇게 대답하기 시작했습니다.

「나의 치마여, 분명히 오래전부터 나에 대한 당신의 사랑이 아주 크고 완벽하다는 것을 깨달았는데, 이제 당신의 말을 통해 더욱 확실하게 알게 되었으니, 당연히 그래야 하듯이 만족합니다. 그렇지만 내가 당신에게 냉담하고 잔인하게 보였더라도 내 얼굴에서 드러난 것처럼 마음속도 그렇다고 믿지 말기를 바랍니다. 오히려 나는 언제나 당신을 사랑했고 다른 모든 남자보다 소중하게 생각했어요. 하지만 다른 사람들에 대한 두려움 때문에, 그리고 내 정숙함의 명성을 간직하기 위해 그렇게 해야만 했지요.

그런데 이제 내가 당신을 사랑한다는 것을 분명하게 밝히고, 당신이 나에게 품었고 지금도 품고 있는 사랑에 대한 보상을 당신에게 해줄 수 있는 시간이 왔군요. 그러니 위로받고 좋은 희망을 간직하세요. 당신이 알다시피 프란체스코 씨는 며칠 뒤 밀라노에 포데스타로 갈 거예요. 당신이 나에 대한 사랑 때문에 그에게 말을 선물했으니까요. 그분이 가고 나면, 내 믿음과 내가 당신에게 간직한 사랑을 걸고 분명히 당신에게 약속하건대, 며칠 안으로 당신은 나와 함께 있게 될 것이고, 우리는 우리 사랑을 즐겁고 온전하게 완성할 것입니다.

그리고 그 일에 대해 당신이 다른 기회에 말할 필요가 없도록, 지금 이후로 우리의 정원 위에 있는 내 침실 창문에 수건 두 장을 걸어 둔 것을 당신이 보게 되면, 밤에 들키지 않도록 조심하면서 정원의 문을 통하여 나에게 오도록 하세요. 당신은 기다리고 있는 나를 보게 될 것이고, 그러면 우리는 함께 원하는 대로 서로의 즐거움과 행복을 밤새도록 누릴 것입니다.」

치마는 부인의 입장에서 그렇게 말하더니, 자기 자신을 위해 이렇게 대답했습니다.

「사랑하는 여인이여, 당신의 너그러운 대답에 넘치는 즐거움이 저의 모든 감각을 압도하였기에 합당한 감사의 말을 찾을 수 없을 정도입니다. 제가 원하는 대로 말할 수 있더라도,

제가 원하는 대로 또 제가 당연히 해야 하는 대로 충분하게 당신에게 감사할 수 있을 만큼 합당한 말은 전혀 없습니다. 그러므로 제가 원해도 말로 표현할 수 없는 것을 당신의 신중한 배려로 알아 주시기를 바랍니다.

단지 이것만 말씀드리겠습니다. 저는 당신이 저에게 명령하신 그대로 틀림없이 할 것이며, 그렇게 되면 당신이 허용하신 그 커다란 선물에 확신을 얻어 제가 할 수 있는 최대한의 감사를 당신께 돌려드리도록 노력하겠습니다. 현재로서는 여기에서 더 할 말이 없습니다. 그러므로 사랑하는 여인이여, 당신이 최대한 원하는 행복과 즐거움을 내려 주시라고 하느님께 기원합니다.」

그 모든 말에 대해 부인은 단 한마디도 하지 않았습니다. 그래서 치마는 일어났고 기사를 향해 돌아갔어요. 기사는 그가 일어나는 것을 보고 다가와 웃으면서 말했습니다.

「어떤가? 나는 자네에게 약속을 지켰지?」

치마는 대답했습니다.

「아닙니다, 나리. 나리는 저에게 부인과 말하게 해준다고 약속하셨는데, 대리석 동상과 말하게 하셨으니까요.」

그 말에 기사는 무척 기분이 좋았으니, 부인에 대해 좋게 생각하고 있었는데, 더 신뢰하게 되었습니다. 그리고 말했어요.

「이제 자네의 말은 내 것이군.」

그러자 치마는 대답했습니다.

「네, 나리. 나리께서 주신 호의로 제가 이런 결과를 얻으리라는 것을 알았더라면, 그런 호의를 요구하지도 않고 선물로 드렸을 것입니다. 그런데 하느님께서는 제가 이렇게 하기를 원하셨으니, 나리께서는 제 말을 사셨는데, 저는 팔지 않은 것이 되었군요.」

그 말에 기사는 웃었고, 말이 갖추어졌으니 며칠 뒤 포데스타 직책을 위해 길을 떠나 밀라노로 갔습니다. 부인은 집에 혼자 남아서 치마의 말과 그가 자신에게 품은 사랑에 대해, 자신에 대한 사랑 때문에 선물한 말에 대해 다시 생각했고, 그가 자주 집 앞으로 지나가는 것을 보며 혼자 생각했습니다.

〈내가 지금 무엇을 하고 있지? 왜 내 젊음을 낭비하고 있지? 남편은 밀라노로 갔고 여섯 달 안에는 돌아오지 않을 텐데, 도대체 언제 나에게 보상을 해줄 것인가? 내가 늙은 뒤에? 더구나 내가 언제 치마 같은 그런 연인을 찾을 것인가? 나는 혼자이고 두려워할 사람도 없어. 내가 왜 이 좋은 기회를 잡을 수 있는데도 잡지 않는지 모르겠군. 지금 같은 기회는 아마 영원히 없을 거야. 이 일은 아무도 모를 것이고, 비록 나중에 알려지더라도, 하고 나서 후회하는 것이, 참고 후회하는 것보다 훨씬 나아.〉

그렇게 혼자 생각하다가 어느 날 정원 쪽 창문에다 치마가 말한 대로 수건 두 장을 걸어 두었습니다. 그것을 본 치마는 무척 행복했고, 밤이 되자 몰래 혼자 부인의 정원 문으로 갔고, 문이 열려 있는 것을 발견했습니다. 그래서 들어갔고 집 안으로 들어가는 다른 문에 이르렀는데, 거기에서 기다리고 있는 부인을 발견했습니다. 부인은 그가 오는 것을 보고 그에게 다가가서 아주 즐겁게 맞이했습니다. 그리고 치마는 그녀를 껴안고 수천 번 입맞춤하면서 계단으로 그녀를 따라갔고, 두 사람은 망설임 없이 함께 누워 사랑의 최종적인 극치를 맛보았습니다. 이번이 처음이었지만 그렇다고 마지막도 아니었습니다. 기사가 밀라노에 있는 동안, 그리고 그가 돌아온 뒤에도 두 사람 모두의 커다란 즐거움과 함께 치마는 여러 번 그곳으로 돌아갔기 때문이지요.]

여섯째 이야기

리차르도 미누톨로는 필리펠로 시기놀포의 아내를 사랑하고,
그녀가 질투심이 많다는 말을 듣고, 필리펠로가 다음 날
자기 아내와 함께 어느 목욕탕에 있을 것이라고 말함으로써
그녀가 그곳으로 가게 한다. 그리고 그녀는 남편과 함께 있다고
믿었는데 리차르도와 함께 잠을 잤다는 것을 발견한다.

엘리사가 더 할 말이 없게 되었을 때 여왕은 치마의 현명함을 칭찬한 다음 피암메타에게 다른 이야기를 이어서 하라고 명령했습니다. 피암메타는 웃으면서 〈여왕님, 기꺼이 하겠습니다〉 대답하고 이렇게 시작했습니다.
[세상의 다른 곳에서 일어난 일에 대해 이야기하기 위해서는 엘리사가 그랬던 것처럼, 잠시나마 온갖 소재의 이야기

와 모든 것이 풍부한 우리 도시 밖으로 나가야겠군요. 저는 나폴리로 건너가, 사랑을 몹시 싫어하는 것처럼 보이는 그런 여자 중 한 명이 어떻게 자신을 사랑하는 남자의 계책에 속아, 사랑의 꽃을 알기도 전에 그 열매를 느끼게 되었는지 이야기하겠습니다. 그것은 여러분에게 일어날 수도 있는 일에 대한 신중함을 알려 주는 동시에 이미 일어난 일의 즐거움을 제공할 것입니다.

아주 오래된 도시이면서 이탈리아의 다른 도시만큼, 아니, 아마 그 이상으로 즐거운 도시 나폴리에 귀족 혈통으로 유명하고 큰 부자이며 눈부신 청년이 있었는데, 이름은 리차르도 미누톨로[40]였습니다. 그는 아름답고 매력적인 젊은 여인을 아내로 데리고 있으면서도 다른 여인을 사랑하게 되었지요. 그녀의 아름다움은 모든 사람의 견해에 의하면 나폴리의 다른 모든 여자를 훨씬 능가했습니다. 그녀의 이름은 카텔라로 필리펠로 시기놀포[41]라는 귀족 청년의 아내였는데, 매우 정숙했고 남편을 무엇보다 사랑하고 소중하게 여겼습니다.

그러니까 리차르도 미누톨로는 카텔라를 사랑했는데, 여인의 사랑과 호의를 얻기 위해 모든 것을 했는데도 불구하고 자신의 열망에 전혀 도달할 수 없었기에 거의 절망하고 있었습니다. 그리고 그 사랑에서 벗어날 수도 없었고 벗어날 줄도 몰랐으니, 죽을 수도 없었고 사는 것도 즐겁지 않았습니다. 그런 상태에서 살고 있었는데, 어느 날 친척 여자들이 오

40 미누톨로Minutolo 가문은 실제로 나폴리의 유명한 귀족 가문이었다.
41 필리펠로 시기놀포Filippello Sighinolfo도 실존 인물이었다.

랫동안 그를 위로하면서 그런 사랑에서 벗어나야 한다고 말했지요. 카텔라는 필리펠로 외에 좋은 남자는 아무도 없다고 생각하며 남편에 대한 질투심이 얼마나 강한지 허공에 날아가는 새가 그를 빼앗아 갈 수 있다고 믿을 정도니까 헛고생이라고 말입니다.

카텔라의 질투심이 강하다는 말을 들은 리차르도는 곧바로 자신의 욕망을 위한 계획을 생각해 냈습니다. 그래서 카텔라에 대한 사랑을 단념하고 대신 다른 귀부인을 사랑하는 것처럼 보이기 시작했고, 그녀에 대한 사랑을 위하여 무술 시합과 마상 창 시합을 하고 카텔라를 위해 하던 모든 것을 하는 것처럼 보이기 시작했습니다. 그렇게 한 지 얼마 지나지 않아 거의 모든 나폴리 사람과 카텔라도 그가 이제 카텔라가 아니라 그 두 번째 여인을 사랑한다고 마음속으로 생각하게 되었습니다. 그리고 오래 그렇게 지속했으니 모든 사람이 그렇다고 확신하였고, 다른 사람들뿐 아니라 카텔라도 자신에 대한 사랑 때문에 그에게 품었던 반감을 잊고 다른 사람들에게 그러하듯이 오가면서 그에게도 인사를 했습니다.

그러다 날씨가 더워지자 나폴리 사람들의 풍습에 따라 여인들과 기사들의 많은 무리가 바닷가로 나가 거기에서 점심이나 저녁 식사를 하게 되었습니다. 리차르도는 카텔라가 사람들과 함께 바닷가에 나갔다는 것을 알고 자기도 비슷하게 동료들과 함께 나갔고, 마치 동료들과 함께 있는 것에 흥미를 느끼지 못한 것처럼 먼저 카텔라의 여인들이 자신을 초대하도록 하여 그녀들에게 갔습니다. 여인들과 카텔라는 그의 새로운 사랑에 대해 농담하기 시작했고, 거기에 대해 그는 열렬하게 불타는 것처럼 보이면서 그녀들보다 더 많은 이야 깃거리를 제공하였습니다. 그렇게 오래 머무는 동안 그런 곳에서 으레 그러하듯이 한 여인은 이쪽으로, 다른 여인은 저쪽으로 갔고, 카텔라는 두세 여인과 함께 리차르도 옆에 남아 있게 되었지요. 그러자 리차르도는 그녀에게 남편 필리펠로의 사랑에 대한 어떤 암시를 던졌고, 그로 인해 그녀는 바로 질투심에 빠졌으며, 리차르도가 말하려던 것에 대해 알고 싶은 강한 욕망이 안에서 불타오르기 시작했습니다. 그리고 잠시 참고 있었으나 더 참지 못하고 리차르도에게 예전에 무척 사랑했던 여인을 위하여 필리펠로에 대해 말했던 것을 제발 분명하게 밝혀 달라고 부탁했지요. 리차르도는 그녀에게 말했습니다.

「당신이 그렇게 간청하시니, 감히 거절할 수 없군요. 그러니 곧바로 말해 주겠습니다. 다만 제 이야기가 사실이라는 것을 당신이 실제로 보게 될 때까지는 그분이나 다른 누구와도 절대 말하지 않는다는 조건으로 말입니다. 당신이 원한다면 그 사실을 볼 수 있는 방법을 제가 가르쳐 줄 테니까요.」

그의 요구는 여인의 마음에 들었고, 그것이 사실이라고 더욱 믿게 되었으며, 그래서 절대로 말하지 않겠다고 맹세하였어요. 그러자 다른 사람들이 듣지 못하도록 한쪽으로 가서 리차르도는 이렇게 말하기 시작했습니다.

「부인, 만약 제가 전에 사랑했던 것처럼 지금도 당신을 사랑한다면, 당신이 분명 괴로워할 것을 감히 말하려고 하지

않았을 것입니다. 하지만 그 사랑은 이미 지나갔으니까 이제
는 별로 신경 쓰지 않고 모든 진실을 당신에게 밝히겠습니다.
제가 품고 있던 사랑에 대해 혹시 필리펠로가 치욕을 느꼈는
지, 아니면 혹시 당신이 나의 사랑을 받았다고 믿었는지 모
르겠습니다. 하지만 실제로 그랬는지, 아니면 그렇지 않았는
지, 그분은 저에게 어떤 것도 드러내지 않았습니다.

그런데 그는 제가 덜 의심한다고 생각하는 때를 기다렸는
지, 제가 그분에게 했다고 생각하는 것을 이제는 저에게 하
려는 것처럼 보입니다. 그러니까 자신의 즐거움을 위하여 저
의 아내를 갖고 싶어 하는 것 같습니다. 제가 발견한 바에 의
하면, 그분은 근래에 들어 몰래 심부름하는 여자를 통하여
제 아내를 재촉하고 있는데, 저는 모든 것을 아내에게서 들
었고, 아내는 제가 시키는 대로 대답했지요.

하지만 오늘 아침 여기에 오기 전에 아내가 집에서 어느
여자와 비밀리에 이야기하고 있는 것을 발견했는데, 저는 그
여자가 누구인지 곧바로 알았고, 그래서 아내를 불러 그녀가
무엇을 요구했는지 물었지요. 아내는 말하더군요.

〈필리펠로는 정말 지겨운 사람이네요. 당신이 그 사람에게
대답하고 희망을 주게 해서 더 끌어들이게 되었어요. 그 사
람은 내가 어떻게 하고 싶은지 알고 싶어 하며, 또 원할 때 내
가 비밀리에 이 도시의 목욕탕[42]에 오라고 귀찮게 부탁하네
요. 만약 당신이 나에게 시키지 않았다면, 어떻게 해서든지

---

42 당시 목욕탕은 부정한 만남의 장소로 많이 활용되었다고 한다.

이런 일에서 벗어나고, 내가 있는 곳을 그 사람이 바라볼 수도 없게 만들었을 거예요.〉

그러니까 일이 너무 많이 진행되었고 이제 더 견딜 수 없을 것 같아 당신에게 말해 주고 싶었어요. 전에 제가 하마터면 죽을 정도였던 당신의 완벽한 정절이 어떤 보상을 받는지 당신이 알도록 말입니다. 그리고 이것이 거짓말이나 지어낸 말이 아님을, 당신이 직접 보고 싶다면 분명하게 확인할 수 있도록, 저는 아내를 불러 기다리고 있는 여자에게 이렇게 말하라고 했지요. 내일 사람들이 낮잠을 자는 아홉째 시간[43]에 자기가 그 목욕탕에서 기다리고 있겠다고 말입니다. 그러자 여자는 매우 만족하여 아내에게서 떠났지요.

그런데 제가 아내를 목욕탕에 보낼 것이라고 믿지 않기를 바랍니다. 만약 제가 부인이라면, 저는 그 사람이 제 아내가 있다고 믿는 장소로 가겠습니다. 그리고 그 사람과 함께 어느 정도 머문 다음에 누구와 함께 있었는지 보게 할 것이고, 그래서 합당한 명예를 받게 할 것입니다. 그런 치욕은 그 사람이 부인과 저에게 가하려는 모욕을 동시에 복수해 줄 것입니다.」

그러자 카텔라는 그런 말을 하는 사람이 누구인지 또 속임수가 아닌지 전혀 생각하지도 않고, 질투하는 사람들의 습관대로 바로 그 말을 믿었고, 이전에 있었던 몇 가지 일을 그런 사실과 결부시키기 시작했습니다. 그리고 즉각적인 분노에

43 오후 3시이다.

불붙어 그것은 힘든 일도 아니니 분명히 그렇게 할 것이라고 대답했고, 만약 남편이 거기에 온다면 앞으로 어떤 여자를 보든 언제나 머릿속에 떠오르게 할 정도로 커다란 창피를 주겠다고 말했습니다. 리차르도는 그 말에 만족했고 자신의 계획이 잘 진행될 것처럼 보였기에 다른 많은 말로 부추겨서 그녀가 점점 더 확고하게 믿도록 만들었고, 그러면서도 그 말을 자신에게서 들었다고 절대 말하지 말라고 부탁했으며, 그녀는 자신의 종교[44]를 걸고 그러겠다고 약속했습니다.

다음 날 아침 리차르도는 카텔라에게 말한 목욕탕을 운영하는 여자에게 갔고, 그녀에게 자기가 하려는 것을 말한 다음 가능한 한 일이 잘되도록 해달라고 부탁했습니다. 그에게 많은 신세를 지고 있던 여주인은 기꺼이 그러겠다고 말했고, 해야 할 일과 말해야 할 것을 그와 함께 준비했습니다. 여주인이 목욕탕을 운영하는 집 안에는 아주 어두운 방이 하나 있었는데, 빛이 들어올 만한 창문이 전혀 없었지요. 리차르도의 지시에 따라 마음씨 좋은 여주인은 그 방을 정돈하고 가능한 한 좋은 침대를 안에 들여놓았고, 리차르도는 점심을 먹은 뒤 그 침대로 들어가 카텔라를 기다리기 시작했습니다.

카텔라는 리차르도의 말을 듣고 필요 이상으로 그 말을 믿었기에 분노에 사로잡혀 저녁에 집으로 돌아갔는데, 우연히 필리펠로도 다른 생각에 몰두하여 집으로 돌아왔고, 평소에 으레 하던 애정 표현을 하지 않았습니다. 그것을 보고 카텔

44 원문은 〈fé〉, 즉 〈(종교적) 믿음〉이다.

라는 평소와 달리 지나친 의심에 사로잡혀 혼자 속으로 생각 했습니다.

「정말로 이 사람은 내일 그 여자와 함께 즐거움과 쾌락을 누릴 생각을 하고 있구나. 하지만 그런 일은 절대 일어나지 않을 거야.」

그리고 그런 생각에다 그와 함께 있게 되었을 때 어떻게 말해야 할지 상상하면서 거의 밤을 지새웠습니다. 하지만 더 말할 필요가 있을까요? 아홉째 시간이 되자 카텔라는 자기 하녀를 데리고 계획을 바꿀 생각은 전혀 없이 리차르도가 가르쳐 준 목욕탕으로 갔습니다. 그리고 여주인을 보자 필리펠로가 그날 거기 왔는지 물었습니다. 그러자 여주인은 리차르도의 지시대로 말했습니다.

「당신이 그에게 할 말이 있어서 온 여자인가요?」

카텔라는 대답했지요.

「네, 그래요.」

여주인은 말했습니다.

「그렇다면 그에게 가보세요.」

보고 싶지 않은 것을 찾으러 가는 카텔라는 리차르도가 있는 방으로 안내되었고, 머리에 베일을 쓴 채 방으로 들어가 안에서 문을 잠갔지요. 그녀가 오는 것을 본 리차르도는 즐겁게 일어나 그녀를 팔로 껴안고 나지막하게 말했습니다.

「잘 왔소, 내 영혼이여!」

카텔라는 자기가 아닌 다른 여자처럼 보이기 위하여 그를 껴안고 입을 맞추었고, 혹시 말을 하면 그에게 들키지 않을까 걱정이 되어 한마디도 하지 않고 아주 즐겁게 그를 맞이 하였지요. 방은 매우 어두웠고, 두 사람 모두 거기에 만족했으니, 오랫동안 머물러도 눈으로 전혀 볼 수 없었습니다. 리차르도는 그녀를 침대로 데려갔고, 목소리를 알아챌 수 있으니 서로 말하지 않으면서 두 사람은 아주 오랫동안 함께 커다란 즐거움과 쾌락을 누렸습니다. 하지만 카텔라는 품고 있던 분노를 밖으로 폭발시킬 시간이 되었다고 생각했기에, 격렬한 분노에 불붙어 이렇게 말하기 시작했습니다.

「아! 여자의 운명은 얼마나 비참한지! 남편에 대한 여자의 많은 사랑이 얼마나 악용되는지! 불쌍한 내 신세여, 나는 벌써 8년 동안 당신을 내 생명보다 더 사랑했는데, 내가 들은 대로 당신은 외간 여자에 대한 사랑에 완전히 몰두하고 불탔군요. 당신은 사악하고 파렴치한 사람이에요! 그래, 당신이 누구와 함께 있었다고 생각해요? 당신은 벌써 오래전에 다른 사랑에 빠졌으면서도 사랑하는 척하면서 거짓 유혹으로 속였던 여자와 함께 있었어요.

나는 카텔라예요. 리차르도의 아내가 아니라고요. 당신은 비열한 배신자예요. 내 목소리를 알아들을 수 있는지 들어봐요, 바로 나니까요. 내가 당신에게 마땅히 창피를 줄 수 있도록 불빛 앞에 있게 될 때까지 천년을 기다려야 할 지경이네요. 당신은 치욕적인 더러운 개예요. 세상에, 불쌍한 내 신세! 나는 이 많은 세월 동안 누구에게 그 많은 사랑을 주었던가? 이 불충한 개에게 주었군요. 외간 여자를 품에 안고 있다고 믿으면서 여기에 함께 있었던 이 짧은 시간 동안, 내가 자기 것이었던 그 나머지 모든 시간보다 더 많은 애정과 포옹을 나에게 준 이 불충한 개에게 말이에요.

배신한 개여, 당신은 오늘 정말로 힘에 넘치더군요. 집에서는 그렇게 빈약하고 무기력하고 힘도 없었는데! 하지만 하느님, 찬양받으소서. 당신 생각과 달리 다른 사람의 밭이 아니라, 당신의 밭에서 일했으니까요. 어젯밤 당신이 나에게 가까이 오지 않은 것이 놀랍지 않네요. 당신은 다른 곳에다 짐을 배출하려고 기대하고 있었고, 아주 활기찬 기사로 전투장에 가고 싶었겠지요. 하지만 하느님과 내 신중함 덕분에 물은 여전히 아래로 흘러갔군요. 당연히 그래야 하듯이 말이에요.

나쁜 사람, 왜 대답하지 않는 거예요? 왜 무슨 말이라도 하지 않는 거예요? 내 말을 듣고 벙어리가 된 거예요? 하느님께 맹세코 내가 왜 당신 눈에 손가락을 찔러 넣어 눈알을 뽑아 내지 않고 참고 있는지 알 수 없군요! 완전히 비밀리에 이런 배신을 할 수 있으리라 믿었겠지요! 하느님 덕분에, 당신 혼자만 영리한 것이 아니니까[45] 당신은 성공하지 못했지요. 나는 당신이 생각하는 것보다 더 나은 첩자들에게 염탐하게 했어요.」

리차르도는 그런 말을 혼자 속으로 즐기고 있었고, 아무런 말도 없이 그녀를 껴안고 입을 맞추었으며 정말로 강하게 애무했지요. 그러자 그녀는 이어서 계속 말했습니다.

「그래요, 이제 당신의 끝없는 애무로 나를 유혹해, 다시 나

45 원문은 〈tanto sa altri quanto altri〉. 직역하면 〈다른 사람들만큼 다른 사람들도 아니까〉이다.

를 달래고 위로할 수 있다고 생각하는군요. 당신은 정말 지겨운 개예요. 하지만 잘못 생각했어요. 나는 우리의 모든 친척과 친구와 이웃 사람들 앞에서 당신을 창피하게 만들 때까지 절대로 이런 것으로 위로받지 않을 거예요. 그런데 나쁜 사람, 내가 리차르도 미누톨로의 아내만큼 아름답지 않나요? 나는 그런 귀부인이 아니에요? 더러운 개, 왜 대답하지 않아요? 그 여자가 나보다 나은 게 뭐예요? 저리 가요, 나를 만지지 말아요. 당신은 오늘 너무 많은 전투를 했으니까요.

이제 당신은 내가 누구인지 알았으니까 억지로 이런다는 걸 잘 알아요. 하지만 하느님께서 나에게 자비를 베푸신다면, 나는 당신을 더 괴롭히고 싶어요.[46] 내가 왜 리차르도에게 사람을 보내지 않고 자제하는지 모르겠군요. 그 사람은 자신보다 나를 더 사랑하면서도 내가 단 한 번이라도 자신을 바라보았다고 자랑할 수 없었는데, 내가 그랬다 한들 무슨 잘못이었을지 모르겠네요. 당신은 여기에서 그의 아내와 함께 있다고 믿었지만, 실제로 당신에게 그런 일은 일어나지 않았어요. 그러니까 내가 그 사람과 함께 있더라도 당신은 합당하게 나를 비난할 수 없을 거예요.」

그렇게 여인은 말이 많았고 탄식도 아주 많았지요. 그래서 마침내 리차르도는 만약 그녀가 그렇게 믿고 가도록 놔둔다면 많은 나쁜 일들이 뒤따르리라고 생각하였기에, 자신을 밝히고 그녀를 속임수에서 끌어내려고 생각했습니다. 그래서

---

46 원문은 〈farò ancora patire voglia〉, 즉 〈욕망을 괴로워하게 만들 거예요.〉이다.

그녀가 떠나지 못하도록 품에 안고 팔로 붙잡은 다음 말했습니다.

「내 달콤한 영혼이여, 놀라지 마오. 내가 순수하게 사랑하면서도 얻지 못했던 것을 아모르가 나에게 속임수로 얻도록 가르쳐 주었다오. 나는 당신의 리차르도요.」

그 말을 들은 카텔라는 그의 목소리를 알아들었고, 곧바로 침대에서 뛰쳐나가려고 하였지만 그럴 수 없었습니다. 그러자 그녀는 고함을 치려고 하였으나 리차르도가 한 손으로 입을 막고 말했습니다.

「부인, 이미 일어난 일은 이제 없었던 것이 될 수 없어요. 당신이 평생 고함을 친다고 해도 말입니다. 그리고 만약 당신이 고함을 치거나 아니면 다른 방식으로 이 일에 대해 누군가가 알게 만든다면, 두 가지 일이 일어날 것입니다. 하나는 당신에게 적잖이 신경이 쓰일 것으로, 당신의 명예와 좋은 평판이 무너질 것입니다. 내가 속임수로 이곳에 오게 했다고 당신이 말한다면, 나는 그것이 사실이 아니라고 말할 테니까요. 아니, 내가 당신에게 돈과 선물을 약속하여 오게 했는데, 원했던 만큼 충분하게 주지 않으니까 당신이 화가 나서 그렇게 말하고 그런 소동을 벌인다고 말입니다. 그리고 당신이 알다시피, 사람들은 좋은 말보다 나쁜 말을 더 쉽게 믿는 경향이 있고, 따라서 당신 말보다는 내 말을 더 믿을 것입니다.

그 외에도 당신 남편과 나 사이에 치명적인 적대감이 생길 것이고, 그러면 내가 그분을 죽이거나 아니면 그분이 나를 죽이는 상황이 될 수도 있지요. 그런 일에 당신은 절대 즐겁지도 않고 만족하지도 않을 것입니다. 그러니 내 몸의 심장이여, 당신을 창피하게 하는 동시에 당신 남편과 나를 싸우게 만들고 위험에 빠뜨리지 않기를 바랍니다. 당신은 속임수에 넘어간 최초의 여인도 아니고 최후의 여인도 아닐 것이며, 나는 당신의 것을 빼앗기 위함이 아니라, 당신에게 품고 있는 넘치는 사랑 때문에 당신을 속였습니다. 나는 당신에게 언제나 그런 사랑을 간직하고 당신의 겸손한 종이 될 준비가 되어 있습니다. 그리고 이미 오래전부터 나와 내 모든 것, 내가 할 수 있고 가치 있는 것은 바로 당신의 것이고 당신에게 봉사하는 것이며, 지금 이후로도 더욱 그럴 생각입니다. 그러니 당신이 다른 일에서 현명한 것처럼 이것에서도 그러리라고 나는 확신합니다.」

리차르도가 그런 말을 하는 동안 카텔라는 많이 울었지요. 그리고 비록 무척 혼란스럽고 슬펐지만, 리차르도의 진실한 말에 귀를 기울였고, 그가 말하는 일이 앞으로 일어날 수 있다는 것을 알았습니다. 그래서 말했어요.

「리차르도, 당신이 나에게 준 모욕과 속임수를 내가 감내할 수 있도록 하느님께서 어떻게 허용하실지 모르겠군요. 내 어리석음과 지나친 질투심이 나를 데려온 이곳에서 고함을 지르고 싶지 않아요. 하지만 당신이 나에게 한 것에 대해 어떤 식으로든 복수할 때까지 나는 절대 즐겁지 않으리라는 것은 분명해요. 그러니 나를 더 붙잡지 말고 가게 해줘요. 당신은 열망하던 것을 얻었고, 당신에게 즐거운 만큼 나를 괴롭혔어요. 이제 나를 놔줄 시간이에요. 나를 놔줘요. 부탁해요.」

리차르도는 그녀의 마음이 아직도 너무 분노해 있다는 것을 알았기에 다시 평온해질 때까지 놔주지 않으려고 생각했지요. 그래서 아주 달콤한 말로 그녀를 달래기 시작하면서 많이 말하고, 많이 부탁하고, 많이 맹세하였으니, 결국 굴복한 그녀는 그와 화해하였고, 서로 똑같은 욕망으로 상당히 오랫동안 아주 커다란 즐거움 속에 함께 머물렀습니다. 그리고 그녀는 남편의 입맞춤보다 연인의 입맞춤이 훨씬 더 달다는 것을 알았으니, 리차르도에 대한 완고함이 달콤한 사랑으로 바뀌었고, 그날 이후로 매우 부드럽게 그를 사랑하였으며, 현명하게 움직이면서 그들은 여러 번 사랑을 즐겼답니다. 하느님, 우리도 사랑을 즐기게 해주세요.]

일곱째 이야기

테달도는 자기 연인에게 화가 나서 피렌체를 떠나고, 얼마 후
순례자의 모습으로 돌아온다. 그리고 연인과 이야기하면서
그녀가 자기 실수를 알게 하고, 자신을 죽였다고 유죄 판결을 받은
그녀의 남편을 죽음에서 구해 주고, 그와 자기 형제들을 화해시킨다.
이어서 현명하게 자기 연인과 즐긴다.

모두의 칭찬을 받으면서 피암메타가 침묵하자 여왕은 시간을 낭비하지 않기 위하여 곧바로 에밀리아에게 이야기하

라는 임무를 주었고, 에밀리아는 이렇게 시작했습니다.

[저는 앞의 두 이야기에서 떠났던 우리 도시로 돌아와 우리의 시민 한 사람이 어떻게 잃었던 자기 여인을 되찾는지 여러분에게 이야기하고 싶어요.

그러니까 피렌체에 테달도 델리 엘리세이[47]라는 귀족 청년이 있었는데, 그는 알도브란디노 팔레르미니의 아내 에르멜리나라는 여인을 무척이나 사랑했고, 칭찬받을 만한 품행 덕분에 합당하게 자기 욕망을 즐겼답니다. 그런데 행복한 사람들의 적인 운명이 그것을 반대하였으니 무슨 이유인지 예전에는 자발적으로 테달도를 즐겁게 해주던 여인이 다시는 그렇게 하려고 하지 않았고, 단지 그의 전갈에 전혀 귀를 기울이지 않을 뿐 아니라 어떤 식으로든 만나려고 하지 않았습니다. 그리하여 그는 심각하고 격렬한 슬픔에 빠졌지만, 그런 자신의 사랑을 철저하게 숨겼기에 그의 우울함의 원인이 사랑이라고는 누구도 생각하지 않았습니다. 그리고 아무런 잘못도 없이 잃은 것처럼 보이는 사랑을 되찾기 위하여 여러 가지 방법으로 무척 노력했는데, 모든 노력이 헛된 것을 발견하고는 불행의 원인인 그녀가 쇠진하는 자신을 보고 즐거워하지 않도록 도시에서 떠나려고[48] 작정하였지요.

그리하여 있는 돈을 갖고, 모든 것을 알고 있는 동료 한 사람

---

47 엘리세이Elisei 가문과 뒤이어 언급되는 팔레르미니Palermini 가문은 피렌체의 오래된 귀족 가문이었다. 하지만 테달도 델리 엘리세이나 알도브란디노 팔레르미니와 관련된 역사적 기록은 남아 있지 않다.

48 원문은 〈dileguar del mondo〉, 즉 〈세상에서 사라지려고〉이다.

외에는 친구나 가족에게 전혀 말하지 않고 떠나 안코나[49]로 갔고, 이름도 필리포 디 산 로데초[50]로 바꾸었습니다. 그리고 거기에서 어느 부자 상인을 알게 되었고, 그의 하인이 되어 배를 타고 함께 키프로스로 갔습니다. 그의 품행과 태도가 마음에 들었으므로 상인은 좋은 급료를 주었을 뿐 아니라 그를 부분적으로 자기 동료로 삼았고, 그 외에도 자기 일의 상당 부분을 그의 손에 맡겼습니다. 그는 일을 아주 훌륭하고 부지런하게 잘하였으니 몇 년 안에 훌륭한 부자 상인이 되어 유명해졌습니다.

그러는 동안 잔인한 자기 여인이 자주 기억났고 격렬하게 사랑에 사로잡혀 무척이나 다시 만나고 싶었지만, 꾸준하게 7년 동안 그런 괴로움을 극복했습니다.[51] 그런데 어느 날 자기가 지은 노래가 키프로스에서 불리는 것을 들었는데, 자기 연인과 주고받던 사랑[52]과 그녀에게서 얻던 즐거움에 대한 노래였지요. 그 노래를 들으면서 그런 것을 그녀가 잊었을 리가 없다고 생각하였고, 그녀를 다시 보고 싶은 강렬한 욕망에 불타면서 더 견딜 수 없었으니 피렌체로 돌아가려고 작정했습니다.

49 Ancona. 피렌체 동쪽 아드리아 해안의 도시이다.

50 San Lodeccio. 이탈리아 중동부 해안의 도시 리미니의 구역으로 현재의 이름은 살루데초Saludecio이다.

51 원문은 〈vinse quella battaglia〉, 즉 〈그런 전투에서 승리하였습니다〉이다.

52 원문은 〈그가 자기 여인에게, 그리고 그녀가 자기에게 품고 있던 사랑〉이다.

그래서 자기 물건을 모두 정리한 뒤 하인 한 명만 데리고 안코나로 돌아갔고, 거기에 자기 물건이 모두 도착하자 피렌체에 있는 안코나 출신 동료의 친구에게 보냈으며, 자신은 비밀리에 예루살렘[53]에서 돌아오는 순례자의 모습으로 갔습니다. 그리고 피렌체에 도착하여 자기 여인의 집 가까이에 두 형제가 운영하는 조그마한 여관으로 갔습니다. 그는 다른 어떤 곳보다 먼저 그녀의 집 앞으로 갔으니 가능하면 그녀를 보기 위해서였습니다. 하지만 창문과 문이 모두 잠겨 있는 것을 발견하고 혹시 그녀가 죽었는지, 아니면 다른 곳으로 이사하였는지 무척 궁금했습니다.

그리하여 깊은 생각에 잠겨 자기 형제들의 집으로 갔는데, 집 앞에서 형제 네 명이 모두 검은 상복을 입고 있는 것을 보고 깜짝 놀랐습니다. 그리고 자신이 떠났을 때의 모습이나 옷차림과는 완전히 다르므로 쉽게 알아볼 수 없으리라는 것을 알고, 안심하고 어느 신기료장수에게 다가가 그들이 왜 검은 상복을 입었는지 물었습니다. 그러자 신기료장수는 대답했어요.

「저들이 검은 상복은 입은 것은 오래전에 떠난 자신들의 형제 테달도가 살해된 지 보름도 되지 않았기 때문이라오. 내가 듣기로는, 알도브란디노 팔레르미니라는 사람이 체포되어 법정에서 유죄 판결을 받았답니다. 그가 죽였다고 말이에요. 테달도가 자기 아내를 좋아했고, 그래서 그녀와 만나

---

53 원문은 대문자로 시작하는 〈Sepolcro〉인데, 〈묘지〉, 〈무덤〉이라는 뜻으로 예루살렘에 있는 예수 그리스도의 거룩한 무덤을 가리킨다.

려고 몰래 돌아왔기 때문에 그랬다고 말이오.」

테달도는 누군가가 자기라고 믿을 정도로 많이 닮았다는 것에 깜짝 놀랐고, 알도브란디노의 불행에 마음이 괴로웠습니다. 그리고 여인은 건강하게 살아 있다는 말을 들었고, 벌써 밤이 되었기에 여러 가지 생각에 사로잡혀 여관으로 돌아가 하인과 함께 저녁을 먹은 뒤 자려고 여관의 가장 높은 곳으로 올라갔습니다. 여러 가지 생각이 그를 괴롭히는 데다 침대가 너무 불편했고, 아마 저녁 식사도 너무 빈약했기 때문인지, 한밤중이 되도록 테달도는 잠들지 못하였습니다. 그래서 깨어 있는데 자정 무렵 여관의 지붕에서 사람들이 안으로 내려오는 소리가 들렸고, 이어서 방의 문틈을 통해 불빛 하나가 위로 올라오는 것을 보았습니다. 그래서 조용히 문틈으로 다가가 무슨 일인가 살펴보기 시작했는데, 아름다운 젊은 여자가 등불을 들고 있었고, 지붕에서 안으로 내려온 세 남자가 그녀 쪽으로 다가와서 함께 반갑게 맞이하더니 그중 한 명이 젊은 여자에게 말했습니다.

「하느님 덕분에 우리는 이제 안심할 수 있어. 우리가 확실하게 알고 있듯이, 테달도 엘리세이가 죽은 것은 알도브란디노 팔레르미니 탓이라고 그의 형제들이 증명하였고, 그 사람이 자백해서 벌써 판결을 내렸으니까. 그렇지만 침묵해야 해. 혹시라도 우리가 그랬다는 것이 밝혀지면 알도브란디노와 똑같은 위험에 처할 테니까.」

그렇게 말하더니 그 말에 매우 기뻐하는 여자와 함께 그들은 자러 내려갔습니다. 테달도는 그 말을 듣고 사람들의 마음속에 오류들이 얼마나 잘 일어나는지 혼자 생각하기 시작했으니, 먼저 형제들이 자기 대신 모르는 사람을 애도하고 매장한 것을 생각했고, 이어서 죄 없는 사람이 잘못된 의혹으로 고발되어 사실이 아닌 증언으로 죽어야 하게 된 것을 생각했습니다. 그 외에도 법과 법 집행자들의 엄격함을 생각했으니 그들은 마치 진실의 신속한 조사자인 것처럼 잔혹하게 판결을 내리고, 자신들이 정의와 하느님의 대리인이라고 말하지만, 오히려 불의와 악마의 집행자들이지요. 그런 다음 알도브란디노를 구할 방법을 생각했고, 그래서 해야 할 일을 구상했습니다. 그리고 아침에 일어나서 시간이 되자 하인을 남겨 둔 채 혼자 자기 여인의 집으로 갔고, 우연히 문이 열려 있는 것을 발견하고 안으로 들어갔고, 자기 여인이 1층 거실 바닥에 앉아 있는 것을 보았습니다. 그녀는 온통 눈물과 쓰라림에 젖어 있었으니, 연민에 거의 눈물을 흘리며 가까이 다가가 말했습니다.

「부인, 괴로워하지 마십시오. 당신의 평화가 가까이 있습니다.」

그 말을 듣고 여인은 고개를 들었고 울면서 말했습니다.

「좋은 분이여, 당신은 이방인 순례자 같은데, 어떻게 저의 평화나 고통에 대해 알고 있나요?」

그러자 순례자는 말했습니다.

「부인, 나는 콘스탄티노폴리스에서 방금 여기 도착했는데, 당신의 눈물을 웃음으로 바꾸고 당신의 남편을 죽음에서 구하도록 하느님께서 보내셨습니다.」

여인은 말했어요.

「만약 콘스탄티노폴리스에서 와서 방금 여기 도착했다면, 어떻게 제 남편이 누구이고 우리가 누구인지 아십니까?」

순례자는 알도브란디노의 불행에 대해 처음부터 모두 이야기했고, 그녀가 누구인지, 결혼한 지 얼마나 되었는지, 그리고 그녀에 대해 자기가 잘 알고 있는 다른 것에 대해 많이 이야기했습니다. 그러자 여인은 무척 놀랐고, 그를 예언자로 생각하여 그의 발 앞에 무릎을 꿇고, 만약 알도브란디노를 구해 주러 왔다면, 시간이 얼마 남지 않았으니 서둘러 달라고 부탁했습니다. 그러자 순례자는 매우 거룩한 사람처럼 말했습니다.

「부인, 울지 말고 일어나세요. 그리고 내가 하는 말을 잘 듣고, 절대로 다른 사람에게 말하지 않도록 조심하세요. 하느님께서 저에게 계시하신 바에 의하면, 부인이 지금 받는 시련은 전에 지은 죄 때문에 일어난 것입니다. 하느님께서는 이런 시련으로 그 죄를 조금이라도 씻어 내기를 원하시고, 그 죄에 대해 부인이 완전히 보상하기를 원하십니다. 만약 그러지 않으면 더 큰 괴로움에 빠질 것입니다.」

그러자 여인은 말했습니다.

「순례자님, 저는 많은 죄를 지었는데, 하느님께서 어떤 죄에 대해 제가 보상하기를 원하시는지 모르겠습니다. 그러므로 만약 아신다면 말씀해 주세요. 그러면 할 수 있는 모든 것을 하겠습니다.」

그러자 순례자는 말했어요.

「부인, 나는 그게 무엇인지 잘 알고 있는데, 부인에게 질문하는 것은 더 잘 알기 위해서가 아니라, 부인 자신이 거기에 대해 말함으로써 더 많은 후회를 하도록 하기 위해서입니다. 그렇다면 사실대로 말합시다. 말해 보세요, 부인에게 연인이 있었던 것을 기억합니까?」

그 말을 듣고 여인은 깜짝 놀랐고 커다란 한숨을 내쉬었어요. 테달도라고 생각되었던 사람이 살해되어 묻히던 날 그것에 대해 알고 있던 친구가 현명하지 못하게 몇 마디 중얼거리기는 했지만, 아무도 그것을 모르고 있다고 생각하였기 때문입니다. 그래서 대답했습니다.

「하느님께서 사람들의 모든 비밀을 당신에게 드러내 보이시는 것이 분명하군요. 그러니 제 비밀을 당신에게 감추지 않겠습니다. 사실 저는 젊었을 때 제 남편이 죽었다고 하는 불쌍한 청년을 더없이 사랑했지요. 그이의 죽음에 저는 괴로운 만큼 많이 울었어요. 비록 그이가 떠나기 전에 저는 그이에게 쌀쌀하고 냉정하게 보이기는 했지만, 그이가 떠나 오랫동안 멀리 있었고 불행한 죽음을 맞이했어도, 내 가슴에서 떨쳐 낼 수 없었습니다.」

그러자 순례자가 말했습니다.

「부인은 불행하게 죽은 청년을 사랑한 것이 아니라, 테달도 엘리세이를 사랑했어요. 하지만 말해 보세요. 당신이 그에게 화를 낸 이유가 무엇이었나요? 혹시 그가 부인을 모욕하였나요?」

그 말에 여인은 대답했습니다.

「물론 아니에요. 그이는 저를 전혀 모욕하지 않았어요. 제가 화난 것은 제가 고해 성사를 한 적이 있는 빌어먹을 수도자의 말 때문이었습니다. 제가 그이에게 품고 있던 사랑과 친밀함에 대해 고해하였을 때, 그 수도자는 지금도 겁이 날 정도로 제 머릿속을 어지럽게 했어요. 그러니까 만약 그 사랑을 단념하지 않으면 지옥 깊은 곳에서 악마의 입으로 들어갈 것이고 고통스러운 불 속에 떨어질 것이라고 말했으니까요. 그 말에 얼마나 두려웠는지 저는 그이와의 사랑을 더 원하지 않으려고 완전히 결심했어요. 그리고 사랑의 유혹을 피하기 위해[54] 그이의 편지나 전갈도 받지 않으려고 했지요. 제가 추정하건대, 그이는 절망해서 떠나 버린 것 같아요. 하지만 만약 조금만 더 견뎠다면, 쇠약해지는 그이를 보면서 저의 단호한 의도는 태양에 눈이 녹듯이 사라졌을 거예요. 세상에서 그보다 더 큰 욕망은 없었으니까요.」

그러자 순례자는 말했습니다.

「부인, 그것이 바로 지금 부인을 괴롭히는 그 유일한 죄입니다. 나는 테달도가 부인에게 어떠한 강요도 하지 않았다는 것을 분명히 알고 있습니다. 부인이 그를 사랑했을 때 부인은 그가 마음에 들었기 때문에 부인 자신의 의지로 그랬으며, 부인 자신이 원했기 때문에 그가 부인에게 왔고, 부인의 사랑을 누렸고, 부인이 말과 행동으로 즐거움을 그에게 보여주었기에, 비록 처음에는 그가 부인을 사랑했지만, 부인이

---

54 원문은 〈per non averne cagione〉, 직역하면 〈그런 원인을 갖지 않기 위해〉이다.

그 사랑을 수천 배 배가시켰던 것입니다.

내가 알고 있듯이, 그러하였다면 부인은 어떤 이유로 그를 그렇게 냉정하게 그를 대할 수 있었단 말입니까? 이런 것을 무엇보다 먼저 생각했어야 합니다. 그리고 만약 나쁜 일을 한 것에 대해 후회하리라고 생각했다면 처음부터 하지 않았어야 합니다. 그가 부인의 것이 된 것처럼 부인은 그의 것이 되었지요. 그가 부인의 것이 아니었다면, 부인은 자기 소유물에 대해 그러듯이 부인 자신을 원하는 대로 할 수 있었겠지요. 하지만 그의 것이었던 부인 자신을 그에게서 빼앗으려고 하는 것, 그것은 그가 원하지 않는데도 하는 강탈이고 적절하지 않은 일입니다.

부인은 내가 수도자이고, 그래서 수도자들의 품행을 모두 알고 있다는 것을 알아야 합니다. 그러니까 부인을 위하여 내가 다소 자유롭게 말하더라도 다른 사람에게 그러하듯이 나를 거부하지 않기를 바랍니다. 그리고 내가 이런 말을 하고 싶은 것은, 부인이 과거에 한 일보다 미래를 위해 더 잘 알도록 하기 위해서입니다.[55]

예전에 수도자들은 아주 거룩하고 유능한 사람들이었지만, 오늘날 수도자라고 불리고 또 그렇게 여겨지고 싶은 사람들은 수도복 외에는 수도자의 어떤 것도 갖고 있지 않습니다. 그 수도복마저 수도자의 것이 아닙니다. 왜냐하면 수도

55 이어서 성직자들의 타락에 대한 비난이 길게 이어지는데, 이것은 성직자들을 비난하려는 이후 작가들에게 하나의 모델이 되었다. 이보다 약간 간략한 비난은 일곱째 날 셋째 이야기에서 반복된다.

원의 설립자들은 거친 천으로 좁고 초라하게 만든 소박한 옷으로 몸을 감싸고 있으면서 세속적인 것들을 경멸하는 마음을 드러냈는데, 오늘날에는 고급 천을 이중으로 덧대어 널찍하고 눈부시게, 또 우아하고 위엄 있게 만든 그런 옷을 입고, 세속인들이 자기 옷을 입고 그러듯이 성당과 광장에서 으스대면서 부끄러워하지 않으니까요. 그리고 어부가 그물로 강에서 단번에 많은 물고기를 잡으려고 하는 것처럼 그들은 아주 널찍한 옷으로 몸을 감싸고, 많은 위선자, 많은 과부, 많은 다른 멍청한 남자와 여자를 그 아래에 감싸려고 노력하니, 다른 활동보다 그것이 그들의 최대 관심사지요. 그러니까 진실을 간략히 말하자면, 그들은 수도자의 수도복이 아니라 단지 수도복의 색깔만 입고 있지요.

그리고 옛날 수도자들은 사람들의 구원을 열망하였는데, 오늘날 수도자들은 여자와 재산을 열망하고, 그들의 모든 관심은 멍청한 사람들의 마음을 헛소리나 그림으로 깜짝 놀라게 하고, 기부금과 미사로 죄가 씻어진다고 가르치는 데 있습니다. 그래서 신심 때문이 아니라 힘든 일을 하지 않으려는 비열함 때문에 수도자가 되려고 도피한 그들에게 멍청한 사람들이 누구는 빵을, 누구는 포도주를, 또 다른 누구는 죽은 가족을 위하여 음식을 바치도록 말입니다. 물론 기부금과 설교가 죄를 씻어 주는 것은 사실이지만, 바치는 사람들이 누구에게 바치는지 알게 된다면 그걸 자신을 위해 가지고 있거나 아니면 차라리 돼지에게 던져 줄 것입니다.

그리고 큰 재산을 소유한 사람이 적을수록 더 편안하게 지낸다고 생각하는 그들은 각자 자기 혼자만 갖고 싶어서 다른 사람을 옆에서 떼어 내려고 노력하지요. 그들은 남자들의 호색을 비난하는데, 비난받는 자들을 없앰으로써 비난하는 자들에게 여자들이 남아 있게 하기 위해서입니다. 그들은 고리돈놀이와 부당한 이익을 비난하는데, 자신들이 그것을 돌려받으면 수도복을 더 넓게 만들고, 가진 자는 파멸하게 된다고 가르친 바로 그 돈으로 주교 자리나 다른 고위 성직 자리를 얻기 위해서입니다.

이런 것과 자신들이 저지르는 다른 많은 비열한 것에 대해 비난받으면, 이렇게 대답하지요. 〈우리가 하는 대로 하지 말고, 말하는 대로 하시오.〉 그리고 그 말로 모든 무거운 짐을 합당하게 벗었다고 생각한답니다. 마치 목자보다 양들이 더 변함없고 확고할 수 있는 것처럼 말이오. 그런 대답을 듣는 사람 중에 얼마나 많은 사람이 그들이 말하는 방식 때문에 그 말을 이해하지 못하는지 자신들도 대부분 잘 알고 있지요.

오늘날 수도자들은 자신이 말하는 대로 당신들이 하기를 바라지요. 말하자면 당신들이 자기 지갑을 돈으로 가득 채우고, 당신들의 비밀을 자기에게 털어놓고, 정절을 간직하고, 모욕을 용서하고, 나쁜 말을 하지 않도록 조심하라고 말입니다. 모두 훌륭하고, 모두 좋고, 모두 거룩한 것들이지요. 하지만 왜 그렇게 해야 합니까? 세속인들은 하지만 자기들은 할 수 없는 것을 하기 위해서입니다. 돈이 없으면 안락한 생활이 지속될 수 없다는 것을 누가 모르겠어요? 만약 당신이 당신의 즐거움에 돈을 쓴다면 수도자는 수도회에서 편안하게 지낼 수 없을 것이며, 만약 당신이 주위의 여인들에게 간다면 수도자는 끼어들 자리가 없을 것이며, 만약 당신이 인내심이 없거나 모욕을 용서하지 않는다면 수도자는 감히 당신의 집으로 가서 당신 가족을 오염시키지 못할 것입니다.

왜 나는 이 모든 것을 말하고 있을까요? 그들은 식자들 앞에서 그런 변명[56]을 할 때마다 자신을 비난합니다. 만약 자신이 금욕하고 거룩하게 행동할 수 없다고 믿는다면 왜 집 안에 머무르지 않는 겁니까? 그렇게 행동하고 싶다면 왜 〈그리스도께서는 행동하고 가르치기 시작하셨다〉는 복음서의 거룩한 말씀을 따르지 않는 겁니까? 자신이 먼저 그렇게 한 다음 다른 사람을 가르쳐야지요.

나는 세속 여자뿐만 아니라 수녀까지 연모하고 사랑하고 자주 찾는 수도자들을 지금까지 많이 보았는데, 그들이 설교단에서 크게 떠들고 있어요. 그런데 그런 사람들을 우리가 뒤따라야 합니까? 원하는 사람은 그렇게 하라고 하지요. 하지만 하느님께서는 그것이 현명한 일인지 아닌지 알고 계십니다.

그런데 여기에서 당신을 비난한 수도자가 말한 것, 말하자면 결혼의 신뢰를 깨뜨리는 것은 심각한 죄라는 것을 인정하더라도, 남자를 빼앗는 것이 더 큰 죄가 아닐까요? 그 남자를 죽이거나 추방하여 세상에서 비참하게 살아가게 하는 것이 더 심각한 죄가 아닐까요? 모두가 인정할 것입니다. 여자가

---

56 위에서 말했듯이 자신들이 하는 대로 하지 말고 말하는 대로 하라는 변명을 가리킨다.

남자와 친밀해지는 것은 자연스러운 죄이지만, 남자를 빼앗거나 죽이거나 쫓아 버리는 것은 사악한 마음에서 나오지요. 부인은 자기 의지로 그의 것이 되었는데 부인 자신을 없애 버림으로써 테달도에게서 빼앗았다는 것은 내가 앞에서 이미 증명하였지요.

이어서 말하자면 그가 비록 부인의 마음속에 있었더라도 부인은 그를 죽인 것과 마찬가지입니다. 부인이 점점 더 잔인하게 보임으로써 그는 자기 손으로 자신을 죽이고 싶을 정도여서 부인에게서 떠났기 때문입니다. 또 법률이 원하는 바에 의하면, 나쁜 일이 이루어진 원인이 되는 사람은 그 나쁜 일을 저지른 사람과 똑같은 죄를 짓게 됩니다. 부인이 그를 추방하여 세상에서 7년 동안 비참하게 살아가게 만든 원인이었다는 것을 부정할 수 없을 것입니다. 그러므로 위에서 말한 세 가지 중 하나지만, 부인은 그와 친밀했을 때는 저지르지 않았던 아주 큰 죄를 지었습니다.

하지만 봅시다. 혹시 테달도가 그런 일을 당해야 마땅했나요? 물론 그렇지 않아요. 그것은 부인 자신이 이미 고백했고, 게다가 그는 자기 자신보다 부인을 더 사랑했다는 것을 나는 알아요. 만약 그가 솔직하게 아무런 의혹 없이 부인에 대해 말할 수 있는 곳에 있었다면, 그는 다른 어떤 여인보다 부인을 가장 많이 존중하고, 가장 많이 찬양하고, 가장 높게 칭찬했을 것입니다. 그는 자신의 모든 선, 모든 명예, 모든 자유를 완전히 부인의 손에 맡겼습니다.

그는 귀족 청년이 아니었나요? 그는 다른 시민들 사이에서 멋지지 않았나요? 그는 청년들에게 속하는 것들에서 훌륭하지 않았나요? 그는 다른 모든 사람에게서 사랑받고, 소중하게 여겨지고, 기꺼이 만나고 싶은 사람이 아니었나요? 부인은 아니라고 말하지 못할 것입니다. 그렇다면 어떤 짐승 같고 질투심 많은 미치광이 수도자의 말에 부인은 어떻게 그에게 그렇게 잔인한 결심을 할 수 있었나요?

남자를 혐오하고 하찮게 생각하는 것이 여자의 잘못인지 나는 모르겠군요. 하지만 여자들은 자신이 누구인지 생각해 보고, 하느님께서 다른 모든 동물보다 남자에게 어떤 고귀함을 얼마나 주셨는지 생각해 본다면, 어느 남자가 자신을 사랑할 때 영광으로 생각해야 하고, 그를 가장 소중하게 여기고, 그 사랑에서 절대로 멀어지지 않도록 모든 열성을 다하여 노력해야 할 것입니다.

그런데 분명히 게걸스러운 탐식가인 수도자의 말에 움직여 부인이 어떻게 했는지는 부인 자신이 잘 알겠지요. 아마 그는 다른 사람을 쫓아내려고 노력하는 곳에 자기 자신이 있고 싶었을 것입니다. 그러니까 올바른 저울로 당신의 모든 위업을 결과로 이끄시는 신성한 정의[57]는 그런 죄를 처벌받지 않은 상태로 놔두려고 하지 않으셨던 것입니다. 그래서 부인이 이유 없이 테달도에게서 부인 자신을 빼앗으려고 한 것처럼, 부인의 남편은 이유 없이 테달도 때문에 위험에 빠졌고, 부인은 고통에 빠진 것입니다.

---

57 하느님을 가리킨다.

만약 그 고통에서 벗어나고 싶다면, 부인이 약속해야 하고 또 최대한 해야 하는 일은 이런 것입니다. 만약 혹시라도 테달도가 자신의 기나긴 추방에서 이곳으로 돌아오게 된다면, 부인의 호의, 부인의 사랑, 부인의 친밀함과 너그러움을 그에게 돌려주고, 부인이 어리석게 미치광이 수도자를 믿기 전에 그랬던 상태로 그를 되돌려 놓아야 합니다.」

순례자는 말을 마쳤고, 그러자 주의 깊게 듣고 있던 여인은 그의 말이 정말 진실이라고 생각했고, 그의 말을 들으면서 분명히 자신이 그런 죄 때문에 고통받고 있다고 생각하여 말했습니다.

「하느님의 친구시여, 당신이 말하는 것이 정말 진실이라고 생각합니다. 그리고 당신의 설명을 통하여 지금까지 모두 거룩하다고 생각했던 수도자들이 대부분 어떤 사람인지 잘 알겠습니다. 그리고 제가 테달도에게 한 일에서 제 잘못이 컸다는 것을 분명히 알겠습니다. 만약 제가 할 수 있다면 당신이 말한 대로 기꺼이 그것을 보상하겠습니다. 하지만 어떻게 할 수 있습니까? 테달도는 절대 돌아올 수 없을 것입니다. 그이는 죽었어요. 그러니 할 수 없는 일을 어떻게 당신에게 약속해야 하는지 모르겠습니다.」

그러자 순례자는 말했어요.

「부인, 하느님께서 나에게 계시하시는 바에 의하면 테달도는 절대 죽지 않았고, 건강하게 살아 있으며 잘 지내고 있습니다. 만약 부인의 호의를 받는다면 말입니다.」

그러자 여인이 말했습니다.

「지금 무슨 말을 하시는지 잘 살펴보세요. 저는 그이가 우리 집 앞에서 여러 군데 칼에 찔려 죽은 것을 보았고, 그래서 그이의 죽은 얼굴을 이 팔로 안고 많은 눈물로 적셨어요. 그것이 제가 정숙하지 않다고 사람들이 가끔 말하게 된 원인이 되었지요.」

그러자 순례자는 말했습니다.

「부인, 부인이 무슨 말을 하는지 분명히 말하건대 테달도는 살아 있습니다. 그리고 만약 부인이 약속하는 것을 지키려고 한다면, 곧바로 그를 볼 수 있을 것입니다.」

그러자 여인이 말했습니다.

「저는 기꺼이 그렇게 하고 싶어요. 아무런 피해 없이 자유로운 제 남편과 살아 있는 테달도를 보는 것만큼 기쁜 일은 저에게 일어날 수 없을 거예요.」

그러자 테달도는 자기 신분을 밝히고, 남편에 대한 더 확실한 희망으로 부인을 위로해야 할 시간이 된 것 같아 말했습니다.

「부인, 내가 남편에 대해 부인을 위로하기 위하여 커다란 비밀을 부인에게 밝혀야겠는데, 그것을 평생 절대로 드러내지 않도록 조심하십시오.」

그들은 상당히 외진 곳에 단둘이 있었고, 여인은 순례자에게서 느끼는 거룩함을 완전히 신뢰하는 것 같았지요. 그래서 테달도는 공들여 간직하고 있던 반지, 그러니까 부인과 함께 했던 마지막 날 밤 부인이 선물한 반지를 꺼내 보여 주면서 말했어요.

「부인, 이것을 알아보겠어요?」

부인은 반지를 보자마자 곧바로 알아보고 말했습니다.

「그래요, 제가 전에 테달도에게 선물한 것이에요.」

그러자 순례자는 일어나서 곧바로 입고 있던 외투를 벗고 머리에서 모자를 벗어 버리고 피렌체 사투리로 말했습니다.

「그렇다면 나를 알아보겠어요?」

그를 보자 여인은 그가 테달도라는 것을 알고 깜짝 놀랐고, 죽은 몸인데 살아 돌아다니는 것으로 생각하여 두려웠습니다. 그리고 키프로스에서 온 테달도로서 맞이하지 않고, 마치 무덤에서 돌아온 테달도처럼 두려워서 달아나려고 했지요. 테달도는 말했습니다.

「부인, 의심하지 말아요. 나는 건강하게 살아 있는 당신의 테달도요. 나는 죽지도 않았고, 당신과 내 형제들이 믿는 것처럼 살해되지도 않았어요.」

어느 정도 안심한 여인은 그의 목소리를 듣고 잠시 살펴본 다음 분명히 테달도라는 것을 확인했습니다. 그러자 울면서 그의 목에 몸을 던지고 입을 맞추며 말했습니다.

「내 달콤한 테달도, 잘 돌아왔어요!」

테달도는 그녀를 껴안고 입을 맞추며 말했지요.

「부인, 아직은 더 친밀한 환영을 할 시간이 아니에요. 나는 알도브란디노가 당신에게 건강하게 무사히 돌아오도록 해야 할 일을 하러 가야겠어요. 그 일에 대해 당신은 내일 저녁 이전에 즐거운 소식을 들을 것입니다. 내가 생각하는 것처럼 그를 구하는 데 좋은 소식이 있으면, 오늘 밤 당신에게 와서 지금은 말할 수 없는 것을 편안하게 이야기하겠어요.」

그리고 다시 순례자 외투를 입고 모자를 쓴 다음 다시 한 번 여인에게 입을 맞추더니 떠났고, 알도브란디노가 감옥에 갇혀 있는 곳으로 갔습니다. 그는 앞으로 살아날 희망보다 임박한 죽음에 대한 두려움으로 생각에 잠겨 있었지요. 테달도는 마치 고해 신부인 것처럼 옥지기의 동의를 얻어 그에게로 갔고, 함께 앉아 말했습니다.

「알도브란디노, 나는 당신의 구원을 위하여 하느님께서 보내신 당신의 친구입니다. 하느님께서는 당신의 무죄에 대해 당신에게 연민을 가지셨습니다. 그러므로 하느님께 대한 경건함으로 내가 요구하는 조그마한 선물을 허락해 준다면, 당신은 아무런 잘못 없이 내일 저녁 이전에 죽음의 판결을 기다리는 대신 무죄 방면의 판결을 들을 것입니다.」

그러자 알도브란디노는 대답했습니다.

「훌륭한 분이시여, 저는 당신을 모르고 혹시 당신을 보았는지 기억도 하지 못하는데 저를 구하려고 하시니, 당신 말대로 친구가 분명하군요. 사실 사형 선고를 받아야 한다고 사람들이 말하는 그런 죄를 저는 절대로 저지르지 않았습니다. 다른 죄는 많이 지었고, 그것이 아마 저를 이런 상태로 이끈 것 같습니다. 하지만 하느님께 대한 경건함으로 당신에게 말하니, 만약 하느님께서 지금 저를 불쌍히 여기신다면, 단지 작은 것뿐 아니라 모든 큰 것도 약속하고 기꺼이 하겠습니다. 그러므로 당신이 원하는 것을 요구하십시오. 만약 살아남게 된다면 저는 틀림없이 확실하게 지키겠습니다.」

그러자 순례자는 말했습니다.

「내가 당신에게 원하는 것은, 단지 당신이 자기들 형제를 죽인 범인이라고 생각하여 당신을 이 지경으로 이끈 테달도의 네 형제를 용서하고, 그들이 당신에게 용서를 구할 때 그들을 친구이자 형제로 받아들이라는 것입니다.」

그 말에 알도브란디노는 대답했습니다.

「복수가 얼마나 달콤하고 얼마나 열광적으로 하고 싶은 일인지는 모욕을 당한 사람만이 압니다. 그렇지만 하느님께서 저를 구하시도록 저는 기꺼이 그들을 용서할 것이고 지금 용서합니다. 만약 여기에서 살아 나갈 수 있다면 당신이 원하는 대로 하겠습니다.」

그 말에 순례자는 기뻤고, 그에게 다른 말을 하지 않고, 다음 날이 저물기 전에 살아 나가게 된다는 확실한 소식을 듣게 될 테니까 마음 편하게 있으라고 부탁했습니다. 그리고 그에게서 떠나 시뇨리아[58]로 갔고, 시뇨리아를 이끄는 책임자[59]에게 비밀리에 이렇게 말했습니다.

「나리, 모든 사람은 진실을 알기 위하여 기꺼이 노력해야 하고, 특히 나리께서 맡고 계시는 자리에 있는 사람은 더욱더 그래야 합니다. 죄를 짓지 않은 사람은 벌을 받지 않고 죄인이 벌을 받도록 말입니다. 그렇게 함으로써 나리에게는 명

---

58 signoria. 13세기부터 이탈리아 중북부의 〈코무네Comune〉, 즉 자치 도시들에서 활용되던 통치 방식으로 대부분 유력 가문의 수장들에게 포데스타 임무를 위임하는 방식으로 이루어졌다. 따라서 정부나 행정 관청을 가리키기도 한다.

59 원문은 〈cavaliere〉, 즉 〈기사〉이다.

예가 되고 마땅한 자에게는 불행이 되도록 저는 여기 나리에게 왔습니다. 알고 계시듯이 나리께서는 알도브란디노 팔레르미니에게 엄격한 재판을 하셨고, 그가 테달도 엘리세이를 죽인 범인이 분명해 보였기 때문에 그를 처형하려고 하십니다. 그런데 그것은 절대로 사실이 아닙니다. 그것은 제가 자정 전에 그 청년의 살해자들을 나리의 손에 넘겨 드림으로써 증명하겠습니다.」

알도브란디노에 대해 애석하게 생각하고 있던 훌륭한 통치자[60]는 순례자의 말에 귀를 기울였고, 그것에 대해 많은 것을 질문한 다음 그의 안내를 받아 이제 막 잠든 여관 주인 두 형제와 그들의 하인을 무난히 체포했습니다. 그리고 사건이 어떻게 벌어졌는지 밝히기 위하여 고문하려 하자, 그들은 견디지 못하고 자진해서 모두 함께 테달도 엘리세이를 알아보지 못한 상태에서 죽였다고 자백했습니다. 죽인 이유를 묻자 자신들이 여관에 없을 때 형제 중 한 명의 아내를 그가 매우 귀찮게 했고 그녀에게 자기 욕망을 강요하려고 했기 때문이라고 말했습니다.

순례자는 그런 사실을 알고 통치자의 허락을 얻어 떠났고, 몰래 에르멜리나 부인의 집으로 갔으며, 집 안의 모든 사람은 자러 가고 그녀 혼자서 남편에 대한 좋은 소식을 듣고 또 연인 테달도와 충분하게 화해하고 싶은 욕망과 함께 기다리고 있는 것을 보고 즐거운 얼굴로 말했습니다.

---

60 원문은 그냥 〈사람〉인데, 맥락을 고려하여 통치자로 옮긴다.

「사랑하는 내 여인이여, 기뻐하오. 분명히 내일 여기에서 당신의 알도브란디노를 건강하고 무사하게 다시 만날 테니까요.」

그리고 그녀에게 이 말에 대한 더 확실한 믿음을 주기 위하여 자기가 한 일에 대해 충분하게 이야기했습니다. 여인은 그렇게 갑작스럽게 이루어진 두 가지 일에 대해, 말하자면 분명히 죽었다고 믿고 슬퍼했던 테달도가 살아 있어 다시 만난 것, 그리고 며칠 안에 죽을 것이라 믿었던 알도브란디노가 위험에서 벗어난 것에 대해 다른 무엇보다 기뻤으니, 사랑스럽게 연인 테달도를 껴안고 입을 맞추었습니다. 이어서 두 사람은 함께 침대로 갔고, 기꺼이 우아하고 즐겁게 화해했으니, 서로 즐거운 기쁨을 누렸습니다. 날이 밝아 오자 테달도는 일어나 여인에게 자신이 하려는 것을 설명하였는데, 처음부터 절대 비밀로 하라고 다시 부탁한 다음 여전히 순례자 차림으로 여인의 집에서 나갔으니, 시간이 되면 알도브란디노의 일을 처리하기 위해서였습니다.

날이 밝자 시뇨리아는 사건에 대한 충분한 정보를 얻은 것 같았으므로 곧바로 알도브란디노를 석방했고, 이어서 며칠 뒤 살인을 저지른 곳에서 범인들의 머리를 자르게 했습니다. 그리하여 알도브란디노는 자신과 아내, 모든 친척과 친구의 즐거움 속에 자유롭게 풀려났고, 그것이 순례자의 활약으로 일어났다는 것을 분명하게 알았으니, 그가 피렌체에 머물고 싶은 만큼 머물도록 자기 집으로 데려갔습니다. 그리고 더할 나위 없이 큰 잔치를 베풀고 대접했으니, 누구에게 그러는지 잘 아는 부인은 특히 그랬습니다.

하지만 며칠 뒤 자기 형제들을 알도브란디노와 화해시켜야 할 시간이 된 것 같았는데, 알도브란디노의 무죄 석방으로 인해 형제들은 웃음거리가 되었다고 느꼈을 뿐 아니라 두려움 때문에 무장하고 있다는 말을 듣고, 알도브란디노에게 약속을 지키라고 요구했고, 그는 그럴 준비가 되어 있다고 너그럽게 대답했습니다. 그러자 순례자는 다음 날 멋진 잔치를 준비하게 했고, 거기에서 알도브란디노가 친척들과 부인들과 함께 네 형제와 그들의 부인들을 맞이하라고 했습니다. 그리고 자신은 곧바로 그의 잔치와 화해에 그들을 초대하러 가겠다고 덧붙였지요.

순례자가 원하는 것에 대해 알도브란디노도 만족했기에, 순례자는 곧바로 형제들에게 갔고, 그런 일에 필요한 말을 한참 했고, 마침내 거부할 수 없는 논거로 그들이 알도브란디노에게 용서를 구함으로써 다시 화해해야 한다고 쉽게 설득했습니다. 그렇게 하고 나서 형제들과 아내들을 다음 날 아침 알도브란디노와 함께 식사하도록 초대하였고, 그들은 그를 믿고 안심하여 초대를 수락했습니다.

그리하여 다음 날 아침 식사 시간에 먼저 테달도의 네 형제가 여전히 검은 상복 차림으로 몇몇 친구와 함께 자신들을 기다리고 있는 알도브란디노의 집으로 갔습니다. 그리고 거기에서 함께 자리하도록 알도브란디노의 초대를 받은 모든 사람 앞에서 무기를 바닥에 내려놓고, 자신들이 알도브란디노에게 잘못한 것에 대해 용서를 구하면서 그의 처분에 자신들을 맡겼습니다. 알도브란디노는 눈물을 흘리면서 자비롭게 그들을 맞이하여 모두의 입에 입을 맞추었으며, 몇 마디말로 자신이 받은 모든 모욕을 용서했습니다. 뒤이어 누이들과 아내들이 모두 갈색 상복을 입고 왔으며, 에르멜리나 부인과 다른 여자들의 우아한 환대를 받았습니다.

그리고 남자들과 여자들 모두 잔치에서 대단한 대접을 받았고 단 한 가지를 제외하면 칭찬하지 않을 것이 전혀 없었으니, 바로 테달도의 친척들이 새로운 고통으로 검은 상복안에서 드러내는 과묵함이었습니다. 그로 인해 일부는 순례자의 생각과 초대를 비난하기도 했는데, 순례자는 그것을 깨달았지요. 그것을 해소할 시간이 되자 준비된 그는 일어났고, 다른 사람들이 아직 과일을 먹는 동안 말했습니다.

「이 잔치를 즐겁게 만들기 위해서는 테달도 외에 부족한 것이 전혀 없군요. 그런데 여러분은 계속해서 그와 함께 있었는데도 알아보지 못했으니 제가 보여 드리겠습니다.」

그리고 순례자 외투와 다른 옷을 모두 벗어 던지고 녹색 직물의 옷차림이 되었고, 사람들은 모두 깜짝 놀라 한참 살펴보았고, 마침내 누군가가 바로 그가 테달도라고 믿게 되었습니다. 그걸 보고 테달도는 자기 친척들과 그들에게 일어난 일들, 자신에게 일어난 일을 자세하게 이야기했습니다. 그러자 형제들과 다른 사람들은 모두 기쁨의 눈물에 젖어 달려가 그를 껴안았고, 이어서 여자들도 그렇게 했습니다. 친척 여자들과 친척 아닌 여자들도 그랬는데, 단지 에르멜리나 부인만 그러지 않았습니다. 그것을 보고 알도브란디노가 말했습니다.

「에르멜리나, 왜 그래요? 당신은 왜 다른 여인들처럼 테달도를 반갑게 맞이하지 않소?」

그 말에 모두가 듣는 가운데 부인이 말했습니다.

「그분 덕택에 당신을 되찾은 것을 고려하면, 저는 다른 누구보다 더 은혜를 입었으므로 누구보다도 기꺼이 반갑게 맞이했을 것입니다. 하지만 우리가 테달도라고 믿었던 사람의 죽음 때문에 슬퍼하던 내가 정숙하지 않다고 사람들이 말했기에 자제하고 있어요.」

그 말에 알도브란디노는 말했습니다.

「걱정하지 말아요. 비방하는 사람들의 말을 내가 믿는다고 생각하오? 저 사람은 나를 구해 줌으로써 그게 사실이 아니라는 것을 아주 잘 증명해 주었소. 내가 믿지 않는 것은 말할 것도 없어요. 그러니 자, 일어나 가서 껴안아 줘요.」

다른 무엇도 바라지 않고 있던 여인은 남편의 말에 곧바로 복종했으니, 일어나서 다른 여인들이 그랬던 것처럼 그를 껴안고 반갑게 맞이했습니다. 알도브란디노의 그런 너그러움에 테달도의 형제들은 무척 기뻤고, 거기에 있던 남녀 모두가 그랬으니, 소문 때문에 몇 사람의 마음에 남아 있던 원한은 그로 인해 사라졌습니다. 그리하여 모두 테달도를 반갑게 맞이하였고, 테달도는 직접 형제들의 검은 상복과 누이들과 형수들의 갈색 상복을 벗게 하고 다른 옷을 가져오게 했으니, 모두 옷을 갈아입고 오랫동안 다른 즐거움과 함께 노래와 춤을 즐겼습니다. 그렇게 잔치는 처음에는 조용하게 시작되었지만 왁자지껄하게 끝났습니다. 그리고 커다란 즐거움과 함께 모두 테달도의 집으로 갔고, 저녁 식사를 했으며, 이어서 며칠 동안 그런 식으로 잔치가 계속되었습니다.

피렌체 사람들은 며칠 동안 테달도가 죽었다가 되살아난 사람이며 경이로운 일처럼 바라보았고, 많은 사람과 형제에게도 그가 테달도인지 아닌지에 대한 약한 의혹이 마음속에 남아 있었습니다. 그리고 만약 우연한 일이 일어나 살해당한 사람이 누구인지 분명하게 밝혀 주지 않았다면, 상당히 오랫동안 그를 믿지 않았을 것입니다. 그러니까 이런 일이 일어났지요. 어느 날 루니자나의 병사들이 그들의 집 앞을 지나가다가 테달도를 보더니 다가와 이렇게 말했습니다.

「잘 지냈나, 파치우올로!」

그들에게 테달도는 형제들 앞에서 대답했습니다.

「나를 다른 사람으로 착각했군요.」

그 말을 듣고 그들은 부끄러워했고 용서를 구하면서 말했습니다.

「사실 당신은 우리가 만난 어떤 사람보다도 우리의 동료를 많이 닮았습니다. 그는 파치우올로 다 폰트레몰리[61]로 대략 보름 전에 이곳으로 왔는데, 그 후로 그에 대한 소식을 전혀 알 수 없었습니다. 사실 우리는 당신의 옷을 보고 놀랐답니다. 그 사람은 우리와 마찬가지로 용병이었으니까요.」

그 말을 듣고 테달도의 맏형이 앞으로 나서 그 파치우올로가 어떤 옷을 입고 있었는지 물었습니다. 그들은 대답했는데,

---

61 Pontremoli. 피렌체 북서쪽 루니자나 근처의 마을이다.

바로 그들이 말하는 것과 똑같은 옷을 죽은 사람이 입고 있었죠. 그리하여 이런저런 증거로 볼 때 살해당한 사람은 테달도가 아니라 파치우올로였다는 것이 인정되었고, 따라서 테달도에 대한 의혹은 형제들과 다른 모든 사람에게서 사라졌습니다. 그렇게 해서 큰 부자가 되어 돌아온 테달도는 자기 사랑을 계속하였고, 이제 다시 부인이 화나지 않게 신중하게 움직이면서 오랫동안 자신들의 사랑을 즐겼습니다. 하느님, 우리도 사랑을 즐기게 해주세요.]

여덟째 이야기

어떤 가루를 먹은 페론도는 죽은 사람으로 매장되는데, 그의 아내와 즐기는 수도원장이 그를 무덤에서 꺼내 지하실에 가두고 그가 연옥에 있다고 믿게 만든다. 그런 다음 다시 풀려난 그는 수도원장이 자기 아내와 함께 낳은 아들을 자기 아들이라고 믿고 키운다.

에밀리아의 긴 이야기가 끝났는데, 길다고 해서 누구도 싫어하지 않았고 모두가 짧은 이야기라고 믿었으니, 그 안에 다양하고 많은 사건이 있었기 때문이지요. 그러자 여왕은 라우레타에게 눈짓만으로 자기 의향을 보여 주어 그녀가 이렇게 이야기하게 했습니다.

[사랑하는 여인들이여, 저는 실제라기보다 너무나 거짓말처럼 보이는 진실한 사건을 이야기하고 싶은데, 다른 사람으

로 오인되어 죽었다고 매장된 사람 이야기를 듣고 제 머릿속에 떠오른 이야기입니다. 그러니까 어떻게 해서 살아 있는 사람이 죽은 사람으로 매장되었고, 그런 다음 다시 살아났는데, 살아 있는 사람이 아니라 무덤에서 나왔다고 자기 자신과 다른 많은 사람이 믿었으며, 그로 인해 죄인으로 벌을 받아야 하는 사람이 오히려 거룩한 성인으로 존경받게 되었는지 이야기하겠어요.

그러니까 토스카나에 어느 수도원이 있었는데, 많은 수도원이 그러하듯이 사람들이 많이 방문하지 않는 곳에 있었고 지금까지도 그곳에 있답니다. 거기에서 수도원장이 된 수도자는 여자와 관련된 일만 제외하면 매우 거룩하였고, 그런 일을 얼마나 신중하게 했는지 그것에 대해 아무도 몰랐을 뿐만 아니라 의심도 하지 않았고, 따라서 모든 면에서 매우 거룩하고 올바른 수도자로 인정되었습니다.

그런데 페론도라는 부자 농부가 수도원장과 친밀해지게 되었습니다. 그는 끝없이 어리석고 무식한 사람이었지만, 그래도 수도원장은 그를 싫어하지 않았으니, 그의 어리석음에서 때로는 약간의 기분 전환을 얻었기 때문이지요. 그렇게 친해진 가운데 수도원장은 페론도가 아주 아름다운 여인을 아내로 데리고 있으며, 아내를 얼마나 열렬하게 사랑하는지 밤낮으로 다른 생각은 하지 않는다는 것을 알았습니다. 하지만 페론도가 비록 다른 모든 일에서 단순하고 어리석었지만, 아내를 사랑하고 잘 감시하는 것에 있어서는 아주 현명하다는 것을 알고 거의 절망하고 있었지요.

그렇지만 수도원장은 매우 신중한 사람답게 페론도로 하여금 아내와 함께 기분 전환을 위해 수도원의 정원으로 오도록 유도하였고, 거기에서 그들과 함께 영원한 삶의 행복과 죽은 사람들의 거룩한 일에 대해 신중하게 이야기했습니다. 그리하여 아내는 그에게 고해하고 싶은 생각이 들었고 남편의 허락을 받았습니다. 그렇게 여인은 수도원장의 커다란 즐거움 속에 고해하러 왔고, 그의 발 앞에 앉아 곧바로 이렇게 시작했습니다.

  「신부님, 만약 하느님께서 저에게 괜찮은 남편을 주셨다면, 아니면 아예 주지 않으셨다면, 저는 아마 신부님의 가르침과 함께 신부님이 말씀하신 길로, 사람들을 영원한 삶으로 인도하는 길로 쉽게 들어갔을 것입니다. 하지만 페론도가 어떤 사람이고 얼마나 어리석은지 고려하면, 남편이 살아 있는 동안에는 다른 남편을 얻을 수도 없으니 저는 과부라고 말할 수 있지요. 그러므로 제가 다음 고해에 오기 전에, 최대한 겸손하게 신부님께 부탁하오니 거기에 대해 충고해 주십시오. 만약 여기에서 제 행복의 원인이 시작될 수 없다면, 고해나 다른 선행은 저에게 유용하지 않을 테니까요.」

  그런 말은 큰 즐거움과 함께 수도원장의 마음에 닿았고, 마치 행운이 그의 커다란 욕망에 길을 열어 준 것 같았지요. 그는 말했습니다.

  「부인,[62] 당신처럼 아름답고 섬세한 여인에게 남편이 어리

---

62 원문은 〈내 딸이여〉이다.

석은 사람이라는 것은 커다란 괴로움이라고 생각합니다. 하지만 더 큰 괴로움은 질투심 많은 남편을 두는 것이겠지요. 당신은 그 둘을 모두 갖고 있으니, 당신의 괴로움에 대해 쉽게 알겠군요. 하지만 간단하게 말하자면, 페론도가 그런 질투심에서 벗어나는 것 외에는 어떤 충고나 대책도 소용없습니다. 그것을 치료하는 방법[63]을 나는 잘 알고 있어요. 다만 내가 말하는 것을 당신이 가슴속에 비밀로 간직한다면 말입니다.」

그러자 여인은 말했습니다.

「신부님, 거기에 대해서는 걱정하지 마십시오. 저는 신부님이 말하지 말라는 것을 다른 사람에게 말할 바에는 차라리 죽을 테니까요. 그런데 어떻게 그것을 할 수 있을까요?」

수도원장은 대답했어요.

「만약 그가 치유되기를 원한다면, 필연적으로 그는 연옥에 가야 합니다.」

여인이 말했습니다.

「살아 있는데 어떻게 연옥에 갈 수 있어요?」

수도원장은 말했습니다.

「그는 죽어야 해요. 그래야 연옥에 갈 수 있지요. 그리고 그런 질투심에 대해 그가 벌을 받아야 하는 만큼 받았을 때, 우리가 특별한 기도로 하느님께 그를 이승의 삶으로 돌려보내 달라고 기도하면, 하느님께서 그렇게 해주실 것입니다.」

여인이 말했습니다.

63 원문은 〈medicina di guerirlo〉, 즉 〈그것을 낫게 하는 약〉이다.

「그렇다면 저는 과부로 남아 있어야 합니까?」

수도원장은 대답했어요.

「그래요. 일정한 시간 동안 그래야 합니다. 그동안 당신은 누군가와 다시 결혼하지 않도록 주의해야 합니다. 하느님께서 싫어하실 것이며, 페론도가 돌아오면 당신은 그에게 돌아가야 하는데, 그러면 그는 전보다 더 질투할 테니까요.」

여인이 말했습니다.

「그이가 그 나쁜 병에서 치유된다면, 저는 언제나 감옥 상태에 있지 않아도 되니까 만족해요. 신부님이 좋으실 대로 하세요.」

그러자 수도원장은 말했습니다.

「그러면 그렇게 하겠습니다. 하지만 그런 봉사를 하는 것에 대해 나는 부인에게서 어떤 대가를 받아야 할까요?」

여인이 말했습니다.

「제가 할 수 있는 것이라면, 신부님이 좋아하는 대로 하겠어요. 하지만 저 같은 여자가 신부님 같은 분에게 무엇을 할 수 있겠어요?」

그러자 수도원장은 말했습니다.

「부인, 내가 당신을 위해 하려는 것에 못지않은 일을 당신은 나를 위해 할 수 있습니다. 그러니까 내가 당신의 행복과 위안에 필요한 것을 하려고 준비하는 것처럼, 당신은 나의 삶에 구원과 위안이 될 것을 할 수 있습니다.」

그러자 여인이 말했습니다.

「그렇다면 저는 준비되어 있습니다.」

수도원장은 말했습니다.

「그렇다면 부인의 사랑을 나에게 선물하여 나를 만족하게 해주세요. 나는 부인에 대한 사랑에 완전히 불타며 소진되고 있어요.」

여인은 그 말을 듣고 깜짝 놀라 말했습니다.

「세상에! 신부님, 무슨 그런 것을 요구하세요? 저는 신부님이 거룩한 성인이라고 믿었어요. 그런데 거룩한 성인이 충고를 들으려고 오는 여자에게 그런 것을 요구할 수 있나요?」

그 말에 수도원장은 말했지요.

「내 아름다운 영혼이여, 놀라지 마오. 그렇다고 해서 거룩함이 줄어드는 것은 아니니까요. 거룩함은 영혼 속에 있고, 내가 부인에게 요구하는 것은 육체의 죄이기 때문이오. 하지만 어쨌든 부인의 우아한 아름다움은 너무나 큰 힘을 갖고 있어서, 사랑이 나에게 그렇게 하도록 강요하고 있소. 그래서 말하건대, 당신은 다른 어떤 여인보다 당신의 아름다움을 자랑할 수 있어요. 천국의 여인들을 보는 데 익숙한 성인들도 당신의 아름다움을 좋아하신다는 것을 생각하면 말이오. 그리고 그 외에도 비록 수도원장이지만, 나는 다른 남자들처럼 남자이고, 또 부인이 볼 수 있듯이 아직 늙지 않았어요.

그리고 그렇게 해야 하는 것을 괴롭게 생각하지 말고 오히려 원해야 합니다. 왜냐하면 페론도가 연옥에 있는 동안 나는 밤에 부인과 함께 있으면서 그가 주어야 하는 위로를 부인에게 줄 테니까요. 이에 대해 아무도 눈치채지 못할 것입니다. 모두가 나는 부인이 조금 전까지 믿은 그런 사람이라

고 믿고 있으니까요.[64]

하느님께서 부인에게 보내는 호의를 거부하지 마시오. 부인이 현명하게 내 말을 믿었을 때 얻을 수 있는 것을 많은 여자들도 원하니까요. 거기에다 나는 아름답고 진귀한 보석을 많이 갖고 있는데, 그것이 부인 외에 다른 사람의 소유물이 되는 것을 나는 원하지 않아요. 그러니까 달콤한 내 희망이여, 내가 부인을 위해 기꺼이 하는 것을 나를 위해 해줘요.」

여인은 고개를 떨구고 있으면서 어떻게 거절해야 할지 몰랐으니, 그렇게 해주는 것은 좋아 보이지 않았습니다. 그러자 수도원장은 그녀가 자기 말에 귀를 기울이고 대답을 망설이고 있는 것을 보고 이미 절반 정도 마음을 돌려놓은 것 같았기에, 머릿속에 잘 되었다는 생각이 들 때까지 멈추지 않고 다른 많은 말을 계속해서 덧붙였습니다. 그리하여 여인은 부끄러워하면서 그의 모든 명령에 자기는 준비되어 있다고 말했습니다. 다만 페론도가 연옥에 가기 전에는 안 된다고 했어요. 그러자 수도원장은 만족하여 말했습니다.

「그렇다면 그가 바로 연옥으로 가도록 만듭시다. 당신은 내일이나 모레 그를 여기 보내 나와 함께 머물도록 해줘요.」

그렇게 말하면서 은밀하게 그녀의 손에 매우 아름다운 반지를 건네고 그녀를 보냈습니다. 여인은 선물에 기뻤고 다른 선물을 기대하면서 동료 여인들에게 돌아가 수도원장의 거룩함에 대한 놀라움을 이야기하기 시작했고, 그녀들과 함께

64 말하자면 사람들은 그가 성인이라고 믿고 있다는 뜻이다.

집으로 돌아갔습니다. 그리고 며칠 뒤 페론도는 수도원으로 갔고, 수도원장은 그를 보자 연옥으로 보내려고 생각했습니다. 그래서 경이로운 가루약을 찾아냈는데, 그것은 어느 위대한 군주에게서 얻은 것으로, 그의 주장에 따르면 〈산(山) 노인〉[65]이 누군가를 잠자는 동안 천국에 보내거나 아니면 천국에서 끌어내고 싶을 때 사용하던 것이랍니다. 그 가루약은 많거나 적게 투여하면 아무런 해도 없이 먹은 사람이 길거나 짧게 자도록 만드는데, 약효가 지속되는 동안에는 그가 살아 있다고 절대 말하지 못할 정도라고 합니다. 수도원장은 사흘 동안 자도록 만드는 데 충분한 양을 꺼내 아직 맑지 않은 포도주[66]에 넣었고, 자기 방에서 페론도가 깨닫지 못한 채 마시게 했습니다. 그리고 그를 데리고 나갔고, 다른 수도자들과 함께 그의 어리석음을 놀리면서 즐거워했습니다.

그러자 오래 지나지 않아 가루약의 효력이 나타나면서 그의 머릿속에 갑자기 강렬한 졸음이 엄습하였으니, 아직 서 있는 상태에서 잠들었고, 잠들면서 바로 쓰러졌습니다. 그런 사

65 마르코 폴로는 『동방견문록』 41~43장에서 〈산 노인〉 알라오딘 Alaodin과 암살자들에 대해 이야기하는데, 그는 산속에다 아름다운 정원을 짓고 청년들이 거기에서 온갖 쾌락을 즐기게 함으로써 천국에 있다고 믿게 하였고, 잠든 사이에 그들을 다른 곳으로 옮겨 천국으로 돌아가고 싶게 만들어 암살에 활용했다는 것이다. 실제로 카스피해 북쪽 엘부르즈산맥에 있던 알라무트 요새는 이슬람 이스마일파에 속하는 〈암살자 집단〉의 본부였고, 최고 지도자는 라히드 아드 딘 시난이었다고 한다. 마르코 폴로의 이야기에 더해 나중에 〈산 노인〉이 암살자들을 보낼 때 대마(大麻), 즉 하시시hashish를 투약하여 보냈고, 따라서 암살자들을 아사신assassin으로 불렀다는 전설이 유럽에 널리 퍼져 있었다.

66 새로 담가 아직 약간 혼탁한 포도주를 가리킨다.

건에 수도원장은 당황한 척하였고, 옷을 풀어 헤치고 찬물을 가져오게 하여 얼굴에 부었고, 마치 위장이나 다른 곳에 차 있는 독기로부터 흩어진 생명력과 감각을 되살리려는 듯이 다른 많은 조치를 하게 했습니다. 그 모든 것에도 그가 의식을 되찾지 못하고 맥박을 짚어 보아도 아무런 감각이 없는 것을 보고 수도원장과 수도자들은 모두 그가 죽었다고 확신했습니다. 그래서 그의 아내와 친척들에게 사람을 보내 알리자 모두 수도원으로 왔고, 그들이 한참 슬퍼한 다음 수도원장은 옷을 입은 상태로 그를 관 속에 넣게 했습니다.

아내는 집으로 돌아왔고, 그와 낳은 어린 아들에게서 절대로 떠나지 않겠다고 말했고, 그렇게 집에 남아 페론도의 재산을 관리하기 시작했습니다. 수도원장은 바로 그날 볼로냐에서 온, 자기가 무척 신뢰하는 볼로냐 출신 수도자와 함께 밤중에 몰래 일어나 페론도를 무덤에서 꺼냈습니다. 그리고 수도자들의 감옥으로 사용되던 빛이 전혀 들어오지 않는 지하실[67]로 옮겼고, 그의 옷을 벗기고 수도자 옷을 입혀 짚단 위에 눕혀 놓고 정신을 차릴 때까지 놔두었습니다.

그러는 동안 수도원장으로부터 해야 할 일을 지시받은 볼로냐 수도자는 아무도 모르는 가운데 페론도가 정신 차리기를 기다렸습니다. 다음 날 수도원장은 수도자들 몇 명과 함께 여인의 집을 방문하여, 여인이 검은 상복을 입고 매우 슬퍼하고 있는 것을 발견하고 잠시 위로한 다음 조심스럽게 약

---

67 원문은 〈tomba〉, 즉 〈무덤〉이다.

속에 대해 질문했습니다. 여인은 페론도나 다른 사람의 방해 없이 자유로운 데다 수도원장의 손가락에서 다른 멋진 반지를 보고 자기는 준비되었다고 말했고, 그날 밤 그와 함께하기로 약속했습니다. 그리하여 밤이 되자 수도원장은 페론도의 옷으로 갈아입고 자기 수도자와 함께 갔고, 그녀와 함께 누워 아침까지 아주 큰 쾌락과 즐거움을 누린 다음 수도원으로 돌아갔고, 그런 봉사 여행을 매우 자주 해주었습니다. 그리고 오가는 동안 때로는 몇 사람과 마주쳤는데, 사람들은 페론도가 참회하면서 그곳에 가고 있다고 믿었고, 이어서 어리석은 마을 사람들 사이에 많은 이야기가 퍼졌고, 무슨 일인지 잘 알고 있던 여인에게도 전해졌습니다.

페론도는 정신을 차렸지만 거기가 어딘지도 모르고 있는데, 볼로냐 수도자가 들어가서 무시무시한 목소리에다 손에 들고 있던 회초리로 그를 심하게 때렸습니다. 페론도는 울고 비명을 지르면서 단지 이렇게 물었을 뿐입니다.

「내가 지금 어디 있나요?」

그러자 수도자는 대답했습니다.

「너는 지금 연옥에 있다.」

페론도는 말했습니다.

「아니, 어떻게? 그렇다면 저는 죽었습니까?」

수도자가 말했습니다.

「당연히 그렇지.」

그러자 페론도는 자기 자신과 아내와 아들에 대해 슬퍼하면서 이상한 말들을 했습니다. 그러자 수도자는 먹을 것과 마실 것을 약간 가져다주었고, 그것을 보고 페론도는 말했습니다.

「죽은 자들도 먹나요?」

수도자는 말했어요.

「그렇다. 이것은 네 아내였던 여자가 오늘 아침에 네 영혼을 위한 미사를 올리도록 성당에 보낸 것이다. 그것을 하느님께서 여기 너에게 주기를 원하신다.」

그러자 페론도는 말했습니다.

「오, 주님, 그녀에게 좋은 세월을 주소서! 저는 죽기 전에 그녀를 무척 사랑했지요. 밤새도록 품에 껴안고 입을 맞추었답니다. 그리고 하고 싶을 때는 다른 것도 해주었어요.」

그런 다음 배고픔에 먹고 마시기 시작했는데, 포도주가 별로 좋지 않았는지 말했습니다.

「주님, 그녀를 벌주세요! 왜 벽 옆에 있는 병의 포도주를 신부님께 드리지 않은 거야?」

하지만 그가 먹고 나자 수도자는 다시 그를 붙잡고 똑같은 회초리로 세게 때렸습니다. 그러자 페론도는 비명을 지르며 말했습니다.

「세상에! 저에게 왜 이렇게 하십니까?」

수도자는 말했습니다.

「매일 두 번씩 너에게 이렇게 하라고 하느님께서 명령하셨기 때문이다.」

「무슨 이유로요?」

페론도가 말했습니다. 그러자 수도자는 말했습니다.

「왜냐하면 너는 마을에서 제일 좋은 여자를 아내로 데리고 있으면서 질투심이 많았기 때문이다.」

페론도는 말했습니다.

「세상에! 당신은 진실을 말하는군요. 그녀는 달콤한 여자
예요. 과자보다 달콤하지요. 하지만 남자가 질투하는 것을
하느님께서 나쁘게 보시는지 저는 몰랐습니다. 알았다면 그
러지 않았을 것입니다.」

수도자는 말했어요.

「그것은 네가 이승에 있을 때 깨닫고 고쳤어야 해. 만약 네
가 이승으로 돌아간다면, 내가 지금 너에게 하는 말을 잘 기
억해서 다시는 질투하지 않도록 해야 한다.」

페론도는 말했습니다.

「오, 죽은 자가 이승으로 돌아간다고요?」

수도자는 말했지요.

「그렇다, 하느님께서 원하시는 자는.」

페론도는 말했습니다.

「오! 제가 만약 이승으로 돌아간다면, 세상에서 가장 좋은
남편이 될 것입니다. 절대 때리지 않을 것이며, 절대 욕도 하
지 않을 것입니다. 오늘 아침 여기에 보낸 포도주만 아니라
면 말입니다. 그리고 초도 보내지 않았어요. 그래서 어둠 속
에서 먹어야 했잖아요.」

수도자는 말했습니다.

「초도 보냈지. 하지만 미사에 써버렸다.」

페론도는 말했습니다.

「오! 그렇군요. 만약 제가 돌아간다면 분명히 그녀가 원하

는 대로 하게 놔둘 것입니다. 하지만 말해 주세요. 저에게 이렇게 하는 당신은 누구입니까?」

수도자는 말했습니다.

「나도 죽었다. 나는 사르데냐 출신인데, 질투심 많은 내 주인을 많이 칭찬했기 때문에, 하느님께서 이런 벌을 내리셨다. 그러니까 너에게 먹고 마실 것을 주고 이렇게 때려야 한다. 하느님께서 너와 나에게 다른 대책을 내리실 때까지 말이다.」

페론도는 말했습니다.

「우리 둘 외에 다른 사람은 여기 없습니까?」

수도자는 말했습니다.

「있지. 엄청나게 많다. 하지만 너는 그들을 볼 수도 없고 들을 수도 없다. 그들도 너와 마찬가지다.」

그러자 페론도는 말했습니다.

「우리는 지금 우리 마을에서 얼마나 많이 떨어져 있습니까?」

수도자는 말했습니다.

「오호! 〈우리의 멋진 똥 누기〉[68]보다 멀리 떨어져 있다.」

페론도는 말했습니다.

「세상에! 아주 멀리 떨어져 있군요! 우리는 분명히 세상에

68 원문은 〈ben-la-cacheremo〉인데, 〈잘〉, 〈멋지게〉를 뜻하는 부사 〈ben〉, 여성 단수 대명사 또는 정관사 〈la〉, 〈똥 누다〉를 뜻하는 동사 〈cacare〉의 직설법 복수 일인칭 미래형 변화 〈cacheremo〉를 합친 말로 별다른 의미 없이 만들어 낸 표현이다. 순진하고 단순한 페론도를 혼란하게 만들기 위한 것이다.

서 완전히 벗어나 있는 모양이군요, 그렇게 멀리 있다니.」

그렇게 말을 주고받고, 먹을 것을 주고 때리면서, 페론도를 대략 열 달 동안 억류하였고, 그러는 동안 수도원장은 아름다운 여인을 자주 찾아갔으며, 그녀와 함께 세상에서 가장 좋은 시간을 보냈습니다. 하지만 뜻밖의 일이 일어났으니, 여인은 임신한 것을 곧바로 깨닫고 수도원장에게 말했습니다. 그래서 두 사람 모두 더 망설이지 말고 페론도를 연옥에서 되살려내 그녀에게 돌아가게 하고, 그녀가 그의 아기를 임신하였다고 말해야 할 것 같았습니다. 그래서 수도원장은 다음 날 밤 변장한 목소리로 감옥에 있는 페론도를 불러 이렇게 말하게 했습니다.

「페론도, 안심해라. 하느님께서 네가 세상으로 돌아가기를 원하시니까. 세상에 돌아가면 너는 아내에게서 아들을 얻을 것이니, 이름을 베네데토로 하여라. 거룩한 네 수도원장과 네 아내의 기도 덕택에, 그리고 베네데토[69] 성인의 사랑 덕택에 그런 은총을 내리시니까 말이다.」

페론도는 그 말을 듣고 무척 기뻐하며 말했습니다.

「정말 좋은 소식입니다. 하느님께서 우리 주님과 수도원장님과 베네데토 성인과 정말로 꿀처럼 달콤한 제 아내에게 좋은 세월을 보내 주시기를!」

수도원장은 대략 네 시간 정도 자게 할 분량의 가루약을 포도주에 타서 마시게 했고, 그의 옷을 다시 입힌 다음 자기

<hr />

69 Benedetto. 라틴어 이름은 베네딕투스이다(첫째 날 넷째 이야기의 주석 76 참조).

수도자와 함께 몰래 그를 파묻었던 관에 다시 집어넣었습니다. 날이 샐 새벽 무렵 페론도는 정신을 차렸고, 관의 틈새를 통해 무려 열 달 동안 보지 못했던 빛을 보았습니다. 그래서 자신이 살아 있는 것 같았기에 외치기 시작했습니다.

「열어 주세요, 열어 주세요!」

그리고 자기 머리로 관의 뚜껑을 아주 세게 밀어 보니, 뚜껑이 쉽게 움직였으므로 밀쳐 내기 시작했습니다. 바로 그때 새벽 기도를 마친 수도자들이 그곳으로 달려왔고, 페론도의 목소리를 알아들었으며, 벌써 무덤에서 나오는 그를 보았으니, 그 놀라운 사건에 모두 깜짝 놀라 달아나기 시작했고 수도원장에게 갔습니다. 수도원장은 기도에서 일어나는 척하면서 말했습니다.

「아들들이여, 두려워하지 마라. 십자가와 성수를 들고 나를 따라오너라. 그리고 하느님의 권능이 우리에게 보여 주시려는 것을 보자.」

그리고 그렇게 했습니다. 페론도는 오랜 시간 동안 하늘을 보지 못한 사람답게 완전히 창백한 모습으로 관 밖에 나와 있었습니다. 그는 수도원장을 보자마자 그의 발밑으로 달려가 말했습니다.

「신부님, 저에게 계시한 바에 의하면, 원장님의 기도와 베네데토 성인과 제 아내의 기도가 저를 연옥의 형벌에서 구해 내 삶으로 돌아오게 해주었습니다. 그러므로 하느님께 기도하오니, 오늘뿐만 아니라 영원히 원장님께 좋은 세월[70]을 보내 주십시오.」

수도원장은 말했습니다.

「하느님의 권능이시여, 찬양받으소서. 이제 가거라, 아들이여, 하느님께서 너를 이곳으로 다시 보내 주셨으니. 그리고 네가 이승 삶에서 떠난 뒤 눈물에 젖어 있던 아내를 위로해 주어라. 이제부터는 하느님의 친구이자 종이 되어라.」

페론도는 말했습니다.

「신부님, 정말로 잘 말씀해 주셨습니다. 저에게 맡겨 주십시오. 아내를 만나면 제가 사랑하는 만큼 많이 입을 맞춰 주겠습니다.」

수도원장은 수도자들과 함께 남아 그 사건을 크게 찬양하는 척했고, 경건하게 〈자비를 베푸소서〉[71]를 노래했습니다. 페론도는 마을로 돌아갔는데, 그를 본 사람은 마치 무서운 것을 보고 그러듯이 모두 달아났습니다. 하지만 그는 사람들을 불러 자기가 다시 살아났다고 말했습니다. 아내도 마찬가지로 그를 두려워했지요. 하지만 사람들이 어느 정도 그에 대해 안심하고 그가 살아 있다는 것을 알고 많은 것을 질문하자 그는 마치 현명한 사람이 되어 돌아온 것처럼 모두에게 대답했고, 그들의 죽은 친척의 영혼들에 대한 소식을 전해 주었고, 자기 자신이 연옥에서 겪은 일들에 대해 세상에서 가장 멋진 이야기들을 지어냈고, 사람들 한가운데에서 다시 살아나기 전에 가브리엘 천사[72]의 입을 통하여 자신에게 드

70 원문은 〈il buon anno e le buone calendi〉, 즉 〈좋은 해와 좋은 달 들〉이다.

71 원문은 〈Miserere〉로, 「시편」 50편 첫머리에 나오는 라틴어 구절이다.

러난 계시를 이야기했습니다.

그리하여 아내와 함께 집으로 돌아갔고, 자기 재산을 다시 소유하게 되었으며, 자기가 아내를 임신시켰다고 생각했습니다. 그리고 다행히도 여자가 아홉 달 만에 아이를 낳는다고 믿는 어리석은 사람들의 생각대로 아내는 적당한 시기에 아들을 낳았고 이름을 베네데토 페론디[73]로 지었습니다. 페론도가 돌아오고 그의 말을 통해 그가 되살아났다고 거의 모든 사람이 믿으면서 수도원장의 거룩함에 대한 명성은 끝없이 커졌습니다. 그리고 질투심 때문에 많이 두들겨 맞고 이제 그것에서 벗어나게 된 페론도는 수도원장이 여인에게 약속한 것처럼 이후로 더 질투하지 않았습니다. 이에 여인은 만족하였고, 으레 그렇듯이 정숙하게 그와 함께 살았습니다. 다만 가능할 때 기꺼이 수도원장과 다시 만났고, 수도원장은 최고의 욕구에서 부지런히 그녀에게 잘 봉사하였답니다.]

아홉째 이야기

질레타 디 나르본[74]은 프랑스 왕의 누공(瘻孔)을 낫게 해주고,
루시용[75]백작 벨트라모를 남편으로 요구한다. 자기 의지와 다르게

72 원문은 〈ragnolo Braghiello〉로, 〈ragnolo〉는 〈거미〉를 뜻한다. 〈가브리엘 천사〉를 뜻하는 〈Agnolo Gabriello〉를 우스꽝스럽게 변형시킨 표현이다.
73 페론디Ferondi는 페론도Ferondo의 복수형으로, 종종 이름의 복수형을 성(姓)으로 삼기도 하였다.

그녀와 결혼한 벨트라모는 화가 나서 피렌체로 가고, 거기에서
어느 처녀를 사랑하게 된다. 질레타는 그 처녀 대신 그와 함께 자고
두 아들을 얻는다. 그리하여 벨트라모는 나중에 질레타를
소중하게 생각하고 아내로 대우한다.

라우레타의 이야기가 끝나자 디오네오의 특권을 깨뜨리
지 않는 한 이제 여왕만이 남았고, 그래서 여왕은 다른 사람
들의 권유를 기다리지 않고 아주 우아한 모습으로 이렇게 이
야기하기 시작했습니다.

[라우레타의 이야기를 듣고 나서 누가 그보다 더 멋진 이
야기를 할 수 있을까요? 그녀가 첫 번째로 이야기하지 않은
것이 정말 다행이에요. 이후에는 더 마음에 드는 이야기가
거의 없었을 테니까요. 그래서 오늘 제가 이야기할 것도 그
렇게 되지 않을까 걱정입니다. 하지만 어쨌든 주제와 관련하
여 머릿속에 떠오르는 것을 여러분에게 이야기할게요.

프랑스 왕국에 루시용 백작 이스나르도라는 귀족이 있었
는데, 그는 건강이 별로 좋지 않았기 때문에 제라르도 디 나
르본 선생이라는 의사를 언제나 옆에 데리고 있었습니다. 백
작에게는 벨트라모라는 어린 외아들만 있었는데, 아주 멋지
고 호감을 주는 아이로 같은 또래의 아이들과 함께 자랐지요.
그중에는 위에서 말한 의사의 딸 질레타도 있었는데, 그녀는

74 Narbonne(이탈리아어 이름은 나르보나Narbona). 프랑스 남부 루시
용에서 가까운 도시이다.
75 Roussillon(이탈리아어 이름은 로실리오네Rossiglione). 프랑스 남부
피레네 동쪽의 지방으로 중세에는 카탈루냐에 속했다.

어린 나이에 어울리지 않을 만큼 열렬하고 무한한 사랑을 벨트라모에게 품고 있었습니다.

백작이 죽자 벨트라모는 왕의 손에 위탁되어 파리로 가야 했고, 그로 인해 질레타는 엄청나게 상심했습니다. 그리고 얼마 지나지 않아 그녀의 아버지도 죽었고, 따라서 만약 합당한 이유만 제시할 수 있었다면 벨트라모를 보기 위해 기꺼이 파리로 갔을 것입니다. 하지만 큰 부자였고 혼자만 남아 있었으므로 감시가 심하였고, 합당한 방법을 찾지 못했습니다. 그런데 벨트라모가 매우 멋진 청년이 되었다는 말을 들었으므로 그에 대한 사랑으로 더욱 불타오르고 있었을 때, 프랑스 왕의 가슴에 난 종기가 잘못 치료되어 누공이 남았고, 그것이 왕에게 큰 고통과 괴로움이 되었는데, 많은 의사가 시도했지만 모두 더 악화시켰고, 치료할 수 있는 의사를 찾지 못하였으므로, 왕은 절망하여 이제는 어떤 충고나 도움도 원하지 않는다는 소식을 들었습니다.

그 소식에 질레타는 무척 기뻤으니, 이것으로 파리에 갈 합당한 이유를 찾았을 뿐만 아니라, 만약 왕의 병이 그녀가 생각하는 것이라면, 벨트라모를 남편으로 맞이하기가 쉬워질 수 있다고 생각했습니다. 그녀는 아버지로부터 많은 것을 배웠으므로 그 병에 효력이 있으리라 생각하는 약초들로 가루약을 만든 다음 말을 타고 파리로 갔습니다. 먼저 벨트라모를 보는 것 외에 다른 것은 생각하지도 않았으며, 이어서 왕 앞으로 가서 아픈 곳을 보여 달라고 공손하게 요구했습니다. 왕은 그녀가 아름답고 매력적인 처녀라는 것을 보고 거부할 수 없어 보여 주었습니다. 환부를 보자 질레타는 곧바로 치료할 수 있으리라는 희망에 말했습니다.

「폐하, 원하신다면, 하느님의 은총으로 폐하께 어떤 고통이나 성가심도 없이 여드레 안에 이곳을 건강하게 해드릴 수 있습니다.」

왕은 그녀의 말을 비웃으면서 속으로 생각했습니다.

〈세상 최고의 의사들이 고칠 수 없었던 것을 젊은 처녀가 어떻게 고칠 수 있을까?〉

그리고 그녀의 좋은 의지에 감사한 다음 이제 자신은 더 이상 의사의 충고를 따르지 않기로 작정하였다고 대답했습니다. 그러자 그녀가 말했습니다.

「폐하, 폐하께서는 제가 젊은 여자라서 저의 기술을 경멸하시지만, 저는 제 지식으로 의사가 된 것이 아니라, 생전에 훌륭한 의사였던 아버지 제라르도 디 나르본 선생의 지식과 하느님의 도움으로 의사가 되었다는 사실을 상기시켜 드리고 싶습니다.」

그러자 왕은 속으로 생각했습니다.

「혹시 하느님께서 이 처녀를 보내셨을지도 몰라. 어떤 성가심도 없이 짧은 시간 내에 낫게 해준다고 말하니, 그녀가 할 줄 아는 것을 시험해 보지 않을 이유가 있겠어?」

그래서 시도해 보려고 결심하고 말했습니다.

「처녀여, 만약 그대가 나를 낫게 하지 못하여 제안을 깨뜨리게 된다면, 그대는 어떻게 하겠는가?」

처녀는 대답했습니다.

「폐하, 저를 감시하게 하십시오. 그리고 만약 여드레 안에 폐하를 낫게 하지 못한다면 화형에 처하게 하십시오. 하지만 만약 제가 낫게 해드린다면, 어떤 보상을 받을까요?」

그러자 왕이 대답했습니다.

「그대는 아직 결혼하지 않은 것 같군. 만약 낫게 해준다면, 그대를 고귀하게 잘 결혼시킬 것이네.」

그러나 처녀는 말했습니다.

「폐하, 저를 결혼시켜 주신다니 정말 좋습니다. 하지만 저는 폐하께 남편으로 요구하고 싶은 사람이 있습니다. 그렇다고 폐하의 왕자나 왕가 사람을 원하는 것은 아닙니다.」

왕은 곧바로 그렇게 하겠다고 약속했습니다. 처녀는 치료를 시작했고 정해진 기간보다 빠르게 왕을 건강하게 해주었고, 그러자 왕은 치료된 것을 느끼고 말했습니다.

「처녀여, 그대는 남편을 잘 얻게 되었군.」

그러자 그녀는 대답했습니다.

「그렇다면 폐하, 저는 벨트라모 디 루시용을 남편으로 얻게 되었군요. 저는 그 사람을 어렸을 때부터 사랑하기 시작했고 이후에도 계속 최고로 사랑했습니다.」

왕에게는 벨트라모를 그녀에게 주는 것이 쉽지 않았지만 이미 약속했고 자신의 신뢰를 잃고 싶지 않았기 때문에, 그를 불러 이렇게 말했습니다.

「벨트라모, 이제 그대는 커서 성인이 되었으니 그대의 영지로 돌아가 다스리기를 바란다. 그리고 우리가 그대에게 아내로 주는 처녀를 함께 데리고 가기를 바란다.」

벨트라모는 말했습니다.

「폐하, 그 처녀는 누구입니까?」

그러자 왕은 대답했어요.

「자기 약으로 나에게 건강을 되찾아 준 처녀이다.」

벨트라모는 질레타를 이미 알고 있었으며, 비록 매우 아름다워 보였지만, 그녀가 자신의 귀족 신분에 어울리는 가문 출신이 아니라는 것을 알고 화가 나서 말했습니다.

「폐하, 그러니까 저에게 여의사를 아내로 주시려는 것입니까? 제가 그런 여자를 얻는 것은 하느님께서도 싫어하실 것입니다.」

그러자 왕이 말했습니다.

「그러니까 그대는 내가 약속을 지키지 않기를 바라는가? 그 약속은 건강을 되찾기 위한 보상으로, 그대를 남편으로 요구한 처녀에게 한 약속이다.」

벨트라모는 말했습니다.

「폐하, 폐하께서는 저에게서 가진 것을 빼앗으실 수도 있고, 폐하의 신하인 저를 원하시는 사람에게 주실 수도 있습니다. 하지만 분명히 말씀드리지만, 저는 그런 결혼에 절대로 만족하지 않을 것입니다.」

왕은 말했습니다.

「그대는 만족할 거야. 그 처녀는 아름답고 현명하며 그대를 무척 사랑하니까. 그러므로 그대가 더 높은 가문의 여자가 아닌 그녀와 함께 훨씬 더 행복한 삶을 살기를 바라노라.」

벨트라모는 침묵했고, 왕은 결혼식을 성대하게 준비하도

록 했습니다. 정해진 결혼식 날이 되자 벨트라모는 비록 마지못해서 하는 것이지만, 왕 앞에서 자기보다 자신을 더 사랑하는 처녀와 결혼했습니다. 그리고 결혼식을 마친 뒤 해야 할 일을 미리 생각한 사람처럼 자기 영지로 돌아가 그곳에서 결혼 생활을 하고 싶다고 말하여 왕에게 허락을 구했고, 말에 올라타 자기 영지로 가지 않고 토스카나로 갔습니다. 그리고 피렌체 사람들이 시에나[76] 사람들과 전쟁을 벌이고 있는 것을 알고 피렌체를 돕기로 했습니다. 피렌체에서 명예롭게 환대받은 그는 상당한 숫자의 부하를 거느린 대장이 되어 좋은 봉급을 받으면서 봉사하였고 상당히 오래 머물렀습니다.

신부는 그런 모험에 별로 만족하지 않았으니, 그를 자기 영지로 불러들이려는 희망에 루시용으로 갔고 모든 사람으로부터 여주인으로 환대받았습니다. 거기에서 그녀는 백작이 없는 오랜 시간 동안에 모든 것이 무질서하고 황폐해진 것을 발견하고 현명한 여인답게 열성적이고 부지런하게 모든 것을 다시 정비했습니다. 백성들은 매우 만족했기에 그녀를 소중하게 받들었고 무척 사랑했으며, 백작이 그녀에게 만족해하지 않은 것을 강하게 비난했습니다. 여인은 영지를 완전히 바로잡은 다음 기사 두 명을 백작에게 보내 그런 사실을 알렸고, 만약 자기 때문에 영지로 돌아오지 않고 있다면 그의 마음에 들도록 자기가 떠날 것이라고 전하게 했지요.

76 Siena. 토스카나 지방의 도시로 중세 이후 피렌체와 오랜 전쟁 끝에 16세기 중엽 피렌체에 복속되었다.

기사들에게 백작은 단호하게 말했습니다.

「그녀가 원하는 대로 하라고 해. 나는 그녀가 이 반지를 손가락에 끼고 나에게서 낳은 아들을 팔에 안고 있지 않은 이상 돌아가지 않을 테니까.」

백작은 절대로 빼놓지 않는 매우 소중한 반지를 끼고 있었는데, 그것이 자신에게 어떤 마법의 힘을 준다고 믿는 것 같았습니다. 기사들은 거의 불가능한 그 두 가지 조건을 이해했고, 자신들의 말로는 그를 움직일 수 없다는 것을 깨닫고 부인에게 돌아가 그의 답변을 전해 주었습니다. 부인은 매우 괴로워하며 오랫동안 생각한 끝에 그 두 가지를 실현할 수 있을지, 그리고 결과적으로 자기 남편을 되찾을 수 있을지 알고 싶었습니다.

그래서 해야 할 일을 생각한 다음 영지의 몇몇 훌륭하고 중요한 인물을 소집하여 백작에 대한 사랑 때문에 한 일을 연민 어린 목소리로 자세히 이야기하고 자기가 하려는 것을 설명했습니다. 마지막으로 자기 의도는 그곳에 거주함으로써 백작이 영원히 떠나 있게 하려는 것이 아니라, 오히려 자기 영혼의 구원을 위해 나머지 삶을 순례와 자선 봉사에 헌신하고 싶다고 말했습니다. 그리고 그들에게 영지를 잘 관리하고 감독하라고 부탁했고, 자신이 백작의 재산을 그대로 남겨 두고 절대 루시용에 돌아오지 않으려는 의도로 사라졌다고 백작에게 전하게 했습니다.

그렇게 그녀가 말하는 동안 훌륭한 사람들은 많은 눈물을 흘렸고 생각을 바꾸어 남아 있으라고 부탁했지만 아무 소용이 없었습니다. 부인은 그들을 하느님께 맡긴 다음 남자 사촌 한 명과 하녀 한 명과 함께 순례자 차림으로 충분한 돈과 귀금속을 갖고 어디로 가는지 누구에게도 알리지 않고 길을 떠났고 피렌체에 도착할 때까지 멈추지 않았습니다. 피렌체에서 우연히 어느 착한 과부가 운영하는 작은 여관에 도착한 그녀는 조심스럽게 가난한 순례자처럼 머무르면서 남편의 소식을 듣고 싶었습니다. 그리하여 다음 날 그녀는 여관 앞으로 벨트라모가 동료와 함께 말을 타고 지나가는 것을 보았고, 그를 잘 아는 착한 여관 여주인에게 누구냐고 물었습니다. 그러자 여주인은 대답했어요.

「저 사람은 벨트라모 백작이라는 외국인 귀족으로 친절하고 호감을 줘서 이 도시에서 많은 사랑을 받고 있지요. 그리고 그는 우리 이웃 처녀를 세상에서 가장 많이 사랑하고 있답니다. 그 처녀는 귀족이지만 가난해요. 정말 정숙한 처녀인데, 가난 때문에 아직 결혼도 하지 않았고 아주 현명하고 착한 어머니와 함께 살고 있지요. 만약 그 어머니가 없었다면 그녀는 벌써 백작이 좋아하는 대로 되었을 겁니다.」

백작 부인은 그 말을 잘 새겨들었고, 더 자세하게 세부적인 것을 조사하여 모든 것을 잘 이해한 다음 계획을 세웠습니다. 그리고 백작이 사랑하는 처녀와 어머니의 이름과 집을 알아내 순례자 차림으로 그곳에 갔고, 여인과 딸이 무척 가난한 것을 발견하고 인사한 다음 원한다면 이야기를 나누고 싶다고 여인에게 말했습니다. 친절한 여인은 일어나서 들을 준비가 되어 있다고 말했고, 그래서 단둘이 방으로 들어가 앉았고, 백작 부인은 말하기 시작했습니다.

「부인, 당신은 저와 마찬가지로 행운의 미움을 받는 것 같군요.[77] 하지만 만약 당신이 원한다면, 다행히 당신은 당신 자신과 저를 위로할 수 있습니다.」

여인은 진지하게 위로받는 것만 바랄 뿐이라고 대답했습니다. 백작 부인은 이어서 말했습니다.

「저에게는 당신의 약속이 필요합니다. 만약 저는 약속을 지키는데 당신이 저를 속인다면, 당신은 당신 자신과 저를 망치게 됩니다.」

귀족 여인은 말했습니다.

「안심하고 당신이 원하는 것을 말하세요. 저는 절대로 속이지 않을 테니까요.」

그러자 백작 부인은 자신의 첫사랑부터 시작하여, 자신이 누구이며 자신에게 그동안 어떤 일이 있었는지 자세히 이야기했고, 귀족 여인은 이미 다른 사람에게서 이 이야기의 일부를 들은 적이 있었으므로 그녀의 말을 믿고 동정하기 시작했습니다. 그러자 백작 부인은 자기 이야기를 한 다음 이어서 말했습니다.

「제 불행이 어떤 것인지 들어서 아시겠지만, 제가 남편을 되찾으려면 저에게는 두 가지가 필요한데, 제가 알기로 그것은 당신 외에 다른 어떤 사람도 도울 수 없는 일입니다. 제가 알고 있듯이 제 남편 백작이 당신의 딸을 무척 사랑한다는

77 원문에는 〈행운의 적인 것 같군요〉로 되어 있다.

것이 사실이라면 말입니다.」

그러자 귀족 여인은 말했습니다.

「부인, 백작이 제 딸을 사랑하는지 저는 모릅니다만, 그렇게 보이기는 합니다. 하지만 그렇다고 당신이 원하는 것에 관해 제가 무엇을 할 수 있지요?」

백작 부인은 말했습니다.

「부인, 말씀드리지요. 하지만 당신이 저를 도와주시면, 거기에 따라 제가 해드리고 싶은 것을 먼저 설명하고 싶습니다. 제가 보니 당신 딸은 아름답고 결혼할 때도 되었군요. 제가 이해한 바에 의하면 제대로 결혼할 수 없어서 집에 데리고 계시는 것 같네요. 당신이 저를 도와주는 대가로 저는, 당신이 명예롭게 딸을 결혼시키기에 필요하다고 생각하는 만큼의 지참금을 드리려고 합니다.」

여인에게는 필요한 제의였기에 마음에 들었지만 고귀한 마음을 갖고 있었으므로 말했습니다.

「부인, 당신을 위하여 제가 할 수 있는 것을 말해 주십시오. 만약 그것이 저에게 명예로운 것이라면 기꺼이 하겠습니다. 그런 다음 당신은 원하는 것을 할 수 있을 것입니다.」

그러자 백작 부인은 말했습니다.

「저에게 필요한 것은, 부인이 신뢰하는 사람을 통하여 제 남편 백작에게 이렇게 전하는 것입니다. 당신의 딸은 만약 그가 겉으로 드러내 보이듯이 그렇게 자신을 사랑한다는 것을 확신할 수 있다면, 그가 원하는 것을 모두 할 준비가 되어 있다고 말입니다. 그리고 그가 손가락에 끼고 있으면서 무척 소중하게 여긴다고 들은 반지를 딸에게 보내지 않는 한, 딸은 겉으로 보이는 것을 절대 믿지 않을 것이라고 말입니다. 만약 그 반지를 백작이 보내면 당신은 그것을 저에게 선물해 주세요. 이어서 당신 딸은 그가 원하는 것을 할 준비가 되어 있다고 백작에게 전하세요. 그리고 비밀리에 그를 이곳으로 오게 하고, 은밀하게 당신 딸 대신에 저를 그와 자게 해주는 것입니다. 아마 하느님께서는 은총을 베푸시어 제가 임신하게 해주실 것입니다. 그러면 저는 백작의 반지를 손가락에 끼고 그이에게서 낳은 아들을 팔에 안아 그이를 되찾고, 아내가 남편과 함께 그러하듯이 그이와 살아갈 것입니다. 당신 덕택에 말입니다.」

귀족 여인에게 이 일은 쉽지 않아 보였습니다. 혹시 딸에게 비난이 따르지 않을까 두려웠기 때문이지요. 하지만 백작 부인에게 남편을 되찾게 해주는 것은 명예로운 일처럼 보였고, 명예로운 목적을 위해 그렇게 한다고 생각했으므로 그녀의 착하고 진술한 애정을 믿고 그러겠다고 약속했습니다. 그뿐만 아니라 며칠 안에 비밀스럽고 신중하게 백작 부인이 시키는 대로 했으니, 비록 백작은 약간 아쉬워하는 것처럼 보였지만 반지를 얻었고, 교묘하게 딸 대신에 그녀가 백작과 함께 자도록 했습니다.

백작이 깊은 애정으로 원하던 그 첫 결합에서, 하느님께서 원하셨는지 부인은 나중에 때가 되어 밝혀진 것처럼 쌍둥이 아들을 임신했습니다. 귀족 여인은 단지 한 번이 아니라 여러 번 백작 부인이 남편의 포옹을 즐기게 해주었고, 아주 비

밀리에 이루어져 절대 소문이 나지 않게 했습니다. 백작은
언제나 아내가 아니라 자기가 사랑하는 처녀와 잔다고 믿었
습니다. 그리고 아침에 떠나야 할 때 아름답고 비싼 보석들
을 선물하였고 백작 부인은 그것을 모두 그대로 간직했습니
다. 임신한 것을 깨달은 백작 부인은 이제 이 일로 귀족 부인
을 더 이상 괴롭히지 않고 싶었기에 말했습니다.

「부인, 하느님과 당신 덕택에 저는 원하던 것을 얻었습니
다. 그러므로 이제 저는 당신을 즐겁게 해줄 일만 남았습니
다. 그런 다음 제가 떠날 수 있도록 말이에요.」

귀족 여인은 자신이 그녀를 즐겁게 했다면 자신도 기분이
좋다고 말했습니다. 그리고 자신은 어떤 보상을 받으려고 한
것이 아니라 좋은 일을 하고 싶어서 그랬다고 했습니다. 그
러자 백작 부인이 말했어요.

「부인, 그렇다면 정말 좋습니다. 그런데 저는 당신에게 보
상을 하고 싶은 게 아니라 좋은 일을 하고 싶습니다. 그렇게
해야 한다고 생각하기 때문이지요.」

그러자 귀족 여인은 필요에 강요되어 매우 부끄러워하면
서 딸을 결혼시키기 위한 100리라를 요구했습니다. 백작 부
인은 그녀의 부끄러움을 알고 그녀의 신중한 요구를 들었기
에 500리라를 선물했고 또 그만큼 가치가 있는 아름답고 귀
한 보석을 선물했습니다. 그러자 귀족 여인은 무척 만족하였
고 백작 부인에게 할 수 있는 최대의 감사를 했고, 백작 부인
은 여관으로 돌아갔습니다.

귀족 여인은 백작에게 사람을 보내거나 자기 집으로 오게

하는 일이 없도록 딸과 함께 시골에 있는 친척들의 집으로 갔습니다. 그리고 얼마 후 벨트라모는 자기 영지 사람들에게 백작 부인이 사라졌고 돌아오지 않는다는 말을 듣고 자기 집으로 돌아갔습니다.

백작 부인은 백작이 피렌체를 떠나 영지로 돌아갔다는 말을 듣고 무척 기뻤습니다. 그리고 출산 때가 될 때까지 피렌체에 머물렀고, 완전히 아버지를 빼닮은 두 아들을 낳았고 정성껏 길렀습니다. 그러다 시간이 된 것 같았을 때 길을 떠나 아무도 모르게 아들들과 함께 몽펠리에로 갔고, 거기에서 여러 날 쉬면서 백작에 대해 알아보았고, 그가 만성절 날에 루시용에서 귀부인들과 기사들을 초대하여 큰 잔치를 연다는 것을 알고 처음 나올 때처럼 순례자 차림으로 그곳으로 갔습니다. 그리고 백작의 궁정에 모인 귀부인들과 기사들이 식탁으로 간다는 말을 듣고 옷차림을 바꾸지 않은 채 두 아들을 팔에 안고 홀로 올라갔고, 사람들 사이로 백작이 있는 곳으로 갔으며, 그의 발 앞에 몸을 던지고 울면서 말했습니다.

「영주님, 저는 당신의 불행한 아내입니다. 저는 당신이 당신 집으로 돌아와 머물게 하려고 오랫동안 떠나 비참한 생활을 했습니다. 하느님의 이름으로 당신에게 부탁드리니, 두 기사를 통하여 당신이 제게 하신 약속을 지켜 주십시오. 자, 여기 제 손가락에는 당신의 반지가 있고, 여기 팔에는 당신의 아들이, 하나가 아니라 둘이 있습니다. 그러니까 당신이 약속하신 대로 저를 아내로 받아들여야 할 때입니다.」

그 말을 듣고 백작은 완전히 당황하였고, 반지와 자신을 완전히 닮은 두 아들을 알아보았습니다. 그리고 말했어요.

「어떻게 이런 일이 일어날 수 있을까?」

백작과 거기 있는 모든 사람이 놀라는 가운데 백작 부인은 어떻게 그런 일이 일어났는지 자세하게 이야기했어요. 그러자 백작은 그녀가 진실을 말한다는 것을 알고 또 그녀의 인내심과 현명함에다 그렇게 멋진 두 아들을 보고 자기가 약속한 것을 지키기 위하여, 그리고 이제 그녀를 정당한 아내로 받아들이고 명예롭게 대해 주라고 부탁하는 모든 기사와 귀부인을 만족시켜 주기 위하여, 완고한 냉정함을 내려놓고 백작 부인을 일으켜 세운 다음 껴안고 입을 맞추었으며, 정당한 자기 아내로 인정했고 자기 두 아들을 받아들였습니다. 그리고 부인에게 어울리는 옷으로 갈아입게 했고, 거기에 있던 모든 사람과 그 소식을 들은 모든 신하의 큰 즐거움 속에 그날뿐 아니라 여러 날 동안 성대한 잔치를 벌였고, 그날 이후 그녀를 영원히 자기 신부이자 아내로 존중하며 사랑하였고 소중하게 대하였답니다.]

열째 이야기

알리베크는 은둔 수녀가 되고, 그녀에게 수도자 루스티코는
악마를 지옥에 몰아넣는 방법을 가르친다. 그런 다음
그곳을 떠난 알리베크는 네에르발레의 아내가 된다.

여왕의 이야기를 열심히 듣고 있던 디오네오는 이야기가 끝나자 자기만 남은 것을 알고 명령을 기다리지도 않고 미소를 지으면서 이야기하기 시작했습니다.

[우아한 여인들이여, 여러분은 아마 어떻게 악마가 지옥으로 다시 들어가게 되는지 들어 본 적이 전혀 없을 것입니다. 따라서 여러분이 오늘 내내 이야기한 주제에서 멀어지지 않으면서 그 이야기를 하고 싶습니다. 그것을 알고 나면 여러분은 영혼을 구할 수도 있을 것이며, 아모르가 비록 가난한 오두막보다 행복한 궁전이나 부드러운 침실에 더 기꺼이 머물지만, 그렇다고 해서 빽빽한 숲속이나 가혹한 고산 지대나 황량한 동굴 안에서 자신의 힘을 못 느끼게 하지는 않는다는 것을 알게 될 것입니다. 그러므로 그의 힘에 모든 것이 종속된다는 것을 알 수 있습니다.

그러니까 본론으로 들어가 말하자면, 바르베리아[78]에 있는 도시 가프사[79]에 큰 부자가 있었는데, 그의 자녀 중에 알리베크라는 아름답고 우아한 어린 딸이 있었습니다. 그녀는 그리스도교 신자가 아니지만 그리스도교 믿음과 하느님을 섬기는 일이 칭찬을 많이 받는다는 말을 시내에서 많은 그리스도인이 하는 것을 듣고, 어느 날 그리스도교 신자에게 어떻게 별로 어렵지 않게 하느님을 섬길 수 있는지 물었습니다. 그는 테바

---

78 바르베리아Barberia는 오늘날의 북아프리카에 해당하는 마그레브 지역, 그러니까 모로코, 알제리, 튀니지, 리비아를 아우르는 지역을 가리키는 이름이었다.

79 가프사قصفة(이탈리아어 이름은 카프사Capsa)는 튀니지 가프사 지방의 주도이다.

이스[80] 사막의 외진 곳으로 간 사람들처럼 세상사에서 벗어난 사람일수록 하느님을 잘 섬긴다고 대답하였습니다.

아마 열네 살 정도 나이로 매우 단순했던 처녀는 분별 있는 욕망이 아니라 그런 소녀 같은 충동에 이끌려 누구에게도 알리지 않고 다음 날 아침 테바이스 사막으로 가기 위해 혼자 길을 떠났습니다. 큰 고생에 배고픔을 견디면서 며칠 뒤 그 외진 곳에 도착하였고, 멀리 조그마한 집을 보고 그곳으로 가니 문 앞에 성자가 있었습니다. 성자는 처녀를 보고 깜짝 놀라 무엇을 찾으러 왔느냐고 물었지요. 처녀는 하느님의 영감을 받아 하느님을 섬기러 가는 중이며, 어떻게 섬겨야 하는지 가르쳐 줄 사람을 찾는다고 대답했습니다. 훌륭한 성자는 그녀가 젊고 매우 아름다운 것을 보고, 만약 그녀를 데리고 있으면 악마가 자신을 속일까 두려워서 좋은 의도를 칭찬한 다음 풀뿌리나 야생 사과, 대추야자 같은 먹을 것과 마실 물을 주면서 이렇게 말했습니다.

「내 딸이여, 여기에서 멀지 않은 곳에 어느 성자가 있는데, 그대가 찾는 것에 대해 나보다 훨씬 뛰어난 스승이니 그에게 가 보아라.」

그리고 그녀를 보냈습니다. 처녀는 그 성자에게 갔는데 그에게서 똑같은 대답을 듣고 더 앞으로 가서 어느 젊은 은둔 수도자의 움막에 이르렀습니다. 루스티코라는 매우 경건하

---

80 Thebais(이탈리아어 이름은 테바이데Tebaide 또는 테바이다 Tebaida). 고대부터 이집트 나일강 중상류의 테베를 중심으로 하는 지역을 가리킨다.

고 훌륭한 그에게 처녀는 다른 성자들에게 한 똑같은 질문을 했습니다. 그러자 루스티코는 자신의 단호함을 시험해 보고 싶어서 다른 성자들처럼 그녀를 보내거나 앞으로 가게 하지 않고 자기 움막에 있으라고 했습니다. 그리고 밤이 되자 한 쪽에 야자나무 잎으로 잠자리를 만들어 주고 그 위에서 자라고 말했습니다.

그러고 나서 얼마 지나지 않아 유혹이 그의 정신력에 싸움을 걸기 시작했는데, 그는 자신이 오랫동안 자기 정신력에 속았다는 것을 깨닫고 많은 공격을 받기도 전에 항복했습니다. 그리고 거룩한 명상과 기도와 수련을 한쪽에 제쳐 두었으니, 머릿속에는 처녀의 젊음과 아름다움이 맴돌기 시작했고, 거기에다 그녀가 깨닫지 못하게 어떤 수단과 방법을 써야 방탕한 남자처럼 그녀에게서 원하는 것을 얻을 수 있을지 생각하기 시작했습니다. 그리고 먼저 몇 가지 질문으로 시험해 보니 그녀가 남자를 전혀 모르고 겉으로 보이는 것처럼 매우 단순하다는 것을 알았고, 그래서 하느님을 섬긴다는 명목 아래 어떻게 그녀를 자신의 쾌락으로 데려갈지 생각했습니다. 그리하여 먼저 악마가 얼마나 하느님께 적대적인지 여러 가지 말로 설명하였고, 이어서 하느님께 드릴 수 있는 최선의 봉사는 바로 악마를 하느님께서 떨어뜨리셨던 지옥으로 다시 몰아넣는 것이라고 설명했습니다. 처녀는 그것을 어떻게 할 수 있는지 물었고, 그러자 루스티코는 말했습니다.

「곧바로 알게 될 것이다. 그러니 내가 하는 대로 따라서 해라.」

그러고는 입고 있던 옷 몇 조각을 벗기 시작하여 완전히 나체가 되었고, 처녀도 그렇게 했습니다. 그리고 마치 기도하는 것처럼 무릎을 꿇었고, 바로 자기 앞에 처녀가 서 있게 했습니다. 그런 상태로 아름다운 처녀를 보자 루스티코는 어느 때보다 욕망에 불타올랐으니 육체 일부가 일어났습니다. 그것을 보고 알리베크는 놀라서 말했습니다.

「루스티코 님, 저기 밖으로 튀어나온 저것은 무엇이에요, 저에게는 없는데?」

루스티코는 말했습니다.

「오, 내 딸이여, 이것이 내가 말한 악마란다. 지금 네가 보듯이, 나를 무척이나 괴롭혀서 견딜 수 없을 정도란다.」

그러자 처녀는 말했습니다.

「오, 하느님, 찬양받으소서. 제가 분명히 당신보다 더 낫군요. 저에게는 그런 악마가 없으니까요.」

루스티코는 말했습니다.

「사실을 말하는구나. 하지만 너는 내가 갖고 있지 않은 다른 것을 이것 대신 갖고 있단다.」

알리베크는 말했습니다.

「오, 무엇인데요?」

그러자 루스티코는 말했습니다.

「너는 지옥을 갖고 있단다. 하느님께서 내 영혼의 구원을 위해 너를 이곳으로 보내 주셨다고 믿는다. 이 악마가 나를 괴롭히더라도, 만약 네가 나를 불쌍히 여겨 내가 악마를 지옥으로 다시 몰아넣을 수 있도록 참아 준다면, 나에게 커다란 위안을 줄 것이고 하느님께도 봉사함으로써 큰 기쁨을 주게 될 것이니까. 네가 말했듯이 그것을 위해 이곳에 왔다면 말이다.」

처녀는 착한 믿음으로 대답했습니다.

「오, 신부님, 저는 지옥을 갖고 있으니 원하실 때 사용하세요.」

그러자 루스티코는 말했습니다.

「내 딸이여, 축복받아라! 그렇다면 악마를 지옥에 다시 몰아넣도록 하자. 그런 다음에야 나를 편안히 놔둘 테니까.」

그렇게 말한 다음 처녀를 잠자리 중 하나로 데리고 갔고, 하느님께 저주받은 악마를 지옥에 가두려면 어떻게 해야 하는지 가르쳤습니다. 처녀는 악마를 지옥에 몰아넣은 적이 전혀 없었으므로 처음에는 약간 고통을 느꼈고, 그래서 루스티코에게 말했습니다.

「신부님, 분명히 이 악마는 나쁘고, 정말로 하느님의 적인가 봐요. 지옥 안에 들어가서도 아프게 하니까요.」

루스티코는 말했습니다.

「내 딸이여, 언제나 그렇지는 않을 것이다.」

그리고 그런 일이 다시 일어나지 않도록 잠자리에서 일어나기 전에 여섯 번이나 악마를 다시 몰아넣었으니, 그날 동안은 악마가 잠잠하게 있을 만큼 그 오만한 머리를 억눌렀지요. 하지만 그다음에도 여러 번 다시 오만해졌고, 처녀는 언제나 순종하며 오만한 머리를 억누를 준비가 되어 있었으며 점차 그 일에서 즐거움을 느끼기 시작했고, 그래서 루스티코에게 말했습니다.

「하느님을 섬기는 것은 달콤한 일이라던 가프사의 훌륭한 분들의 말이 사실임을 분명하게 알겠어요. 악마를 지옥에 몰아넣는 것만큼 기쁘고 즐거운 일은 지금까지 전혀 해본 적이 없어요. 그래서 저는 하느님을 섬기지 않고 다른 일을 하는 사람은 모두 어리석다고 생각해요.」

그리하여 그녀는 자주 루스티코에게 가서 말했어요.

「신부님, 저는 하느님을 섬기려고 여기 온 것이지, 게으름 피우려고 온 것이 아니에요. 악마를 지옥에 몰아넣으러 가요.」

그렇게 하면서 어느 때는 이렇게 말하기도 했어요.

「루스티코 님, 왜 악마가 지옥에서 달아나는지 모르겠어요. 지옥이 받아들여 붙잡는 것처럼 그렇게 기꺼이 들어간다면, 절대 나오지 않아야 할 테니까요.」

그러니까 처녀는 자주 젊은 루스티코를 이끌어 하느님을 섬기며 그를 위로함으로써 허약해지게 했으니,[81] 그는 다른 사람이 땀을 흘릴 때 오한을 느낄 지경이었습니다. 그래서 악마가 오만함으로 머리를 쳐드는 때가 아니면 지옥에 몰아넣거나 벌주지 않아야 한다고 처녀에게 말하기 시작했습니다.

「그리고 하느님의 은총으로 우리가 많이 벌주었으니까, 악마는 이제 하느님께 편안하게 놔두시라고 간청하고 있단다.」

81 원문은 〈la bambagia del farsetto tratta gli avea〉, 직역하면 〈그의 조끼에서 솜을 꺼냈으니〉이다.

그렇게 한동안 처녀가 침묵하게 했습니다. 그런데 처녀는 루스티코가 악마를 지옥에 몰아넣어야 한다고 더 요구하지 않는 것을 보고 어느 날 말했습니다.

「루스티코 님, 당신의 악마가 벌을 받아 이제 더 괴롭히지 않더라도, 제 지옥을 그대로 놔두지 마세요. 제가 지옥으로 당신 악마의 오만함을 억누르는 것을 도와준 것처럼, 당신의 악마로 제 지옥의 분노를 가라앉히게 도와주세요.」

풀뿌리와 물로만 살아가던 루스티코는 그런 요구에 제대로 응할 수 없었습니다. 그래서 지옥을 가라앉히려면 아주 많은 악마가 필요할 것이지만, 자기는 할 수 있는 데까지 하겠다고 말했습니다. 그리고 몇 번 그녀를 만족시켰으나 매우 드물었으니, 마치 사자 입에 콩 한 알 던지는 것과 다르지 않았습니다. 그러자 처녀는 원하는 만큼 하느님을 섬기지 못하는 것 같아 종종 투덜거렸습니다.

하지만 루스티코의 악마와 알리베크의 지옥 사이에 부족한 힘과 지나친 욕망 때문에 그런 논쟁이 일어나는 동안, 가프사에 큰불이 나서 알리베크의 아버지와 자녀들과 모든 하인이 집에서 타 죽었습니다. 그리하여 알리베크가 모든 재산의 유일한 상속자가 되었지요. 그런데 호사로운 생활로 자기 재산을 모두 낭비한 네에르발레라는 청년이 알리베크가 살아 있다는 소문을 듣고 찾으러 갔고, 상속인 없이 죽은 것으로 간주하여 그녀 아버지의 모든 재산을 관청이 차지하기 전에 그녀를 찾았으니, 루스티코는 무척 기뻤습니다. 네에르발레는 그녀가 싫어하는데도 가프사로 데려가 아내로 삼았고,

함께 엄청난 유산의 상속자가 되었습니다.

하지만 아직 네에르발레와 잠자리에 들기 전에 알리베크는 여인들로부터 어떻게 사막에서 하느님을 섬겼냐는 질문을 받고 이렇게 대답했지요. 악마를 지옥에 집어넣는 것으로 섬겼는데 네에르발레가 그런 섬김에서 자기를 데려왔으니 큰 죄를 지었다고 말입니다. 여인들은 물었습니다.

「어떻게 악마를 지옥에 다시 집어넣지?」

처녀는 말과 몸짓으로 설명하였고, 그러자 여인들은 지금까지도 웃고 있을 정도로 아주 큰 웃음을 터뜨렸고 이렇게 말했답니다.

「애야, 서운해하지 마라. 그것은 여기에서도 아주 잘할 수 있으니까. 네에르발레가 하느님을 잘 섬길 것이야.」

그리고 이 이야기를 한 명씩 온 도시에 퍼뜨렸으니, 이렇게 해서 하느님께서 가장 좋아하시는 섬김은 악마를 지옥에 다시 몰아넣는 것이라는 속담이 나왔고, 그 속담은 바다 건너 여기까지 와서 아직도 전해지고 있지요. 그러므로 젊은 여인들이여, 하느님의 은총이 필요한 여러분은 악마를 지옥에 다시 몰아넣는 방법을 배우세요. 그것은 하느님께서 무척 좋아하실 일이고 서로에게 기쁨도 되며, 거기에서 좋은 일이 계속해서 많이 나올 수 있답니다.」

디오네오의 이야기는 정숙한 여인들을 수천 번이나 웃게 했으니, 그의 말이 그렇게 이끌었던 것입니다. 그렇게 그가 이야기를 마치자 여왕은 자신의 통솔이 끝났다는 것을 알고 머리에서 월계관을 벗어 기분 좋게 필로스트라토의 머리에 씌워 주면서 말했습니다.

「양이 늑대들을 인도한 것보다 늑대가 양들을 잘 인도할 수 있을지 이제 곧 보게 될 것입니다.」

필로스트라토는 그 말을 듣고 웃으면서 말했습니다.

「제 말을 믿으신다면, 루스티코가 알리베크에게 했던 것 못지 않게 늑대들은 양들에게 악마를 지옥에 다시 몰아넣는 방법을 가르쳤을 것입니다. 그러니까 저희를 늑대라고 부르지 마십시오. 여러분이 양이 아니라면 말입니다. 어쨌든 저에게 맡겨 주셨으니 위임된 왕국을 통솔하겠습니다.」

그러자 네이필레가 대답했습니다.

「들어 봐요, 필로스트라토. 만약 당신들이 우리에게 가르치고 싶었다면, 마세토가 수녀들에게 배운 것처럼[82] 현명함을 배울 수 있었을 것이고, 그렇다면 뼈들이 삐거덕거릴 정도로 당신들이 야위었을 때[83] 다시 말해야 할 것입니다.」

필로스트라토는 여인들이 자기 못지않게 날카롭게 말한다는 것을 알고[84] 농담을 그만두고 위임된 왕국을 통솔하기 시작했습니다. 집사를 불러 모든 일이 어떤 상태인지 알아보았고 그 외에도 자신의 통솔이 지속되는 동안 일이 잘 진행되고 동료들을 만족시켜 주고 싶은 생각에 신중하게 명령을 내렸습니다. 그런 다음 여인들을 향해 말했어요.

---

82 이번 셋째 날의 첫째 이야기를 가리킨다.
83 원문은 〈뼈들이 스승도 없이 삐거덕거리는 법을 배웠을 때〉이다.
84 원문은 〈자신이 화살을 갖고 있는 것 못지않게 낫이 있다는 것을 알고〉이다.

「사랑스러운 여인들이여, 저는 불행하게도 선과 악을 구별하게 된 이후로 여러분 중 누군가의 아름다움 때문에 언제나 아모르에게 예속되었는데, 그의 모든 습관을 따라 제가 아는 한 잘 뒤따르고 겸손하고 순종적이었지만 소용이 없었으니, 처음에는 다른 남자 때문에 버림받았고 그다음에는 더 나빠졌지요. 그래서 죽을 때까지 그러리라고 생각합니다. 그러므로 내일 저는 저의 상황에 어울리는 주제, 그러니까 사랑이 불행한 결말에 이른 사람들에 대한 이야기 이외에 다른 주제에 대해 이야기하는 것을 원하지 않습니다. 저의 사랑이 결국에는 매우 불행한 결말에 이를 것으로 예상하기 때문이며, 또 여러분이 저를 부르는 이름은 그것이 무슨 뜻인지[85] 잘 아는 사람이 저에게 붙여 준 것이기 때문입니다.」

그렇게 말하고는 일어나서 저녁 식사 시간까지 모두에게 자유 시간을 주었습니다.

정원은 매우 아름답고 기분 좋은 곳이어서 거기에서 나가 더 큰 즐거움을 찾으려는 사람은 아무도 없었습니다. 오히려 벌써 약해진 태양은 동물들을 뒤쫓는 것을 힘들게 하지 않았으니, 앉아 있는 그들에게 여러 번 다가와 뛰어다니면서 귀찮게 하던 사슴과 멧토끼와 다른 동물을 몇몇 여인이 뒤쫓기 시작했습니다. 디오네오와 피암메타는 굴리엘모 씨와 베르

---

85 보카치오는 잘못된 어원을 근거로 필로스트라토Filostrato라는 이름이 〈사랑에 실패한 자〉를 의미한다고 생각하였다. 그런 관념은 그의 전작 『필로스트라토』에서 트로일로스와 크리세이다의 불행한 사랑 이야기를 다루는 데에서도 드러난다.

지의 성주(城主) 부인[86]에 대한 노래를 부르기 시작했고, 필로메나와 판필로는 체스를 두기 시작했습니다. 그렇게 누구는 이것을 하고, 누구는 저것을 하는 동안 시간이 흘러 어느새 저녁 식사 시간이 되었고, 그래서 아름다운 분수 주위에 식탁을 펼치고 매우 즐겁게 저녁을 먹었습니다. 필로스트라토는 앞서 여왕이었던 여인들이 유지하던 방식에서 벗어나지 않기 위하여 식탁을 치우자 라우레타에게 춤을 이끌고 노래를 부르라고 했고, 라우레타는 말했습니다.

「저의 주인님, 저는 다른 사람의 노래는 모르고, 이렇게 즐거운 모임에 잘 어울리는 제 노래 중 몇 개만 기억하고 있어요. 제가 아는 그 노래들을 원한다면 기꺼이 부르지요.」

그러자 왕은 말했습니다.

「당신의 노래는 분명히 아름답고 즐거울 것입니다. 그러므로 알고 있는 노래를 불러요.」

그러자 라우레타는 매우 달콤한 목소리에 약간 애처롭게 이렇게 노래하였고, 다른 여인들은 따라 불렀습니다.

오, 세상에! 사랑에 빠져 헛되이
한숨짓는 나만큼 괴로워하는

86 13세기 작자 미상의 프랑스 고어 운문 작품 『베르지의 성주 부인 Châtelaine de Vergy』에 나오는 두 주인공이다. 기사와 성주 부인 사이의 불행하고 비극적인 사랑에 대한 이 이야기는 14세기 이탈리아 민중 사이에 널리 알려져 있었다. 〈굴리엘모Guglielmo〉는 부르고뉴 공작의 신하 기사이고, 〈베르지(원문은 《베르주Vergiù》)의 성주 부인〉은 그가 섬기는 공작의 조카이다.

절망한 여인은 아무도 없어요.

하늘과 모든 별을 움직이시는 그분[87]은
즐겁게 나를 우아하고 사랑스럽고
귀엽고 아름답게 만드셨지요,
이 아래의 모든 고귀한 지성에게
언제나 당신 앞에 있는 아름다움의
증거 일부를 주시기 위하여.
그런데 불완전한 사람들은
잘 모르기에 나를 좋아하지 않고
오히려 나를 경멸하였지요.

전에는 나를 소중하게 여기고,
젊은 나를 기꺼이 자기 품에 껴안고
자기 생각 속에 품었던 사람이 있었으니,
그는 빨리 달아나는 시간을
나를 연모하는 데 보냈고,
나는 상냥한 여자로 그를
가치 있게 해주었는데,
지금은, 괴로운 나여! 빼앗겼다오.[88]
그 뒤에 오만하고 거친
청년이 내 앞에 나타났으니,

87 하느님을 가리킨다.
88 뒤에서 구체적으로 말하듯이 연인이 죽었다는 뜻이다.

자신이 고상하고 용감하다고 생각하며
나를 붙잡았고 그릇된 생각으로
질투하게 되었고,
그래서 나는, 불쌍하다! 거의 절망하고 있으니,
많은 사람의 행복과 진실을 위해
세상에 온 것으로 알았는데,
한 명에게 붙잡혀 있답니다.

나는 내 불행을 저주하니,
옷을 갈아입기[89] 위해 수락했을 때,
검은 상복을 입고도 나는
아름답고 행복했는데, 이 옷을 입고는
힘든 생활을 이끌고 있으며
전보다 정숙하지 않다고 평가되니,
오, 고통스러운 잔치[90]여,
그럴 것이라면 너를 시도하기 전에
나는 죽어야 했는데!

오, 사랑하는 연인이여, 전에는
그대와 함께 누구보다 행복했는데,
그대는 지금 하늘에서 창조하신 분 앞에 있으니,

---

89 상복을 벗고 결혼 예복을 입었다는 뜻이다. 그러니까 과부의 처지에서
결혼한 상태로 바뀐 것이다.
90 결혼 잔치를 가리킨다.

세상에! 다른 사람을 위하여 그대를
잊지 못하는 나를 불쌍히 여기세요.
그 꺼진 불꽃은 오로지
나를 위해 그대를 불태웠다는 것을
내가 느끼게 해주오, 그리고 그 위로
내가 돌아가게 기도해 주오.

여기에서 라우레타는 노래를 끝냈는데, 모두가 그 노래를
듣고 서로 다르게 이해하였지요. 그래서 밀라노 방식으로[91]
아름다운 처녀보다 살진 돼지가 더 낫다는 뜻으로 이해하는
사람도 있었고, 다른 사람은 더 고상하고 훌륭하며 진실한
지성이 담겨 있다고 이해했는데, 이것에 대해서는 지금 말할
자리가 아닙니다.

그런 다음 왕은 풀과 꽃 위로 많은 촛대에 불을 밝히게 했
고, 떠오른 모든 별이 지기 시작할 때까지 다른 노래를 많이
부르게 했고, 이제 잠을 자야 할 것 같았기에 잘 자라는 인사
와 함께 모두 침실로 돌아가라고 명령했습니다.

셋째 날이 끝난다.

〈중권에 계속〉

91 밀라노 사람들은 대개 실용적이고 현실적인 생각을 좋아한다고 생각
하였다. 그러니까 착하고 죽은 남편보다 나쁘지만 살아 있는 남편이 더 낫다
는 의미로 해석했다는 것이다.

열린책들 세계문학 296 데카메론 상

옮긴이 김운찬 한국외국어대학교 이탈리아어과와 동 대학원을 졸업하였고, 이탈리아 볼로냐 대학교에서 움베르토 에코의 지도로 화두(話頭)에 대한 기호 학적 분석으로 박사 학위를 취득하였다. 1991년부터 2022년까지 대구가톨릭 대학교 교수로 재직하였고 지금은 명예 교수다. 지은 책으로 『현대 기호학과 문화 분석』, 『「신곡」 읽기의 즐거움』, 『움베르토 에코』가 있고, 옮긴 책으로 단 테의 『신곡』, 『향연』, 페트라르카의 『칸초니에레』, 아리오스토의 『광란의 오를란 도』, 타소의 『해방된 예루살렘』, 레오파르디의 『노래들』, 에코의 『논문 잘 쓰는 방법』, 『이야기 속의 독자』, 『일반 기호학 이론』, 『문학 강의』, 칼비노의 『우주 만 화』, 『교차된 운명의 성』, 파베세의 『달과 불』, 『레우코와의 대화』, 『피곤한 노동』, 비토리니의 『시칠리아에서의 대화』 등이 있다.

지은이 조반니 보카치오 **옮긴이** 김운찬 **발행인** 홍예빈
발행처 주식회사 열린책들 **주소** 경기도 파주시 문발로 253 파주출판도시
전화 031-955-4000 **팩스** 031-955-4004
홈페이지 www.openbooks.co.kr 이메일 literature@openbooks.co.kr
Copyright (C) 주식회사 열린책들, 2026, *Printed in Korea.*
ISBN 978-89-329-1296-7 04800 **ISBN** 978-89-329-1499-2 (세트)
발행일 2026년 1월 20일 세계문학판 1쇄